HEYNE <

Das Buch

Der düstere Schatten von Philip Blake, dem Governor, liegt über jeder Gasse und jedem Winkel von Woodbury, Georgia. Nach dem blutigen Aufstand und dem Tod des tyrannischen Anführers versuchen Lilly Caul und ihre Mitstreiter, die Ordnung in der kleinen Ortschaft wiederherzustellen. Eine überlebensnotwenige Aufgabe, denn am Horizont kommt eine gewaltige Horde von Untoten auf Woodbury zugewankt. Die einzige Chance der Überlebenden scheint darin zu liegen, sich mit der gerade erst Gruppe des charismatischen, rätselhaften Predigers Jeremiah zu verbünden, die neu in Woodbury angekommen ist. Doch schon bald beginnt Lilly zu zweifeln, ob Jeremiah und seine Gemeinde wirklich ein Segen für Woodbury sind – oder ob sie stattdessen eine dunkle Saat des Hasses in den Herzen der Bewohner säen. Zweifel, denen Lilly und ihre Verbündeten schon bald nicht mehr aus dem Weg gehen können …

Die Autoren

Robert Kirkman ist der Schöpfer der mehrfach preisgekrönten und international erfolgreichen Comicserie *The Walking Dead*. Die gleichnamige TV-Serie wurde von ihm mit entwickelt und feierte weltweit Erfolge bei Kritikern und Genrefans gleichermaßen. Zusammen mit dem Krimiautor Jay Bonansinga hat er nun die Romanreihe aus der Welt von *The Walking Dead* veröffentlicht.

Mehr zu The Walking Dead *und den Autoren auf:*

Jay Bonansinga

Robert Kirkman's

The Walking Dead 5

Roman

Deutsche Erstausgabe

WILHELM HEYNE VERLAG
MÜNCHEN

Titel der amerikanischen Originalausgabe
ROBERT KIRKMAN'S THE WALKING DEAD – DESCENT
Deutsche Übersetzung von Wally Anker

Verlagsgruppe Random House FSC® N001967
Das für dieses Buch verwendete FSC®-zertifizierte Papier
Holmen Book Cream liefert Holmen Paper, Hallstavik, Schweden.

Deutsche Erstausgabe 09/2015
Redaktion: Sven-Eric Wehmeyer

Printed in Germany 2015
Umschlaggestaltung: Animagic, Bielefeld
Satz: Vornehm Mediengestaltung GmbH, München
Druck und Bindung: GGP Media GmbH, Pößneck

ISBN: 978-3-453-31674-4

www.diezukunft.de

In memoriam Jane Catherine Parrick
3. Dezember 1928 – 21. März 2014

Teil 1

Feuersee

Die Zeit der Heimsuchung
ist gekommen,
die Zeit der Vergeltung;
dessen wird Israel innewerden.
»Ein Narr ist der Prophet
und wahnsinnig der Mann des Geistes!«
Ja, um deiner großen Schuld
und um der großen Anfeindung willen!

– Hosea 9,7

Eins

An jenem Morgen brauen sich zwei voneinander unabhängige und durchaus besorgniserregende Ereignisse unter der Oberfläche des alltäglichen Lebens in der abgebrannten Ortschaft zusammen – beides Probleme, die zumindest anfangs von den Einwohnern völlig unbeachtet bleiben.

Anhaltendes Hämmern und das Rattern von Motorsägen erfüllen die Luft. Stimmen erheben sich in einem geschäftigen Hin und Her über dem Wind. Die vertrauten Gerüche von brennendem Holz, Teerpech und Kompost werden auf der warmen Brise durch die Gassen getragen. Ein Gefühl der Erneuerung – vielleicht sogar der Hoffnung – klingt bei jeder Tätigkeit, bei jeder Handlung mit. Die drückende Sommerhitze wird erst in ein oder zwei Monaten über sie hereinbrechen, und die wilden Cherokee-Rosen stehen in voller Blüte in dichten Reihen entlang der stillgelegten Bahngleise. Der Himmel besitzt die ungeheuer klare HD-Qualität, die so typisch für die letzten Wochen des Frühlings hierzulande ist.

Ausgelöst durch den turbulenten Regimewechsel und der damit verbundenen Möglichkeit, eine demokratische Lebensweise inmitten dieser Trümmer zu führen, die die Seuche hinterlassen hat, haben sich die Überlebenden aus Woodbury, Georgia neu strukturiert – wie DNA, die sich zu einem robusteren, gesünderen Organismus vereint. Das kleine Städtchen, eine ehemalige Eisenbahnerstadt achtzig Kilometer südlich von Atlanta, wurde erst vor Kurzem zu ausgebrannten Häusern und heruntergekommenen, mit Müll übersäten Straßen reduziert. Lilly Caul ist einer der Hauptgründe dieser Renaissance. Die dünne, des Kämpfens müde, aber dennoch anmutige junge Frau mit ihren goldbraunen Haaren, deren Look an den eines Straßenköters erinnerte, und einem Gesicht in Form eines Herzens ist widerwillig zur Anführerin von Woodbury geworden.

Jetzt ist ihre Stimme in jedem Winkel des kleinen Städtchens zu hören, ihre Autorität wird vom Wind durch die Straßen und über die Wipfel von Eichen und Pappeln getragen, die die Promenade westlich der Rennbahn säumen. An jedem offenen Fenster, in jeder Gasse und in jeder Ecke der Arena ertönt sie. Lilly preist Woodbury mit dem Eifer einer Immobilienmaklerin an, die ein Haus in Florida mit eigenem Strandabschnitt an den Mann bringen will.

»Noch ist unsere sichere Zone klein, das will ich gar nicht abstreiten«, gibt sie gegenüber einem unbekannten Zuhörer zu. »Aber wir werden die Barrikade einen Häuserblock weiter nach Norden erweitern. Und die hier vielleicht zwei oder drei Häuserblöcke nach Süden, sodass wir irgendwann mit einer Stadt in einer Stadt enden, einem sicheren Ort, an dem die Kinder auf der Straße spielen können – einem Ort, der, wenn alles gut geht, eines Tages völlig autark ist und nachhaltig bewirtschaftet wird.«

Während Lillys Monolog durch sämtliche Winkel der Arena hallt – der Ort, an dem früher noch Wahnsinn in Form von blutigen Kämpfen auf Leben und Tod vorgeherrscht hat –, zuckt das verbrannte Gesicht einer dunklen Gestalt, die unter einem Gulli steckt, unkontrolliert vor sich hin. Es bewegt sich ruckartig in Richtung der Stimme – wie eine Satellitenschüssel, die sich auf ein Signal aus dem All ausrichtet.

Früher einmal war er ein schlaksiger Tagelöhner auf einem Bauernhof gewesen, durchtrainiert und schlank, mit strohblondem Schopf. Vor Kurzem aber, als Woodbury noch im Chaos versunken war und Feuer das Städtchen verwüsteten, fiel dieser verbrannte, reanimierte Leichnam durch einen kaputten Gulli, wo er unbemerkt eine ganze Woche verbracht und sich in der sauerstoffarmen, stinkenden Finsternis gesuhlt hat. Hundertfüßer, Käfer und Asseln krabbeln hektisch über sein fahles, totes Gesicht und seine zerfetzte, von der Sonne gebleichte Jeans – der Stoff ist schon so alt und abgewetzt, dass man ihn kaum von dem toten Fleisch der Kreatur unterscheiden kann.

Dieser verirrte Beißer, früher ein eingekerkerter unmenschlicher Gladiator, der sein Unwesen in der Arena trieb, wird die *erste* von zwei Entwicklungen sein, die Anlass zu ernsthafter Sorge geben sollten, von jedem Bewohner des Städtchens aber übersehen wurden – auch von Lilly, deren Stimme jetzt mit jedem Schritt, mit dem sie sich der Rennbahn nähert, lauter wird. Eine Gruppe Menschen schlurft ihr hinterher.

»Jetzt könnte man sich natürlich fragen: ›Stelle ich mir das nur vor, oder ist ein gigantisches UFO mitten in Woodbury gelandet, als niemand aufgepasst hat?‹ Aber nein, das ist die Arena des Woodbury Veterans Speedway – ich nehme an, man könnte es ein Überbleibsel aus besseren Zeiten nennen. Aus Zeiten, in denen die Menschen nichts weiter wollten, als sich Freitagabend ein Hähnchen zu holen und Männern in tollkühnen Kisten zuzuschauen, die einander über den Haufen fuhren und die Luft verpesteten. Wir wissen immer noch nicht, wozu wir sie jetzt benutzen können … Aber auch wenn uns nichts anderes einfällt, einen tollen Park können wir immer noch aus ihr machen.«

Inmitten der Enge des faulenden Abwasserkanals läuft dem toten Landarbeiter bereits bei dem Gedanken an das sich nähernde Frischfleisch das Wasser im Mund zusammen. Sein Kiefer beginnt zu arbeiten, knirscht und knarzt, als er auf die Wand zukrabbelt und blindlings nach oben an den Gulli greift, durch den das Tageslicht in seine Welt einfällt. Durch die schmalen Eisenstäbe kann er die Schatten von sieben Lebenden sehen, die sich ihm nähern.

Durch Zufall findet die Kreatur mit einem Fuß Halt im maroden Mauerwerk.

Beißer können nicht klettern. Ihre einzige Fähigkeit besteht darin zu fressen. Sie besitzen kein Bewusstsein, verspüren nichts außer Hunger. Jetzt aber dient der unerwartete Halt dazu, dass die Kreatur sich beinahe unfreiwillig aufrichtet und den Gullideckel erreicht, durch dessen Schacht sie vor einer Woche gefallen ist. Als ihre weißen Knopfaugen den Rand des Kanalschachts erreichen, fokussiert sie ihren animalischen Blick auf das erste Stück Menschenfleisch in der Nähe. Es ist ein kleines Mädchen von acht oder neun Jahren, das mit ernster Miene in ihrem dreckigen Gesicht neben Lilly herstapft.

Für einen Augenblick duckt sich der Beißer im Kanalschacht wie eine metallene Feder und stößt dann ein Knurren wie ein Motor im Leerlauf aus. Seine toten Muskeln werden durch angeborene Signale zum Zucken gebracht, die von einem reanimierten Nervensystem geschickt werden. Sein schwarzer lippenloser Schlund entblößt jetzt seine moosgrünen Zähne, seine milchig weißen Augen öffnen sich und verschlingen seine Beute förmlich mit einem stechenden und gleichzeitig unheimlich anmutenden, diffusen Blick.

»Ihnen werden früher oder später sicherlich die Gerüchte zu Ohren kommen«, vertraut Lilly ihren unterernährten Zuhörern an, als sie nur wenige Zentimeter am Kanaldeckel vorbeigeht. Die Gruppe setzt sich aus einer einzigen Familie zusammen, den Duprees, bestehend aus einem ausgemergelten Vater um die vierzig, der auf den Namen Calvin hört, seiner heruntergekommenen Frau Meredith und ihren drei Schmuddelkindern Tommy, Bethany und Lucas, die zwölf, neun und fünf Jahre alt sind. Die Duprees sind vorige Nacht in ihrem abgewrackten Ford-LTD-Kombi in Woodbury angekommen. Nicht nur ihr Wagen, auch sie selbst befanden sich in einem völlig desolaten Zustand. Man könnte beinahe sagen, sie waren fast psychotisch vor Hunger. Lilly hat sie unter ihre Fittiche genommen. Woodbury braucht neue Leute – neue Bewohner, frische Geister, die der Stadt helfen, sich selbst neu zu erfinden, und die die schwere Arbeit der Gemeinschaftsbildung nicht scheuen. »Insofern hören Sie es am besten von uns«, fährt Lilly fort. Sie hält in ihrem Georgia-Tech-Kapuzenpullover und ihrer kaputten Jeans inne und legt die Hand auf ihren Sam-Browne-Waffengürtel. Sie ist noch Anfang dreißig, aber ihre Miene verrät, dass sie bereits viel zu viel für ein solch zartes Alter mitgemacht hat. Sie trägt ihr rotbraunes Haar in einem Pferdeschwanz, und ihre haselnussbraunen Augen leuchten auf – der Funke in ihren Pupillen ist teils ihrer Intelligenz, teils aber auch dem durchdringenden Starren eines erfahrenen Kriegers geschuldet. Sie wirft einen Blick über die Schulter und sieht den Siebten in der Runde fragend an. »Möchtest du ihnen nicht vom Governor erzählen, Bob?«

»Mach du ruhig«, erwidert der ältere Mann, während ein Lächeln sein wettergegerbtes, ledriges Gesicht umspielt, das ahnen lässt, wie müde er der Seuche ist. Seine dunklen Haare sind mit Pomade über seine mit tiefen Furchen versehene Stirn geklebt, und er trägt einen Patronengurt über einem mit Schweißflecken übersäten Chambray-T-Shirt. Bob Stookey misst mitsamt Socken einen Meter achtzig, ist aber von der immerwährenden Erschöpfung, die sich bei trockenen Alkoholikern wie ihm oft findet, vornübergebeugt. »Nein, Lilly, Kleines, du bist gerade in Fahrt.«

»Okay … Also … Beinahe ein ganzes Jahr lang«, fängt Lilly an und starrt jedem einzelnen Familienmitglied der Duprees in die Augen, um den Ernst ihrer Worte zu unterstreichen, »stand Woodbury unter dem Joch eines sehr gefährlichen Mannes namens Philip Blake – auch bekannt als der Governor.« Sie atmet halb glucksend, halb vor Abscheu stöhnend aus. »Ich weiß … Die Ironie haben sogar wir begriffen.« Sie holt Luft. »Wie auch immer … Er war nichts weiter als ein Soziopath. Paranoid. Wahnhaft. Aber er war ein Mann der Tat, hat die Sachen angepackt. Ich gebe es zwar ungern zu, aber … für die meisten von uns, zumindest für eine Weile, schien er ein notwendiges Übel.«

»Entschuldigen Sie … Äh … *Lilly*, nicht wahr?« Calvin Dupree tritt einen Schritt vor. Er ist ein kompakter, hellhäutiger Mann mit den drahtigen Muskeln eines Tagelöhners. Sein Anorak ist so verschmutzt, dass er den

Eindruck erweckt, er hätte ihn als Metzgerschürze zweckentfremdet. Seine Augen sind klar, warm und offen – und das trotz der Zurückhaltung und der seelischen Belastung, die er dort draußen in der Wildnis für wer weiß wie lange mitgemacht hat. »Aber ich weiß nicht genau, worauf Sie hinauswollen. Was hat das alles mit uns zu tun?« Er schenkt seiner Frau einen Blick. »Ich meine … Wir sind sehr dankbar für Ihre Gastfreundschaft und so, aber wohin führt das Ganze jetzt genau?«

Die Frau, Meredith, starrt auf den Bürgersteig und kaut auf ihrer Lippe. Sie ist eine unscheinbare kleine Frau in einem kaputten Sommerkleid und hat außer »Hmm« oder »Aha« seit der Ankunft der Duprees nicht mehr als drei Worte von sich gegeben. In der vorigen Nacht hat man sie erst einmal mit etwas Nahrung versorgt, ehe Bob sie medizinisch untersuchte. Danach konnte sie sich endlich ausruhen. Jetzt aber zappelt sie förmlich herum, während sie darauf wartet, dass Calvin mit seinen patriarchalischen Pflichten fertig ist. Hinter ihr schauen die Kinder erwartungsvoll drein. Ein jedes scheint wie gelähmt, verwirrt, zaghaft. Das kleine Mädchen, Bethany, steht nur Zentimeter von dem kaputten Gullideckel entfernt und saugt an ihrem Daumen. In ihren winzigen Armen hält sie eine abgegriffene Puppe, ohne den dunklen Schatten wahrzunehmen, der sich unter ihren Füßen rührt.

Seit Tagen schon glauben die Bewohner Woodburys, dass der Gestank aus der Kanalisation – der verräterische Mief eines Beißers nach verdorbenem Fleisch – von alter Jauche stammt und das schwache Brummen von dem Generator tief im Bauch der Arena kommt. Jetzt aber schafft der Leichnam es, eine krallenartige Hand aus dem

Gulli zu strecken. Seine verfaulten Fingernägel schnappen nach dem Saum von Bethanys Kleid.

»Ich verstehe Ihre Frage«, antwortet Lilly und schaut Calvin direkt in die Augen. »Sie haben keine Ahnung, wer wir sind. Aber ich dachte nur … Sie wissen schon. Ich möchte mit offenen Karten spielen. Der Governor hat diese Arena für … für schlimme Sachen benutzt. Gladiatorenkämpfe mit Beißern. Fürchterliche Sachen im Namen der Unterhaltung. Einige der Einwohner sind deswegen noch immer etwas nervös. Aber wir haben Woodbury zurückerobert und möchten Ihnen einen Ort der Zuflucht anbieten – einen Ort, der sicher ist. Wir möchten, dass Sie bei uns bleiben. Für immer.«

Calvin und Meredith Dupree tauschen einen weiteren Blick aus, und Meredith schluckt, ehe sie den Kopf wieder zu Boden senkt. Calvins Miene macht einen merkwürdigen Eindruck – er blickt beinahe wehmütig drein. Er dreht sich zu Lilly um und meint: »Das ist ein großzügiges Angebot, Lilly. Aber ich will auch ehrlich sein …«

Plötzlich wird er von dem rostigen Quietschen des kaputten Gullideckels unterbrochen. Dann ertönt der angsterfüllte Schrei des kleinen Mädchens, und alle drehen sich hastig zu ihr um.

Bob greift nach seiner .357 Magnum.

Lilly sprintet auf Bethany zu, hat bereits die Hälfte der Strecke hinter sich gebracht.

Die Zeit scheint stehenzubleiben.

Seit dem Ausbruch der Seuche vor knapp zwei Jahren hat sich das Verhalten der Überlebenden ganz langsam, ja fast unmerklich verändert. Das Blutbad, das anfangs noch so neu und nur vorübergehend schien, diente solch reißerischen Schlagzeilen wie DIE TOTEN SIND UNTERWEGS, NIEMAND IST SICHER und IST DAS DAS ENDE? Langsam, aber sicher wurde es zu einer Routine, fand statt, ohne dass jemand auch nur einen Gedanken darüber verlor. Die Überlebenden perfektionierten ihre Tötungskünste, stachen die sprichwörtlichen Furunkel der Apokalypse ohne große Planung oder Zeremonie auf, indem sie das Gehirn eines wütenden Kadavers mit allem zerstörten, was ihnen gerade in die Hände kam – einer Schrotflinte, einem Werkzeug, einer Stricknadel, einem kaputten Weinglas, einem Erbstück vom Kaminsims –, bis selbst der grausamste Akt zur Alltäglichkeit wurde. Trauma verliert sämtliche Bedeutung, Kummer, Leid und Verlust werden allesamt in den hintersten Gehirnfalten versteckt, bis eine kollektive geistige Taubheit einsetzt. Soldaten auf Einsätzen kennen die Wahrheit hinter dieser Lüge. Polizisten bei der Mordkommission ebenso. Krankenschwestern in der Notaufnahme und Rettungssanitäter – sie alle kennen dieses schmutzige kleine Geheimnis: Es wird nicht leichter. Vielmehr lebt es in einem weiter. Jedes Trauma, jede widerwärtige Szene, jeder sinnlose Tod, jeder animalische Akt blutgetränkter Gewalt im Namen der Selbsterhaltung sammelt sich tief im Herzen, bis ihr Gewicht untragbar wird.

Lilly Caul hat diese Grenze der Belastbarkeit noch nicht erreicht – was sie der Dupree-Familie innerhalb der nächsten paar Sekunden beweisen wird –, aber sie rückt immer näher. Denn auch ihre Seele steht lediglich einige Flaschen billigen Fusels und ein paar schlaflose Nächte entfernt vor der völligen Zerstörung. Und genau deswegen braucht sie neues Leben in Woodbury. Es mangelt ihr an menschlichem Kontakt, an einer Gemeinschaft, an Wärme und Liebe und Hoffnung und Gnade – sie muss sie haben, ganz gleich wie. Und deswegen stürzt sie sich auf den stinkenden Leichnam des Landarbeiters, der sich jetzt aus seiner Höhle erhebt und nach dem Saum des kleinen Dupree-Mädchens schnappt, mit einer schier unmenschlichen Entschlossenheit.

Lilly überwindet die fünf Meter zwischen ihr und dem kleinen Mädchen in zwei großen Sätzen. Gleichzeitig zückt sie ihre .22er Kaliber Ruger SR aus dem Miniholster auf ihrem Rücken. Die Waffe ist mit einem Rückstoßlader ausgestattet, und Lilly trägt sie stets ungesichert bei sich. Das Magazin ist mit acht Kugeln im Magazin und einer im Lauf *immer* voll geladen, um stets einsatzbereit zu sein. Die Ruger ist zwar nicht eine der leistungsfähigsten Waffen, aber groß genug, um jeden Beißer ins Jenseits zu blasen. Jetzt zielt sie mitten im Satz auf den Kadaver, ihre Sicht zum Tunnelblick reduziert, während sie auf das kreischende Mädchen zuprescht.

Die Kreatur aus dem Abwasserkanal hat eine knöcherne Hand in den Saum des Kleids gesteckt und zerrt nun daran, bis die Kleine ihr Gleichgewicht verliert und der Länge nach zu Boden fällt. Sie brüllt und schreit, versucht davonzukrabbeln, aber das Monster zerrt an ihrem Kleid und beißt knapp an ihren Turnschuhen vorbei. Seine schleimigen Schneidezähne klappern wie Kastagnetten und nähern sich beharrlich dem zarten Fleisch von Bethanys linker Ferse.

In dem panischen Moment, ehe Lilly ein Höllenfeuer loslässt – einem traumartigen Stehenbleiben der Zeit, an das sich die Leute im Laufe der Seuche beinahe gewöhnten –, zucken die restlichen Erwachsenen zusammen und ringen gemeinsam nach Atem. Calvin tastet panisch nach seinem Klappmesser, Bob greift nach seiner .357-Kaliber-Pistole, Meredith hält sich zu Tode erschrocken die Hand über den Mund, und die anderen zwei Kinder springen mit weit aufgerissenen Augen zurück.

Lilly steht jetzt kurz vor dem Beißer, hat die Ruger hochgerissen und zielt auf den Kadaver, während sie gleichzeitig das kleine Mädchen mit ihrer Stiefelspitze zur Seite in Sicherheit schiebt und den Lauf wenige Zentimeter vor dem Schädel des Beißers in Position bringt. Die Hand des Monsters krallt sich unaufhörlich am Saum des Kleids fest, sodass der Stoff reißt, als das kleine Mädchen über den Boden kullert.

Vier rasche Schüsse explodieren wie platzende Ballons, und die Kugeln vergraben sich im Kopf des Beißers.

Eine Nebelwolke aus Blut breitet sich um den Kadaver aus, und keksgroße Teile von Gewebe und Hirnknochen schießen aus seinem Schädel. Der ehemalige Landarbeiter sinkt zu Boden. Unter dem zerfetzten Kopf breitet sich eine schwarze Blutlache in alle Richtungen aus, und Lilly weicht zurück, blinzelt, ringt nach Luft und versucht, nicht in die sich stetig ausbreitende Pfütze verseuchten Blutes zu treten. Sie nimmt den Finger vom Hahn und sichert die Waffe.

Bethany schreit noch immer wie am Spieß. Lilly sieht, wie sich die Hand des Beißers nach wie vor krampfhaft am Saum ihres Baumwollkleids festhält – die Totenstarre hat bereits eingesetzt. Die Kleine dreht und windet sich, schnappt nach Luft, als ob sie nach so vielen Monaten des Schreckens nicht mehr zu weinen in der Lage ist. Lilly beugt sich über sie und flüstert: »Ist schon gut, Kleines. Schau nicht hin.« Lilly legt die Ruger zu Boden und nimmt Bethanys Kopf in die Arme. Die anderen scharen sich um sie. Meredith kniet sich hin, während Lilly mit dem Stiefel auf die tote Hand stampft. »Nicht hinschauen.« Sie reißt den Saum frei. »Nicht hinschauen, Kleines.« Endlich beginnen die Tränen über Bethanys Wangen zu kullern.

»Du darfst nicht hinschauen«, wiederholt Lilly flüsternd, als ob sie zu sich selbst spricht.

Meredith zieht ihre Tochter an sich, umarmt sie und flüstert ihr dann ins Ohr: »Ist schon gut, Bethany. Ich bin da … Ich bin da.«

»Es ist vorbei.« Lilly spricht ganz leise, als ob die Worte eher für sie selbst als für die anderen bestimmt sind. Sie stößt einen gequälten Seufzer aus. »Nicht hinschauen«, wiederholt sie erneut.

Aber Lilly schaut hin.

Eigentlich sollte sie die Beißer, die sie ins Jenseits geschickt hat, nicht mehr anblicken, aber sie kann der Versuchung einfach nicht widerstehen. Wenn das Gehirn endlich seinen Geist aufgibt und das Düstere aus ihren Gesichtern verschwindet und dem leeren Schlaf des Todes Platz macht, kann Lilly erst erahnen, wen sie da vor sich hatte. Jetzt sieht sie einen Landarbeiter mit ehrgeizigen Träumen, der vielleicht die Hauptschule besucht hatte, um dann den Bauernhof seines kränkelnden Vaters übernehmen zu müssen. Sie sieht Polizisten, Krankenschwestern, Briefträger, Verkäufer und Mechaniker. Sie sieht ihren Vater, Everett Caul, wie er zwischen dem Seidenstoff in seinem Sarg liegt und auf die Beerdigung wartet – friedlich und gleichmütig.

Sie sieht all ihre Freunde und Bekannten, die seit Anbeginn der Seuche gestorben waren: Alice Warren, Doc Stevens, Scott Moon, Megan Lafferty und Josh Hamilton. Sie kann nicht umhin, an ein weiteres Opfer zu denken, als eine raue Stimme sie aus ihren Gedanken reißt.

»Lilly, Kleines?«, erkundigt sich Bob. Seine Stimme ist schwach, als ob er aus großer Entfernung mit ihr spricht. »Alles klar bei dir?«

Für einen letzten Augenblick – sie starrt noch immer den Landarbeiter an – taucht Austin Ballard vor ihrem inneren Auge auf – dieser androgyne junge Mann mit dem Aussehen eines Rockstars und seinen langen Wimpern, wie er sich auf dem Schlachtfeld opfert, um Lilly und der halben Bevölkerung Woodburys das Leben zu retten. War Austin Ballard der einzige Mann, den Lilly wirklich geliebt hat?

»Lilly?«, fragt Bob etwas lauter, und die Sorge klingt in seiner Stimme mit. »Alles klar?«

Lilly atmet gequält aus. »Es geht mir gut … Wirklich.« Plötzlich richtet sie sich auf, nickt Bob zu und liest ihre Waffe vom Boden auf, um sie wieder im Holster verschwinden zu lassen. Sie fährt sich mit der Zunge über die Lippen und richtet das Wort an die Duprees: »Ist bei Ihnen alles okay? Bei euch, Kinder?«

Die zwei Dupree-Nachkömmlinge nicken langsam und starren Lilly an, als ob sie gerade den Mond mit einem Lasso eingefangen hätte. Calvin steckt sein Messer wieder in die Scheide, kniet sich dann hin und streichelt Bethanys Haare. »Geht es ihr gut?«, fragt er seine Frau.

Meredith nickt ihm kurz zu, sagt aber kein Wort. Ihre Augen wirken glasig.

Calvin seufzt, richtet sich wieder auf und geht dann zu

Lilly, die bereits den Kadaver zusammen mit Bob unter einen Überbau zerrt, damit er später entsorgt werden kann. Dann wischt sie sich die Hände an der Hose ab und richtet sich an den Familienvater. »Es tut mir leid, dass Sie das mitansehen mussten«, entschuldigt sie sich bei ihm. »Wie geht es dem Mädchen?«

»Die erholt sich schon wieder. Sie ist sehr willensstark«, erklärt Calvin und starrt Lilly an. »Und wie geht es Ihnen?«

»Wie es mir geht?« Lilly stöhnt. »Äh, gut. Danke.« Erneut atmet sie gequält aus. »Aber ich habe die Nase voll davon.«

»Verstehe ich gut«, stimmt er ein und neigt den Kopf zur Seite. »Trotzdem, Sie können ziemlich gut mit der Waffe umgehen.«

Lilly zuckt mit den Schultern. »Nun, *so* gut nun auch wieder nicht«, erwidert sie und schaut über das Städtchen. »Man muss immer die Augen offen halten. Wir haben während der letzten Wochen recht viel mitgemacht, eine ganze Seite der Barrikade verloren. Und dann gibt es immer diese Nachzügler; aber keine Angst, wir kriegen das schon wieder unter Kontrolle.«

Calvin lächelt sie müde an. »Das glaube ich Ihnen aufs Wort.«

Lilly bemerkt etwas Glänzendes, das um Calvins Hals hängt – ein kleines goldenes Kreuz. »Also, was halten Sie davon?«, fordert sie ihn unverblümt auf.

»Wovon?«

»Hierzubleiben und Ihrer Familie ein Zuhause zu geben. Was halten Sie davon?«

Calvin Dupree holt tief Luft und lässt seinen Blick von seiner Frau zu seinen Kindern schweifen. »Ich will Sie nicht anlügen … Die Idee gefällt mir.« Nachdenklich fährt er mit der Zunge über die Lippen. »Wir sind schon viel zu lange unterwegs, ohne einen festen Wohnsitz. Die Kinder haben sehr viel durchmachen müssen.«

Lilly schaut ihm in die Augen. »Hier in Woodbury sind sie sicher, können ein glückliches, normales Leben führen … Mehr oder weniger.«

»Ich sage ja gar nicht Nein.« Calvin erwidert ihren Blick. »Ich will doch nur … Geben Sie uns etwas Zeit, um darüber nachzudenken. Wir müssen beten.«

Lilly nickt. »Selbstverständlich.« Kurz murmelt sie den letzten Satz leise vor sich hin: ›Wir müssen beten‹, und fragt sich, wie es wohl wäre, einen Bibeltreuen unter ihnen zu haben. Ein paar Lakaien vom Governor haben so getan, als ob sie Gott auf ihrer Seite hätten, haben immer gefragt, was Jesus jetzt wohl tun würde, und von verschiedenen Fernseh-Priestern geschwärmt. Lilly hat noch nie viel für Religion übriggehabt. Klar, seit Ausbruch der Seuche hat es auch Momente gegeben, in denen sie still und leise vor sich hin betete, aber das zählt für sie nicht wirklich. Wie lautet der Spruch noch mal? »Im Schützengraben gibt es keine Atheisten.« Sie blickt in Calvins graugrüne Augen. »Lassen Sie sich so viel Zeit, wie Sie brauchen.« Sie lächelt. »Schauen Sie sich um, lernen Sie unser Städtchen kennen …«

»Das wird nicht notwendig sein«, unterbricht eine Stimme sie, und alle drehen die Köpfe zu der unscheinbaren Frau, die neben dem noch immer bebenden Kind kniet. Meredith Dupree fährt mit der Hand über Bethanys Haare und starrt weiterhin auf ihre Tochter, während sie fortfährt: »Wir möchten uns für Ihre Gastfreundschaft bedanken, aber wir brechen heute Nachmittag wieder auf.«

Calvin senkt den Blick. »Aber Schatz, wir haben doch noch nicht einmal besprochen, was wir als Nächstes …«

»Da gibt es nichts zu besprechen.« Die Frau schaut auf, und ihre Augen funkeln vor Entrüstung. Ihre aufgeplatzten Lippen beben, und ihre blasse Haut ist errötet. Sie gleicht einer zerbrechlichen Porzellanpuppe mit einem feinen Haarriss. »Wir machen uns wieder auf den Weg.«

»Liebling …«

»Die Sache ist beschlossen.«

Die darauffolgende Stille lässt den peinlichen Moment beinahe surreal erscheinen. Der Wind streicht über die Baumwipfel und pfeift durch die Gerüste und Tribünen der Arena, während der tote Landarbeiter still und leise wenige Meter von ihnen entfernt vor sich hin rottet. Jeder in Merediths unmittelbarer Nähe, also auch Bob und Lilly, haben den Kopf vor stillschweigender Verlegenheit gesenkt, bis Lilly die Stille unterbricht: »Nun, sollten Sie es sich dennoch anders überlegen, können Sie trotzdem gerne hierbleiben.« Sie wartet vergeblich auf eine Antwort und setzt dann ein schiefes Lächeln auf. »Mit anderen Worten, ich ziehe mein Angebot nicht zurück.«

Lilly und Calvin tauschen eine Sekunde lang einen verstohlenen Blick aus, und zwischen ihnen fließen unzählige Informationen – manche gewollt, andere ungewollt –, ohne dass sie auch nur ein einziges Wort in den Mund nehmen. Aus Respekt bewahrt Lilly Ruhe, denn sie weiß, dass dieses Thema zwischen den beiden Neuankömmlingen noch lange nicht ausdiskutiert ist. Calvin dreht sich zu seiner hibbeligen Frau um, die sich noch immer um ihr Kind kümmert.

Meredith Dupree gleicht einem Phantom. Ihr vor

Schmerz geplagtes Gesicht ist so fahl und abgespannt, dass man den Eindruck gewinnt, sie verschwinde langsam, aber sicher von der Erdoberfläche.

Zu diesem Zeitpunkt kann niemand es ahnen, aber diese altmodische, winzige Hausfrau – völlig unscheinbar in jeder nur erdenklichen Hinsicht – wird sich als zweite und viel tiefgreifendere Auslöserin eines Ereignisses entpuppen, mit dem Lilly und die Leute aus Woodbury früher oder später fertigwerden müssen.

Zwei

Gegen Mittag haben die Temperaturen bereits zwanzig Grad überschritten, und die inzwischen hochstehende, gnadenlose Sonne bleicht die Farben des Ackerbodens Zentral-Georgias. Die Tabak- und Bohnenfelder südlich von Atlanta sind bereits entweder verwahrlost oder zu Dschungeln aus Rutenhirse oder Rohrkolben verkommen. Inmitten der Vegetation stehen alte Traktoren und sonstige landwirtschaftliche Gerätschaften herum, voller Rost und so weit geplündert, bis es nichts mehr zu holen gab – marode und nutzlos wie die Knochen alter Dinosaurier. Und genau deswegen bemerken Speed Wilkins und Matthew Hennesey den Kornkreis östlich von Woodbury erst am Nachmittag.

Die beiden jungen Männer – Bob hatte sie am frühen Morgen losgeschickt, um in erster Linie nach Benzin in verlassenen Autos oder leerstehenden Tankstellen zu suchen – sind mit Bobs Pick-up-Truck losgefahren, haben jetzt aber die Straße verlassen und sich zu Fuß aufgemacht, nachdem der Wagen im Schlamm stecken geblieben war.

Sie bahnen sich ihren Weg über fünf Kilometer matschigen Landwirtschaftspfad, ehe sie zu einer Anhöhe kommen, von der aus sie riesige Wiesen voller Riedgräser, umgefallener Bäume und Unmengen an Präriegras überschauen. Matthew erkennt als Erster den dunkleren grünen Kreis in der Ferne, der zwischen dem ledrigen Dschungel vernachlässigter Tabakpflanzen eingebettet ist.

»Sag meiner Sekretärin, dass ich heute keine Anrufe entgegennehmen kann«, murmelt er, hält eine Hand in die Höhe und erstarrt auf dem Kamm der Anhöhe. Er glotzt auf die entfernten Tabakfelder, die in der sengenden Hitze hin und her wiegen, und hält sich die Hand schützend über die Augen. Der schlaksige Arbeiter aus Valdosta mit dem Tattoo eines Ankers auf dem drahtigen Oberarm trägt Maurerklamotten – ein mit Schweißflecken übersätes Unterhemd, eine graue Arbeitshose und Springerstiefel voller Mörtelstaub. »Hast du das Fernglas parat?«

»Hier«, sagt Speed, kramt den Feldstecher aus seinem Rucksack hervor und reicht ihn an Matthew weiter. »Was ist denn? Was siehst du?«

»Bin mir nicht sicher«, murmelt Matthew und fummelt am Rädchen herum, um das Fernglas scharfzustellen, während er den Horizont absucht.

Speed wartet und kratzt sich den muskulösen Arm wegen der Reihe an Mückenstichen, die soeben zu jucken beginnen. Sein REM-T-Shirt klebt auf der Haut seiner breiten Brust. Der stämmige Zwanzigjährige ist ein wenig unter sein Kampfgewicht von über hundert Kilogramm gefallen – Schuld ist wahrscheinlich die einseitige Ernährung aus zusammengeklaubtem Dosenfutter und Haseneintopf –, aber sein Stiernacken weist noch immer die Breite und Kraft eines Defensive End im American Football auf.

»Whoa!« Matthew starrt weiterhin durch das Fernglas. »Was zum Teufel soll …?«

»Was denn?«

Matthew klebt wie gebannt am Feldstecher und leckt sich mit der Zunge bedächtig die Lippen. »Wenn ich mich nicht irre, haben wir soeben im Lotto gewonnen.«

»Benzin?«

»Nicht ganz«, antwortet Matthew und reicht seinem Kameraden das Fernglas zurück. »Ich habe schon viele Namen dafür gehört, aber noch nie ›Benzin‹.«

Sie laufen den steinigen Hang hinab, springen über ein ausgetrocknetes Bachbett und tauchen in die See aus Tabakpflanzen ein. Der Geruch von Dünger und Humus umgibt sie, er liegt so schwer in der Luft wie im Inneren eines Gewächshauses. Die Luft ist so schwül, dass sie wie ein Schleier auf ihrer Haut zu liegen scheint und sich in ihren Nasenlöchern staut. Die Pflanzen um sie herum blühen, sind mindestens eineinhalb Meter groß und ragen über die Büschel wilden Grases hinaus, sodass die beiden auf Zehenspitzen laufen müssen, um den Überblick zu bewahren. Sie ziehen ihre Pistolen und entsichern sie – nur für den Fall des Falles –, obwohl Matthew außer dem Wehen der Pflanzen im Wind keinerlei Bewegung auffällt.

Die geheime Ernte wartet auf sie in circa zweihundert Metern Entfernung hinter einem Hain knorriger Virginia-Eichen, der aus den Tabakpflanzen wie eine tönerne Garde ragt. Durch die Vegetation kann Matthew sogar den Sicherheitszaun ausmachen, der die illegalen Pflanzen umgibt. Er kann nicht anders, als kurz heiter zu kichern, und meint: »Kannst du das fassen? Das ist doch kaum zu glauben …«

»Ist es das, was ich denke?«, staunt Speed, als sie sich dem Sicherheitszaun nähern.

Sie kommen auf eine kleine Lichtung und bleiben wie

angewurzelt stehen, starren auf die langen, üppigen Blätter, die sich um mit Moos bewachsene hölzerne Kletterhilfen und rostigen Maschendrahtzaun winden. Ein schmaler Pfad erstreckt sich östlich der Lichtung, ist aber von Unkraut überwuchert und kaum breiter als dreißig Zentimeter – wahrscheinlich diente er früher als Pfad für Minibikes oder Geländefahrzeuge. »Krass.« Mehr fällt Matthew nicht ein.

»Heiliger Bimbam, das wird eine heiße Nacht in Woodbury.« Speed läuft die Reihe von Pflanzen entlang und mustert sie genauestens. »Das reicht bis zur nächsten Eiszeit und zurück!«

»Und geiles Kraut«, fügt Matthew hinzu, nachdem er an einem Blatt gerochen hat. Er reibt es zwischen Daumen und Zeigefinger und saugt den zitrusartigen Salbeiduft gierig in die Lungen. »Verdammt, kuck dir die Blütenstände an!«

»Brutal, Eins-a-Qualität, Bubba. Wir haben echt im Lotto gewonnen.«

»Wo du recht hast, hast du recht.« Matthew klopft auf seine Taschen und nimmt den Rucksack ab. Sein Herz pocht vor Vorfreude wie wild. »Komm, ich will irgendetwas basteln, das wir als Pfeife benutzen können.«

Calvin Dupree hält das winzige silberne Kruzifix in seiner Handfläche, während er im vollgestellten Lager im hinteren Teil von Woodburys Gerichtsgebäude auf und ab geht. Er hinkt ein wenig und ist so abgemagert, dass er in seiner viel zu weiten Chinohose einer Vogelscheuche gleicht. Er ist wie benommen vor Nervosität. Durch die dreckige Fensterscheibe kann er seine drei Kinder auf dem kleinen

Spielplatz spielen sehen – sie schieben sich abwechselnd auf der rostigen alten Schaukel an. »Ich will damit doch nur sagen …« Er reibt sich den Mund und stöhnt frustriert auf. »Ich will damit doch nur sagen, dass wir an die Kinder denken müssen – daran, was am besten für sie ist.«

»Und genau *daran* denke ich, Cal«, schießt Meredith Dupree von der anderen Seite des Raums zurück, die Stimme vor nervöser Anspannung ganz dünn. Sie hat auf einem Klappstuhl Platz genommen, nippt an einer Wasserflasche und hat den Blick zu Boden gesenkt.

Vorige Nacht hatten sie beide je eine Flasche Nahrungsergänzungsmittel in Bobs Krankenstation gegen ihre Unterernährung verabreicht bekommen, und als Frühstück gab es eine Schale Müsli mit Trockenmilch, gefolgt von Erdnussbutter und Keksen. Die Nahrung hat ihnen zwar körperlich geholfen, aber sie haben weiterhin alle Hände voll zu tun, mit dem seelischen Trauma des drohenden Verhungerns zu kämpfen. Lilly hat ihnen vor wenigen Minuten ein eigenes Zimmer zur Verfügung gestellt und ihnen mehr Wasser und zu essen gegeben und ihnen gesagt, dass sie so viel Zeit haben, wie sie brauchen, um wieder auf die Beine zu kommen. »Das Beste für *uns*«, murmelt Meredith weiter, »ist auch das Beste für *sie*.«

»Wie kommst du denn darauf?«

Sie blickt zu ihm auf, die Augen ganz rot und feucht, und ihre Lippen sind so aufgesprungen, dass sie den Anschein erwecken, jeden Augenblick zu bluten. »Du kennst doch diese Sicherheitsvideos in Flugzeugen?«

»Klar, na und?«

»Sollte der Druck in der Kabine sinken, fallen automatisch Sauerstoffmasken aus der Kabinendecke. In diesem Fall ziehen Sie eine der Masken ganz zu sich heran, und drücken Sie die Öffnung fest auf Mund und Nase. Danach helfen Sie mitreisenden Kindern.«

»Das soll einer verstehen! Wovor hast du Angst, wenn wir hierbleiben?«

Sie wirft ihm einen harten Blick zu. »Ach, Cal … Du weißt doch ganz genau, was passiert, wenn sie etwas über mich … etwas über meinen *Zustand* erfahren. Erinnerst du dich noch an das KOA-Camp?«

»Die Leute dort waren paranoid und ignorant.« Er geht zu ihr, kniet sich vor ihren Stuhl und legt sanft eine Hand auf ihr Knie. »Gott hat uns doch hierhergeführt, Meredith.«

»Calvin …«

»Ernsthaft. Hör mir doch bitte zu. Dieser Ort hier ist ein Geschenk. Gott hat uns hierhergeführt und will, dass wir bleiben. Vielleicht hat der ältere Herr – Bob, glaube ich, war sein Name – Medikamente für dich. Schließlich sind wir hier nicht mehr im Mittelalter.«

Meredith blickt ihn an. »Doch, Cal … Genau *da* sind wir, im Mittelalter.«

»Liebling, ich bitte dich.«

»Damals haben sie noch Löcher in die Köpfe von psychisch Kranken gebohrt. Heutzutage aber ist es viel schlimmer.«

»Diese Leute hier werden dich nicht verfolgen. Denen geht es genauso wie uns. Sie haben genauso viel Angst. Die wollen doch nur das bewahren, was sie haben, und einen sicheren Ort schaffen, in dem es sich leben lässt.«

Meredith schüttelt sich. »Genau, Cal … Und deswegen

werden sie genau das tun, was *ich* tun würde, wenn ich erfahren würde, dass ein Irrer in meiner Gemeinde wohnt.«

»Jetzt hör endlich auf! So darfst du nicht reden. Du bist keine Irre. Gott hat uns bis hierher geholfen und wird auch weiterhin seine schützende …«

»Calvin, bitte.«

»Bete mit mir, Meredith.« Er nimmt ihre Hand in seine wettergegerbten Finger und senkt den Kopf. Seine Stimme wird weicher. »Lieber Gott, wir bitten Dich um Rat in diesen schwierigen Zeiten. Herr, wir vertrauen Dir … Du bist unser Fels in der Brandung, unser Schutz. Führe und leite uns.«

Meredith blickt zu Boden, die Stirn vor Schmerz gerunzelt. Tränen steigen ihr in die Augen.

Sie bewegt ihre Lippen, aber Calvin ist sich nicht sicher, ob sie betet oder etwas viel Persönlicheres, Tiefsinnigeres murmelt.

Speed Wilkins setzt sich ruckartig auf. Der überwältigende Gestank von Beißern hat ihn aus dem Schlaf gerissen. Er reibt sich die blutunterlaufenen Augen und versucht sich zu orientieren. Er grübelt darüber nach, wie es ihm passieren konnte, mitten im Nirgendwo einzuschlummern – am Arsch der Welt und ohne Wache. Die Sonne brennt so heiß wie ein Hochofen auf ihn hinab. Er muss Stunden geschlafen haben und ist in Schweiß gebadet. Die Mücken schwirren um seine Ohren. Er schüttelt sich und fuchtelt mit den Händen in der Luft herum, um die Plagegeister zu verjagen.

Er blickt sich um und sieht, dass er anscheinend am Rand eines überwucherten Tabakfelds eingenickt ist. Seine

Gelenke schmerzen, insbesondere seine Knie, die noch immer schwach und gezeichnet von seinen alten American-Football-Verletzungen sind. Eigentlich war er nie ein großer Sportler gewesen. Sein erstes Jahr in der dritten Liga für die Piedmont College Lions war in die Hose gegangen, aber er hatte sich schon auf das zweite Jahr gefreut – dann jedoch kam die Seuche, und all seine Träume sind in Rauch aufgegangen.

Rauch!

Auf einmal erinnert er sich an alles, was dazu geführt hatte, dass er hier eingenickt war, und er verspürt gleichzeitig eine ganze Reihe von teils widersprüchlichen Emotionen: Er empfindet Scham, es ist ihm peinlich, er findet es gleichzeitig aber auch ungeheuer witzig – wie so oft, wenn er von einem unglaublichen High wieder runterkommt. Er erinnert sich an das Marihuanafeld etwas nördlich von ihm, eine Fundgrube bestehend aus klebrigen, wohlduftenden Pflanzen mitten im Tabakfeld, eine botanische Matrjoschka, von einem einfallsreichen Kiffer-Gärtner genial vor der Außenwelt versteckt (kurz bevor die Seuche das Highgefühl um einige Stufen heruntergesetzt hatte).

Er senkt den Blick und sieht die behelfsmäßige Pfeife, die sie aus einem Füller gebastelt haben. Daneben liegen die Streichhölzer und kleine Häufchen Asche.

Speed lacht ein paarmal trocken auf – das nervöse Gackern eines Kiffers – und bereut sofort, dass er so viel Lärm gemacht hat. Erneut steigt ihm der Gestank der Beißer in die Nase, die sich ganz in der Nähe aufhalten müssen. Wo zum Teufel ist eigentlich Matthew? Er sucht die Lichtung ab und zuckt zusammen, als seine Kopfschmerzen drohen, seinen Schädel zerplatzen zu lassen.

Er rafft sich auf und erliegt sofort einem Schwindelanfall. Zudem ist er paranoid. Sein Bushmaster-Maschinengewehr hängt noch immer über seiner Schulter. Noch sind keine Beißer zu sehen, aber der Gestank scheint überall zu sein, aus allen Himmelsrichtungen zu ihm zu wehen.

Der fürchterliche düstere Geruch der Untoten dient eigentlich als Indikator für bevorstehende Angriffe – je schlimmer es stinkt, desto größer ist die Horde. Ein schwacher Hauch von verwesendem Fleisch und Fäkalien lässt auf einen einzelnen Beißer schließen, garantiert nicht mehr als zwei oder drei, aber die unendlichen Variationen, die eine größere Gruppe ankündigen, sind genauso katalogisiert und bedienen sich der gleichen Sprache wie eine gute Weinkarte. Eine Ladung voll Kuhdung mariniert in Teichschlamm und Ammoniak ist ein Vorbote von Dutzenden von Beißern. Ein Meer verdorbenen Limburgers, von Maden befallenem Müll, Schwarzschimmel und Eiter heißt so viel wie Hunderte, vielleicht sogar Tausende von Untoten. Speed schnüffelt noch einmal und schätzt, dass sich mindestens fünfzig oder sechzig Beißer in unmittelbarer Nähe befinden.

Er schnappt sich sein Maschinengewehr und geht am Rand des Tabakfelds entlang. Die ganze Zeit flüstert er laut: »Matt! Hey, Hennesey – wo zum Teufel steckst du?«

Keine Antwort, nur entferntes Rascheln zu seiner Linken – hinter der grünen Wand, wo die verwahrlosten Kulturpflanzen, Scheinastern und wildes Gebüsch zwischen einem Meter fünfzig und einem Meter achtzig hoch stehen. Die riesigen faltigen Blätter verursachen in der Brise unheimliche Geräusche wie das Flüstern von aneinanderreibenden Papierfetzen oder das Anzünden von Streichhölzern. Plötzlich bemerkt er eine Bewegung in dem Meer aus Grün.

Speed dreht sich blitzartig um. Irgendetwas kommt langsam auf ihn zu, vertrocknete Stängel und Schoten brechen unter unbeholfenen, arrhythmisch aufeinanderfolgenden Schritten. Speed hebt die Waffe in den Anschlag, zielt und nimmt die dunkle Gestalt ins Visier, die sich durch die Pflanzen kämpft. Er atmet ein. Die Kreatur ist keine acht Meter entfernt.

Er krümmt schon den Abzugsfinger, als ihn eine Stimme in unmittelbarer Nähe erstarren lässt.

»Yo!«

Speed zuckt zusammen, dreht sich zu der Stimme um und sieht Matthew vor sich stehen, völlig außer Atem und mit seiner Glock 23 samt Schalldämpfer in der Hand. Matthew ist nur wenige Jahre älter als er selbst, größer und schlaksiger und mit einer Haut so wettergegerbt und vom Wind gekennzeichnet, dass er in seinen ausgewaschenen Jeans wie ein Stück wandelndes Trockenfleisch aussieht.

»Mann!«, stammelt Speed und lässt von seinem Maschinengewehr ab. »Wehe, du schleichst dich noch einmal so heran – ich habe mir beinahe in die Hose gemacht.«

»Runter mit dir«, befiehlt Matthew ihm mit sanfter, aber doch bestimmter Stimme. »Jetzt. Speed, mach schon.«

»Hä?« Speeds Schädel ist noch immer benebelt von dem Gras. »Was soll ich?«

»Dich ducken, Mann! *Ducken!*«

Speed blinzelt, schluckt und tut dann wie ihm geheißen, denn er merkt erst jetzt, dass jemand direkt hinter ihm steht.

Er wirft einen Blick über die Schulter, und für einen kurzen Moment, bevor die Glock explodiert, sieht er, wie sich der Beißer auf ihn stürzt. Es ist eine alte Frau in zerrissener Kleidung mit silberblau getöntem Haar, einem Atem, der nach Krypta stinkt, und Zähnen wie eine Kettensäge. Im Nu geht Speed in die Hocke. Der gedämpfte Schuss trifft sein Ziel, und der Schädel der älteren Dame explodiert in einem Springbrunnen aus schwarzer Rückenmarksflüssigkeit und Gehirnfetzen, ehe sie wie ein Sack zu Boden geht. »Fuck!« Speed richtet sich wieder auf. *»Fuck!«* Er sucht das restliche Tabakfeld ab und sieht mindestens ein weiteres halbes Dutzend zerlumpte Kreaturen, die auf sie zustolpern. »FUCK! FUCK! FUCK!«

»Mach schon, Kumpel!« Matthew packt ihn am T-Shirt und zieht ihn Richtung Trampelpfad. »Da gibt es noch etwas, das ich dir zeigen will, ehe wir abhauen.«

Der höchste Punkt Meriwether Countys liegt im Hinterland, nicht unweit der Kreuzung von Highway 85 und Millard Drive außerhalb einer verlassenen Ortschaft namens Yarlsburg. Millard Drive führt einen steilen Hügel hinauf, bahnt sich den Weg durch einen dichten Pinienwald und führt dann über ein eineinhalb Kilometer langes Plateau, von dem aus man das Flickwerk der umliegenden Felder überschauen kann.

Entlang dieser schlecht erhaltenen Straße, ganz in der Nähe einer breiten Stelle in der Fahrbahn zum Anhalten im Fall einer Panne oder für eine Toilettenpause, steht ein rostiges, von Kugeln durchsiebtes Schild, das ohne jede Ironie die SCHÖNE AUSSICHT verkündet, als ob es sich bei diesem verarmten Stück Landschaft voller Hinterwäldler um einen exotischen Nationalpark handelt (und nicht um das letzte Kaff in der Mitte von Nirgendwo).

Matthew und Speed brauchen eine halbe Stunde, um zur Kreuzung zu gelangen.

Zuerst müssen sie zurück zu Bobs Pick-up, der noch immer im Schlamm am Highway 85 steckt. Sie befreien ihn, indem sie herumliegende Kartons unter die Reifen stecken, um ihnen mehr Griff zu geben. Sobald der Wagen wieder einsatzbereit ist, fahren sie die acht Kilometer bis zum Millard Drive, wobei sie einer schier endlosen Zahl an ausgebrannten Wracks und verlassenen Autos ausweichen müssen. Auf dem Weg sehen sie kleine Gruppen Beißer. Einige von ihnen stolpern ihnen direkt vor den Wagen. Matthew macht sich einen Spaß daraus, auf sie zuzusteuern und sie wie blutige Kegel ins Jenseits zu befördern. So kommen sie zwar nicht schneller voran, aber schon bald taucht die langersehnte Kreuzung durch die flimmernde Luft über dem Asphalt vor ihnen auf.

Sie biegen nach Norden in die Hügel von Yarlsburg ab.

Speed will von Matthew wissen, was zum Teufel so wichtig sein könnte, dass sie einen Umweg von knapp fünfzig Kilometern auf sich nehmen, doch der hält sich bedeckt und teilt ihm lediglich mit, dass er es schon verstehen wird, sobald er es sieht. Das gefällt Speed überhaupt nicht. Warum zum Henker kann Matthew ihm nicht einfach sagen, was das soll? Was kann es schon sein, das so wichtig ist? Vielleicht ein Tanker voll Benzin, von dem er nichts weiß? Oder ein Einkaufszentrum? Noch ein Walmart, den sie übersehen haben? Warum diese Geheimniskrämerei? Aber Matthew kaut einfach nur nervös auf der Backe herum, fährt weiter gen Norden und gibt kaum einen Ton von sich.

Als sie zur Anhöhe kommen, fällt bei Speed endlich der Groschen. Er kennt dieses Stück Land, und jetzt zieht sich ihm der Magen zusammen. Hier war es. Hier hatte der Governor sein Lager aufgeschlagen, bevor sie das Gefängnis stürmten. Er blickt über die Wälder, begreift, dass sie sich keine zwei Kilometer entfernt von dem riesigen Komplex aus grauem Stein, der als Meriwether County Correctional Facility bekannt war, befinden, und er muss sich vor Grauen schütteln.

Posttraumatische Belastungsstörungen haben eine ganze Reihe verschiedener Auswirkungen. Sie können einem den Schlaf rauben und Halluzinationen hervorrufen. Oder das Opfer entwickelt selbstzerstörerische Tendenzen wie Drogenmissbrauch, Alkoholismus oder Sexsucht. Bei anderen wiederum kann es den Alltag auf eine subtile, hinterhältige Weise in Form von chronischen Angstanfällen oder zuckenden Nerven um den Solarplexus zu den merkwürdigsten Zeiten zum Erliegen bringen. Speed verspürt jetzt, wie sich eine vage, undefinierbare Angst in seinen Gedärmen ausbreitet, als Matthew den Wagen auf dem staubigen Grund neben der Straße parkt und den Motor abschaltet.

Die Gegend hier hat absolutes Chaos erlebt – so viele Tote, darunter auch Speeds engste Freunde aus Woodbury –, und die fürchterlichen Erinnerungen schwirren noch immer in der Luft umher. Das Gefängnis war der Ort des letzten Gefechts und bereitete dem Governor ein psychotisches, größenwahnsinniges Ende. Hier war es auch, wo Speed Wilkins zum ersten Mal Lilly Cauls angeborene Führungsqualitäten zu schätzen lernte.

Matthew schnappt sich das Fernglas und steigt aus.

Speed tritt gegen die Beifahrertür, die sich mit einem rostigen Quietschen öffnet, und folgt Matthews Beispiel. Der überwältigende Gestank verwesenden Fleisches, vermischt mit dem beißenden Geruch von Rauch, schlägt ihm als Erstes ins Gesicht. Er folgt Matthew über die Straße Richtung Wald. Die Reifenspuren vom Konvoi, mit dem der Governor das Gefängnis stürmen wollte, sind noch immer zu sehen – selbst die Kettenabdrücke des Abrams-Panzers. Speed wendet den Blick absichtlich von der Fahrbahn ab, ehe er zu Matthew am Waldrand aufschließt.

»Hier, wirf mal einen Blick über die Felder«, meint Matthew und deutet durch eine Lücke in den dichten Baumwipfeln und dem wilden Gestrüpp, ehe er Speed den Feldstecher reicht. »Sag mir, was du dort unten siehst.«

Speed geht bis zum Rand des Plateaus und wirft einen Blick auf das Gefängnis in der Ferne.

Ein Nebel umhüllt das circa zweihundert Morgen große Stück Land. Aus einigen der eingestürzten Gebäude steigt noch immer Rauch auf – was sich aber voraussichtlich auch während der kommenden Wochen nicht ändern wird. Der Komplex gleicht den Ruinen eines Maya-Tempels. Der grässliche Gestank wird immer stärker, und Speeds Magen droht sich zu verknoten.

Er kann den umgestürzten Maschendrahtzaun, der sich wie ein kaputtes Band um die Gebäude gelegt hat, mit bloßem Auge ausmachen. Dahinter stehen die ausgebrannten Wachtürme, flankiert von schwarzen Kratern, die Handgranaten in den Beton geschlagen haben. Verlassene Autos befinden sich auf den Parkplätzen, umgeben von unzähligen Glasscherben. Beißer straucheln wie zerlumpte Phantome in einer Geisterstadt ohne jegliches Ziel umher. Speed hebt das Fernglas an die Augen. »Nach was soll ich denn Ausschau halten?«, fragt er, während er das Gefängnis absucht.

»Siehst du den Wald im Süden?«

Speed dreht sich nach links und sieht eine unklare grüne Grenze – das ist der Pinienwaldrand an der südlichen Grenze des Gefängnisses. Er ringt nach Luft. Der unglaubliche Gestank von mit Maden befallenem Fleisch und menschlichen Exkrementen lässt ihm die Galle hochkommen. Die Spucke in seinem Mund schmeckt auf einmal widerlich. »Heilige Scheiße«, stammelt er, als die unzähligen Beißer in sein Blickfeld geraten. »Was zum Teufel?«

»Genau«, stöhnt Matthew. »Der Aufruhr der Schlacht muss sie aus der gesamten Umgebung angelockt haben – mehr, als wir je zuvor gesehen haben. Und das hier ist erst der Anfang. Wer weiß schon, wie viele es noch sind.«

»Ich kann mich noch gut an die Meute erinnern«, erwidert Speed und fährt sich mit der Zunge über die Lippen. »Aber so etwas habe ich noch *nie* gesehen.«

Erst jetzt begreift Speed, welche Konsequenzen das Gesehene für sie haben könnte. Im gleichen Augenblick wird er vom ranzigen Gestank übermannt, hält sich den Bauch und fällt auf die Knie. Bei ihm fällt der Groschen in genau dem Moment, als der heiße, brennende Gallensaft seine Speiseröhre hochschnellt. Plötzlich wird ihm klar, was das alles bedeutet. Er ist noch immer ein wenig high von all dem Gras, und er kotzt in hohem Bogen über den steinigen Boden den Abhang hinunter. Er hat den ganzen Tag kaum etwas zu sich genommen, und es kommt wenig mehr als gelbe, scharfe Gallenflüssigkeit aus ihm heraus, das aber mit ungeheurer Geschwindigkeit.

Matthew beobachtet ihn aus sicherer Entfernung und starrt seinen kotzenden Kumpel mit mildem Interesse an. Nach einigen Minuten ist es offensichtlich, dass Speed seinen Magen bis auf den letzten Tropfen geleert hat. In der rechten Hand hält er noch immer den Feldstecher und setzt sich jetzt keuchend auf den Boden. Mit dem Ärmel wischt er sich den kalten Schweiß von der Stirn. Matthew wartet noch eine Weile, bis der jüngere Mann sich wieder etwas erholt hat. Endlich stöhnt er auf und erkundigt sich: »Bist du jetzt fertig?«

Speed nickt und holt einige Male tief Luft, sagt aber kein Wort.

»Gut.« Matthew beugt sich zu ihm hinab und reißt ihm das Fernglas aus der Hand. »Denn wir müssen so schnell wie möglich zurück und etwas dagegen unternehmen.«

Drei

Lilly Caul überquert den Marktplatz in ihrer geflickten Jeans und einem schäbigen Sweatshirt mit einer Rolle Plänen unter dem Arm, als sie das Zuschlagen der Türen des Dodge Rams hört. Die Sonne hat ihren Zenit bereits überschritten und macht sich auf den langen Weg hinab Richtung Wipfel der Virginia-Eichen hinter den stillgelegten Gleisen. Die Schatten werden schon länger, und das Licht wird sanfter, verwandelt sich in goldene Strahlen, die auf Mückenschwärme treffen. Das Hämmern und Sägen der Arbeiten am Verteidigungswall hat endlich aufgehört, und die Gerüche aus den Campingkochern – Töpfe voller Wurzelgemüse, Grünzeug und Fond – liegen über der sicheren Zone Woodburys in der Luft und vermischen sich mit dem grasigen Duft, der so typisch für späte Frühlingsabende in dieser Gegend ist.

Lilly geht schnellen Schrittes direkt auf David und Barbara Sterns Wohnung am Ende der Hauptstraße zu, als sie das nervöse Stapfen von Füßen hinter dem gewaltigen Sattelschlepper vernimmt, der den Zugang zur Außenwelt versperrt. Durch die Fenster der Fahrerkabine sieht sie Bobs Pick-up-Truck, gefolgt von zwei Gestalten, die gerade um den Sattelschlepper eilen, um die Kette dahinter zu öffnen. Lilly weiß, wer da kommt, und ihr ist klar, dass die Pläne erst einmal auf Eis gelegt werden müssen.

Den gesamten Nachmittag hat sie damit verbracht, ihre Ideen für den Arena-Garten zu Papier zu bringen – ihr klägliches Wissen von Landschaftsgärtnerei kompensiert durch schieren Enthusiasmus und Energie –, und jetzt wollte Lilly die Pläne unbedingt den Sterns vorlegen und Feedback erhalten. Plötzlich aber interessiert sie der Ausgang von Speeds und Matthews Suche nach Sprit mehr, denn die Generatoren und mit Propan gespeisten Motoren der Stadt verbrennen die letzten Tropfen ihrer Vorräte. Die Tanks müssen bald wieder aufgefüllt werden, ehe die schnell verderblichen Lebensmittel verschimmeln, die Elektrowerkzeuge aufhören zu funktionieren, die Kerzen ausgehen und die Straßen während der Nacht in Finsternis liegen.

Sie überquert die Straße, als die beiden jungen Männer sich durch das Tor zwängen. Lilly stellt enttäuscht fest, dass keiner von beiden einen Kanister trägt. »Sieht ganz so aus, als ob ihr leer ausgegangen seid«, ruft sie und geht direkt auf sie zu.

Speed wirft einen Blick auf den Marktplatz, um sicherzugehen, dass sich auch niemand in Hörweite befindet. »Tut mir leid, dir das sagen zu müssen, aber wir haben ein weitaus größeres Problem als zu wenig Sprit.«

»Was soll das denn heißen?«

»Wir haben gerade …«

»Speed!« Matthew stellt sich zwischen Lilly und Speed auf und legt eine Hand auf die Schulter des jüngeren Mannes. »Nicht hier.«

Die düsteren Korridore im Gerichtsgebäude riechen nach Schimmel und Mäusekot, während dämmerige Lichtkegel

Kakerlaken zurück in ihre Löcher in den Wänden schicken. Am Ende des Flurs liegt der Gemeinschaftsaal – ein verdreckter, rechteckig angelegter Raum mit Parkettboden, zugenagelten Fenstern und Klappstühlen.

Als sie eintreten, stellt Lilly die Laterne auf einen langen Tisch, legt ihre Papiere daneben und sagt: »Dann schießt mal los.«

In dem schwachen, flackernden Licht erscheint Matthews jungenhaftes Gesicht beinahe eulenhaft. Missmutig verschränkt er die Arme vor der breiten Brust, und sein behaartes Gesicht und der Blick in seinen Augen lassen ihn um einiges älter aussehen, als er tatsächlich ist. »Es formiert sich eine neue Horde. Wir haben sie in der Nähe des Gefängnisses gesehen.« Er schluckt. »Die ist groß – die größte bisher –, zumindest die größte, die *mir* je unter die Augen gekommen ist.«

»Okay. So, so.« Sie starrt ihn an. »Und was soll *ich* dagegen unternehmen?«

»Du scheinst nicht zu verstehen«, meldet Speed sich zu Wort und blickt ihr in die Augen. »Sie kommen direkt auf uns zu.«

»Was willst du damit sagen? Das Gefängnis ist doch – wie viel? – mindestens dreißig Kilometer von Woodbury entfernt!«

»Fünfunddreißig Kilometer«, verbessert Matthew sie. »Er hat recht, Lilly. Die bewegen sich nach Nordwesten, direkt auf uns zu.«

Sie zuckt mit den Achseln. »Okay, so schnell, wie die sich bewegen, und wenn man noch Wälder und sonstige Hindernisse auf dem Weg einrechnet, brauchen sie Tage, ehe sie hier auftauchen.«

Die beiden Männer tauschen einen Blick aus, und Matthew holt tief Luft. »Zwei Tage vielleicht.«

Lilly schaut ihn herausfordernd an. »Aber nur, wenn sie schnurstracks auf uns zukommen und nicht die Richtung ändern.«

Er nickt zustimmend. »Natürlich, aber was willst du damit sagen?«

»Beißer gehen nicht in einer geraden Linie. Die haben doch keine Ahnung, sondern wandern ziellos umher.«

»Normalerweise würde ich dir zustimmen, aber eine Meute dieser Größe, das ist wie …«

Er hält inne. Er wirft Speed einen Blick zu, der ihn hilflos erwidert, und sucht nach den richtigen Worten. Lilly beobachtet Matthew eine Weile und meint dann: »Wie eine Naturgewalt?«

»Nein … Das trifft es nicht.«

»Ein Massenansturm?«

»Auch nicht.«

»Eine Überflutung? Ein Buschfeuer? Was denn nun?«

»Unveränderlich«, kommt es endlich aus Matthew heraus. »Das ist das einzige Wort, das mir dazu einfällt.«

»Unveränderlich? Was soll das denn heißen?«

Matthew schaut Speed erneut an, ehe er sich wieder an Lilly richtet. »Das kann ich gar nicht so genau sagen, aber die Horde ist so riesig – so verdammt gewaltig –, dass sie immer mehr an Schwung gewinnt. Wenn du es gesehen hättest, wüsstest du, was ich meine. Die Richtung ist unveränderlich, wie bei einem Fluss. Bis irgendetwas oder irgend*jemand* sie ändert.«

Lilly starrt ihn an und denkt einen Augenblick nach. Sie kaut auf einem Fingernagel und grübelt weiter. Ihr Blick schweift hinüber zu den verbarrikadierten Fenstern. Sie bringt sich sämtliche Horden in Erinnerung, mit denen sie es zu tun gehabt hat – da gab es diese Woge von Beißern, die bei der letzten Schlacht des Governors das Gefängnis stürmte. Sie versucht, sich noch mehr von ihnen vorzustellen, ein gigantischer Mob, bestehend aus vielen kleineren Horden, bis sie Kopfschmerzen kriegt. Sie ballt eine Faust und vergräbt die Fingernägel in ihren Handflächen, bis der Schmerz ihre Gedanken festigt. »Okay. Ich habe einen Plan. Zuerst müssen wir …«

Bereits eine Stunde später legt sich die Abenddämmerung über Woodbury, und Lilly trommelt ihren gerade neu ernannten Ältestenrat zusammen – die meisten von ihnen sind tatsächlich *älter*. Sie versammeln sich in dem Gemeinschaftssaal. Lilly hat auch Calvin Dupree in der Hoffnung eingeladen, dass die Nachricht einer gigantischen Meute von Beißern ihn zum Bleiben bewegt – schließlich ist es nicht gerade weise, sich angesichts einer solchen Übermacht mit Sack und Pack und drei Kindern auf die Straße zu wagen. Außerdem braucht Lilly so viele kampftaugliche Leute wie möglich, um dem drohenden Ansturm standzuhalten.

Um halb acht sitzen sämtliche Ältere um den heruntergekommenen Konferenztisch, und Lilly holt aus zum Paukenschlag, versucht aber, ihn so sanft wie möglich an den Mann zu bringen.

Die meiste Zeit über sitzen ihre Zuhörer still und stumm auf ihren Klappstühlen und sind damit beschäftigt, die schlechten Nachrichten zu verarbeiten. Alle paar Sätze bittet Lilly Matthew oder Speed, den Sachverhalt genauer zu beschreiben. Die anderen saugen das Gehörte in sich auf, die Gesichter ernst. Finster. Niedergeschlagen. Das unausgesprochene Gefühl, das im Gemeinschaftssaal vorherrscht, lautet: *Warum wir? Warum jetzt?* Nach all den dunklen Tagen unter der Herrschaft des Governors, nach all dem Tumult und der Gewalt, dem Tod und den Verlusten müssen sie jetzt auch noch *damit* fertigwerden?

Endlich erhebt David Stern das Wort.

»Wenn ich euch richtig verstanden habe, ist das eine große Horde.« Er lehnt sich auf seinem Klappstuhl zurück und macht mit seinen sechzig Jahren, den kurzen Haaren, seinem eisengrauen Ziegenbart und der seidenen Roadie-Jacke den Eindruck eines knallharten Profis, der kurz vor der Rente steht – ein Road Manager für eine Band, die auf ihre letzte Tournee geht. Unter der harten Oberfläche aber ist er ein Softie. »Klar, es wird hart, sie zu stoppen … So viel verstehe ich auch … Was ich mich aber frage, ist …«

»Vielen Dank, Meister der Untertreibung«, unterbricht ihn eine Frau mittleren Alters in einem mit Blumenmuster bedruckten Zeltkleid neben ihm. Ihre wilden grauen Locken und ihre weiche, runde, üppige Figur verschaffen ihr die Aura einer Erdmutter. Auf den ersten Blick scheint Barbara Stern verschroben, aber genau wie bei ihrem Mann liegt unter dem groben Äußeren ein weicher Kern. Die beiden bilden ein effizientes, wenn auch recht schrulliges Team.

»Oh, entschuldigen Sie bitte«, sagt David mit gespielter Höflichkeit. »Ich frage mich, ob es möglich ist, meine Gedanken zu formulieren, ohne ständig unterbrochen zu werden?«

»Wer hält dich denn davon ab?«

»Lilly, ich verstehe, was ihr über die Horde sagt, aber woher wollt ihr wissen, dass sie sich nicht einfach wieder auflöst?«

Lilly stößt einen Seufzer aus. »Natürlich können wir nicht mit hundertprozentiger Sicherheit voraussagen, wie genau sie sich verhalten wird. Ich hoffe ja auch, dass sie sich in alle Himmelsrichtungen zerstreut. Aber für den Augenblick sollten wir davon ausgehen, dass sie uns in ein oder zwei Tagen überrollt.«

David kratzt sich am Ziegenbart. »Vielleicht ist es keine schlechte Idee, Späher auszusenden, um sie nicht aus den Augen zu verlieren.«

»Darauf sind wir auch schon gekommen«, verkündet Matthew Hennesey vom Podium. »Speed und ich machen uns gleich morgen früh auf die Socken.« Er nickt David kurz zu. Die ganze Zeit über hat er erstarrt wie eine Säule aus Salz hinter Lilly gestanden, aber auf einmal lebt er auf, und seine breiten Arbeiterschultern tanzen auf und ab, während er die Stirnwand des Saals mit ihren kaputten und anachronistischen Porträts des ehemaligen Präsidenten der Vereinigten Staaten von Amerika und dem Governor von Georgia entlangläuft. »Wir werden herausfinden, wie schnell sie sich nähert, ob sie die Richtung ändert, et cetera, et cetera. Außerdem nehmen wir die Handsprechfunkgeräte mit, um euch Bericht erstatten zu können.«

Lillys Blick fällt auf Hap Abernathy, den fünfundsiebzigjährigen Busfahrer aus Atlanta, der auf der anderen Seite des Gemeinschaftssaals neben einem verbarrikadierten Fenster auf seinem Gehstock gelehnt steht und aussieht, als ob er jeden Augenblick einschlafen und zu schnarchen anfangen würde. Lilly will gerade etwas sagen, als er die Stimme erhebt.

»Wie sieht es eigentlich mit unseren Waffen aus, Lilly?« Ben Buchholz sitzt neben Lilly und hat seine knochigen Hände zusammengefaltet, als ob er betet. Er ist ein gebrochener Mann von gut fünfzig Jahren, hat dunkle Säcke unter den Augen und trägt ein ausgefranstes Golfhemd. Er hat sich nie von dem Verlust seiner gesamten Familie letztes Jahr erholt, sodass seine Augen selbst jetzt noch wässrig und feucht sind. »Wenn ich mich nicht völlig irre, sind ein Haufen Waffen bei der Schlacht ums Gefängnis draufgegangen. Wie also ist es jetzt um uns bestellt?«

Lilly starrt auf den zerkratzten Tisch. »Wir haben jedes einzelne 50-Kaliber-Geschütz und den Großteil unserer Munition verloren. Da haben wir schlicht und ergreifend Scheiße gebaut.« Ein lautes, beinahe rhetorisches Stöhnen erfüllt den Gemeinschaftssaal, während Lilly ihr Bestes versucht, um die Stimmung wieder ins Positive zu lenken. »Das sind die schlechten Nachrichten, aber wir haben noch immer genügend Sprengstoff und Brandkörper, die das Feuer überlebt haben. Außerdem haben wir die ganzen Gerätschaften von dem National-Guard-Depot, die der Governor im Lager unter Verschluss gehalten hat.«

»Das dürfte nicht reichen, Lilly«, murmelt Ben und schüttelt verzweifelt den Kopf. »Dynamit taugt nur etwas, wenn man es gezielt einsetzt. Aus der Ferne kann man es vergessen. Was wir brauchen, sind Maschinen- und Schnellfeuergewehre.«

»Entschuldigung«, fährt Bob Stookey dazwischen, der auf Lillys anderer Seite sitzt und seine Caterpillar-Baseballmütze tief in seine gefurchte Stirn gezogen hat. »Aber können wir zumindest *versuchen*, das Ganze positiv anzugehen? Vielleicht sollten wir uns auf das konzentrieren, was wir haben, anstatt dem hinterherzuheulen, was wir *nicht* haben.«

»Jeder hat noch seine eigene Pistole, oder?«, will Barbara wissen.

»Na, das ist doch schon mal ein Anfang«, ermutigt Bob sie. »Außerdem haben wir alle sicherlich noch etwas Munition zuhause herumliegen, die wir zusammentragen können.«

Ben schüttelt noch immer den Kopf. Er ist nicht überzeugt. »Wenn es stimmt, was diese Jungspunde hier behaupten, dann werden wir kaum großen Eindruck mit unserer Handvoll Pistolen hinterlassen.«

»Jetzt will ich meinen Senf aber auch mal dazugeben«, verkündet Gloria Pyne, die es sich in einer Ecke bequem gemacht hat. Die korpulente kleine Frau mit einer Sonnenblende über der Stirn trägt ein Falcons-Sweatshirt und kaut unaufhörlich Kaugummi. Ihr Gesicht, dem man eine gewisse Ähnlichkeit mit der Visage eines Boxers nicht abstreiten kann, ist mindestens genauso durchtrieben wie das eines Hafenarbeiters. »Vielleicht gehen wir die ganze Sache auch einfach nur falsch an.«

Lilly nickt ihr ermutigend zu. »Na, dann schieß mal los.«

Gloria spielt mit ihren Fingern, versucht, die richtigen Worte zu finden. »Vielleicht finden wir ja einen Weg … Wie heißt es noch mal? Sie *umzuleiten*. Wir müssen ihre Richtung ändern.«

Lilly mustert sie weiterhin interessiert. »Was du da sagst, ist gar nicht so verrückt.«

Bob nickt ebenfalls. »Die Dame hier hat keine schlechte

Idee. Das wäre eine Art, sie zu bekämpfen, ohne dass unsere ganze Munition draufgeht.«

Lilly sieht sich um. »Wir müssen einen Trick finden, wie wir sie umleiten können. Wie wäre es, wenn wir ihnen etwas in den Weg stellen, die Landschaft verändern, über die sie stapfen, oder irgendwie ihre Aufmerksamkeit erlangen, indem wir ihnen irgendeine Karotte vor die Nase hängen?«

»Willst du jetzt, dass wir ihnen jemanden als *Köder* zum Fraß hinwerfen?«, empört sich Ben und schüttelt skeptisch den Kopf. Er hat die Mundwinkel zu einer grimmigen Grimasse heruntergezogen. »Bitte nicht alle gleichzeitig freiwillig melden.«

»Hey!«, knurrt Bob Ben an. »Was zum Teufel ist nur dein *Problem?*«

Lilly rollt mit den Augen. »Immer mit der Ruhe, Bob. Jeder hier kann sagen, was er will.«

Es folgt eine angespannte Stille.

Ben zuckt mit den Schultern und starrt den Tisch an. »Ich will abwechslungshalber mal realistisch bleiben.«

»An Realismus fehlt es uns gerade ganz und gar nicht«, stichelt Bob zurück. »Aber was wir brauchen, sind Antworten. Wir müssen positiv bleiben und über den Tellerrand hinaus denken.«

Erneut herrscht Stille; eine Welle der Anspannung breitet sich virusartig aus und steckt jeden der Gruppe an. Niemand glaubt, dass Glorias Idee wirklich so gut ist, aber keiner hat einen besseren Vorschlag – eine Tatsache, derer Lilly sich nur zu gewahr ist. Ihre erste Reifeprüfung als Anführerin von Woodbury kommt viel früher als erwartet, und so traurig es auch sein mag, aber sie hat keine Ahnung, was sie jetzt tun soll. Tief im Innersten beginnt sie an ihrer Entscheidung zu zweifeln, das Zepter an sich gerissen zu haben. Sie hasst es, für das Leben anderer verantwortlich zu sein, und hat Angst, dass mehr Menschen unter ihrer Führung sterben könnten. Die Narben, die durch den Tod ihres Vaters, den Tod von Josh Hamilton und durch den Verlust von Austin Ballard in ihr zurückgeblieben sind, nagen an ihr, rauben ihr noch immer den Schlaf.

Sie setzt gerade an, etwas zu sagen, als ihr Blick auf Calvin Dupree fällt, der abseits von allen anderen an der Rückwand neben einem demolierten, geplünderten Verkaufsautomaten sitzt wie ein kleiner Junge, der Stubenarrest hat. Lilly fragt sich insgeheim, ob er den Tag bereut, an dem er und seine Familie über das kleine Städtchen namens Woodbury gestolpert sind. Er erwidert ihren Blick, kneift die Augen zusammen und runzelt besorgt die Stirn. »Lilly, ich möchte nicht unterbrechen«, sagt er, »aber sobald Sie hier fertig sind, möchte ich – wenn Sie nichts dagegen haben – mit Ihnen unter vier Augen sprechen.«

Lilly schaut die anderen fragend an und zuckt mit den Schultern. »Klar. Natürlich.«

Alle senken peinlich berührt die Köpfe und blicken entweder auf die Tische vor sich, auf ihre Hände oder auf den Boden, als ob die Antwort all ihrer Probleme irgendwo zwischen den kaputten, dreckigen Fliesen liegt – das tut sie aber nicht.

Das Einzige, was sie dort finden, ist mehr Stille.

Lilly und Calvin treffen sich in der Eisenbahnhütte hinter dem Gerichtsgebäude – eines der wenigen Bauwerke im westlichen Teil von Woodbury, das vom Feuer in der vergangenen Woche verschont geblieben ist. Die Hütte ist so groß wie eine Doppelgarage und liegt noch innerhalb der sicheren Zone – der Verteidigungswall um sie herum ist glücklicherweise unbeschädigt geblieben. In der dunklen Hütte riecht die Luft nach Schimmel, und die Fenster sind verbarrikadiert. Zementsäcke und Pflanzenerde sind bis zu den Dachsparren hin aufgetürmt, von denen dichte Spinnweben hängen.

»Ist Ihr Angebot noch immer gültig?«, fragt Calvin Lilly, nachdem sie die Tür hinter sich geschlossen und eine Paraffinlampe neben einem Haufen uralter Eisenbahnschwellen angezündet hat. Das schwache, gelbe Licht tanzt auf Calvins schlankem, markantem Gesicht hin und her, sodass sein Blick *noch* intensiver wirkt.

»Von welchem Angebot sprechen Sie, Calvin?«

»Das Angebot, dass meine Familie und ich hierbleiben können.«

»Selbstverständlich steht das noch.« Lilly neigt den Kopf zur Seite. »Warum sollte ich meine Meinung geändert haben?«

»Sie brauchen Leute, die zupacken können, oder? Gesunde Menschen, die mithelfen. Wie mich und meinen Jungen Tommy. Ich meine, er ist erst zwölf und kann einem ganz schön zu schaffen machen – ich kann ihn kaum aus den Augen lassen, ohne dass er irgendeinen Blödsinn anstellt –, aber er kann sein eigenes Gewicht in Heu heben.«

»Selbstverständlich, Calvin. Aber das habe ich Ihnen doch schon gesagt. Wir brauchen Sie und Ihre Familie. Aber worauf genau wollen Sie hinaus?«

»Eine Abmachung.«

Sie starrt ihn an. »Eine Abmachung? Was soll das heißen?«

Calvin schaut plötzlich gequält drein, und sein Blick wird weicher im Laternenlicht. »Lilly, ich glaube, dass der Herr uns aus einem guten Grund zu Ihnen und Ihrer Stadt geführt hat. Vielleicht wird sich uns dieser Grund irgendwann in der Zukunft eröffnen, vielleicht aber auch nicht. Ich kann es nicht vorhersagen. Die Wege des Herrn sind unergründlich, aber ich glaube von ganzem Herzen, dass er uns hierhergeleitet hat.«

Lilly nickt. »Okay … Schön und Gut, aber an was denken Sie denn?«

»Sie scheinen eine gute Seele zu sein.« Calvin sieht aus, als ob er gleich zu weinen beginnt. Seine Augen werden ganz feucht. »Manchmal vertraut man jemandem aus dem einfachen Grund, dass das Herz es einem befiehlt. Verstehen Sie, was ich damit sagen will?«

»Nicht wirklich.«

»Meine Frau ist krank.«

Lilly wartet. Sie kann sich des Gefühls nicht erwehren, dass Calvin ihr gleich etwas Wichtiges mitteilen wird. »Fahren Sie nur fort, ich höre zu.«

»Ich will ganz ehrlich mit Ihnen sein. Es handelt sich um eine unsichtbare Krankheit. Zumindest meistens. Aber gerade heutzutage kann sie sehr gefährlich sein. Sehr gefährlich.«

»Ich folge Ihnen nicht ganz, Calvin …«

Er schluckt Luft, und eine einzelne Träne kullert seine eingefallene Wange voller Bartstoppeln hinab. »Wir sind bereits aus zwei Gruppen Überlebender rausgeworfen worden. Die Menschen können sich es heutzutage nicht mehr leisten, christlich oder mitfühlend zu sein. Das Einzige, was jetzt noch zählt, ist das Überleben des Stärkeren, und die Schwachen, die nicht Gesunden werden ausgestoßen … Oder schlimmer.«

»Um welche Krankheit handelt es sich, Calvin?«, will Lilly wissen.

Er holt tief Luft und wischt sich die Tränen aus dem Gesicht. »Sie hat verschiedene Diagnosen gestellt bekommen – bipolare Störung, klinische Depression. Vor der Seuche hat ein Psychiater sie betreut, ihr geholfen. Jetzt aber … Jetzt aber hat sie schon des Öfteren versucht, sich das Leben zu nehmen.«

Lilly nickt betrübt. »Ich verstehe«, sagt sie und fährt sich mit der Zunge über die Lippen, während sie versucht, das schwer lastende Gefühl zu unterdrücken, das auf ihrem Herzen liegt.

Calvin schaut zu ihr auf. »Damals in Augusta, ehe alles den Bach runterging, hat man ihr Lithium verabreicht. Das schien es besser zu machen.« Er holt tief Luft. »Sie haben eine nette Gruppe hier, Lilly. Gute Menschen, anständige Menschen. Sie haben diesen Mann namens Bob mitsamt seiner Krankenstation – Sie haben Medikamente, Leute mit medizinischer Ausbildung …«

»Calvin, Bob ist kein Psychiater. Er war Sanitäter im zweiten Golfkrieg. Und soweit ich weiß, besitzen wir nichts, das auch nur annähernd die Wirkung von Lithium hat.«

»Aber vielleicht könnten Sie es auftreiben? Irgendwo, wo Sie auch die anderen Medikamente gefunden haben? Diese Apotheke, von der Bob gesprochen hat. Vielleicht liegt dort noch etwas herum.«

Lilly schüttelt langsam den Kopf. »Calvin, ich wünschte, ich könnte Ihnen versprechen, dass wir es finden … Aber das kann ich nicht.«

»Ich will keine Versprechen von Ihnen. Aber einen Versuch wäre es doch wert.«

Lilly nickt. »Selbstverständlich können wir es versuchen.«

»Wenn Sie das für mich tun und dieses Medikament auftreiben, kann ich Meredith davon überzeugen, hierzubleiben. Sie wird auf mich hören. Schließlich will sie genauso wenig wie ich dort draußen sein. Was sagen Sie, Lilly?«

Lilly seufzt.

Nein zu sagen ist noch nie ihre Stärke gewesen.

Während der nächsten vierundzwanzig Stunden herrscht grimmige Entschlossenheit, sowohl in Woodbury als auch außerhalb, und Lilly ist die ganze Zeit damit beschäftigt, zu delegieren und Regie zu führen. Gloria Pyne wird damit beauftragt, zusammen mit Matthew und Speed über Nacht einen Weg zu finden, wie man die Meute umlenken kann. Als die ersten Morgenstrahlen erscheinen, haben sie einen Plan geschmiedet. Sie werden die Brandbomben und sämtliche brennenden Flüssigkeiten benutzen, die sie erübrigen können, um ein kontrolliertes Feuer am östlichen Rand der Meute zu legen und somit den Weg nach Woodbury zu versperren. Es ist zwar kein unfehlbarer Plan, aber dennoch der einzige, den sie haben.

Gleichzeitig haben Lilly und Bob eine kleine Gruppe Männer damit beauftragt, in der verlassenen Apotheke hinter dem östlichen Verteidigungswall nach Lithium für Meredith zu suchen.

Es dauert ein paar Stunden, bis Bob sein Team vernünftig vorbereitet hat, indem er ihm eine Karte der Umgebung der Apotheke zeigt und es darauf hinweist, stets die Augen nach Gefahren offen zu halten – insbesondere aus den Nachbargebäuden. Außerdem bläut er ihnen den Grundriss der Apotheke ein. Auf früheren Expeditionen hat Bob einen Keller gefunden, der vorher abgeschlossen und somit nicht zugänglich war. Mit etwas Glück würden sie dort frische Medikamente und vielleicht sogar Vorräte finden. Bob will selbst mit von der Partie sein und am späten Morgen zusammen mit Hap und Ben den Ausflug wagen.

In der Zwischenzeit machen sich Matthew, Speed und Gloria auf den Weg, um das Feuer vorzubereiten.

Sie benutzen Bobs Pick-up-Truck, fahren Nebenstraßen und nicht markierte Pfade entlang, um dem Verlauf der Herde stets so nah wie möglich zu sein. Matthew schätzt ihre derzeitige Position, indem er ihre Geschwindigkeit hochrechnet und die zurückgelegte Distanz von der geraden Linie westlich vom Gefängnis durch die Felder bis nach Woodbury abzieht.

Um halb neun stoßen sie auf die ersten Anzeichen der Herde in den Wäldern westlich vom Highway 85, ungefähr zwanzig Kilometer von Woodbury entfernt. Gloria bemerkt sie zuerst vom Notsitz im Pick-up aus, als sie gerade einen steilen Hügel hinauffahren. »Hey, Gentlemen!«, ruft sie und zeigt auf den Wald in der Ferne. »Werft einmal einen Blick auf die Bäume!«

Im frühmorgendlichen Sonnenlicht schweift der Nebel noch um die Wipfel der uralten Eichen, zittert und bebt aber um die knochigen Stämme von dem Druck der unsichtbaren Massen am Boden. Matthew biegt bei der nächsten Gelegenheit ab und erklimmt die sich windenden Serpentinen Richtung Süden.

Fünfzehn Minuten später passieren sie ein Schild, an dem ein Aussichtspunkt angepriesen wird. Matthew steuert darauf zu, hält an und steigt aus. Die anderen folgen seinem Beispiel. Die Luft ist mit dem Gestank der Verwesung infiziert, schwanger mit dem Duft der mit Maden infizierten Toten. Sie benutzen einen Feldstecher, um das Dickicht zwischen den Bäumen zu durchdringen.

Innerhalb von vierundzwanzig Stunden ist die Anzahl der Beißer weiter gestiegen, sodass jetzt eine Welle von Untoten in der Größe eines Tsunamis die Schatten des Waldes durchflutet. Es sind mehr als tausend an der Zahl. Sie geben ein unheimliches Summen von sich; Hunderte über Hunderte Beißer knurren in tiefen Tönen vor sich hin und formen einen atonalen Chor. Langsam, aber sicher bewegen sie sich fort, stolpern gegeneinander, schrammen an Baumstämmen entlang, fallen übereinander, aber irgendwie, *irgendwie* schaffen sie es in diesem unkoordinierten, hölzernen Marsch, sich mit einer Geschwindigkeit von zwei, vielleicht drei Stundenkilometern weiter gen Osten fortzubewegen.

Man muss man kein Genie sein, um ihre Ankunftszeit vorherzusagen.

Vier

Es dauert eine Stunde, um das Feuer vorzubereiten. Sie haben sich ein ausgetrocknetes, tiefliegendes Stück Land voller Steine nördlich des Roosevelt State Park ausgesucht. Die lange, flache Wiese voller Gestrüpp ist etwa fünf Kilometer nordöstlich vom derzeitigen Standpunkt der Horde entfernt und formt einen Streifen, den es zu überqueren gilt, ehe sie die restlichen fünfzehn Kilometer bis zu den ersten Häusern Woodburys zurücklegen kann. Die Entfernung dient gleichzeitig als Sicherheitszone, falls das Feuer sich ausbreiten sollte. Georgia hat seit Anbeginn der Seuche eine Reihe fürchterlicher Dürren aushalten müssen, sodass die Sumpfgebiete im südlichen Teil des Bundesstaats einem Pulverfass gleichen, das nur darauf wartet, von einem gezielten Blitz in die Luft gesprengt zu werden.

Matthew, Speed und Gloria arbeiten rasch und ohne Worte, kommunizieren hauptsächlich durch Gesten miteinander und führen den Plan aus, den sie zusammen mit Lilly und Bob perfektioniert haben. Zügig streuen sie eine Kreidelinie – sie benutzen eine Maschine, die sie in der Grundschule auf dem Sportplatz gefunden haben, um sicherzugehen, dass das Feuer präzise wie ein Skalpell in einer geraden Linie brennt. Dann breiten sie entlang der beinahe hundert Meter langen Linie ein dickes Seil aus, das als Brennmaterial dienen soll, und tränken es mit brennbaren Flüssigkeiten. Als Nächstes schütten sie hastig Brandbeschleuniger auf die Linie und achten tunlichst darauf, nichts daneben oder gar auf ihre Kleidung zu schütten.

Sie räumen die Ladefläche des Trucks leer und schleppen einen riesigen Plastikcontainer nach dem anderen bis zum Seil. In den Containern befinden sich unter anderem Isopropanol aus Bobs Krankenstation, Ethanol aus einem der verlassenen Bauernhöfe, etliche Liter alter Schnaps aus der Kneipe an der Flat Shoals Road, Kerosin aus dem Lager und das Pulver aus alten Feuerwerkskörpern, die sie in einem verlassenem Haus an der Dromedary Street gefunden haben. Zum Schluss bedecken sie die Linie mit Holz in Form von alten Eisenbahnschwellen und Bauholz, die sie in und um Woodbury zusammengeklaubt haben.

Um Viertel vor zehn sind sie endlich fertig. Sie nehmen Stellung auf einer Anhöhe ein – weniger als hundert Meter nördlich – und verbergen sich in den Schatten riesiger Hickorynussbäume. Ständig müssen sie sich die umherschwirrenden Mücken von den Armen und Beinen schlagen.

Nach einigen schier unendlichen Minuten werden die ersten Schwaden des fürchterlichen Gestanks an ihre Nasen getragen, lange bevor man die ersten Anzeichen der unheilvollen Horde sehen kann. Die Luft vibriert von der höllischen Symphonie aus Stöhnen und Knurren, ehe Speed den ersten Beißer am fernen Horizont zu Gesicht bekommt. Sie erscheinen aus dem Wald wie eine Armee kaputter, hölzerner Soldaten.

»Überpünktlich«, flüstert Matthew, schnappt sich den kleinen Auslöser und versteckt sich hinter einem großen Haufen aus umgefallenen Baumstämmen.

Sein Herz pocht wild, während er mit letzten Handgriffen das eine Ende der Brandlinie mit seinem selbstgemachten Zünder ansteckt – als Basis hat er die Fernsteuerung eines Flugzeugs aus einem geplünderten Spielzeugladen in Woodbury benutzt.

Die schwarze Flut Untoter nähert sich der Feuerlinie, und Matthew wartet, bis sie direkt vor den Eisenbahnschwellen angekommen sind. Dann drückt er auf den Knopf, und das eine Ende der Linie beginnt lodernde Funken im Sonnenlicht zu sprühen.

»Brennt, ihr Hurensöhne«, murmelt Gloria leise, als die Flammen sich rasch über die gesamte Länge des Seils ausbreiten, auf die ersten Beißer überspringen und ihre blassen Gesichter erobern. Das Feuer wächst, und in Sekundenschnelle brennt die gesamte erste Reihe der Beißer lichterloh.

Der Rauch steigt in den Himmel, als das Feuer sich auf die gesamte Herde ausbreitet. Anscheinend sind die Beißer genauso leicht brennbar wie Feueranzünder. Das Methan aus ihrer Verwesung und ihren mit Maden infizierten Gedärmen sickert aus ihnen heraus, durch ihre mit Fleischresten und Gewebe verklebte Kleidung, sodass die Flammen immer höher lodern, als mehr und mehr Untote dieser riesigen Armee zu brennen beginnen.

»Oh nein … Nein, nein, nein«, stammelt Gloria bei dem unerwarteten Anblick. Sie bückt sich und zieht die Sonnenblende über ihr Gesicht, um sich gegen die Schockwelle aus Hitze und Licht zu schützen. »Nein, nein, nein, nein. Verfickt nochmal, nein. FUCK!«

Matthew starrt mit feuchten Augen auf das unerwartete Geschehen.

Sie haben einen riesigen Fehler begangen.

Bob und sein Team suchen in der leerstehenden Apotheke in der Folk Avenue ein Regal mit Medikamentenschachteln und sonstigen Kisten mit pharmazeutischen Mitteln nach dem anderen durch, finden aber nichts Erwähnenswertes. Es herrscht fast völlige Finsternis – Bob trägt ein Bergarbeiterlicht auf seinem eingebeulten Metallhelm, während Hap und Ben sich kleine Taschenlampen zwischen die Zähne gesteckt haben.

Das Einzige, was sie zwischen die Finger kriegen, sind Medikamente gegen Akne, Salben gegen Hämorrhoiden und Pillen mit den merkwürdigsten Namen, die von Plünderern bereits vor langer Zeit links liegen gelassen wurden. Dafür waren sämtliche interessanten Präparate, die auf das zentrale Nervensystem einwirken, längst fort. Sie durchsuchen die Apotheke weitere zehn Minuten, bis Bob endlich eine Hand in die Luft streckt. »Okay, Jungs. Alles stopp. Auszeit. Wartet mal kurz.«

Hap und Ben tun, wie ihnen geheißen, ziehen sich die kleinen Taschenlampen aus den Mündern und blicken Bob fragend an.

»Es ist an der Zeit, dass wir uns mal im Keller umschauen.« Der gelbe Strahl von Bobs Bergarbeiterlicht lässt sein ledriges Gesicht zu einer gespenstischen Silhouette werden.

Die anderen beiden zucken mit den Schultern und sehen weder begeistert noch ängstlich drein. Endlich meint Ben: »Bist du dir sicher, dass du das auf dich nehmen willst?«

»Was denn? Was willst du damit sagen?«

»Unser Leben aufs Spiel zu setzen, nur damit irgendeine verrückte Hausfrau an ihre Medikamente kommt?«

»Wir wissen nicht, ob sie verrückt ist, Ben. Aber es ist

das Beste für uns alle, wenn wir ihr Befinden unter Kontrolle kriegen.«

Ben zuckt erneut mit den Schultern. »Na dann, zeig uns, wo es langgeht.«

Minuten später hat Bob das Vorhängeschloss aufgebrochen, und die Männer sind die Leiter hinabgestiegen. Hap Abernathy tut sich schwer, etwas durch seine billige Lesehilfe zu sehen. Mitten in der schimmligen Finsternis des Apothekenkellers dreht er sich um hundertachtzig Grad und versucht den Bewegungen der beiden anderen Männer zu folgen. Hap weiß genau, dass er jenen jungen Optiker in einem Laden in Belvedere Park einen Monat vor Beginn der Seuche nie und nimmer hätte beleidigen sollen. Aber der dämliche kleine Trottel in seinem weißen Kittel hatte sich immer wieder über »Männer in einem gewissen Alter« lustig gemacht, während er Haps Augen untersuchte, bis Hap es nicht mehr aushielt, er einen Tisch umstieß und sich auf und davon machte. Jetzt aber, beinahe zwei Jahre später, versucht er das Armageddon mit einer Scheiß-Billiglesehilfe aus dem Supermarkt zu überleben, und es macht ihn wahnsinnig.

»Immer mit der Ruhe, Gentlemen«, ruft er den anderen nach und leuchtet mit seiner kleinen Taschenlampe in die pechschwarze Dunkelheit vor seiner Nase. Durch seine dreckige Lesehilfe sieht er den verschwommenen Lichtstrahl, der über vollgestellte Metallregale und einen oktopusartigen, völlig verdreckten Ofen scheint, dessen Kamin sich zu den Stalaktiten der Aufputzwasserrohre hinaufschlängelt. In der Dunkelheit vernimmt er auf einmal Bob.

»Folge einfach meiner Stimme, Hap – sieht ganz so aus,

als ob sie Schachteln voll alter Medikamente hier haben. Sind wahrscheinlich schon zu Clintons Regierungszeit abgelaufen, aber man kann ja nie wissen.« Hap schlurft durch den verschwommenen Nebel silbernen Lichts Richtung Bob. »Heiliger Bimbam!« Bobs Stimme hüpft auf einmal eine Oktave höher. »Was zum Teufel soll *das* denn sein?«

»Was siehst du, Bob?«, will Hap wissen und schlurft weiter, bis er die Silhouetten der beiden Männer vor ihm in der Finsternis ausmachen kann. Sie stehen in einer Ecke einer uralten gemauerten Kammer, die mit altem Zwirn, Verpackungen, Gerümpel, Mäusescheiße und Staub so dick wie Fell zugemüllt ist.

Hap richtet seine Taschenlampe auf den Punkt in der Ecke, vor dem die beiden anderen wie angewurzelt stehen. Hap blinzelt und versucht zu erkennen, um was es sich handeln könnte. Die Wand ist verschwommen, und er muss seine Brille zurechtrücken, um irgendetwas sehen zu können. Endlich entdeckt er eine uralte Fuge. Sie ist knapp zwei Meter hoch und schneidet gerade durch das alte Mauerwerk. Die rostigen Angeln verschwinden im Putz und sind auf der einen Seite kaum sichtbar. »Verdammte *Kacke!*«, haucht Hap atemlos, als er endlich begreift, was er da vor sich sieht. »Ist das etwa eine *Tür?*«

Bob nickt langsam.

Hap kann den Blick nicht abwenden. »Und wohin, glaubst du, führt sie?«

Typisch! Kaum stellt Lilly ihr Handsprechfunkgerät in die Ecke, um aufs Klo zu gehen, ist die Kacke am Dampfen. Das verdammte Ding gab den ganzen Morgen keinen einzigen Ton von sich, keine Nachricht von Matthew und Gefährten – obwohl Lilly sie jede Viertelstunde angefunkt hat, während sie den Wiederaufbau des Verteidigungswalls beaufsichtigte. Jetzt aber, da sie auf dem Dixiklo der Baustelle zu pinkeln begonnen hat, will es keine Ruhe mehr geben.

Sie streckt sich gerade nach dem Toilettenpapier, als sie erneut Matthews Stimme hört. »Lilly, bist du da? Hallo? Wo treibst du dich rum? Etwas … Etwas ist so richtig schiefgelaufen … Hallo? Hallo! HALLO!«

Lilly beeilt sich und zieht die Hose hoch. Seit ihrer Fehlgeburt vor drei Wochen leidet sie unter einer chronischen Blasenentzündung, und selbst an diesem Morgen spürt sie, dass ihr Unterleib wund ist. Sie kickt gegen die Plastiktür und ruft: »Ich komme ja schon. Um Gottes willen!« Und leiser fügt sie hinzu: »Jetzt mach dir mal nicht gleich in die Hose.«

Das Handsprechfunkgerät steht auf einem Metallfass in fünf Metern Entfernung. Lilly läuft darauf zu, reißt es an sich und drückt auf den Sprechknopf. »Matthew? Lilly hier … Dann schieß mal los.«

Die Stimme knistert: »Um Himmels willen … Äh … Lilly … Hier ist etwas … Hier ist etwas furchtbar schiefgelaufen!«

»Jetzt mal ganz ruhig, Matthew. Und fang noch mal von vorne an. Over.«

Dann wieder Matthew: »Ich habe Scheiße gebaut … Ich habe nicht … Das habe ich nicht vorausahnen können … Mann, KACKE!«

Lilly drückt erneut auf den Sprechknopf: »Matthew, jetzt atme erst mal tief durch. Wie geht es euch? Ist jemand gebissen worden?«

Zuerst ertönt ein Rauschen, ehe seine Stimme wieder zu hören ist, diesmal atemlos, hysterisch und hustend: »Uns geht es gut … Aber die Herde, Lilly, die gottverdammte Kackherde … Wir haben sie nicht aufhalten können … Im Gegenteil, wir haben es nur noch schlimmer gemacht.«

»Was zum Teufel schwafelst du da, Matthew? Habt ihr das Feuer gelegt?«

Der kleine Lautsprecher spuckt und zischt, bis Matthew Henneseys humorloses, hyperventilierendes Lachen ertönt. *»Oh, ja. Das haben wir gemacht … Wir haben die ganze Gegend in Flammen aufgehen lassen.«* Dann eine Pause, ein Rascheln, schweres Atmen. *»Problem ist nur … Überraschung! … Diese Scheißviecher sind tot … Die sind verdammt nochmal schon tot!«*

Die Stimme versagt, und mehr atemloses Lachen dringt an Lillys Ohren. Sie drückt auf den Sprechknopf: »Matthew, hör mir zu. Ich muss wissen, was genau geschehen ist. Also reg dich wieder ab, und erzähl mir alles.«

Nach einer langen Pause voller Rauschen fängt sich Matthew Hennesey wieder, und seine Stimme senkt sich – wie ein Kind, das auf frischer Tat ertappt wurde. *»Wir haben das Feuer gelegt … Und … Und … Verdammt, das hätte niemand vorhersehen können … Lilly, die sind einfach durch die Flammen marschiert … Als ob sie gar nicht existierten … Die erste Reihe hat lichterloh gebrannt … Das war wie in einer Stunt-Szene … Die Beißer haben wie verdammte Kerzen geleuchtet … Sind einfach in Flammen aufgegangen … Die ganzen Gase vom verwesenden Fleisch … Ich habe keine Ahnung, was es war … Es schien, als ob sie alle explodierten … Und schon bald stand die ganze Herde in Flammen … Das war wie die alten Aufnahmen der* Hindenburg *… Kennst du die? Das Feuer hat die Meute im Sturm erobert … Bis so ziemlich jeder in Flammen stand … Und* *dann sind sie einfach weitergegangen, wie wandelnde Fackeln. Aber Lilly ... Die Sache ist die ... Die haben nicht aufgehört ... sind einfach weitergestiefelt ... sind weitergestolpert, als ob sie überhaupt nicht gemerkt haben, dass die Flammen aus ihnen stachen.«* Er hält inne, um Luft zu holen. Lilly verarbeitet noch immer das Gehörte und starrt auf den harten, grauen Boden zu ihren Füßen, der so pulvrig wie Mondstaub ist. Dann ertönt Matthews Stimme wieder: *»Sie kommen noch immer auf Woodbury zu, Lilly.«*

Lilly drückt erneut den Sprechknopf: »Warte. Okay. Eine Sekunde. Ich verstehe nicht ganz. Frisst das Feuer sie nicht auf? Zumindest die meisten von ihnen? Oder einen guten Anteil?«

Die Stimme am anderen Ende wird jetzt viel leiser, und Rauschen und Knistern begleiten jedes ihrer Worte: *»Yeah ... Vielleicht mit der Zeit ... vielleicht ein paar von ihnen ... Woher soll ich das wissen?«* Dann wieder dieses trockene, heisere Lachen. *»Wenn das Feuer das Gehirn zerstört ... oder den Körper so weit bewegungsunfähig macht, dass sie nicht mehr gehen können ... Nun, du kannst genauso gut raten wie ich ... Aber eines kann ich dir sagen ... Da sind so viele von denen, dass ein ganzer Haufen es bis morgen früh nach Woodbury schafft ... Und das wird so richtig kacke.«*

Lilly starrt auf ihre Armbanduhr, denkt darüber nach und schüttelt dann den Kopf. Tatsache ist, dass so ziemlich *alles* kacke ist.

»Leuchtet mal auf die rechte Türseite – genau dahin – ja, so ist es gut.« Bob kauert auf dem Boden und steckt den Hammer in die staubige Spalte zwischen Rahmen und Tür. Er grunzt vor Anstrengung. »Das hier ist mindestens hundert Jahre alt, wenn das überhaupt reicht«, sagt er, legt den Hammer erneut an und lehnt sich mit seinem ganzen Gewicht dagegen.

»Bob …«

Plötzlich gibt die Tür nach.

Hap springt überrascht zurück. Zu alt, um schnell zu reagieren, und zu blind, um etwas zu sehen, wird er von einer ganzen Reihe von Eindrücken bombardiert. Der erste ist der kalte Zug giftiger Luft, der aus der Öffnung strömt, als ob der Verschluss eines riesigen Einmachglases geöffnet wurde. Dann ertönt das raue Knarzen uralter Angeln, als Bob die Tür weiter öffnet, gefolgt von einer blitzschnellen, schemenhaften Bewegung.

Zuerst glaubt er, dass es ein Waschbär sein muss, denn das Etwas ist dunkel und klein. Das Einzige, was er trotz seiner verschwommenen Augen mit Sicherheit sagen kann, ist, dass es einen kleinen Mund voller scharfer gelber Zähne besitzt. Jetzt krabbelt es wie eine Spinne über den Boden direkt auf Hap zu, der überrascht aufkeucht, als die Kreatur sich seinen rechten Knöchel packt und seine Zähne in sein Fleisch versenkt.

Plötzlich passiert alles in Windeseile – viel zu schnell, als dass Hap es nachvollziehen könnte –, aber das Schlimmste ist der brennende Schmerz, der sich sein Bein hocharbeitet. Er verliert das Gleichgewicht und fällt rückwärts auf den Hintern. Er rollt über den Boden, und die Taschenlampe gleitet ihm aus der Hand. Schließlich bleibt sie so liegen, dass sie direkt auf die Kreatur scheint, die an seinem Knöchel nagt.

Für einen fürchterlichen Augenblick, ehe die beiden anderen eingreifen können, starrt Hap in das Gesicht zu seinen Füßen und glaubt, in einem Albtraum gefangen zu sein.

Das Monster, das seinen Kiefer um Haps Bein geschlossen hat, ist kaum als Mensch wiederzuerkennen. Wahrscheinlich hat es so lange in der Finsternis hinter der Tür verweilt, bis es zur Unkenntlichkeit ausgetrocknet ist. Sein Fleisch ist regenwurmgrau und um den Schädel und das Brustbein herum so eingefallen, dass man hätte glauben können, es sei vakuumverpackt. Spitze, verunstaltete Knochen stechen aus den Ecken seiner Gliedmaßen hervor und lassen es wie eine furchterregende Puppe erscheinen. Vielleicht war es einmal ein Kind oder ein Kleinwüchsiger, doch jetzt starrt dieses winzige, entfernt menschenähnliche Ding mit seinen leuchtenden, lidlosen Augen panisch vor sich hin und knabbert an Haps von Rheuma geplagter Ferse, saugt sein Blut und Knochenmark mit dem Eifer eines verdursteten Schiffbrüchigen, der die letzten Tropfen aus einer Kokosnuss schleckt.

Hab sieht einen Blitz, und der kurz darauffolgende Knall lässt ihn beinahe taub werden. Bob erledigt das Monster mit einem einzigen Schuss, und graue Fleischfetzen und Gewebe landen in Haps Gesicht. Nach Atem ringend, merkt er, wie die Kreatur von seiner Ferse ablässt, um dann in einer Lache aus schwarzen Körperflüssigkeiten zu Boden zu sinken. Hap stöhnt auf – sein Knöchel aber brennt noch immer.

Bens Silhouette füllt den Türrahmen, die Glock stets schussbereit in beiden Händen vor sich ausgestreckt, aber außer dem eiskalten Strom giftiger Luft kommt nichts weiter aus der finsteren Öffnung. Keine Bewegung, kein Geräusch, nur das Klingeln in Haps Ohren, als er sich qualvoll nach hinten legt und seinen alten, mit Krampfadern übersäten, unter Rheuma leidenden Unterschenkel hält, aus dem sein Lebenssaft tropft, um sich mit den verwesten Flüssigkeiten zu vermischen, die sich weiter über den verdreckten Boden ausbreiten.

»Okay, atmen! Alter, du musst atmen!«, beschwört Bob ihn, kniet sich zu ihm nieder und hält Haps Kopf in den Armen. Hap blinzelt und saugt die Luft in sich hinein, was ihm angesichts der Schmerzen, die ihn überrollen, mehr als schwer fällt. Er versucht zu atmen, versucht zu sprechen, versucht Bob anzuschauen, der weiterhin sanft auf ihn einredet: »Das wird schon wieder. Wir müssen dich hier rausbringen.«

»Nein … Müsst ihr nicht.« Hap muss seine letzten Energiereserven einsetzen, um diesen Satz zu formen. Der Schmerz bohrt sich tief in ihn, breitet sich in jeder Kapillare aus. Manche Menschen erliegen dem Schock eines Bisses erst nach einer Weile; bei anderen geht es viel schneller. Hap spürt, wie ihm das Leben aus den Füßen gesogen wird. »Ihr bewegt mich keinen Zentimeter.«

»Hap, sei still jetzt. Wir werden …«

Hap schafft es gerade noch, den Kopf zu schütteln. »Nein, ihr werdet mich schön hierlassen, denn … Ich bin fertig mit der Welt. Habe es schon erwartet … Früher oder später. Das war ein … nettes … ein nettes Leben, das ich hier auf Erden geführt habe.«

»Hap …«

»Zieh jetzt einen Schlussstrich drunter.«

»Hap, das darfst du nicht sagen …«

»Bob«, unterbricht Ben ihn sanft. »Du weißt, was du tun musst. Es gibt keinen Aus …«

»HALT DEN MUND!«, fährt Bob ihn an, als ob er eine Fliege hinter sich totschlägt, und widmet sich dann der Bisswunde, die Haps Hose über und über mit Blut besudelt hat. Panisch und atemlos legt er seine Pistole auf den Boden neben sich, reißt dann einen Streifen Stoff von seinem Hemdzipfel und bindet ihn fest um das Bein des alten Mannes, um die Arterien abzubinden. »Ich will mich jetzt nicht mit dir streiten, Old Hoss. Wir werden …«

Hap legt die Finger um den Griff von Bobs .357er.

Bob blickt zur Seite.

Es geschieht in einer solchen Geschwindigkeit, dass Bob keine Zeit hat, etwas dagegen zu tun, es überhaupt zu *registrieren*. Er bemerkt eine Bewegung in der Finsternis neben sich und schlussfolgert, dass Haps knochige alte Finger sich um den Griff seines Revolvers gelegt haben. Bob schreit unbeholfen auf, als Harp rasch den Lauf an seine mit Altersflecken bedeckte Schläfe hält.

Bob streckt den Arm nach der Waffe aus, als Hap abdrückt.

Es folgt ein weiterer undeutlicher Schrei aus Bobs Mund, als der Knall den finsteren Keller erbeben lässt und das Mündungsfeuer ihn kurzzeitig erhellt. Bob stürzt rückwärts, als Haps Schädel von der Kugel zurückgeworfen wird. Der hintere Teil seines Kopfes explodiert, und ein feiner Blutnebel legt sich auf einen tragenden Pfeiler hinter ihm. Mitten in einer Wolke aus Schießpulver fällt Hap zu Boden, die Augen aufgerissen. Die Waffe fällt auf den Betonboden, auf dem sich jetzt eine dunkle Lache ausbreitet.

»NEIN! FUCK, NEIN!«, ruft Bob und stürzt sich instinktiv auf seinen Freund. »FUCK! FUCK!« Bob versucht den Schädel des alten Mannes anzuheben, aber bei dem vielen Blut rutscht er immer wieder ab. Hap knallt erneut zu Boden. Bob jammert vor sich hin, als er den Schädel des alten Mannes ertastet und an der Halsschlagader nach einem Puls sucht. »Fuck-fuck-fuck!« Bobs Augen füllen sich mit Tränen, und er kann kaum noch sehen, als er Haps toten Körper an sich drückt. »Verdammt nochmal, du dämlicher alter Sack. Was hast du da getan? Was hast du *getan?*«

»Bob, lass gut sein«, ertönt Bens Stimme aus dem Schatten hinter Bob. Sie hört sich so an, als ob sie aus einer Entfernung von Millionen von Kilometern an sein Ohr dringt. »Bob, er ist tot. Er …«

»HALT VERDAMMT NOCHMAL DAS MAUL, BEN!« Die Inbrunst, mit der Bob ihn anbrüllt, erschreckt sogar Bob selbst; unerwartete Emotionen bäumen sich in ihm auf und lassen ihn schwindeln. Aus irgendeinem Grund trifft es ihn tief – dieser Tod, dieser sinnlose Verlust, so beiläufig und plötzlich wie ein Niesen. Er hat den alten Hap Abernathy ins Herz geschlossen, seine Geschichten gemocht, seine griesgrämige Art geschätzt, an seinem absoluten Dickkopf Gefallen gefunden, der Bob an einige seiner alten Kameraden von der Army erinnert hat. Hap hat einige Zeit in der Navy im Koreakrieg gedient, und kochen konnte er auch recht gut. Ein typischer Matrose, der Bob zum Lachen gebracht hat. Jetzt, da er den schlaffen Körper seines Freundes umarmt und sein Blut ihn in absolutem Elend versinken lässt, spürt Bob, dass er sehr nah am Wasser gebaut ist. Zu nah, denn Bob beginnt leise zu weinen.

»Er hat es so gewollt, Bob«, ertönt Bens Stimme aus der

Finsternis. Er steht zwar nur wenige Zentimeter hinter Bob, aber seine Stimme scheint immer noch meilenweit entfernt. »Er war eine gute Seele und ist wie ein Mann von uns gegangen.«

»Ich hätte … Ich hätte … FUCK!« Bob schmiegt sein Gesicht an Haps zerstörten Schädel. »Ich hätte ihn retten können.«

»Nein, hättest du nicht.«

»Ich hätte … hätte *amputieren* können.«

»Nein, Bob. Da hättest du nichts mehr ausrichten können. Er ist wie ein Mann von uns gegangen.«

Bob versucht noch etwas zu sagen, schließt aber stattdessen die Augen und gibt sich ganz und gar seinem Unglück hin. Es dauert ungefähr eine Minute. Dann wird er ruhig und wiegt den schlaffen Körper in seinen Armen. Plötzlich hält er inne und sitzt einfach da, erschöpft, trostlos, leer. Schließlich blickt er zu Ben auf und sagt mit sanfter Stimme: »Wir müssen ihn mit zurücknehmen und ihm eine vernünftige Beerdigung geben.«

»Natürlich.«

»Los … Hilf mir, eine Bahre zu machen.«

Die beiden Männer lesen allerlei Holz, ein Seil und Packband auf.

Dann basteln sie eine einfache Bahre, auf der sie den Körper zurück nach Woodbury bringen können. Es nimmt noch einige Minuten in Anspruch, um Haps Leiche auf die Bahre zu binden. Als sie fertig sind, müssen sie sich den Schweiß von der Stirn wischen. Sie wollen sich schon aufmachen, als Bob noch einen Blick auf die zweite Leiche wirft – den zerfleischten Kadaver auf dem Boden mit dem vertrockneten Fleisch und den Knochen, die aus jedem Gelenk hervorstechen –, und er spuckt sie verächtlich an.

Dann bemerkt er noch etwas: Auf der anderen Seite des Kadavers, hinter der Tür in der Kellerwand, erstreckt sich ein Tunnel in die Finsternis.

Bob blinzelt, wischt sich die Augen trocken und starrt eine ganze Weile in das schwarze Loch. Die Wände des Tunnels sind aus Backstein und Mörtel, und aus dem Zustand des Letzteren schließt Bob, dass er vor vielen Jahren in Windeseile gebaut wurde. Er scheint in der Dunkelheit zu verschwinden, erstreckt sich vielleicht über hundert Meter, vielleicht sogar mehrere Kilometer.

Je länger Bob in den Tunnel starrt, je mehr ist er davon gefangen: Wer zum Teufel hat dieses Ding gebaut? Und warum? Und überhaupt, wie lang ist er?

Letztendlich dreht er sich zu Ben um und sagt mit erschöpfter Stimme. »Lass uns abhauen.«

Fünf

Calvin Dupree stürmt in das Verwaltungsbüro im ersten Stock des Gerichtsgebäudes. Sein Herz pocht wie wild, und sein Mund ist vor Panik ganz trocken. Er kommt unter dem Türrahmen zum Stehen und wirft einen raschen Blick in den Vorraum, den Lilly seiner Familie als vorübergehende Bleibe bereitgestellt hat, bis sie so weit sind, sich wieder auf den Weg zu machen. Der Raum ist von einem einzigen Dachfenster beleuchtet, wurde sauber gefegt, und sämtliche Möbel wie Schreibtische oder Aktenschränke wurden gegen eine Wand gestellt. Vor den mit Brettern verschlagenen Fenstern hängen von Motten zerfressene Vorhänge.

Die Kinder sitzen versunken in einer Ecke und beschäftigen sich mit sich selbst. Bethany sitzt auf einem verschlissenen Drehstuhl und liest ein Bilderbuch, das scheinbar nur aus Eselsohren besteht, während Tommy und Lucas auf dem Boden knien und ein Brettspiel spielen.

»Liebling?«, ruft Calvin. Meredith sitzt allein in der gegenüberliegenden Ecke des Büros und starrt auf einen Spalt zwischen den verbarrikadierten Fenstern. Die ganze Zeit betet sie zwanghaft irgendeine Litanei rauf und runter – das meiste ist kaum hörbar, aber ab und zu versteht man vereinzelte Phrasen wie »bloß nichts« und »sagen‹ –, während die Welt um sie herum ihren Gang geht. »Alles in

Ordnung, Liebling?«, erkundigt sich Calvin, als er sich ihr nähert, die Hände nervös zu Fäusten geballt.

Sie antwortet nicht.

»Liebling?« Calvin kniet sich neben sie. »So rede doch mit mir. Was ist denn los?«

Sie antwortet noch immer nicht, haucht nur weiter ihre Zaubersprüche.

»Hör zu, Schatz. Erinnerst du dich, dass ich dir von der Horde erzählt habe, die sich westlich von hier gebildet hat? Sie haben versucht, sie aufzuhalten, aber irgendetwas ist schiefgelaufen. Sie ist immer noch auf dem Weg hierher. Wir müssen jetzt bleiben. Die Mauern beschützen uns. Zumindest vorerst. Verstehst du mich?«

Sie blickt ihn nicht an, antwortet nicht, sondern stammelt weiter, summt leise in schiefen Tönen vor sich hin, während ein hauchdünner Lichtstrahl sich durch die Bretter vor den Fenstern mogelt, sodass ihr schmales, markantes Gesicht noch strenger als sonst wirkt. Kaum ein Flüstern, eher ein Stöhnen als ein Lied – ihre Stimme klingt, als ob sie von dem Boden eines Brunnens stammt –, und die Wörter des alten Schlafliedes werden gerade noch bis zu Calvins Ohren getragen: »Schlaf', Kindlein schlaf'! Der Vater hüt't die Schaf ... die Mutter schüttelt's Bäumelein, da fällt herab ein Träumelein. Schlaf', Kindlein schlaf'!«

Erst jetzt begreift Calvin, dass sie genau das schon seit Tagen, vielleicht sogar Wochen vor sich hinmurmelt. »Liebling, hast du mich gehört?«

Auf einmal entzieht sie sich seiner Berührung, als ob er ihr einen elektrischen Schock verpasst hätte. Sie blickt zu ihm auf, blinzelt und runzelt die Stirn. »Ich habe gehört, was du gesagt hast, Calvin. Ich bin nicht im Koma! Was ist mit der Horde passiert?«

»Was?« Er legt den Kopf zur Seite. »Oh, ich weiß nicht. Sie haben versucht, sie umzulenken, aber das ist wohl nach hinten losgegangen.« Er streichelt sanft ihren Arm. »Aber das wird schon. Mach dir keine Sorgen.« Jetzt drückt er fester zu. »Warum beten wir nicht dafür? Was hältst du davon? Lass uns zusammen beten.« Er neigt das Haupt. »Lieber Gott im Himmel, bitte erhöre unser Gebet …«

Eine bebende Stimme hinter ihm unterbricht ihn jäh: »Kannst du *bitte* mal irgendetwas anderes tun, als ständig zu *beten?«*

Calvin dreht sich rasch um und sieht seinen ältesten Sohn Tommy vor sich stehen. In seinem Kapuzenpullover voller Schweißflecken hat er die Hände zu Fäusten geballt, und seine Venen stechen aus seinem dünnen Hals hervor. Der Junge steht kurz vor dem Abgrund, dem Abgrund der Pubertät, der Gewalt, der Tränen. »Mom hat komplett den Verstand verloren, ist völlig gaga, und das Einzige, was du tun kannst, ist verdammt nochmal beten?«

»Sei ruhig!«, fährt Calvin ihn an und verspürt eine aufsteigende Wut. Der Junge hat ein Talent, Calvin genau dort zu treffen, wo es wehtut – etwas, das in letzter Zeit immer häufiger vorkommt. »Wir haben es hier mit einer Situation zu tun, bei der es um Leben oder Tod geht.«

»Das ist mir auch klar, Dad. Und genau das ist das Problem. Du kannst uns mit deinem Beten nicht beschützen.«

»Setz dich hin! Sofort!«

»Aber Dad …«

»Sofort!«

Der Junge stößt einen genervten Seufzer aus, dreht sich

um und stürmt durch das Büro. Er tritt gegen das Brettspiel auf dem Boden, sodass sein jüngerer Bruder vor Schreck zusammenzuckt.

Calvin richtet sich wieder an Meredith. »Das wird schon, das verspreche ich dir«, flüstert er ihr sanft zu und streichelt erneut ihren Arm.

Sie aber zieht ihn wieder weg. »Hör auf deinen Sohn, Calvin.«

»Sag so etwas nicht.«

»Deine Frau ist verrückt.«

»Meredith …«

»Verrückter als Quatsch mit Sauce.«

»Hör sofort auf!«

»HÖR DU AUF!« Allein die Lautstärke und der Klang ihrer Stimme lassen jeden im Zimmer erstarren. Die Kinder blicken erschrocken von ihrem im Raum verteilten Spiel auf. Merediths schlankes Gesicht ist purpurrot angelaufen, und ihre Venen pulsieren in ihrem Hals. »Jetzt hör endlich auf, so zu tun, als ob du dich aus jeder Situation herausbeten könntest! Und heuchele nicht immer vor, dass wir eine wunderbar funktionierende Familie sind! Und stell dich nicht so dumm, sondern sieh ein, dass das hier aller Tage Abend ist und wir dem Tod geweiht sind!«

»Okay, das reicht …« Er will sie erneut berühren, aber sie schlägt seine Hand fort.

»Und lüg mich nicht mehr an!«

Er blickt sie fragend an. »Aber Meredith, was soll das heißen?«

»Tommy hat gehört, dass du heute zum National Guard Depot gehst und diesen Leuten hier helfen wirst, nach Waffen zu suchen. Ist das wahr?«

»Okay, das ist aber …«

»IST ES WAHR ODER NICHT?«

Er nickt. »Ja, es ist wahr.«

Sie holt tief Luft, und ihre glasigen Augen leuchten wahnhaft vor Wut. »Ich komme mit.«

»Meredith …«

Sie blickt erneut zu ihm auf, und die merkwürdigste Mischung aus Emotionen schwingt in ihrem Blick mit: Kummer, Trostlosigkeit, Sorge, aber hauptsächlich weiß glühende Wut. »Ich werde mich nicht einfach in eine Ecke verkriechen und sterben. Nicht ohne zu kämpfen. Ich will diese Monster umbringen, so wahr ich hier sitze. Ob dir das passt oder nicht, ich werde mitkommen.«

Die Überreste des ehemaligen National Guard Depot Nummer achtzehn umfassen ein zehn Morgen großes Plateau, das über den Elkins Creek blickt – circa fünf Kilometer östlich von Woodbury. Eine schmale Zufahrt schlängelt sich den westlichen Hang zum Einfahrtstor hinauf, von dem kaum mehr als ein verkohltes Skelett aus verbogenen eisernen Knochen übriggeblieben ist, seit es von den Schockwellen einer Brandbombe in Stücke gerissen wurde.

Als Bob die Rostbeule von einem Dodge Ram vor den Trümmern der Einfahrt parkt, saugen die Passagiere stillschweigend den Anblick der riesigen Ruinen des Komplexes in sich auf. Was früher einmal ein Bollwerk aus Gebäuden mit dicken Mauern war, umringt von einem Maschendrahtzaun und schwer bewachten Waffenkammern, ähnelt jetzt eher einem vernachlässigten Kriegsspielplatz, auf dem Spielfiguren über die zerstörte Landschaft verstreut sind. In der Ferne liegen Panzer ausgebrannt und auf dem Dach wie tote Schildkröten herum. Überreste von in Brand gesteckten Humvees und Bradley-Kampffahrzeuge stehen einsam auf dem Gelände. Die Hälfte der Gebäude hat keine Türen oder Fenster mehr, und bei manchen sind die Außenwände komplett weggesprengt oder -gebrannt, sodass sie erbarmungslos den Elementen ausgesetzt sind. Der Krater in der Mitte der Explosion, die das Depot zerstört hat, sieht wie ein brackiger Teich voll giftigen Regenwassers aus. Die verheerende Macht der Explosion ist auch jetzt noch mit bloßem Auge erkennbar, und Rauch und Ruß hat sich in immer größer werdenden Kreisen auf den Asphalt und die Bürgersteige gelegt.

»Was in Gottes Namen ist hier passiert?«, erkundigt sich Calvin von der Rückbank aus, die mit Ach und Krach Platz für drei Erwachsene bietet. Er ist zwischen Meredith und Lilly eingepfercht und reckt den Hals, um durch die Windschutzscheibe zu lugen. David sitzt auf dem Beifahrersitz. Zwischen seinen Beinen wackelt ein AR-Maschinengewehr.

David starrt ebenfalls aus der Windschutzscheibe auf die Ruinen. »Leute, die nicht so gut mit dem Governor konnten, haben es vorsichtshalber ausgelöscht – quasi ein präventiver Erstschlag.«

»Wann war das denn?«

David zuckt mit den Schultern. »Keine Ahnung – vielleicht vor einem Monat oder so.«

»Und wer *waren* diese Leute?«, fragt Calvin beinahe rhetorisch. Es ist offensichtlich, dass der Anblick der Zerstörung ihn aus dem Ruder zu werfen droht.

»Einfach nur Leute«, wirft Lilly ein und reibt sich die Beine, als ob sie taub wären. So schmal wie sie ist, wird sie doch gegen die Hintertür gezwängt, und jetzt drängen sich ihr wieder die traumatischen Erinnerungen der letzten Monate ohne jegliche Vorwarnung auf. Hap Abernathys Tod vor wenigen Stunden hat in ihr alte Angstanfälle wieder aufkommen lassen, und sie kommt sich wie eine Hochstaplerin vor. Für wen zum Teufel hält sie sich eigentlich? Sie versucht jegliche Zweifel zu verdrängen, blickt aus dem Fenster und sieht die verbrannten Überreste von Beißern auf dem gesamten Gelände verstreut, und der Anblick dieser verkohlten Leichen schnürt ihr die Kehle zusammen. Es ist durchaus möglich, dass verschmorte Beißer noch immer durch die verlassenen Gebäude geistern. Sie zieht ihre Ruger, überprüft das Magazin und sagt: »Normale Leute. Genauso wie wir, die einfach überleben wollten.«

Meredith sitzt auf der anderen Seite der Rückbank und kämpft gegen ihre Nerven und das Adrenalin an, das durch ihre Adern schießt. Endlich meldet sie sich zu Wort: »Wenn Sie mich fragen, werden wir nie etwas finden, wenn wir nur hier rumsitzen … Wir müssen aussteigen und die Gegend zu Fuß absuchen.«

Nach einer Stunde vergeblichen Suchens – jedes Gebäude war entweder schon von Plünderern leergeräumt oder bis zur Unkenntlichkeit verbrannt – kommen sie zu einer schmalen, niedrigen Wellblechhütte am anderen Ende des Grundstücks neben einer Garage. Die Hütte steht wider Erwarten noch, entweder aufgrund des Wellblechs oder der Launen der Explosion. Die Tür ist mit einem Vorhängeschloss versehen.

Bob bricht es mit einem Hammer auf, und die gesamte

Mannschaft drängt sich in die Finsternis, in der es nach Maschinenöl und Schimmel riecht.

Sie schalten die Taschenlampen an. In den schmalen Lichtkegeln erscheinen riesige Kisten, die bis zur Decke gestapelt und von Spinnweben überzogen sind. Auf den Seiten steht in Großbuchstaben geschrieben WEHRZEUG, 100 .50-CAL BROWNING PANZERBRECHENDE MUNITION, HOCHEXPLOSIVE MISCHUNG C und 50 25MM HOCHLEISTUNGSSIGNALRAKETEN. Bob sucht weiter und findet eine Kiste mit der Aufschrift BRANDKÖRPER/ WEISSER PHOSPHOR. »Mein lieber Schwan«, murmelt er.

»Was ist los, Bob?«, will Lilly wissen und richtet ihre Taschenlampe ebenfalls auf die Kiste. Der Aufdruck aber sagt ihr nichts.

»Ich habe von dem Zeug gehört«, erklärt er, kniet sich vor die Kiste und bläst den Staub weg. »Weißer Phosphor. Hat die Army in Kuwait verwendet.«

»Was ist es denn?«

»Grausames Zeug, wirklich grausam. So ähnlich wie Napalm, nur heller und schneller.«

»Brandbomben?«

»So ungefähr.«

»Aber das haben wir doch schon versucht.«

»Aber der Kram hier spielt in einer anderen Liga – kannst mir ruhig glauben«, meint Bob und wirft ihr einen Blick über die Schulter zu. »So wie Feuer mit Steroiden.«

Sie grübelt einen Moment lang darüber nach. »Können wir es gebrauchen?«

Er schaut sie geheimnisvoll an und wendet sich dann an die anderen: »Kann mir jemand helfen? Wir brauchen eine

Sackkarre, um das ganze Zeug zurück zum Truck zu transportieren.«

Lilly und die anderen treffen erst am späten Nachmittag wieder in Woodbury ein. Matthew, Speed und Gloria warten bereits auf sie.

Gebeutelt, verschwitzt und von Kopf bis Fuß mit Ruß bedeckt, ähneln sie eher frisch geretteten Kumpeln aus einem Grubenunglück, aber sie stehen Bob und Lilly in der Krankenstation Rede und Antwort, wo Bob ihre Verbrennungen und ihre leichte Rauchvergiftung versorgt. Lilly möchte wissen, wie rasch sich die Herde in Richtung Woodbury bewegt.

»Ich würde schätzen, dass sie so um die zwölf Stunden brauchen. Höchstens«, antwortet Matthew, der auf dem Rand einer Krankenbahre hockt und sich den Dreck mit einem Handtuch aus dem Gesicht wischt. Gloria und Speed sitzen in einer Ecke, nippen an Wasserflaschen und machen einen abgespannten und nervösen Eindruck.

Lilly geht die Krankenstation auf und ab und fragt weiter nach. »Was zum Teufel ist passiert? So wie ich die Beißer kenne, schüchtert Feuer sie *ein*, sie *schrecken zurück*. Meint ihr nicht? Aber das, was ihr hier erzählt, ist mir noch nicht untergekommen. Was hat sie bloß immun dagegen gemacht?«

Matthew zuckt mit den Achseln und wirft seinen Kameraden einen Blick zu. »Ich kann es auch nicht fassen. Das ging sowieso alles so schnell, dass ich mir gar nicht mehr sicher bin, es wirklich gesehen zu haben.«

Speed meldet sich zu Wort: »Aber es wird sie bremsen – zumindest einige von ihnen –, aber die meisten … Ich weiß auch nicht. Es war, als ob sie überhaupt nicht mitbekamen, dass sie gebrannt haben.«

Das bringt die Unterhaltung zu einem abrupten Ende, und die darauffolgende Stille ist kaum auszuhalten.

Lilly wirft Bob einen Blick zu. »Wie lange dauert es, bis wir das Loch im westlichen Verteidigungswall geflickt haben?«

»Sollte vor Einbruch der Nacht fertig sein.« Bob räuspert sich nervös. »Mir ist schon klar, dass wir nicht viel Zeit haben, und ich weiß, dass eine vernünftige Beerdigung unmöglich ist, aber hättest du etwas dagegen, wenn ich später ein paar Worte loswerde, ehe wir den alten Hap unter die Erde bringen?« Bob hört sich an, als ob er einen Kloß im Hals hat – er räuspert sich immer wieder –, aber Lilly durchschaut ihn, weiß, dass er gegen die Tränen ankämpft. »Er war ein guter alter Kauz. Hat genügend Menschen das Leben gerettet. Ich finde, wir sind es ihm schuldig. Was sagst du?«

»Selbstverständlich, Bob.« Lilly mustert sein runzliges Gesicht. Seine uralten Augen sind in tiefe Falten gebettet, und er ist gekennzeichnet von den Ticks und dem Zittern eines Alkoholikers. Für einen kurzen Augenblick fragt Lilly sich, ob er vielleicht wieder zu trinken anfängt. Sie weiß gar nicht, wie sie ohne diesen Mann durchhalten könnte. »Sobald wir den Verteidigungswall wieder in Ordnung haben«, beruhigt sie ihn. »Dann rufen wir alle zusammen … Am besten auf dem Marktplatz. Wir legen ihn neben Penny.«

Bob nickt und senkt den Blick, teils aus Dankbarkeit, teils aus Schamgefühl. Niemand kann auch nur erahnen, wie sehr es ihn jetzt nach einem Drink gelüstet.

In der Ecke nimmt Gloria ihre Sonnenblende ab und fährt sich mit den Fingern durch das schütter werdende graue Haar. »Man sollte annehmen, dass das Feuer die Herde früher oder später dezimiert. Die Hälfte von ihnen stand lichterloh in Flammen.« Sie richtet sich an Lilly. »Mit etwas Glück dürften nicht allzu viele von ihnen übrig sein, wenn sie in Woodbury ankommen.«

Lilly nickt und reibt sich die Augen. »Wie heißt es doch gleich? Von deinem Mund in Gottes Ohr?«

»Ach, wenn du schon von Gott redest«, unterbricht Speed. »Ich habe diesen Typen gesehen – den Jesus-Freak-Typen, der vorher bei euch gewesen ist. Er arbeitet jetzt am Wall mit. Haben die sich schon entschieden, ob sie bleiben wollen oder nicht?«

Lilly stöhnt. »Äh … Ich habe keine Ahnung.« Sie denkt kurz darüber nach. »Calvin ist übrigens okay. Er macht mir nicht den Eindruck eines fanatischen Gotteskriegers.« Ihre Gedanken schweifen zu den anderen Mitgliedern der Dupree-Familie. »Die Kinder sind auch lieb. Aber ich mache mir Sorgen um die Mutter. Die ist ganz schön überdreht. Ich will, dass ihr alle ein Auge auf sie habt. Sie macht den Anschein – das kenne ich nämlich schon –, als ob sie zu lange dort draußen gewesen ist. Sie will mit dem Sprengstoff helfen, aber ich glaube nicht, dass das eine so gute Idee ist. Diese Frau ist gefährlich. Ich glaube, dass sie eigenhändig die gesamte Horde umbringen will.«

Nach einer langen Pause verkündet Gloria leise: »Wer nicht?«

Sechs

Es ist zehn Minuten vor acht. Die Dunkelheit bricht über Woodbury herein, und die Zikaden beginnen ihren abendlichen Tanz. Dann ein Hauch Verwesung. In der Ferne hört man ein Summen – wie bei Hochspannungsleitungen. Leider aber handelt es sich wahrscheinlich um eine ganze Armee aus Toten, die immer näher kommt. Die Zeit vergeht. Jeder einzelne Bewohner Woodburys, Georgia, sammelt seine Siebensachen vor dem Einbruch der Flut aus Monstern zusammen.

Unter der Arena führt Barbara Stern eine Gruppe Kinder im Alter zwischen drei und zwölf Jahren eine Treppe hinab in die Katakomben aus Garagen und Boxen. Die Schreie und das Feixen der acht Kinder hallen von den Wänden der Korridore wider, als die Frau in ihrem Zeltkleid auf die letzte Tür auf der linken Seite zueilt. »Jetzt drängel nicht, Robbie«, ermahnt Barbara einen der jüngeren Burschen. »Nimm die Finger aus dem Mund, Alyssa. Nicht anhalten! Nathan, hilf deiner Schwester.«

Barbara kann sich nur noch vage an das Büro erinnern, auf das sie zusteuert. Sie hat es erst einmal gesehen, als sie zusammen mit den Lakaien des Governors hier war. Jetzt aber, als sie die Kinder an den vielen verbeulten Garagentoren vorbeitreibt – jedes Tor ist heruntergezogen und verschlossen –, wird ihr ganz anders. Hier haben früher die Boxencrews Motoren repariert und frisiert, Männer in öligen Overalls haben endlos unter Motorhauben und Karosserien herumgebastelt, damit ihre Muscle-Cars wieder nach oben in die Arena kamen. Sie fuhren auf ihren Rollwagen umher, drehten an Schrauben und klopften mit Hämmern. Aber es ist ebenso der Ort, an dem Philip Blake, auch bekannt als der Governor, seine Gefangenen folterte. Die Schreie der Verurteilten vermengten sich mit dem Gekreische und dem Gelächter ihres Peinigers. Das hier war wahrlich ein Haus des Horrors. Barbara hat einmal eine Dokumentation auf CNN über Saddam Husseins Palast gesehen, nachdem die US-Truppen ihn eingenommen und das Kriegsrecht verhängt hatten. Aus irgendeinem Grund kann sie sich noch an die unheimliche *Normalität* dieses Orts des Bösen erinnern – die Fotos von Jagdausflügen am Kühlschrank und die Pornohefte auf den Nachtschränken. Und genau jetzt, als sie einen Pin-up-Kalender mit dem Foto einer nackten Frau auf einem mechanischen Bullen Rodeo reiten sieht, kommt es ihr vor, als ob das alles gestern passiert ist.

»Letzte Tür links, Tommy«, ruft sie dem Jungen ganz vorne zu.

Tommy Dupree ist wie eine Kleinausgabe seines Vaters: drahtig, blond, rotgesichtig. Er verhüllt seine Emotionen nicht, im Gegenteil, er trägt sie offen und deutlich nach außen, und seine enorm großen braunen Augen leuchten vor Intelligenz und Vitalität. In seinem Jeansoverall und der Caterpillar-Baseballmütze gleicht er einem kleinen Soldaten, wie er auf das Büro zumarschiert und seine jüngere Schwester am Kragen ihres Sommerkleids hinter sich herzieht. Kaum hatte Barbara ihn zum ersten Mal gesehen, fühlte sie sich irgendwie mit dem frechen Zwölfjährigen verbunden. Kinderlos und nicht an die unersättlichen Bedürfnisse der meisten Kinder gewöhnt, spürte sie sofort, dass Tommy auf der gleichen Wellenlänge wie sie ist. Der Junge ist ein Draufgänger und ein Klugscheißer, der Dummköpfe nicht ertragen kann – ganz so wie sie selbst.

»Ich bin nicht blind«, ruft Tommy ihr zu. »Da ist doch das Schild.« Wie eine Hundemutter, die auf ihre Welpen aufpasst, schnappt er sich die Ärmel seiner jüngeren Geschwister und zerrt sie in Richtung einer Glastür mit der verblassten Aufschrift BOXEN UND SERVICE BÜRO. Der fünfjährige Lucas stolpert in seinem langen Pullover und den Sattelschuhen und lässt einen kleinen Rucksack voller Papier auf den dreckigen Boden fallen.

Ein Malbuch und Blätter purzeln zu Boden, und Wachsstifte kullern über den Beton. »Ich mach das schon, Luke. Ist schon gut. Geh besser rein«, murmelt Tommy als stellvertretendes Elternteil etwas säuerlich, aber in seiner Stimme klingt ein langer Atem mit, eine oft und schwer geprüfte Geduld wie die eines Märtyrers, als er den Inhalt des Rucksacks vom Boden aufliest.

Barbara führt die anderen Kinder um Tommy herum und geleitet sie in das Büro.

Sekunden später erscheint sie wieder im Korridor und hilft dem Jungen, die Sachen aufzuheben. Sie kniet sich neben ihn und hält Ausschau nach fehlenden Wachsstiften, während Tommy einzelne Zeichnungen zusammensucht, die rasch mit einem schwarzen Stift von der unsteten Hand eines Fünfjährigen hingeschmiert wurden. Eine davon fällt Barbara ins Auge. »Ich will ja nicht neugierig sein«, sagt sie zu dem zwölfjährigen Tommy, »aber wer soll das denn sein?«

»Ach, das hier?« Er hält das Blatt Papier in die Höhe, sodass Barbara die merkwürdige, verformte Figur eines Menschen mit Hörnern, leichenblassem Gesicht und einer gespaltenen Zunge, die er aus seinem mit Reißzähnen versehenen Mund streckt, besser sehen kann. »Das ist der Tanti-Christ.«

»Ach, wirklich?«

»Ja. Mein kleiner Bruder hat Visionen. Die meiste Zeit sieht er Visionen der Entzückung. Oder so ähnlich nennt es mein Dad.«

»Du meinst die Entrückung?«

»Genau«, sagt der Junge und nickt beiläufig, ehe er das Bild zurück in den Rucksack steckt. »Mein Dad meint, dass wir in Zeiten des großen Trübsal leben, und ein paar von uns in den Himmel gehoben werden, während andere hier auf Erden bleiben und gegen den Tanti-Christ kämpfen müssen. Das sind die Anzeichen der Zeiten des großen Trübsal.«

»Oh.« Barbara fällt nichts weiter ein als ein lauwarmes »Ich verstehe.«

»Ich finde, dass das alles Bullshit ist«, fährt der Junge fort. »Aber ich sage nichts, denn es würde Dad verletzen. Er ist kein schlechter Vater, nervt aber immer wieder total mit seinem ganzen Jesus-Gelaber und seinem unaufhörlichen Gebete.« Er schließt den Rucksack und richtet sich auf. »Ich bin Atheist, aber bitte verraten Sie das nicht meinen Eltern – es würde sie umbringen.«

Barbara kichert, als sie sich ebenfalls auf die Beine rafft und den Jungen in das Büro führt. »Schau einer an, da haben wir ja etwas gemeinsam. Ich bin keine Jüdin, aber erzähl es nicht Davids Eltern – es würde sie ebenfalls umbringen.«

Sie schließen die Tür hinter sich und ziehen das Rollo so laut runter, dass das Geräusch durch die leeren Korridore der Arena hallt.

In den Stunden vor der bevorstehenden Schlacht überwacht Lilly die letzten Arbeiten am Verteidigungswall und bereitet sich auf den Angriff vor. Sie hat ein Team aus sechs Frauen und vierzehn Männern zusammengestellt, die unaufhörlich am westlichen Teil des Walls arbeiten, Munition austeilen, Bogenlampen aufstellen, die Maschinengewehrschützen positionieren, Matthews behelfsmäßiges Katapult aufbauen, Sprengstoff und Gerätschaften wie Nachtsichtgeräte, Leuchtspurgeschosse und Magazine ausgeben. Nachdem sie alles aus dem National Guard Depot mitgenommen und sämtliche privaten Vorräte zusammengeworfen haben, verfügen sie über sechzehn Handgranaten, einige Hundert .45-Kaliber-Kugeln, sechzig .38-Kaliber-Patronen, hundertfünfzig panzerbrechende .30-Kaliber-Hochgeschwindigkeitsgeschosse und um die hundert Schuss .22-Kaliber-Munition in zehn Magazinen für Lillys zwei Ruger-Pistolen. Nicht gerade ein beeindruckendes Waffenarsenal – insbesondere wenn man die Umstände bedenkt –, aber es muss reichen. Der Sprengstoff aus dem National Guard Depot könnte sich als ihr Ass im Ärmel herausstellen. Lilly rät jedem, der ein Maschinengewehr besitzt, den Finger nicht auf dem Abzugshahn zu halten, denn die Waffen können achthundert Kugeln pro Minute ausspucken, wenn man nicht davon ablässt, sondern kurze, kontrollierte Salven abzufeuern.

Gegen elf Uhr nachts machen sie eine kurze Pause, um Hap Abernathy zu beerdigen. Die zwanzig Erwachsenen versammeln sich bei Fackellicht in einem Halbkreis um die Statue von Jeb Stuart. Ihre Köpfe sind gesenkt, als Bob sich vor die Kiste aus Fichtenbrettern stellt, die mit Seilen und Paketband zusammengehalten wird, und mit leiser Stimme von Haps Zeiten als Schulbusfahrer erzählt. Hap war ein alter Brummbär, der sich in die Herzen vieler Überlebender eingeschlichen hat, und einige Bewohner Woodburys haben ebenfalls Anekdoten über ihn auf Lager, die sie loswerden wollen. Jeder erhält eine Chance, aber die Zeremonie wird unterbrochen, als der unverwechselbare Gestank von Beißern die Luft verpestet. Die Versammelten werden nervös, als sie eine neue Duftnote erschnüffeln, denn unter dem altbekannten Duft von Verwesung, ranzigem Fleisch und verfaultem Kot liegt der schwarze, beißende, ölige Gestank verbrannten Fleisches wie ein dissonanter musikalischer Kontrapunkt.

Die Traube Trauernder löst sich auf und nimmt ihre vereinbarten Positionen auf den Dächern von Autos und Fahrerkabinen von Trucks ein, die entlang des Verteidigungswalls geparkt sind. Matthew baut sein zusammengebasteltes Katapult auf einer Hebebühne in der Nähe der westlichen Einfahrt auf. Das Sammelsurium aus Gummiseilen, hölzernen Pflöcken und den Überresten einer Schubkarre besitzt einen Schleudermechanismus, der in der Lage ist, Geschosse bis zu zehn Pfund Gewicht abzufeuern. Neben dem Katapult stapelt er C-4-Sprengstoff, Dynamitbündel und die jeweils ein Pfund schweren Ladungen weißen Phosphors.

Neben Matthew, auf den Kühlerhauben zweier Pick-up-

Trucks, richten sich die selbsternannten Scharfschützen von Woodbury mit ihren Dreibeinen, Ohrenschützern, Zielfernrohren und metallenen Kisten mit panzerbrechenden Hochgeschwindigkeitskugeln ein. Ben hat im Reserveoffizier-Ausbildungskorps in Vanderbilt gelernt, wie man mit einer solchen Waffe umgeht, und rühmt sich, einen Kopfschuss auf mehr als hundertfünfzig Meter landen zu können. Lilly weiß nicht, ob sie ihm Glauben schenken soll oder nicht, aber es ist ihr eigentlich auch egal. Irgendjemand muss die M1 Garand schließlich bedienen. David Stern ist der andere Präzisionsschütze. Er hat zwar kaum Erfahrung und sieht obendrein kaum etwas durch sein rechtes Auge, aber dafür hat er ein ruhiges Gemüt. David hat sich Lilly dadurch empfohlen, dass ihn so gut wie nichts aus der Ruhe bringt – eine Qualität, die in der Hitze des Gefechts Gold wert ist.

Nach Mitternacht hält Lilly einen letzten Kriegsrat, ehe die Beißer vor den Toren Woodburys stehen. Sie versammelt ihre Truppen bei den Trucks, die vor dem Westtor geparkt sind. Mittlerweile ist der Gestank beinahe nicht mehr auszuhalten und derart penetrant, dass die Horde noch größer sein muss, als sie ursprünglich angenommen haben. Aber die Beißer sind noch immer nicht in Sichtweite. Das Schlimmste ist wohl die unverwechselbare Geruchsnote von verbranntem Fleisch. Lilly war noch nie bei einem Hausbrand mit fatalen Folgen dabei und hat noch nie einer Selbstverbrennung beigewohnt, aber sie kennt den Geruch verbrannten Specks, der unweigerlich das Haus erfüllte, wenn ihr Vater Everett sich an die Zubereitung des Frühstücks gewagt hatte. Aber *dieser* Gestank riecht nicht wie Everetts verbrannter Speck, sondern tausendmal schlimmer, und besitzt Untertöne von versengtem Fell und menschlichem Haar. Lillys Magen droht während ihrer Lagebesprechung immer wieder seinen Inhalt vor versammelter Mannschaft auszuleeren.

»Okay, die Lage ist folgende«, verkündet sie der Gruppe in der Finsternis der frühen Morgenstunden. Sie haben die Natriumdampflampen und die Generatoren ausgeschaltet, sodass Woodbury lediglich vom düsteren Mondlicht erhellt wird. Die unheimliche Stille wird nur vom entfernten Brummen der Untoten unterbrochen, das auf dem Wind über die Baumwipfel an ihre Ohren dringt. Das Geräusch – es wächst und nimmt mit einer steten, quälenden Langsamkeit zu – hört sich wie ein drohender Monsun an, wie ein Sturm, der sich hinter dem Wald zusammenbraut. Das kalte Mondlicht erleuchtet die Gesichter und verrät den Schrecken, der sich in ihnen widerspiegelt. »Ich will, dass jeder seine Position einnimmt. Macht es euch aber nicht zu bequem – die Herde wird offensichtlich früher als erwartet hier auftauchen.«

»Woher willst du das wissen?«, fragt Ben Buchholz, der seine John-Deere-Baseballmütze tief ins hagere Gesicht gezogen hat. Die anderen – Calvin, Meredith, Speed, Matthew, David, Gloria und der Rest – schauen sich mit weit aufgerissenen Augen wachsam um. Das Adrenalin fließt jetzt durch die Gruppe wie ein elektrischer Schlag.

»Kannst du das riechen?«, entgegnet Lilly und starrt ihn an. »Einfach mal tief einatmen.«

»Schon gut, ich verstehe«, murmelt er.

»Ganz gleich, was passiert – ihr bleibt auf euren Plätzen.« Lilly lässt den Blick über ihr Team schweifen. »Starrt nicht auf die Herde, geratet nicht in ihren Bann. Schießt euch nicht auf einen einzelnen Beißer ein und verschwendet Munition, um ihn und nur ihn zu erledigen, sondern feuert kontrollierte Salven auf die Köpfe.« Lilly hält inne, damit die Umstehenden das Gehörte verdauen können. Auf dem Wind hören sie einen Chor aus Stöhnen vom Westen her nahen. Lilly will sich schütteln, verkneift es sich aber. Die Uhr tickt. Obwohl sie so gut wie kaum Erfahrungen als Anführerin gesammelt hat – ob im militärischen oder in sonstigem Sinn –, strömen die Worte nur so aus ihrem Mund, unaufgefordert, intuitiv und automatisch. »Ich werde mit meinen zwei .22-Kaliber-Pistolen und dem Walkie-Talkie die Stellungen abgehen. Matthew hat das andere Funkgerät. Falls irgendetwas schiefgeht oder ihr irgendetwas seht, von dem ihr meint, dass wir uns drum kümmern sollten, dann haltet euch nicht zurück und …«

»Lilly!«

Die Stimme, die ihren Namen gerufen hat – wohlbekannt, kratzend und rauchig –, unterbricht sie mit einem lauten Bühnengeflüster.

»Was ist los, Bob?« Der ältere Mann kniet auf der Fahrerkabine eines Sattelschleppers. In der Hand hält er einen Fernstecher, und man kann selbst in der Finsternis die Nervenanspannung auf seinem markanten Gesicht ausmachen. Er erweckt den Anschein, als ob er gerade einem tödlichen Unfall beigewohnt hätte.

»Das musst du dir anschauen«, meint er und hält das Fernglas in die Höhe, die Zähne zusammengebissen und offensichtlich damit beschäftigt, seine Furcht zu verbergen, um die anderen nicht anzustecken.

»Alle auf eure Positionen!«, ruft Lilly den anderen über die Schulter zu, während sie zu Bob läuft. Sie klettert die

Leiter aufs Dach der Fahrerkabine hinauf und steht innerhalb weniger Sekunden an seiner Seite.

»Da, am Waldrand«, flüstert er mit einer grimmigen Endgültigkeit und reicht ihr das Fernglas.

»Um Gottes willen.« Lilly sieht jetzt auch, was Bob so beunruhigt. »Bob, ich möchte, dass du ein paar Signalraketen abfeuerst.«

Unter den Überlebenden der Seuche herrscht die allgemeine Ansicht vor, dass eine Herde die Verkörperung des Armageddons ist – die zehn Plagen Ägyptens in einer einzigen Welle aus verwesendem Fleisch und nagender, schwarzer Zähne vereint –, und ihre Nähe bedeutet den drohenden Untergang allen Lebens in ihrer Umgebung. Lilly hat solche Herden schon des Öfteren erlebt – jede einzelne davon sucht sie wieder und wieder in ihren Albträumen heim –, aber bis jetzt war ihr Verhalten stets *gleich.* Bis zu diesem Zeitpunkt hat jede Herde stets dasselbe Verhaltensmuster an den Tag gelegt – eine einheitliche Schar dichtgedrängter Beißer, die sich in einer Einheit bewegt, sich stets weiterschiebt und wie eine stinkende Flutwelle aus Kadavern im Lemmingfieber auf ein mehr oder weniger definiertes Ziel zustrebt. Letztendlich löst sie sich auf – entweder im Laufe der Zeit oder weil ihnen ein natürliches Hindernis den Weg versperrt. Aber *das* hier – diese Abscheulichkeit, die jetzt aus dem Waldrand westlich von Woodbury um ein Uhr dreiundfünfzig in der Nacht Eastern Standard Time quillt und sich über das mit Müll übersäte, unbebaute Grundstück neben den Bahngleisen ausbreitet – entzieht sich jeglicher Analyse, übertrifft alles Frühere und löst absoluten Schrecken in jedem aus, der es sieht.

Drei Signalraketen steigen in rascher Reihenfolge in die Luft und tauchen das Entsetzen, das auf sie zukommt, in grelles Magnesiumlicht.

Lilly versucht, die richtigen Worte zu finden, während sie durch das Fernglas starrt, aber sie wollen ihr nicht über die Lippen kommen. Ihr Gehirn scheint keinen klaren Gedanken mehr fassen zu können, und so gafft sie nur und bewegt den Mund, als ob gleich etwas herauskommen würde. Aber kein Ton ist zu hören. Gänsehaut breitet sich auf ihrem ganzen Körper aus, ihr Kreuzbein kribbelt vor Entsetzen, und ihr Skalp fühlt sich an, als ob Millionen Nadeln ihn malträtieren. Sie starrt weiter. Die Horde hat den Wald jetzt hinter sich gelassen und wird von dem kalten Licht der Signalraketen erhellt.

Die ersten Beißer sind noch gut zweihundert Meter vom Verteidigungswall entfernt – man kann sie mit dem bloßen Auge gut erkennen, obwohl sie in tief hängenden, rauchigen Nebel getaucht sind. Aber nur diejenigen mit einem Feldstecher können wirklich sehen, was sich da auf sie zubewegt. Unzählige – vielleicht Hunderte? – verbrannter Leichname stolpern in einem wirren Durcheinander Richtung Woodbury. Rauch steigt noch immer von ihnen auf, ihre Augen glühen wie verglimmende Kohle, ihre zerfetzte Kleidung hat sich in ihre schwarze Haut eingebrannt, und jetzt schlurfen sie wie eine reanimierte Armee Verbrannter auf Lilly und die restlichen Überlebenden zu, als ob ein nuklearer Holocaust über sie hinweggefegt ist und nur diese geisterhaften Hülsen hinterlassen hat, angetrieben von den unsichtbaren Marionettenfäden ihrer unablässigen, unermüdlichen und unersättlichen Instinkte. Einige sind kurz davor, in sich zusammenzufallen, während andere in den hinteren Reihen noch immer brennen. Die Flammen steigen von ihren haarlosen Schädeln auf, und der Gestank hängt jetzt schwer wie eine Gewitterwolke über dem Gelände. Der Geruch, der von der Horde aufsteigt, ist nahezu unbeschreiblich – eine Mischung aus gummiartigen, brennenden Chemikalien, versengten Proteinen und beißendem, öligem, bitterem Teer, der von einem heißen Tiegel tropft. Er durchdringt die Luft und lässt Lilly husten, die von dem Anblick, der sich ihr darbietet, wie angewurzelt dasteht.

Sie drückt den Feldstecher so hart an ihre Augenhöhlen, dass ihr ein Schmerz den Nasenrücken hinunterschießt. Ihre freie Hand bewegt sich instinktiv in Richtung ihres Holsters an ihrer linken Hüfte und ergreift die .22er. Sie fühlt, wie der Killerinstinkt von ihr Besitz ergreift. Ihr Brechreiz und die in ihr schlummernde latente Gewalt lassen sie beinahe sabbern.

In dem fürchterlichen Moment, ehe der erste Schuss ertönt, verspürt Lilly eine überwältigende Woge der Trauer über sich hinwegrollen. Der Effekt dieser riesigen Armee von Leichen – es sind schon etwas weniger als ursprünglich – ist ein ganz anderer als das normale Gewimmel aus verwesenden, reanimierten Kadavern. Die Flammen, genährt vom Methan der Verwesung und dem verrottenden Fleisch, haben jegliche Überreste von Individualität zerstört. Ein Zuschauer kann keinerlei Unterschiede mehr zwischen den einzelnen Monstern ausmachen – eine ehemalige Krankenschwester, ein Mechaniker, ein Kind, eine Hausfrau, ein Bauer. Jetzt gibt es nichts mehr, was die Verbrannten unterscheiden kann. Es handelt sich um eine einzige Fülle aus geschwärzten, schwelenden Überresten, die unaufhörlich vorwärtsschlurfen, ohne jeglichen Zweck, ohne Hoffnung, ohne Gott oder Gnade oder Logik – einfach weiter, weiter, weiter …

Lilly zuckt bei dem ersten Knall des Scharfschützengewehrs zusammen, dessen Mündungsfeuer die Dunkelheit der Nacht für den Bruchteil einer Sekunde erhellt.

Sie starrt weiter durch das Fernglas, sieht, wie einer der Beißer in der ersten Reihe in einer Wolke aus Rauch und Blutnebel nach hinten geworfen wird und dann zu Boden geht – ein Haufen knuspriger, verbrannter Überreste für die Bussarde –, während seine Brüder langsam und selbstvergessen in ihrem unaufhaltsamen Marsch über das Gelände trampeln. Es ertönen mehr Schüsse von den Fahrerkabinen zu Lillys linker und rechter Seite, und mehr verkohlte Leichen zerplatzen in Fontänen aus Funken. Die Schüsse reißen Lilly aus ihrer Benommenheit. Sie setzt den Feldstecher ab, zieht ihre Ruger und hebt das Walkie-Talkie an den Mund.

Sie drückt auf den Sprechknopf und brüllt aus voller Kraft: »Matthew, ich will, dass wir mit den Brandbomben warten, bis sie richtig Schaden anrichten können! Hast du mich verstanden? Matthew? Sag, dass du mich verstanden hast! Matthew?«

Dann hört sie ein Knistern, gefolgt von Matthews Stimme: *»Verstanden! Aber eine Frage hätte ich noch.«*

Lilly drückt erneut auf den Sprechknopf. »Immer her damit!«

Die Stimme: »Hast du die fetten Böller genommen?«

Lilly versteht nicht recht: »Was? Habe ich *was* genommen?«

Der kleine Lautsprecher vibriert wieder: »Die großen Stangen Dynamit. Die sind nicht da!«

»Was soll das heißen, nicht da?!«

Matthews Stimme: »Die sind verdammt nochmal nicht hier – was zum Teufel ist passiert?«

Lilly wirft einen Blick über die Schulter Richtung Hubwagen in fünfzig Metern Entfernung. In der Finsternis erkennt sie Matthews zusammengekauerte Gestalt – er kramt sich durch sämtliche Kanister voller Sprengstoff und Stapeln von Phosphor. Lilly begreift die damit verbundenen Konsequenzen nicht ganz – sie ist verwirrt, das Adrenalin schießt noch immer durch ihre Venen. Rasch dreht sie sich wieder zu dem Angriff um, der sich in Zeitlupe entwickelt.

Die Horde hat innerhalb der kurzen Zeit, während der sie sich abgewandt hat, besorgniserregende Fortschritte gemacht.

Jetzt trennen sie nur noch hundertfünfzig Meter von Woodbury, und der Gestank liegt über der Stadt wie eine Dunstglocke.

»Okay, feuert aus eigenem Ermessen!«, brüllt Lilly und entsichert ihre Ruger. »FEUERT AUS EIGENEM ERMESSEN! FEUERT AUS EIGENEM ERMESSEN! FEUERT AUS EIGENEM ERMESSEN!«

Calvin hockt auf der Fahrerkabine eines Sattelschleppers, der neben dem Hubwagen steht. Er hört Lillys Stimme durch den Kugelhagel und greift nach seiner .357 Magnum.

Die Waffe – Bob Stookey hat sie ihm gegeben – wiegt eine halbe Tonne und fühlt sich sperrig an. Er ist kein Sportler, kein ehemaliger Soldat, kein Waffennarr – und das, obwohl die kleine Stadt in Kentucky, in der er aufgewachsen ist, ein Paradies für Waffenverrückte aller Art war. Jetzt aber, in den Zeiten der großen Trübsal, hat er sich dazu gezwungen, den Umgang mit einer Waffe zu erlernen.

Er hebt die Magnum und richtet Kimme und Korn auf die Herde. Er zielt genau auf einen Haufen versengten Fleisches, der inmitten einer Wolke aus Rauch ungefähr hundert Meter entfernt entlangschlurft. Er drückt ab. Der Knall lässt seine Ohren klingeln, und der Rückschlag zerreißt ihm beinahe das Schulterblatt. Er sieht, wie der Beißer stolpert, aber nicht zu Boden geht. Die Kugel hat ihm einen Batzen Fleisch aus den Rippen gerissen und ein großes Loch hinterlassen, durch das das Mondlicht dringt und den Rauch und wirbelnden Staub anscheint. Aber selbst eine derartige Verletzung ist nicht ausreichend, um die Kreatur zu Boden zu zwingen. Calvin schluckt seine Frustration hinunter.

Er merkt, dass irgendetwas nicht stimmt. »Meredith? Liebling?«, ruft er ihr zu.

Vor einer Sekunde noch hatte sie neben der Fahrerkabine gestanden. Calvin hatte sie überredet, seine dicke Lederjacke, die hohen Stiefel und Handschuhe zu tragen. Ihre Handgelenke hatte er mit Paketband umklebt. Um den Hals hatte er ihr zwei Palästinensertücher gelegt – nur für den Fall, dass, Gott bewahre, ihr ein Beißer zu nahe kam. Vor noch einer Minute beschwerte sich Meredith darüber, dass sie sich in all den Kleidern kaum bewegen konnte, während sie ihm die Munition reichte. Auch gefiel es ihr gar nicht, dass sie keine Waffe hatte.

Jetzt aber ist sie verschwunden.

»Oh, nein«, murmelt Calvin. Er dreht sich um und mustert die Schatten innerhalb des Verteidigungswalls, blickt dann die westliche Mauer entlang, sieht aber nur Männer und Frauen, die auf die immer näher kommende Horde schießen. Mündungsfeuer erhellt die Finsternis und lässt jede Bewegung wie die surreale Zeitlupe eines Stummfilms aussehen. »MEREDITH!«

Calvin huscht die Leiter der Fahrerkabine hinab, springt zu Boden und rennt durch die Dunkelheit Richtung Norden, die .357er Magnum noch immer in der Hand.

»MEREDITH!«

Er hält vor dem Ende der Barrikade an, dort, wo sie auf die Canyon Road stößt. Mit wild pochendem Herzen dreht er sich im Kreis und zerbricht sich den Kopf, um eine Lösung zu finden. Vielleicht war sie in Richtung der Arena geflüchtet, in die Katakomben, um bei den Kindern zu sein. Aber warum hätte sie ihm das vorenthalten sollen? Das sieht Meredith überhaupt nicht ähnlich, einfach abzuhauen, ohne ihm Bescheid zu sagen. Vor Panik wird sein Mund ganz trocken, und Gänsehaut überzieht seinen ganzen Körper. Irgendetwas stimmt hier überhaupt nicht, überhaupt nicht. Ein lauter Knall dringt von dem Gelände voller Beißer an seine Ohren. Das war wohl Matthews Katapult. Die Schockwelle lässt Calvin vor Schreck beinahe aus der Haut fahren.

Für einen kurzen Augenblick erhellt sich die Nacht zum Tag, und er brüllt: »MMMMEEEERRREEDITH!«

In der hintersten Ecke am nordwestlichen Verteidigungswall, hinter der gigantischen alten Eiche, die schon seit Jahrhunderten an dieser einsamen Straßenecke steht, kämpft Meredith Dupree mit einem Vorhängeschloss. Niemand sieht sie. In diesem Teil der Stadt gibt es keinen Strom, sodass sämtliche Straßenlampen wie finstere Wächter über den Straßen hängen und das einzige Licht entweder vom Mondschein, dem Mündungsfeuer oder den Explosionen in der Ferne gespendet wird. Sie hat also viel Zeit.

Sie arbeitet in der Finsternis, summt währenddessen ein Wiegenlied und blinzelt die Tränen fort. Die ganze Zeit versucht sie das Schloss von der Fliegengittertür zu entfernen, die die Einwohner Woodburys beim Walmart ganz in der Nähe geplündert haben. Natürlich war sie mit einem Gitter gegen Einbrecher verstärkt und hastig in ein Loch der zwei Meter zehn hohen Mauer genagelt. Es ist ein Überbleibsel aus den alten Zeiten – die Lakaien des Governors hatten sie vor einem Jahr als Notausgang eingebaut. Jetzt ist sie völlig verrostet und mit den Paneelen so gut wie eins geworden.

Merediths Hände zittern während der Arbeit nicht – obwohl sie ihren Mann über all den Schüssen und den Explosionen hinweg hören kann. Sie konzentriert sich völlig auf die Tür und benutzt eine Brechstange, die sie vorige Nacht in einem Werkzeugschuppen hinter dem verlassenen Eisenbahndepot gefunden hat, um das Schloss endlich aufzubrechen. Sie ist nicht kräftig – ihre Hüften sind breit, ihre Brüste umso kleiner, und ihr Oberkörper ist generell eher schmächtig gehalten –, aber angesichts der Hoffnungslosigkeit der Situation bringt sie all ihre Kräfte auf, bis das Schloss endlich nachgibt.

Es fällt mit einem metallenen Krachen zu Boden. Meredith lässt das Brecheisen fallen und stemmt sich gegen die Tür. Es ist zwecklos, die Tür will nicht nachgeben. Sie tritt mit dem Absatz ihres Stiefels dagegen – einmal, zweimal, dreimal –, bis sie sich endlich vom Rahmen löst und mit lautem Knarzen aufgeht.

Für einen Augenblick ist sie von der riesigen Finsternis,

die sich vor ihr erstreckt, wie gelähmt. Die Landschaft ist unerwartet hübsch, und sie steht eine ganze Zeit lang da und saugt den Anblick in sich auf.

Dann schnappt sie sich ihre Tasche, holt tief Luft und schleppt die schwere Last durch den Türrahmen und in das aufblitzende Licht.

Teil 2

Das Labyrinth

Von dem Tage aber und der Stunde
weiß niemand, auch die Engel im Himmel nicht,
auch der Sohn nicht, sondern allein der Vater.

– *Markus 13, 32*

Sieben

Außerhalb der Barrikade hinter dem verfallenen Postgebäude, der Apotheke und einer ganzen Reihe bescheidener Aluminiumhütten, die entlang der Jones Mill Road stehen, befindet sich Nolan Woods. Gesäumt von Reihen dicht gedrängter Pekannussbäume führen Pfade durch den dichten, düsteren Wald. Jetzt aber, mitten in der Nacht mit wolkenlosem Himmel und hellem Mondlicht, hat die Landschaft etwas Urtümliches, Mystisches, ist gehüllt in den Nebel der Nacht, akzentuiert von Tausenden von Glühwürmchen. Die Baumwipfel wiegen im Wind, so weit das Auge reicht, und über ihren Silhouetten erstrecken sich die unendlichen Weiten des Sternenhimmels.

Meredith schultert die riesige Stofftasche und setzt sich in Bewegung, hinaus in die schattige Landschaft.

Eine ganze Zeit lang scheint es, als ob die Horde von Beißern diesen Teil der Stadt übersehen hat. Schüsse, Schreie und das Stöhnen der Untoten werden immer leiser, je weiter sie gen Norden voranschreitet. Meredith erinnert sich, wie sie von hier aus Richtung Woodbury gefahren sind, am See vorbei, sie erinnert sich an die Glühwürmchen – als ob Gott Feenschimmer aus dem Himmel hat rieseln lassen und das Louisianamoos in den Bäumen vor lauter magischen Funken nur so sprühen würde. Sie kann die Herde riechen – der Gestank des

Bösen, des Schwachen und der Sünde –, und sie hört die schlurfenden Schritte hinter sich.

Ein paar Untote haben sie bereits erspäht und beobachten sie mit der gierigen Intensität eines Jagdhundes. Der Hase ist aus seinem Bau gescheucht, und die Jagd kann beginnen. Die Beißer sind hinter ihr her. Die Herde teilt sich, und ein Teil verfolgt sie nun. Meredith beginnt zu singen, wird schneller: »Schlaf', Kindlein schlaf'! Der Vater hüt't die Schaf … die Mutter schüttelt's Bäumelein, da fällt herab ein Träumelein. Schlaf', Kindlein schlaf'!«

Der Klang ihrer Stimme – so fremd für ihre eigenen Ohren inmitten des Kugelhagels – zieht die Aufmerksamkeit von immer mehr Beißern auf sich und lenkt sie von Woodbury ab.

In ihrem Augenwinkel kann sie die Silhouetten vor den Bogenlampen erkennen. Schwarze leere Hüllen in Form von Untoten, die sich eine nach der anderen zu dem Klang ihrer Stimme umdrehen, schwerfällig die Richtung ändern und ihr folgen.

Als sie das dichte Gebüsch des brachliegenden Geländes überquert und über umgefallene Bäume und Steine klettert, erhebt sie die Stimme und singt weiter: »Schlaf', Kindlein, schlaf'! Am Himmel zieh'n die Schaf. Die Sternlein sind die Lämmerlein, der Mond, der ist das Schäferlein! Schlaf', Kindlein, schlaf'!«

Die Beißer kommen jetzt in Massen auf sie zu, stapfen in Scharen hinter ihr her. Nur ihre Augen sind sichtbar, stecken wie Reflektoren tief in ihren verkohlten Schädeln. Der Plan funktioniert. Meredith spürt, wie sie immer näher kommen – wie Säure im Nacken. Sie ändert die Richtung, wendet sich gen Osten, folgt einem schmalen

Fußpfad. Sie kann den See durch die dichten Bäume noch nicht sehen, weiß aber, dass er nicht mehr weit entfernt sein kann. Der Geruch von Schilf und Moos vermischt sich bereits mit dem fürchterlichen Gestank der Herde, der sich um sie herum ausbreitet. Das Stöhnen und Heulen in der Luft nimmt zu und treibt sie an. Sie lugt durch das dichte Dickicht und sieht das Glitzern des Mondlichts auf dem Wasser. Jetzt brüllt sie förmlich: »SCHLAF', KINDLEIN, SCHLAF'! CHRISTKINDLEIN HAT EIN SCHAF. IST SELBST DAS LIEBE GOTTESLAMM, DAS UM UNS ALL ZU TODE KAM! SCHLAF', KINDLEIN, SCHLAF'.«

Sie erreicht den Rand der Lichtung und steht vor der Böschung, die zum Ufer des sichelförmigen Teiches hinabführt.

Der Teich verdient seinen Namen kaum – er gleicht eher einem besseren Tümpel, wenn man es genau nimmt –, aber er erinnert Meredith an die einsam gelegenen Fischweiher, die ihr Bruder Tory in den Wäldern von East Kentucky entdeckt hat. Sie blickt Richtung Norden, dann nach Süden, sieht die Zypressen, die ihre Äste in das Brackwasser hängen lassen, die winzigen Zuflüsse, die in der Finsternis schimmern, die lange vergessenen Anlegestege für Boote mit vereinzelten Nussschalen, die noch immer an ihnen festgebunden sind und vergeblich auf ihre Sportfischer, Ausflügler und Familien warten.

Die Beißer kommen immer näher. Sie zertreten Äste und lassen das Unterholz wie tektonische Spasmen erbeben und die Baumwipfel erzittern. Meredith weiß, dass sie nicht mehr viel Zeit hat. Sie steigt die Böschung hinab, öffnet ihre Tasche und singt wieder leiser, wieder mehr zu sich selbst, während sie in den Schlamm eintaucht. »Schlaf,

Kindlein, schlaf! So schenk ich dir ein Schaf, mit einer gold'nen Schelle fein, das soll dein Spielgeselle sein! Schlaf, Kindlein, schlaf!«

Timing ist alles.

Die erste Reihe der Beißer durchbricht jetzt die Baumgrenze. Es ist, als ob deformierte Babys zur Welt kommen. Ihre verkohlten Gesichter arbeiten, ihre Kiefer kauen in Vorfreude auf das Fressgelage, das ihnen bevorsteht, auf Luft herum. Einige strecken schon ihre verbrannten, schwarzen Arme nach der Frau im Wasser aus.

Meredith steht bis zu den Knien im Morast und fummelt an der Tasche herum. Als sie sie endlich geöffnet hat, kommen die zwölfeinhalb Kilo Dynamit zum Vorschein, die sie von Matthew hat mitgehen lassen. Es handelt sich um Stangendynamit, das mit Lunten zu größeren Bündeln zusammengeschnürt ist. Zudem sind Brocken weißen Phosphors, die riesigen Seifenstücken ähneln und nach Terpentin stinken, um das Dynamit geschnürt. Trotz der Finsternis und des Gestanks arbeitet sie rasch und effizient. Das Methan vom Teich übertüncht den unausstehlichen Mief der Toten beinahe, als immer mehr von ihnen aus dem Wald kommen und unbeholfen die Böschung hinabstürzen.

Als Meredith die Tasche nach dem Feuerzeug durchsucht, erinnert sie sich an die Worte ihres Bruders, der sie vor der Brennbarkeit von Methan gewarnt hat. »Bei einigen der Teiche bis hin zum Green River – da könnte man die Luft schon mit einem Feuerzeug anzünden«, hatte Rory geschwärmt. »Und es gibt Sümpfe, die könnten bis zum letzten Tag brennen.« Plötzlich pocht ihr Herz heftig. Sie findet das Feuerzeug nicht.

Der erste Beißer rutscht auf sie zu. Er ist kaum mehr

als eine schwarze Hülle von einem Monster. Der Gestank ist kaum zu beschreiben, so grässlich ist er – ein lebendes Etwas, das sich in ihren Nebenhöhlen ausbreitet. Panisch durchsucht sie die Tasche nach dem kleinen Ding aus Plastik, bis sie endlich die Finger um das Einwegfeuerzeug legt. Sie holt es hervor und zündet die Lunte an.

»Schlaf, Kindlein, schlaf«, murmelt sie sanft und schickt die Tasche auf die Reise in die Mitte des Teiches. »Und blök nicht wie ein Schaf! Sonst kommt des Schäfers Hündelein und beißt mein böses Kindelein! Schlaf, Kindlein, schlaf!«

Der erste Untote stürzt sich auf sie, ein verschwommenes Durcheinander aus verwestem, verbranntem Fleisch und entblößten Zähnen. Meredith sackt im Wasser in sich zusammen, taucht in den Schlamm ein, als die schleimigen Schneidezähne sich in ihrem Hals vergraben. Sie singt weiter vor sich hin, um sich selbst zu beruhigen. Ein ruhiges Gurren, das eine Mutter ihrem kranken Kind vorträgt, während sie eine kalte Kompresse auf dessen heiße Stirn legt. »Schlaf, Kindlein, schlaf! Geh fort und hüt die Schaf! Geh fort, du schwarzes Hündelein und weck mir nicht mein Kindelein! Schlaf, Kindlein, schlaf!«

Immer mehr Beißer erreichen sie und laben sich an ihr. Sie taucht tiefer in den Schlamm am Boden des Teiches. Der Lärm ist unausstehlich – wie eine Turbine aus wässrigen Schluckgeräuschen – und breitet sich über ihr aus. Schwarze Reißzähne bohren sich tief in ihren Hals. Sie kann ihr eigenes, nach Kupfer schmeckendes Blut riechen, spüren, wie das Leben in kalten Rinnsalen aus ihr und in das dunkle, trübe Wasser fließt. Schleimige Eckzähne vergraben sich in die fleischigen Teile ihrer Oberschenkel, ihrer Schulter, ihres Genicks, selbst in ihre linke Gesichtshälfte, reißen gallertartige Stränge aus ihrem linken Augapfel, sodass sie ihre Sicht verliert – als ob ein Fernseher abrupt aufs Testbild schaltet –, und der Schmerz breitet sich explosionsartig in ihr aus, aber sie wehrt sich nicht.

Der Sprengstoff schwimmt weiter, ist jetzt sechs Meter von ihr entfernt. Die Tasche mit ihrer lodernden Lunte droht bereits zu sinken – wie eine chinesische Laterne erhellt sie das sich sanft kräuselnde Wasser, das jetzt mit einer schimmernden Membran aus Abschaum bedeckt wie flüssiges Gold im sterbenden Licht schimmert.

Selbst in ihren letzten Momenten singt sie weiter, bis ihr auch das letzte Stück Fleisch zusammen mit den Stimmbändern aus dem Hals gerissen wird: »Schlaf, Kindlein, schlaf! Der Vater hüt't die Schaf. Die Mutter schüttelt's Bäumelein, da fällt herab ein Träumelein. Schlaf, Kindlein, schlaf!«

Im letzten Augenblick des Bewusstseins – ihr Körper ist bereits komplett auseinandergerissen, sodass sie nichts mehr spürt; der alles umfassende Schmerz ist bereits kalter Finsternis gewichen – denkt sie an ihre Kinder. Sie erinnert sich an all die guten Sachen, die ruhigen Stunden und die Liebe, als die verbrannten Leichen sie zerfleischen, mindestens fünfzig, vielleicht mehr, und sie in einer wilden Orgie aus Sabbern und Schlingen, Kauen und Fressen verzehren. Weitere fallen die Böschung herunter. Hunderte. Vielleicht sogar Tausende, wenn man die Regimenter der Toten einbezieht, die sich jetzt durch die dichten Wälder um das Ufer des Teichs drängen.

Meredith singt noch eine Zeile. Sie ist sich nicht sicher, ob man sie überhaupt hören kann oder es nur in ihrer Vorstellung oder überhaupt nicht geschieht: »Schlaf', Kindlein, schlaf'!«

Die weiße Hitze der Explosion bringt Merediths letzten Gedanken zu einem abrupten Ende.

Der Nachthimmel wird zum Tag, als drei aufeinanderfolgende Explosionen die Wälder nordwestlich von Woodburys Grenzen erschüttern. Die letzte Eruption – die größte der drei – wirft einen Rauchpilz aus grellem, magnesiumweißem Phosphor in den Himmel. Sie breitet sich in Ranken aus reinigendem weißem Feuer aus und schickt brennende Partikel in sämtliche Himmelsrichtungen. Ein gewaltiger Knall zerbirst Fenster, löst Autoalarmanlagen aus und pfeift in den Sparren der Rennstrecke gute eineinhalb Kilometer gen Osten – das Nachbeben lässt Bäume in einem Umkreis von zehn Morgen wie Streichhölzer umknicken und äschert mindestens dreihundert reanimierte Beißer ein.

Die Feuersbrunst kommt so plötzlich und ist so kolossal, dass ihre Auswirkungen im Osten bis zum Highway 19, im Westen bis LaGrange und im Norden bis Peachtree City, sogar bis zu den Vororten Atlantas zu spüren sind. Aber in den finsteren Wäldern aus Kiefern und alten Eichen südlich von Woodbury erreicht deren Nachbeben die Ohren eines unerwarteten Zuhörers.

Wenige Nanosekunden, nachdem der erste Feuerball den Himmel erleuchtet, lässt der unweigerlich folgende Knall eine Gestalt aufschrecken, die im tiefsten Teil des Waldes kauert. Ein junger Mann Mitte zwanzig, gekleidet in Arbeitsstiefeln und einem ausgebleichten, geflickten Flanellhemd, besitzt den wilden Blick, das verdreckte Gesicht und die verfilzten Haare eines einsamen Überlebenden.

Er zuckt bei dem plötzlichen Licht und dem Lärm

zusammen, duckt sich instinktiv hinter einigen umgestürzten Baumstämmen, neben denen sein kleines Lagerfeuer noch schwelt. Er hat jetzt beinahe drei Wochen in der Wildnis verbracht, nach Hilfe gesucht, nie die Hoffnung aufgegeben oder an dem Grund gezweifelt, der ihn hierhergeschickt hat. Jetzt, zum ersten Mal, glaubt er, dass es andere gibt, die ihm vielleicht helfen können – und seiner Gruppe, die er zurückgelassen hat –, und allein der Gedanke lässt sein Herz schneller schlagen. Derartig gewaltige Explosionen müssen erst einmal ausgelöst werden, und wer auch immer diese hier hat hochgehen lassen, könnte der Retter sein, den er sich erhofft hat. Andererseits könnte das Licht im Himmel auch seinen Niedergang bedeuten.

Die Erzeuger dieser Explosion könnten Abgesandte des Bösen sein und nur darauf warten, dass jemand wie er sich in ihrem Netz aus Gewalt und Sünde verfängt.

Er erzittert und wickelt die zerfledderte Decke aus seiner Tasche enger um seine schlanke Gestalt. Dann blickt er zu dem orangen Feuerball am nördlichen Horizont auf und fragt sich, ob er sich in seine Richtung aufmachen …

… oder ihn wie die Pest vermeiden sollte.

»NEIN! GÜTIGER HIMMEL, NEIN!«, schreit Calvin Dupree, der unmittelbar außerhalb des Explosionsbereichs am Rande des unbebauten Grundstücks an der Dromedary Street auf dem Bauch liegt, in den Staub. Sein Atem ist in dem abnehmenden Leuchten der Detonation sichtbar.

Vor wenigen Minuten noch, als er schockiert bemerkte, was hier vor sich ging – der fehlende Sprengstoff, seine verschwundene Frau und der Klang ihrer Stimme sowie die gespensterhaften Fetzen des Wiegenliedes, die der

Wind über die Baumwipfel Richtung Woodbury trug –, hat er sich panisch durch eine Lücke im Verteidigungswall gezwängt, ist quer durch Woodbury gesprintet und hat es beinahe bis zum Wald geschafft. Lilly ist ihm hinterhergelaufen und hat ihn im letzten Moment, kurz bevor der Himmel hell erleuchtet wurde, beherzt mit sich zu Boden gerissen. Calvin wehrte sich gegen sie, als plötzlich die Erde von der Explosion zu beben begann und Trümmer aus der Umgebung auf sie hinabregneten.

Jetzt versucht Lilly, sich neben ihm aufzusetzen, und ihre Ohren klingeln noch immer derart heftig, dass sie sein Schluchzen kaum wahrnimmt.

»MEIN GOTT!«, weint er, das Gesicht noch immer auf dem Boden. »MEREDITH, OH GOTT! NEINNEINNEIN-NEINNEINNEINNEINNEIN!«

Das grelle Leuchten der Detonation ist mittlerweile zu einem trüben, orangen Schimmern hinter den Bäumen abgeklungen, und in der Luft hängt der Geruch von Dynamit, verbrannten Schaltkreisen und Schwefel. Einige Beißer, die die Explosion überstanden haben, sind quer über das unbebaute Grundstück am Waldrand vor Lilly und Calvin verstreut und stolpern jetzt wie volltrunken durch die Gegend. Calvin richtet sich auf und stürzt sich in Richtung des lodernden Feuers auf der anderen Seite des Waldes.

»Nein, Calvin – warten Sie! HALT!« Lilly springt auf die Beine und wirft sich erneut auf ihn. »Sie können ihr jetzt nicht mehr helfen! Sie rennen in Ihr Verderben!«

Ein einsamer Beißer kommt ihnen näher. Sein verkohltes Fleisch knistert noch, und sein Schlund öffnet und schließt sich unaufhörlich. Es handelt sich um einen ehemals männlichen Erwachsenen, der aber bis zur Unkenntlichkeit verbrannt ist. Er streckt seine verbrühten Arme nach Calvin aus, der bei dem Versuch, der Kreatur auszuweichen, ins Stolpern kommt und zu Boden fällt. Er jault vor Trauer und Schrecken auf, schreit irgendetwas in der Art, dass es ihm egal ist, ob er stirbt oder nicht, als Lilly ihre Ruger aus dem Gürtel zieht, den Lauf auf den Untoten richtet und zwei wohlgezielte Schüsse auf den Schädel des Beißers abfeuert.

Die Kreatur wird durch die zwei Kugeln nach hinten geworfen. Ihr Kopf verschwindet in die Nacht, gefolgt von einem Schweif aus Gehirnfetzen.

Der Beißer geht eineinhalb Meter vor Calvin zu Boden, der wie ein Häufchen Elend auf den Knien wimmert und unverständliches Zeug über Merediths mentalen Gesundheitszustand brabbelt und lamentiert, dass es einfach nicht geschehen durfte. Warum nur, oh Gott, *warum?* Lilly sieht mehr Beißer, die sich jetzt auf sie zubewegen, hockt sich neben Calvin und legt den Arm um ihn. Dann aber passiert etwas, das Lilly zurückschrecken lässt – selbst inmitten all dieses Gemetzels und des Horrors –, und sie erstarrt auf der Stelle.

Calvin klammert sich an sie. Er drückt sie eng an sich, schluchzt, zittert und murmelt einige wenige verständliche Worte in Lillys noch immer klingelnde Ohren: »Es musste geschehen. Ich hätte es vorhersehen sollen, es ahnen müssen. Ich hätte, ich hätte … Oh, ich hätte … Oh, Gott, ich hätte es verhindern können!«

»Pssssstttttttt«, versucht Lilly ihn sanft zu beruhigen, während sie noch immer stocksteif und peinlich berührt neben ihm hockt. Sie klopft ihm auf den Rücken. Aus dem Augenwinkel macht sie immer mehr Silhouetten von Beißern aus, die vor den lodernden Flammen den Waldrand entlangtorkeln. Sie würden sich beeilen müssen, ehe sie umzingelt werden, aber ihre ganze Aufmerksamkeit wird auf einmal von etwas anderem an sich gerissen, von etwas aus einer anderen Zeit. Sie denkt an Josh und an Austin, und allein der Gedanke an ihre ehemaligen Retter, Liebhaber und Komplizen, die ihr für immer verloren gegangen sind, löst in ihr Wellen der Sympathie, gar *Empathie* aus, die sich wie Blitzschläge ihr Rückgrat hinunterarbeiten. Ihre Augen werden feucht, während sie weiterhin auf den Rücken dieses armen, zitternden Mannes klopft. »Das ist nicht Ihre Schuld«, flüstert sie ihm zu. »Das dürfen Sie nie vergessen.«

»Sehen Sie doch, was sie getan hat … Sie hat uns das Leben gerettet«, stammelt er zwischen Schluchzern und Luftholen. Sein Atem ist ganz heiß in Lillys Ohr. »Sehen Sie doch … Wie sie von uns gegangen ist.«

»Ich weiß«, murmelt Lilly und packt den Mann bei den Schultern. »Schauen Sie mich an, Calvin. Können Sie mich anschauen?«

»Sie hat es nicht verdient, so zu sterben, Lilly«, sagt er und stöhnt die Worte beinahe. »Sie hat niemals irgendjemandem etwas antun …«

»Hey!« Lilly schüttelt ihn. »Schauen Sie mich an, Calvin! Nun kommen Sie schon!«

»Was?« Er starrt sie mit Tränen in den Augen an. »Was wollen Sie von mir?«

»Jetzt hören Sie mir gut zu. Wir müssen zurück. Hier draußen gibt es zu viele Beißer.«

Er nickt. »Ich verstehe.« Er wischt sich den Mund und dann die Augen. Er nickt erneut. »Ich bin so weit.« Er richtet sich auf und tastet nach seiner Pistole. »Meine Waffe. Wo ist sie?«

Lilly blickt sich um und sieht eine kleine Meute schwelender, verkohlter Leichen, die sich langsam in ihre Richtung bemühen.

Sie packt Calvin am Ärmel und zieht ihn sanft mit sich. »Vergessen Sie Ihre Waffe, Calvin«, antwortet sie. »Lassen Sie es gut sein … Los … *Sofort.*«

Das lässt er sich kein drittes Mal sagen.

Für den Rest der Nacht bis früh am nächsten Morgen sind Lilly und die Bewohner Woodburys mit Aufräumen beschäftigt. Zum Glück haben die drei Explosionen, die den Wald dem Erdboden gleichgemacht haben, einen ähnlichen Effekt auf die Herde von Beißern ausgeübt und sie auf um die fünfzig verstörte Leichname reduziert, die noch immer um Woodburys Verteidigungswall schlurfen. Jetzt ist es kein Problem mehr für die Scharfschützen, sie von ihren Positionen oberhalb des Walls zu erledigen. Das Ganze dauert allerdings etwas länger als erwartet, denn die meisten von ihnen haben keinerlei Training erhalten. Insbesondere David Sterns Hand ist nicht die ruhigste.

Bis Mittag haben sie so gut wie jeden noch umherstolpernden Beißer in der Nähe Woodburys vernichtet. Speed tauft die verbrannten Kadaver Knusperkekse, was Lilly gar nicht gefällt, denn sie möchte nach den schrecklichen Ereignissen der vorigen Nacht alles so ruhig und respektvoll wie möglich halten. Bald schon torkeln nur noch eine Handvoll nicht verbrannter Beißer vor dem Verteidigungswall hin und her. Lilly sucht ein Team aus, das die Aufgabe hat, die endgültig toten Leichen in unmittelbarer Nähe zu beseitigen. Sie nehmen sich einen Bagger und graben ein Loch auf der anderen Seite der Eisenbahnschienen für das Massengrab. Sie brauchen den halben Nachmittag, ehe sie fertig sind.

Während der gesamten Aufräumarbeiten verraten sie den Dupree-Kindern kein einziges Detail der vergangenen Nacht. Stattdessen behaupten sie, zumindest bis auf Weiteres, dass ihre Mutter mit ein paar anderen aus Woodbury unterwegs ist. Calvin hat Lilly um Zeit gebeten, bis er weiß, wie er ihnen die Hiobsbotschaft beibringen soll.

Am späten Nachmittag halten Calvin, Lilly und Bob eine kurze und persönliche Gedenkfeier für die heroische, aber psychisch kranke Frau ab. Der spontane Gottesdienst findet direkt am Waldrand statt, und Bob passt auf, dass sie nicht von Beißern überrascht werden. Calvin spricht von der Großzügigkeit seiner Frau, ihrer Liebe ihren Kindern gegenüber und von ihrem tiefen, unerschütterlichen Glauben.

Sie stehen im Schatten einer gigantischen schwarzen Eiche. Mit gesenktem Kopf lauscht Lilly Calvins Liturgie, und sie kann nicht umhin, von seiner Bibelfestigkeit beeindruckt zu sein, während Mücken ständig ihre Köpfe umschwirren. Er rezitiert die gesamte Litanei für die Verstorbenen und zum Trost der armen Seelen, ohne auch nur einmal ins Stocken zu kommen. Obwohl Lilly nie allzu viel für Gottesvernarrte übrighatte, scheint sie langsam ihre Meinung zu ändern. Und trotz dieser apokalyptischen, selbstsüchtigen Welt, in der sie lebt – oder vielleicht ja *genau deswegen* –, verspürt sie auf einmal einen tiefen, dauerhaften und vor allen Dingen unerwarteten Respekt gegenüber diesem Mann. Er ist sanftmütig und gütig und standhaft – alles Charakterzüge, die man in dieser Zeit kaum noch antrifft.

Kaum hat er seine Grabrede beendet, wandert Calvin über den unheiligen Boden bis zum Rand des versengten Kraters, den die Explosionen in die Landschaft gerissen haben – ein unwahrscheinlich großer Landstrich voller kaputter Bäume und menschlicher Überreste raucht noch immer –, senkt das Haupt und weint leise einige Minuten lang vor sich hin. Lilly und Bob stören ihn nicht und warten geduldig vor der Waldgrenze, bis er fertig ist.

Endlich steckt Calvin die Hand in die Hosentasche und kramt ein kleines Schmuckstück hervor.

Lilly steht zwar fünfzehn Meter von ihm entfernt, sieht aber, dass es sich um einen goldenen Ring handelt, vielleicht einen Ehering – um es genau sagen zu können, ist sie doch zu weit weg –, den Calvin feierlich in den Krater wirft. Das Gefühl der Endgültigkeit, des Abschlusses ist jetzt deutlich auf dem Gesicht des drahtigen Mannes zu lesen. Er dreht sich um und macht sich langsam auf den Weg zurück zu Bob und Lilly. Sie nimmt auch eine gewisse Erleichterung in seiner ausgemergelten Miene wahr. Vielleicht hat Meredith Dupree ihren Mann belastet, wie ein Joch, das ihn Tag für Tag beugte. Vielleicht hatte das Joch ihrer psychischen Erkrankung ihren Tribut gefordert, und ganz gleich, wie traurig ihr Scheiden von dieser Welt sein mag – es war wohl alles in allem das Beste für sie und für ihn.

»Wie geht es Ihnen?«, erkundigt sich Lilly und mustert den Mann auf seinem Weg zu ihnen.

Er nickt ihr zu und reibt sich die Augen. »Wird schon«, antwortet er.

»Wie man es auch dreht, sie war eine Heldin in jedem erdenklichen Sinn.«

Wieder ein Nicken, gefolgt von einem intensiven Blick. »Ich glaube, ich bin bereit, Lilly.«

»Wie bitte?«

Er schaut ihr in die Augen. »Ich bin bereit, meinen Kindern die Wahrheit zu sagen.«

Als die Sonne an jenem Tag untergeht, hinterlässt sie ein tiefes rötlich-indigofarbenes Schimmern am Horizont. Die darauffolgende goldene Stunde legt sich über die Provinz und Wälder von Zentral-Georgia wie ein Federbett und taucht die Landschaft in bernsteinfarbenes Licht. Die Stille trägt jegliche Geräusche über weite Entfernungen hinweg und lässt sie über Mulden, Täler und Seenplatten widerhallen. Zu dieser Zeit scheint das unheimliche Stöhnen der Beißer aus allen Himmelsrichtungen zu kommen.

Knappe zwanzig Kilometer südöstlich von Woodbury hockt der einsame Überlebende und vernimmt das Gestöhne im Dickicht unter großen Kiefern. Er versucht es auszublenden, indem er sich die Ohren zuhält, und zuckt immer wieder zusammen. Sein jungenhaftes, verdrecktes Gesicht erinnert an einen Kaminkehrer aus einem Roman von Charles Dickens. Reese Lee Hawthorne ist ein nervöser Mann mit einer ganzen Reihe von Ticks und zwanghaften Verhaltensmustern. Jetzt hat er seine dürftigen Vorräte fein säuberlich auf einem mit Moos bewachsenen Stein vor sich aufgereiht – die kümmerlichen Überreste eines Verhungernden: ein Schweizer Offiziersmesser; ein Schokoriegel, der schon in kleine Portionen unterteilt ist (die Hälfte ist bereits gegessen); eine .38-Police-Special-Pistole mit einem

Schnelllader und sechs Patronen; ein Kochgeschirr mit einem Roy-Rodgers-Schriftzug und eine kleine Bibel. Er ist nicht gerade üppig ausgestattet für das Überleben in der Wildnis. Es wird langsam Zeit, dass er bald einen Hasen oder einen Fisch fängt, denn sonst steht ihm eine weitere Nacht mit nichts weiter als einem Bissen Milky Way und lauwarmem Quellwasser bevor.

Wem kann er schon etwas vormachen? Er ist kein Mitglied einer auf das Überleben spezialisierten Eliteeinheit, sondern ein ungebildeter Typ aus Jacksonville, der seine Jugend in Einkaufszentren vergeudet hat. Was zum Teufel hat ihn nur geritten, als er meinte, eigenhändig seine Gruppe, seine Gemeinde retten zu können? Warum haben sie *ihn* geschickt – Reese, den jüngsten Erwachsenen –, um nach Hilfe zu suchen, jemanden zu finden, der ihnen aus der Patsche helfen könnte? Was haben sie sich nur dabei gedacht? Was hat *er* sich dabei gedacht?

Er fährt erschrocken zusammen, als eine Böe erneut das widerliche Stöhnen an seine Ohren trägt – es stammt wahrscheinlich von dem Schwarm, der seine Gemeinde umzingelt hat. Der Lärm der Untoten nimmt – aufgrund der schieren Menge – in der weiten, offenen Landschaft des ländlichen Georgia eine unheimliche, atonale Qualität an, als ob unzählige kaputte Kirchenglocken eine höllische schwarze Messe verkündeten.

Reese drückt die Handflächen noch fester gegen die Ohren, versucht den Lärm auszublenden. Er muss weiter, fühlt sich wie gelähmt in diesem Dickicht aus Rohrkolben und Kriechwacholder. Wenn er nur einen Plan hätte, wie er zu dem Ort gelangen könnte, an dem er die Blitze letzte Nacht gesehen hat.

Die kontrollierte Explosion bedeutet, dass dort Menschen sein müssen. Vielleicht würden sie ihm helfen oder gar seine Gemeinde retten. Wenn er doch nur wüsste, woran er sich orientieren soll. Er blickt nach oben und sieht die Sichel des aufgehenden Mondes in dem indigoblau leuchtenden Himmel. Bald schon werden die ersten Sterne sichtbar.

Reese blinzelt, als ihm ein Licht aufgeht. Er kann es kaum glauben. Natürlich! *Die Sterne*. Er weiß noch, dass es gestern sternenklar war – genauso wie heute –, und dann starrt er auf die Verpackung seines Schokoriegels. Er starrt und starrt, und die Gewissheit formt sich in seiner Magengegend wie eine kalte Faust: *Milky Way* – die Milchstraße!

Wenn man den Großen Bären kennt, dann kann man auch den Nordstern ausmachen – *daran* kann er sich noch aus dem Schulunterricht erinnern. Jetzt müsste er nur noch gen Westen gehen, also in einem Winkel von neunzig Grad … oder so ähnlich.

Er packt seine spärlichen Vorräte zusammen und bemerkt dabei nicht, dass sieben dunkle Gestalten in einer Entfernung von hundert Metern durch das Gebüsch stolpern.

»Ich habe sehr traurige Nachrichten für euch«, verkündet Calvin seinen Kindern, nachdem er die Tür des Verwaltungsbüros im Gerichtsgebäude Woodburys hinter sich geschlossen hat. Die drei sitzen nebeneinander auf einem abgesessenen Sofa, das an der Wand unter den mit Brettern verschlagenen Fenstern steht. Darüber hinaus ist das Zimmer noch mit einem kleinen Regal, vollgestopft mit einem Dutzend Kinderbücher und einigen Brettspielen, sowie einem Schaukelstuhl möbliert, der dem Sofa gegenüber steht. Man hat das Mobiliar zusammengesucht, damit das Büro einen etwas wohnlicheren Charakter für die Duprees annimmt – Lilly hatte ihnen die Räumlichkeit im zweiten Stock des Gerichtsgebäudes vorübergehend zur Verfügung gestellt –, und Meredith hatte sich darum gekümmert, es so gemütlich wie möglich zu machen. Jetzt aber läuft der Vater der Familie vor seinen Kindern auf und ab, die Hände in die Taschen seiner dreckigen Chinohose gesteckt. »Es gibt keinen einfachen Weg, euch das zu erzählen, also komme ich direkt damit raus … Eure Mutter ist … Nun, sie ist jetzt im Himmel, zusammen mit Gott.«

»Was?«, fährt Tommy Dupree seinen Vater an, als ob er gerade laut gefurzt hätte. »Wovon zum Teufel redest du?«

Calvin seufzt lange und qualvoll und nickt seinem Sohn zu. »Eure Mutter ist gestern Abend in eine brenzlige Situation mit den Beißern gekommen. Leider hat sie es nicht geschafft.« Er wirft den jüngeren Kindern einen Blick zu. »Eure Mama ist gestern gestorben und jetzt im Himmel.«

Die Stille dauert nicht lange, ist aber beinahe unerträglich, als die drei Kinder endlich verstehen, was ihr Vater ihnen sagen will. Die neunjährige Bethany starrt ihn an, als ob die Welt sich vor ihren Augen in Luft auflöst, ihr engelhaftes Gesicht verzerrt sich zu einer schmerzerfüllten Grimasse, und die Tränen kullern ihr bereits die Wangen hinab. Der Jüngste – der fünfjährige Lucas – tut sein Bestes, nicht die Fassung zu verlieren und sich so zu verhalten wie sein großer Bruder, aber schon bald streckt er eine zitternde Unterlippe hervor, und seine Augen füllen sich mit riesigen Tränen. Nur Tommy reagiert mit einer komplexen Serie aus Gesichtsausdrücken und Körperhaltungen.

Calvin ist sich nicht sicher, wie viel sein zwölfjähriger Sohn von der psychischen Krankheit seiner Mutter wusste, jetzt aber steht er mit zusammengeballten Fäusten da, schreitet dann entschlossen durch das Büro und starrt die gegenüberliegende Wand an. Er hat die Lippen so fest aufeinandergepresst, dass sie aussehen, als ob sie mit einem Kajalstift aufgemalt sind. Er blinzelt und schaut sich um, als ob jeden Augenblick jemand hervorspringen und »April, April!« rufen würde. Endlich wendet er sich mit einem unheilvollen Stirnrunzeln, das seine Verachtung und seine Schuldzuweisung ausdrückt, seinem Vater zu. »Was ist passiert, Dad?«

Calvin senkt den Kopf und schaut zu Boden, als das Weinen der beiden Kleinen lauter wird; zuerst langsam und mit ruckartigen, keuchenden Luftzügen, aber dann beginnt Bethany zu schreien wie am Spieß. Calvin kann die Augen nicht von seinen Arbeitsstiefeln nehmen – die Stiefel mit Stahlkappen, die voller Farbkleckser sind, und ihm die letzten fünfzehn Jahre als Gewerbetreibender in Fayetteville, Alabama stets gute Dienste geleistet haben. Jetzt aber sind die grauen Farbkleckser voller kleiner rotbrauner Blutflecken. »Sie hat mit dem Sprengstoff geholfen, mit dem wir uns die Herde vom Leib halten wollten, aber sie ist ihnen zu nahe gekommen … Sie hatte … Sie hatte einen Unfall mit dem … Sie … Sie konnte nicht … Ach, *Scheiße!*«

Calvin schaut seine Kinder an und dreht sich dann zu seinem Ältesten um. Tommy hat die Hände noch immer zu Fäusten geballt, knirscht jetzt mit den Zähnen, und der finstere Blick des hormongeladenen Zwölfjährigen brennt sich in Calvins Seele. Was soll er denn tun? Seinen Sohn anlügen? Ihm so etwas Wichtiges vorenthalten? Er schluckt den Schmerz hinunter, wischt sich die Augen und geht dann auf den Schaukelstuhl zu. Er lässt sich mit einem tiefen Stöhnen fallen, und ihm ist, als ob das Gewicht der gesamten Welt auf seinen Schultern liegt. »Okay … Die Wahrheit«, sagt er und wirft jedem seiner Kinder einen Blick zu. Einem nach dem anderen. Er schaut sie mit der Liebe eines Vaters an, der ihnen die harschen Realitäten des Lebens nicht verschweigen kann oder will. »Die Wahrheit ist, dass eure Mama eine Heldin ist.«

»Ist sie gebissen worden?«, will Bethany zwischen Schluchzern wissen, während sie mit ihren kleinen Händchen am Stoff ihres Kleids zupft. »Haben die Beißer sie gefressen?«

»Nein, nein, nein … Nein, Liebling.« Calvin lehnt sich vor und streckt die Arme nach den beiden Kleinen aus, zieht sie sanft von der Couch zu sich und setzt sie auf seine dünnen Beine. »Nein, es ist alles ganz anders. Eure Mama wurde überhaupt nicht gebissen.« Liebevoll legt er ihnen die Hand auf die Schultern. »Eure Mama hat die Monster besiegt und damit diese Stadt vor dem Untergang bewahrt. Sie hat das Leben von jedem Mann, jeder Frau und jedem Kind hier gerettet.«

Die Kinder schlucken ihre Tränen hinunter, nicken und hören gespannt zu, während Calvin weitererzählt.

»Sie hat etwas Unglaubliches getan und eine Ladung Dynamit genommen. Dann hat sie die Beißer von der Stadt weggelockt, und als alle in sicherer Entfernung waren und sich um sie versammelt haben, hat sie die fürchterlichen Beißer in die Luft gesprengt.« Calvins Stimme überschlägt sich, und er spürt, wie gegen seine Erwartung Trauer in ihm aufwallt. Er fängt an zu weinen. »Sie … Sie hat sie in die Luft gejagt … Und sie … Sie hat uns allen das Leben gerettet. Einfach so. Sie hat diese Stadt vor dem Untergang bewahrt. Eure Mama. Sie ist eine Heldin und wird es für immer bleiben. Irgendwann wird man ihr wahrscheinlich ein Denkmal setzen.« Sein Schluchzen verwandelt sich in hysterisches Gelächter. »Was haltet ihr davon? Ein Denkmal für eure Mutter – direkt neben der Statue von General Robert E. Lee!«

Die Kinder blicken zu Boden und versuchen das Gehörte zu verarbeiten, während Calvin es schafft, sich wieder zusammenzureißen. Er fährt ihnen mit der Hand über das Haar, und seine Stimme wird sanfter: »Sie hat die Monster wie der Rattenfänger von Hameln von der Stadt weggelockt, damit niemand verletzt wird.« Calvin wirft seinem ältesten Sohn einen Blick zu – sein Problemkind, das schwarze Schaf der Familie.

Tommy hat das Haupt gesenkt, die Lippen zusammengepresst und versucht, nicht zu weinen. Er fährt mit seinen Chuck-Taylor-Turnschuhen, die bis über die Knöchel reichen, über die staubige Schachbrett-Fliese. Endlich spürt er die Trauer, die in den Worten seines Vaters mitklingt, und hebt langsam den Kopf. Die Blicke der beiden – Vater und Sohn – treffen sich.

»Eure Mutter war eine eiskalte, knallharte Heldin«, sagt Calvin zu den beiden Kindern auf seinen Beinen.

Aber eigentlich redet er mit Tommy.

Der Zwölfjährige nickt, wendet sich wieder der Wand zu, schließt die Augen und erlaubt sich endlich auch ein leises trauerndes Schluchzen.

Acht

Im Gegensatz zu dem alten Sprichwort heilt die Zeit *nicht* alle Wunden, denn bei manchen Wunden ist es egal, wie alt sie sind, wie viel man trinkt oder wie viele Therapeuten man besucht. Gletscher können Kontinente spalten, und der Schmerz existiert weiter, wenn auch in einem versteckten Winkel des Herzens. Bei den Glücklichen bildet sich Narbengewebe, und im Lauf der Zeit wird immer mehr gebildet, bis der Schmerz einfach zum festen Bestandteil dieses Menschen wird – Teil dessen, was ihn oder sie ausmacht, wie die Maserung im Holz. Lilly weiß das aus eigener Erfahrung, und sie weiß auch, dass Calvin und seine Kinder in den kommenden Wochen, Monaten und Jahren diese Erfahrung ebenfalls durchleben werden.

Für die Dupree-Familie wird das Narbengewebe gleich am nächsten Tag zu wachsen beginnen.

Lilly fordert jeden – selbst die Dupree-Kinder – am nächsten Tag dazu auf, die Stadt wieder aufzuräumen. Die Hintergründe sind sowohl praktischer als auch psychologischer Natur. Sie ist der Meinung, dass es für die Leute am besten ist, sie stets zu beschäftigen und Kopf und Körper in Bewegung zu halten, sodass niemand die Zeit hat, das Grübeln anzufangen. Auf einem rollenden Stein sammelt sich kein Moos, Müßiggang ist aller Laster Anfang und wie all die uralten Redewendungen lauten, die Lilly an diesem

Tag durch den Kopf schießen, während sie damit beschäftigt ist, es möglichst jedem recht zu machen.

Vor dem Verteidigungswall gibt es etwas zu tun. Es liegen noch immer verkohlte Überreste von Beißern in der Gegend herum, die beseitigt werden müssen. Und ihre Idee, Nahrungsmittel in der Arena anzubauen, muss auch weiterverfolgt werden – der nächste diesbezügliche Schritt lautet Samen sammeln.

Bob bittet Lilly um Erlaubnis, wieder zu der Apotheke außerhalb des Verteidigungswalls gehen zu dürfen; der mysteriöse Tunnel in dem Keller unter dem Geschäft lässt ihm einfach keine Ruhe, und er erklärt ihr, dass es sich um eine Goldgrube – zumindest im übertragenen Sinn – handeln und sie unzählige Schätze beherbergen könnte. Die Vorräte in Woodbury haben einen Tiefststand erreicht, und insbesondere Sprit, Trinkwasser, Batterien, Seife, Glühbirnen, Propangas, Munition, Kerzen und essbares Protein in anderer Form als getrockneten Bohnen sind Mangelware. Es ist bereits Wochen her, dass jemand das letzte Mal einen Hirschen, einen Wasservogel oder auch nur den dürrsten Hasen erlegt hat. Nicht dass Bob unter der Apotheke auf Jagd gehen wollte, aber man kann ja nie wissen, was dort alles herumliegt. Er hat einmal von alten Kohle- und Salzbergwerken in der Gegend gelesen, die von großen Firmen aufgekauft und als riesige unterirdische Lager benutzt wurden. Lilly stimmt Bob zu, dass es sich lohnen könnte, einmal genau nachzusehen, und schlägt ihm vor, dass er Matthew und Speed mitnehmen soll. Bob entscheidet sich, bei Morgendämmerung aufzubrechen.

Irgendetwas hat es mit diesem Tunnel auf sich, das spürt Bob in seinem Knochenmark, was ihm sonst so gut wie nie passiert. Aber genau deswegen will er es nicht einfach ignorieren, sondern der Sache nachgehen. Es könnte sich natürlich auch herausstellen, dass gar nichts dahintersteckt.

Aber man kann nie wissen.

»He, Bob! Schau dir das mal an!« Die Stimme dröhnt in dem übelriechenden Tunnel, der in feuchtkalter Finsternis liegt. Sie stammt aus dem Loch fünfzehn Meter vor Bob, der im Staub kauert. Die Grubenlampe beleuchtet den rissigen Erdboden. Der Duft von alten Wurzeln, noch älterem Humus und in der Finsternis über Äonen gereiftem Moschus hängt in der Luft. Die letzte Viertelstunde hat Bob damit verbracht, merkwürdig anmutende Abdrücke an den Wänden und auf dem Boden des einen Meter zwanzig breiten Tunnels abzupausen. Dazu benutzt er Durchschlagpapier, das haufenweise hinter der Kasse auf dem Boden liegt. Die abgezeichneten Kopien dienen als eine Art Digitalkamera-Ersatz, denn die Batterien sämtlicher Kameras in Woodbury sind entweder leer, gestohlen oder einfach in ihrer Funktion nicht wichtig genug, um wertvolle Energie darauf zu verschwenden – egal ob Gleich- oder Wechselstrom. Bob hat mittlerweile gute zwanzig Zeichnungen angefertigt und sie fein säuberlich gefaltet in die innere Brusttasche seiner Jacke gesteckt. Die meisten weisen Fußspuren, Fahrspuren von Wagenrädern und eigenartige Abdrücke – wie von Ketten – an den Wänden und dem harten Erdboden des Tunnels auf. »Du wirst deinen Augen kaum trauen!«

»Jetzt mach nicht gleich die Pferde scheu, ich komme ja schon!« Bob steht auf und geht vorsichtig den Tunnel mit Wänden aus Putz und Erde entlang, der mit tragenden

Holzbalken und Brettern verstärkt ist. Der düstere gelbe Strahl seiner Grubenlampe weist ihm den Weg. Vor ihm taucht Matthew auf, dessen Taschenlampe auf den Boden gerichtet ist und einen silbernen Lichtkegel von der Größe eines Esstellers formt. Hinter Matthew scheint der Tunnel unendlich tief ins finstere Nichts zu führen. Das Geräusch von Bobs Schritten – sie knirschen auf dem Kies und Splitt unter seinen Füßen – hallt gespensterhaft wider.

Nach einer knappen Stunde in diesem Loch haben Bob und seine zwei Kameraden ein oder zwei Sachen über den Tunnel herausgefunden: (1) Es gibt viel mehr Tunnel, als sie ursprünglich angenommen haben – es handelt sich um ein *Labyrinth* aus Tunneln –, und die meisten Nebentunnel sind groß genug, dass ein Erwachsener auf Händen und Füßen durchkriechen kann. (2) Der Haupttunnel scheint viele Kilometer lang zu sein, und Speed Wilkins ist gerade dabei, ihn mit seiner hell leuchtenden Taschenlampe, die er an den Lauf seiner AR-15 geklebt hat, zu erkunden. Und (3) stößt Bob immer wieder auf anscheinend viele Jahre alte Spuren menschlicher Eingriffe.

»Zieh dir das mal rein«, ruft Matthew erneut, als Bob näher kommt und sich hinter ihm hinkniet, um zu sehen, was den jungen Mann so fasziniert. Matthews Bushmaster-Gewehr hängt von seiner Schulter am Trageriemen, und ein paar Zahnbürsten ragen aus seiner hinteren Hosentasche heraus. Die Zahnbürsten, die sie aus der Apotheke haben mitgehen lassen, waren Bobs Idee. Genauso wie die Mundspiegel, das Pauspapier, die Zahnseide, die Lupe, die Wattestäbchen, die Reinigungstücher und der Reinigungsalkohol. Er sieht diese Mission als eine Art archäologische Ausgrabung an – ein sehr wichtiges Experiment, das vielleicht gravierende Auswirkungen auf das Leben aller in Woodbury haben könnte.

»Heiliger Bimbam«, murmelt Bob leise, als er auf den Lichtkegel starrt. »Wieso zum Teufel habe ich das nicht bemerkt?«

Der menschliche Schädel ragt schräg aus der Erde und sieht aus wie altes Elfenbein. Die Zähne entlang des Kiefers gleichen Maiskörnern. Ein rostiges Eisenband – es ist derart stark oxidiert, dass es aussieht, als ob Muscheln darauf wachsen – sticht ebenfalls aus dem Boden hervor und liegt um den Nacken des Skeletts, wo die Halswirbelsäule wie eine Kette aus gelben Perlen in der Erde verschwindet.

»Er war überhaupt nicht sichtbar, völlig vergraben«, meint Matthew beinahe ehrfurchtsvoll, ohne die Augen von dem Schädel zu nehmen. »Ich bin auf irgendetwas Sprödes, Brüchiges getreten und habe es knacken hören.« Er lässt den Lichtkegel seiner Taschenlampe den Gang entlangwandern und fügt hinzu: »Aber schau dir *das* mal an.«

Bobs Schädeldecke beginnt zu kribbeln, als er Teile eines Rückgrats im matten Licht schimmern sieht. Dann einen Oberschenkelknochen und einen halb vergrabenen Fuß mit Teilen des Knöchels. Was ihn aber besonders in den Bann zieht, ist die Fessel – das gleiche uralte Metall wie der Halsreif, dieselbe Patina, wie der Belag auf einem alten Zahn. Offensichtlich war hier irgendjemand gefesselt und ist vor wer weiß wie vielen Jahren gestorben.

»Heiliger Bimbam«, wiederholt Bob, als er die zerbröselnden Kettenglieder sieht, die im Erdboden verschwinden.

»Was hältst du davon, Pops?«, fragt Matthew und scheint ihm die Taschenlampe ins Gesicht.

Bob hält die Hand vor die Augen, um nicht geblendet zu werden. »Weg mit der Lampe, Kleiner.« Matthew tut, wie ihm geheißen. »Und nenn mich nicht ›Pops‹.«

»Oh. Tut mir leid.« Matthew grinst und spielt das Spiel des alten Griesgrams mit. Die beiden Männer haben sich während der letzten Wochen gutmütig gehänselt – eigentlich seitdem Matthew Bob gefragt hat, wie alt er sei, als Antwort »alt genug« zurückgeschossen gekommen und dann noch der Rat gefolgt war, dass er sich um seinen eigenen Kram kümmern soll. »Aber ehrlich, was glaubst du, was bedeutet das hier alles?«

»Wenn ich das nur wüsste«, murmelt Bob, hört ein Geräusch und starrt in den Tunnel hinein. Er erkennt ein winziges Lichtlein, das mitten in der Finsternis zu schweben scheint wie eine Kerze, und hört leise Schritte und ein Schnaufen und Keuchen. »Hoffentlich kann Speed hier ein paar Lücken auffüllen.«

Sie stehen beide mitten im Gang und schauen auf Speeds Silhouette, als der gewaltige Körper des jungen Mannes aus den Tiefen des Tunnels tritt. Vor der Brust hält er seine AR-15, und der Strahl der Taschenlampe wackelt mit jedem Schritt hin und her. Er scheint außer Atem, als ob er gerade eine riesige Distanz zurückgelegt hätte. »Gentlemen«, begrüßt er sie.

»Hast du irgendetwas gefunden?«, erkundigt sich Bob sofort.

»Nur noch mehr Tunnel.« Er hält vor ihnen an und legt die Waffe über die Schulter.

»Wie weit bist du hineingegangen?«

Er zuckt mit den Achseln und wischt sich den Schmutz aus dem Gesicht. »Verdammt, woher soll ich das wissen? Zwei Kilometer, fünf Kilometer?«

Matthew blickt ihn überrascht an. »Willst du mich verarschen? Das verdammte Ding reicht *so* weit?«

Speed zuckt erneut mit den Achseln. »Und noch weiter. Ich habe aufgegeben, bis zum Ende zu kommen.«

Bob fragt, ob ihm irgendetwas aufgefallen ist, ob irgendetwas aus dem Boden ragt.

Speed schüttelt mit dem Kopf. »Bin vor etwa einer halben Stunde einem Beißer über den Weg gelaufen, habe ihn aber nicht erschossen, weil ich nicht mehr von den Viechern anlocken wollte.«

»Und was hast du gemacht?«

»Seinen Schädel mit dem Kolben eingedroschen. Ging ganz einfach und lautlos.«

Bob seufzt auf. »Und ich habe gehofft, dass wir hier unten etwas finden, das uns nützlich sein könnte.« Er blickt sich um. »Aber das einzig Nennenswerte sind diese Überreste hier.« Er macht eine ausladende Bewegung in Richtung der Knochen und erzählt Speed von den Fesseln.

Speed aber scheint das überhaupt nicht zu interessieren. »Wie auch immer, Mann. Ich habe nichts als Tunnel und noch mehr Tunnel gesehen. Bin mir nicht sicher, wie ein Beißer sich hierher verlaufen hat, aber … Wie auch immer.« Er fährt sich mit der Zunge über die Lippen und wirft Bob einen Blick zu. »Und was jetzt, Pops?«

Bob seufzt erneut genervt auf, dreht sich um und macht sich auf den Rückweg. Insgeheim wünscht er sich, dass sie endlich damit aufhörten, ihn Pops zu nennen.

»Lilly!«

Lilly hört die Stimme, als sie um die Ecke der Dromedary Street biegt, um zu ihrer Wohnung zu gehen. Sie hält in der Spätnachmittagssonne inne und wischt sich den Schweiß von der Stirn. Sie ist erschöpft, schließlich hat sie den ganzen Tag die verschiedenen Teams beaufsichtigt und beim Verteilen der Erde in der Arena und bei dem Ausbau des Verteidigungswalls mithelfen müssen. Ihrer Kleider sind vom Schweiß ganz feucht, ihre Hände wund, und sie ist ein wenig benommen, als sie Calvin um die Ecke joggen sieht. Er winkt ihr freundlich zu. Sie ist jetzt zwar nicht in der Stimmung, sich um irgendjemanden zu kümmern, setzt aber trotzdem ein Lächeln auf, winkt zurück und entgegnet: »Hallo, Calvin.«

»Da habe ich aber Glück gehabt, dass ich Sie treffe«, beginnt er und ist etwas außer Atem, als er näher kommt.

»Was kann ich für Sie tun?«

Er schluckt und ringt nach Luft. »Ich glaube, dass wir bleiben, Lilly.«

Sie starrt ihn einen Moment lang an und verarbeitet diese neue Information. »Das ist … fantastisch.«

Er nickt, schenkt ihr ein trauriges Lächeln, und sein Blick wird etwas sanfter. »Ich wünschte nur, dass es unter anderen Umständen geschehen wäre, aber das kann man nun einmal nicht ändern.«

»Ich glaube, dass es Ihnen und Ihren Kindern hier gefallen wird.«

»Und ich glaube, dass Sie recht haben.« Er lässt den Blick in die Ferne schweifen. »Solche Fluchtburgen wie die Ihre gibt es kaum noch.«

Lilly nickt und mustert den Mann. »Es tut mir wirklich sehr leid um Ihre Frau.«

Er wendet sich wieder zu ihr. »Vielen Dank, Lilly. Das weiß ich zu schätzen, wirklich.«

»Wie werden die Kinder damit fertig?«

»Die kommen da schon durch. Tommy ist so mürrisch wie eh und je, Bethany schläft schon wieder besser, und der kleine Luke glaubt, dass das alles vorherbestimmt war.«

Lilly neigt den Kopf zur Seite. »Vorherbestimmt?«

»Das ist eine lange Geschichte.«

»Meinen Sie etwa all *das* hier?«, will sie wissen und vollführt eine ausladende Geste in Richtung Stadt. »Woodbury … Und alles, was geschehen ist?«

Calvin seufzt. »Der kleine Rabauke hat Visionen. Zumindest behauptet er es. Träume, Visionen … Ich weiß auch nicht genau, was in seinem Kopf vorgeht.«

»Wow«, staunt Lilly und starrt ihn überrascht an. »Ernsthaft?«

Calvin zuckt mit den Achseln. »Gottes Wege sind unergründlich.«

»Den Spruch kenne ich.«

Calvin überlegt eine Weile. »Wer bin ich, um an seinen Worten zu zweifeln? Man darf nichts ausschließen … Oder?«

Lilly lächelt ihn erneut höflich an. »Da haben Sie sicherlich recht.«

»Aber wie auch immer.« Er schaut ihr in die Augen. »Ich möchte mich bei Ihnen für Ihre Geduld uns gegenüber bedanken, und für Ihre Freundlichkeit. Sie haben uns als Ihresgleichen aufgenommen.«

Lilly blickt zu Boden. Sie verspürt ein merkwürdiges Flattern in ihrer Bauchgegend. Vielleicht ist es nur die Nervosität. Sie ist sich nicht sicher. Irgendwie ist sie in der

Nähe dieses Mannes schüchtern. »Nun, so verhält man sich als gute Christin, nicht wahr?« Sie hebt den Kopf, schaut ihm in die Augen und lächelt. »Ich meine … Das sagen zumindest die Leute.«

Calvin lacht leise in sich hinein – ein warmes, ehrliches Lachen. Das war vielleicht das erste Mal, dass er seit ihrer Ankunft in Woodbury Heiterkeit an den Tag gelegt hat. »Sehr gut, Lilly … Gar nicht so schlecht für eine Ungläubige.«

»Soll das etwa heißen, dass ich trotz allem nicht in die Hölle komme?«

Sein Lächeln erstreckt sich jetzt über das ganze Gesicht. »Nun, da habe ich sicherlich recht wenig Einfluss. Aber ich würde behaupten, dass Sie sich keine Sorgen machen müssen.«

»Das ist gut zu hören.«

Seine Miene wird wieder ernster, als er den Blick Richtung Verteidigungswall und über die schwarzen, im Wind schwankenden Baumwipfel schweifen lässt. Seit vorgestern, dem Tag, an dem Lilly und ihre Teams die Überreste der Herde aus der umliegenden Landschaft und den Wäldern geräumt und sie in dem Massengrab bei den Eisenbahnschienen beerdigt haben, stinkt es kaum noch nach Beißern. Heute duftet es sogar nach Sommer – nach grünem Gras, frischem Klee und fruchtbarer Erde –, aber sie hören auch ein entferntes, beunruhigendes Geräusch, das gelegentlich zu ihnen dringt. Wie der Ruf eines exotischen Vogels, der nicht in dieses Ökosystem gehört – ein gespensterhafter Urschrei, der als Warnung für seine Beute dient –, dringt das entfernte Gestöhne immer wieder mit dem Wind an ihre Ohren. Das reicht schon, um die Haare eines jeden Bewohners von Woodbury im Nacken aufstehen zu lassen und den weniger robusten eine Gänsehaut zu verpassen. Calvin scheint alles in sich aufzusaugen, ehe er in leisem Tonfall sagt: »Oder vielleicht befinden wir uns ja schon in der Hölle … Vielleicht sind wir alle verdammt, ohne es gemerkt zu haben … Verdammt, hier innerhalb dieser Mauern zu kauern oder für immer durch die Hölle auf Erden zu wandern.«

Lilly starrt gedankenverloren in die Ferne, blinzelt dann und schüttelt diese grausamen Gedanken von sich. Sie blickt ihn an. »Nichts für ungut, Calvin, aber erinnern Sie mich daran, Sie nie zu einer Party einzuladen.«

Erneut gluckst der Mann müde. »Tut mir leid.« Er holt ein Halstuch aus seiner hinteren Hosentasche und wischt sich den Schweiß aus dem Nacken. »Vielleicht übertreibe ich es ab und zu.« Er schenkt ihr ein warmes Lächeln, und Lilly erkennt in ihm den guten, einfachen Handwerker, der er vor der Seuche einmal gewesen ist. Sie stellt sich ihn vor, wie er eine Schlagschnur einkreidet und mit seinen Händen voller Hornhaut vorsichtig Holz hobelt, während er an der Zigarette zieht, die er im Mundwinkel hat. »Sie sollten mich nicht aus den Augen lassen«, ermahnt er Lilly schließlich, »oder ich werde noch zu einem richtigen Fernsehprediger.«

Lilly lacht. »Ach, wenn es weiter nichts ist. Damit werde ich schon fertig.« Sie reicht ihm die Hand – eine spontane Geste, die selbst *sie* überrascht – und meint: »Dann sollten wir dem Ganzen einen offiziellen Touch geben. Willkommen in Woodbury.«

Er schüttelt ihre Hand mit festem Griff. »Ich möchte mich sehr bei Ihnen bedanken.«

»Wir sind froh, Sie bei uns zu haben, Calvin.«

»Vielen Dank.«

Sie lassen voneinander ab, und Lilly hat eine Idee: »Falls Sie nichts dagegen haben, würde ich Sie gerne als permanentes Mitglied unseres Rats vorschlagen.«

»Dem was?«

»Eine Gruppe von Leuten, die sich auf regelmäßiger Basis treffen – Sie haben sie letzte Woche kennengelernt, als wir uns berieten, was wir am besten gegen die Horde unternehmen können. Sinn und Zweck besteht eigentlich nur darin, Entscheidungen zu treffen. Wir brauchen Leute mit klaren Köpfen.«

Calvin kaut auf den Wangen, während er das Angebot abwägt. »Ich sehe nichts, was dagegen spricht.«

»Gut, dann ist das abgemacht.«

»Da gäbe es noch eine Sache.«

»Und das wäre?«

»Sie haben diesen Gentleman erwähnt, der früher das Sagen hatte und sich Governor nannte …«

Lilly nickt. »Ja, schon richtig. Und?«

Calvin blickt ihr in die Augen. »Ich will nur jegliche Missverständnisse aus dem Weg räumen. Ich weiß, dass der Mann ein schwarzes Schaf war und dass Sie hier eine Demokratie aufgebaut haben. Aber ich will mich nur vergewissern, alles zu verstehen.«

»Was wollen Sie verstehen?«

Er sieht aus, als ob er seine eigene Frage analysiert. »Sind Sie jetzt … Nun … Sind Sie jetzt der neue Governor?«

Sie stößt einen langen, qualvollen Seufzer aus. »Nein, Calvin. Weit vom Ziel entfernt.«

Es ist spät in der Nacht. Der Mond steht hoch am Himmel. Der Wald um Woodbury ist so still wie eine Kirche. Die Grillen zirpen laut in den samtigen Schatten entlang des Elkins Creek. Ab und zu ertönen Geräusche, die nicht in das Bild passen, wie Trillern, wehleidiges Stöhnen, brechende Äste und eine Reihe hyperventilierender Atemzüge, als eine abgemagerte Gestalt in zerfetzter Kleidung das Ufer des Bachs entlangstolpert und nach einer Stelle sucht, an der sie ihn überqueren kann.

Reese Lee Hawthorne hat sich den ganzen Abend schwerfällig durch den Wald gekämpft, ist dem Bachverlauf gen Süden gefolgt und hat nach einem Steg oder ein paar umgefallenen Baumstämmen gesucht, mit deren Hilfe er trocken über das trübe Wasser gelangen kann. Er muss eigentlich nach Westen, aber der Bach – mittlerweile ist er eher zu einem Fluss mit starken kalten Strömungen und tiefen Stellen angeschwollen – ist ihm im Weg. Er beginnt vor Hunger zu halluzinieren, sieht winzige, leuchtende Augen, die ihn von hinter den Bäumen beobachten, und Sternenstaub scheint in den Schatten zu schweben. Seine Beine sind kurz davor, ihm den Dienst zu verweigern, und er kann Beißer riechen, ihre schlurfenden Schritte hören, wie sie unbeholfen durch gefallenes Laub hinter ihm her stolpern. Oder vielleicht bildet er es sich auch nur ein. Er weiß, dass er nachts nicht unterwegs sein sollte. Es ist zu gefährlich, aber tagsüber kann er sich nicht vernünftig orientieren.

Er hält inne, um Luft zu holen, lehnt sich gegen einen dicken Eichenstamm und betet flüsternd gen Himmel, bettelt um Hilfe und Kraft, als er in dreißig Metern Entfernung eine merkwürdige Erscheinung sieht. Er blinzelt, wendet sich in dem Glauben ab, dass er nur wieder halluziniert. Dann aber dreht er sich erneut hin.

Tatsächlich. Dort, in mittlerer Entfernung, ragt sie über die Baumwipfel hinaus und überbrückt den Fluss: eine bescheidene kleine Holzhütte, die drei Meter über dem Wasser schwebt, ohne auf sichtbaren Stelzen oder dergleichen zu stehen. Es scheint ein magisches Märchenhaus für einen Kobold oder Wassergeist zu sein. Reese schluckt seine Angst hinunter und schüttelt ungläubig den Kopf, denn es scheint unmöglich, ist aber dennoch Tatsache.

Die Finsternis und das schimmernde Mondlicht auf dem Giebeldach verleihen dem Häuschen einen beinahe flüchtigen Charakter, als Reese sich vom Wald aus dem Gebäude nähert. Wenn dies eine von Hunger, Stress, Schlaflosigkeit oder Unterzuckerung ausgelöste Halluzination sein soll, dann handelt es sich wahrhaftig um die detaillierteste in der Geschichte der Menschheit. Reese kann die vom Holzwurm zerfressenen Bretter sehen und die Überreste der roten Kaminfarbe ausmachen, die der heißen Sonne Georgias ausgesetzt ist.

Der Schüttelfrost ergreift ihn, als er immer näher kommt und auf dem Wasser den Schatten des Hauses im Mondlicht wahrnimmt. Ohne ersichtlichen Grund, wie ein immerwährender Zauber, schwebt die Hütte in der Luft über dem Elkins Creek. Er bleibt wie angewurzelt stehen und starrt die verwitterte Hütte an. Langsam fällt bei ihm der Groschen. Er starrt auf den riesigen Schlund, der sich vor ihm auftut – er ist groß genug, dass eine Kutsche oder ein kleiner Pick-up-Truck hindurchpasst. Dann sieht er die holprige Straße, die in das Gebäude führt.

»Du *Idiot*, du absoluter *Vollpfosten*«, rügt er sich leise, als er merkt, dass er vor einer Brücke mit einem Dach steht.

In diesem Teil Georgias wimmelt es nur so von derartigen Brücken. Manche stammen sogar noch von vor dem Sezessionskrieg. Bei den meisten handelt es sich um bescheidene Bauwerke mit Seitenbrettern und Schindeln, andere aber sind reichlich verzierte viktorianische Meisterwerke, die man für das Werk von Elfenhänden halten könnte. Diese hier ist relativ primitiv gehalten, mit Brettern und Schindeln verschlagen und besitzt jeweils eine dekorative Dachgaube an den Enden. Kopoubohnen klettern die Wände hoch, und an einer Ecke fließt ein Rinnsal Wasser in den Elkins Creek.

Reese holt tief Luft, klettert die Böschung hinauf, die zur östlichen Öffnung führt, und tritt hinein.

In der Brücke herrscht völlige Finsternis, und es stinkt nach Fäulnis – wie in einem alten Weinkeller, in dem sämtliche Flaschen gekorkt sind und der Wein sich in Essig verwandelt hat. Die Luft ist modrig und muffig und so dicht, dass man glauben könnte, allein ihr Gewicht lasse die Brücke zusammenbrechen. Reese überlegt, ob er nicht zur anderen Seite sprinten sollte – es sind kaum einmal zehn Meter –, aber er entscheidet sich zu gehen. Seine Tritte auf dem Bohlenweg knarzen laut in seinen Ohren, und er kann seinen Puls bis hin zu seinem Kiefer spüren.

Sein Blick bleibt auf einem Haufen Lumpen hängen, die kurz vor dem Ausgang liegen.

Anfangs hat es noch den Anschein, als ob es sich um einen größeren Maulwurfshügel handelt, aber als er sich weiter nähert, sieht er, dass es von Moos und Dreck überzogene, weggeworfene Decken und Klamotten sind, die schon so lange daliegen und dem Wetter ausgesetzt sind, dass sie an den Brückenbohlen kleben. Reese schenkt den Lumpen keinerlei weitere Beachtung und geht einfach daran vorbei Richtung Ausgang.

Kaum hat er den Haufen hinter sich gelassen, als ein schwarzer Arm wie ein Springteufel daraus hervorschnellt. Reese schreit auf und fällt zu Boden, als die Hand seine Fessel packt. Er windet sich, versucht sich zu befreien und fummelt gleichzeitig nach seiner Pistole. Genau für solche Notfälle hat er stets eine Kugel im Lauf, aber der eiserne Griff und der unerwartete Angriff von einem unscheinbaren Haufen Kleider haben ihn erstarren lassen.

In den Schatten des Mondlichts bietet das Geschöpf aus dem Haufen einen surrealen Anblick – eine Gestalt, von der man nicht einmal mehr sagen kann, ob es sich einst um einen Mann oder eine Frau gehandelt hat. Vom Wetter zu einem vertrockneten Leichnam reduziert, voller Wunden und hervorstehenden Knochen, die Haare wie verfilzter Seetang, der an der Schädeldecke klebt, öffnet die Kreatur jetzt ihren Schlund und beißt mit der Wucht einer Hackschnitzelmaschine auf einen Lederriemen von Reeses Stiefel. In seiner Panik glaubt er, die Vibrationen und Geräusche stammten von einer langsamen Kettensäge, die sich in eine Wurzel fräst.

Endlich legt er die Hand um die .38er-Police-Special, die in seinem Gürtel steckt, und richtet sie in die ungefähre Richtung seines Angreifers, während er sie gleichzeitig entsichert und den Finger um den Hahn legt, ehe die moosigen Zähne das Leder seiner Schuhe penetrieren können, das jetzt das Einzige ist, was ihn vor der Verdammnis schützt. Reese drückt dreimal in die Richtung des Schädels ab – eine Reihe von Blitzen erhellt die Nacht wie explodierende Glühbirnen –, und das Mündungsfeuer spiegelt sich in den kupferfarbenen Augen des Beißers wider.

Mit dem halb weggeschossenen, eingefallenen Gesicht, den fehlenden Teilen des Schädels und ohne den Großteil der einen Schulter – die Wunden sind derart heftig, dass der Kopf sich völlig vom Körper löst, die verrotteten Sehnen geben mit der Leichtigkeit wasserdurchtränkter Lianen nach –, lockert sich der eiserne Griff wieder, und Reeses Angreifer lässt von ihm ab.

Reese stößt einen unfreiwilligen Schrei gen Himmel aus, als er sieht, wie der halbe Kopf noch immer wie wild an seinem Stiefel nagt. Das Gehirn ist unbeschädigt, und die Zähne des Beißers graben sich energischer als zuvor in das Leder, kommen ihrer Aufgabe mit der Zen-ähnlichen Hingabe einer Gottesanbeterin nach. Reese tritt auf den Schädel ein – immer und immer wieder –, bis er endlich Sekunden vor dem Durchdringen der letzten Schutzschicht und der Verletzung seiner Haut über den Boden kullert.

Er rafft sich in der Dunkelheit wie betäubt vom Schock auf die Beine. Er kann keinen klaren Gedanken fassen und läuft jetzt dem davonrollenden Kopf hinterher.

Der Schädel wird auf der abfallenden Brücke immer schneller, rollt jetzt auf einen Graben zu. Reese jagt ihm nach – keuchend, hyperventilierend und unverständliche Dinge schreiend –, bis er ihn endlich erreicht. Er springt darauf herum und tritt auf ihn ein, als ob er ein Feuer löschen würde. Der Schädel gibt nach, die Knochen brechen. Aber Reese hört nicht auf, stampft immer wieder darauf ein, bis der Kopf wie eine überreife Melone, über die eine Dampfwalze gefahren ist, auf dem Boden liegt.

Reese bemerkt gar nicht, dass er weint, bis der Schmerz seiner Anstrengungen seinen Fuß und sein Bein hochfährt und seine Muskeln sich verkrampfen.

Er fällt auf die Knie und rollt dann auf den Rücken. Er schluchzt und schluchzt, liegt auf dem harten Bohlenweg und starrt gen Himmel. Dann beginnt er hemmungslos und lautstark zu weinen, und die Tränen strömen ihm über das Gesicht. Die ganze Anspannung der letzten Tage übermannt ihn, bis er völlig außer Atem ist. In seinem geschwächten Zustand und kurz vor dem Hungertod stehend, kann er sich kaum noch bewegen, starrt einfach gen Sternenhimmel und keucht schmerzvoll nach Luft.

So liegt er eine Weile da und denkt an den Herrgott über ihm. Er wurde als Mitglied der Pfingstkirche erzogen und kennt Gott als wütenden, strengen Zuchtmeister. Der Herr ist voreingenommen und rachsüchtig. Aber vielleicht hat Reeses Gott ja auch Erbarmen mit ihm. Vielleicht wird *dieser* Gott – derselbe, der ihnen diese Hölle auf Erden hier beschert hat – mit seinen Vergeltungsmaßnahmen innehalten und Reese Lee Hawthorne eine Chance geben. *Bitte, Gott,* betet Reese, *bitte hilf mir, diese Menschen zu finden, die die Explosion ausgelöst haben.*

Aber er erhält keine Antwort … Nur die unermessliche und teilnahmslose Stille des schwarzen Himmels.

Neun

Lilly kann nicht schlafen, aber anstatt im Bett zu liegen und auf die Verwirbelungen im Putz der Decke ihrer Wohnung in der Main Street zu starren und dabei über all die Dinge nachzugrübeln, die ihr noch bevorstehen, entscheidet sie sich dafür aufzustehen, sich eine Tasse löslichen Kaffee zu machen und ein paar Sachen zu notieren. Ihr Vater Everett hat immer gesagt: »Das Leben kann einen überwältigen, kleine Mamsell, deshalb mach dir immer eine Liste. Das ist ein guter erster Schritt, und selbst wenn du nichts davon erledigst, fühlst du dich gleich besser.«

Genau deshalb sitzt Lilly mitten in der Nacht beinahe zwei Stunden vor ihrem Erkerfenster – es ist von außen mit Brettern verschlagen und von innen mit unzähligen Pflanzen verdeckt, die Lilly in Pflege genommen hat –, nimmt sich ihren Bleistift, den sie stets mit ihrem Taschenmesser spitzt, und stellt eine Liste zusammen. Kaum hat sie etwas aufgeschrieben, radiert sie es gleich wieder aus, weil es zum Beispiel keinen Eisenwarenladen gibt, in dem sie die Schrauben oder Nägel kaufen kann, um die Aufgabe zu erledigen, oder es mehr Sprit braucht, als sie in Woodbury zur Verfügung haben. Nach einer guten Stunde endlich hat sie all die Sachen aufgeschrieben, die sie mit den vorhandenen Mitteln angehen kann:

Aufgaben

1. Team zusammenstellen, um Sprit zu suchen
2. Sprit suchen
3. Team zusammenstellen, um Samen zu suchen
4. Samen für die Arena-Gärten suchen
5. Feld (Arena) fertig umgraben
6. Feld (Arena) bepflanzen
7. rotierende Bauarbeiterteams für Verteidigungswall zusammenstellen
8. Verteidigungswall bis zur Dromedary Street ausweiten
9. Bob soll Gesundheitschecks durchführen (in Form von Hausbesuchen)
10. Programm für Rat zusammenstellen
    Lehrer für Kinder
    Gesundheitszentrum
    Nahrungsmittelkooperative
    Solarheizung
    Kompost
    Biokraftstoff
    Nachhaltige Technologien
11. Ratstreffen einberufen
12. positiv bleiben
13. neuen Anführer für Woodbury finden

Als sie sich den letzten Punkt noch einmal anschaut, kann sie sich ein schelmisches Lächeln nicht verkneifen.

Lilly ist sich durchaus bewusst, dass niemand so dumm ist, die Führung dieses Schiffes voller Idioten an sich reißen zu wollen, aber das hält sie nicht davon ab, davon zu träumen; sie kann die Vorstellung nicht aus ihrem Kopf verbannen. Wie wäre es wohl, wenn sie lediglich eine ganz normale Bürgerin einer ganz normalen Gemeinde wäre? Was für ein schöner Traum! Sie rückt den Stuhl zurück, steht auf und reibt sich ihren schmerzenden Nacken. Jetzt sitzt sie schon fast zwei Stunden am Erkerfenster und hat bereits ein halbes Dutzend Bleistifte stumpfgeschrieben, indem sie immer wieder Sachen von ihrer Wunschliste durchgestrichen hat. Sie glaubt, dass sie nun müde genug ist, um sich wieder hinzulegen.

Lilly kehrt ins Schlafzimmer zurück, hält vor dem behelfsmäßigen Spiegel, der gegen die Wand hinter der Tür gelehnt ist, inne, und betrachtet sich. Die Frau, die sie anstarrt, ist kaum wiederzuerkennen.

Lilly sieht in ihrer weiten Jogginghose und dem Georgia-Tech-Sweatshirt völlig androgyn aus, beinahe wie ein Junge, und ihr blasses, von der Sonne gebleichtes kastanienbraunes Haar ist glatt nach hinten gezogen und mit einem Gummi zusammengebunden, was ihre strengen, rechtwinkligen Gesichtszüge nur betont. Das letzte Mal, dass sie Make-up getragen hat, ist zwei Jahre her. Aber da ist auch etwas Neues in ihren braunen Augen, etwas in ihrem Blick, das sie jetzt erst bemerkt. Unter normalen Umständen hätte sie es wahrscheinlich als normale Alterserscheinung abgetan; im Augenblick aber taucht die Paraffinlampe in ihrem Schlafzimmer ihr Gesicht in ein gnadenloses Licht, das die Lachfalten um ihre Augen betont, und in dieser Umgebung ruft all das etwas Dunkleres hervor als das normale Erschlaffen der Haut, das das Alter mit sich bringt. Die einstige Weichheit ihres Gesichts ist von dieser brutalen Welt wie von einem Sandstrahler weggeblasen, und Lilly ist sich nicht sicher, was sie davon halten soll.

Sie hebt ihr abgenutztes Sweatshirt und mustert ihren dürren Oberkörper. Den Großteil ihres Lebens war sie stets schlank gewesen, aber in den letzten Monaten ist sie regelrecht hager geworden – ihre Rippen stechen aus ihrer Haut hervor wie verkümmerte Flossen. Sie kneift das wenige Fleisch zusammen, das sie an ihrem nicht vorhandenen Bauch zwischen die Finger kriegt, und fragt sich, wie sie wohl aussehen würde, wenn sie letzten Monat nicht die Fehlgeburt erlitten hätte. Sie betrachtet sich und stellt sich vor, wie ihr Bauch anschwillt, ihre Brüste größer, die Brustwarzen dunkler und ihre Gesichtszüge runder und voller werden. Plötzlich überkommt sie eine Welle der Traurigkeit. Sie frisst sich in ihre Bauchgegend, sodass Lilly sich vom Spiegel abwendet und gegen die Emotionen ankämpfen muss, die sie zu übermannen drohen. Sie verbannt die tiefmelancholischen Gedanken aus ihrem Kopf und durchquert das Schlafzimmer.

Erschöpft wirft sie sich völlig bekleidet aufs Bett und schläft ein, ohne es zu merken, denn das Klopfen scheint bereits nach wenigen Momenten zu ertönen. Lilly richtet sich schlagartig auf, als ob sie es geträumt hat, aber das Geräusch will nicht aufhören, sondern wird immer härter und lauter. Jetzt hat sie keine Zweifel mehr; jemand trommelt ungeduldig an ihre Tür.

»Um Gottes willen, was ist denn jetzt los?«, murmelt sie, als sie sich aufrafft. Sie erwägt, sich die Pistole zu schnappen, entscheidet sich aber dagegen und schlurft stattdessen barfuß, laut gähnend und sich den wunden Bauch kratzend ins Wohnzimmer.

»Lilly, Kleines. Es tut mir leid, dich um diese unchristliche Zeit zu stören«, begrüßt Bob Stookey sie, als Lilly endlich die Haustür öffnet. Er trägt ein Unterhemd und eine Arbeitshose voller Farbkleckser und ist völlig außer Atem. Die Aufregung lässt sein sonst so ausgemergeltes Gesicht aufleuchten. »Aber ich glaube, dass du mir verzeihen wirst, wenn du siehst, was ich für dich habe.«

Lilly gähnt erneut. »Ja, und was soll das sein? Kannst du mir einen Hinweis geben?«

»Okay … Ein Tipp: Es wird unser Leben hier in Woodbury gehörig umkrempeln.«

Sie starrt ihn an. »Das war's?«

»Okay, har-har-har. Los, zieh dir Schuhe an, und schnapp dir eine Taschenlampe.«

In den stillen, kalten Morgenstunden kurz vor Sonnenaufgang überqueren sie den menschenleeren Marktplatz. Der Mond ist nicht zu sehen, und die Luft ist flau und abgestanden wie in einem Grab. Ihre Schritte hallen in der Stille wider.

»In der letzten Zeit haben sich nicht allzu viele Leute hier rumgetrieben«, meint Bob, als er die steinerne Treppe zu einem zweistöckigen Backsteingebäude hinaufgeht. »Ich nehme an, dass die Menschen heutzutage mehr mit Überleben beschäftigt sind, als sich weiterbilden zu wollen.« Sie halten vor der Tür inne. Bob deutet auf die zerborstene Fensterscheibe. »Jemand ist eingebrochen und hat alles durcheinandergebracht. Scheint, als ob das nicht besonders lange her ist. Aber sie haben außer alten Lexika und kaputten Kopierern nichts gefunden.«

Die Tür knarzt beim Öffnen, und als sie eintreten, steigt Lilly ein Duft in die Nase, der so intensiv wie altes Potpourri ist und nach Buchleim, muffigem Papier und altem

Bodenwachs riecht. Sie folgt dem Strahl von Bobs Taschenlampe durch den unordentlichen Vorsaal, erkennt die undeutlichen Umrisse alter Bücherregale, Aktenschränke, Lesekabinen und leerer Garderoben, an denen Schulkinder einst ihre Jacken aufgehängt haben, um über die Nationalblume Nicaraguas zu recherchieren.

»Pass auf, wo du hintrittst, Lilly, Kleines«, ermahnt Bob sie und scheint mit der Taschenlampe auf einen Haufen umgestürzter Stühle und zu Boden geworfener Bücher. Ihre uralten Buchrücken sind gebrochen, und sie erinnern an tote Vögel. »Wir müssen den nächsten Gang entlang.«

Vorsichtig stapfen sie weiter, manövrieren um und über umgeworfene Bücherregale, verstreute Bücher und zerborstene Fensterscheiben. Schließlich steuert Bob zielstrebig auf einen Schreibtisch zu, auf dem eine Reihe großformatiger Dokumente ausgebreitet sind und der von einer ganzen Kette von Paraffinlampen erhellt wird.

»Was zum Henker soll das werden?«, verlangt sie zu wissen und wirft einen Blick über Bobs Schulter, der jetzt vor dem Tisch steht und ein riesiges, altes, ledergebundenes Buch öffnet. Es ist so groß wie die Tür eines Kleinwagens.

»Meriwether-County-Übersichtskarten, alte Standesamtseinträge, Melderegister, Grundstücksgrenzen und so weiter.« Bob schlägt die enormen Seiten um, bis er zu dem Lesezeichen kommt, das er zuvor eingelegt hat, und wirbelt dabei Unmengen von Staub auf, der im Schein der Lampen durch die Luft schwebt. »Das Erste, was du wissen musst: Die Apotheke, das kleine Gebäude an der Folk Avenue? Du weißt schon, dort, wo du damals den Schwangerschaftstest gefunden hast? Hast du eine Ahnung, was das einmal gewesen ist?«

»Bob, es ist spät, mir ist so kalt, dass … Was ich damit sagen will: Fass dich bitte kurz.«

»Sagen dir die Worte *Underground Railroad* etwas – das Netzwerk von Tunneln für Sklaven auf der Flucht?«, fragt er und deutet auf eine Ansammlung Dünndruckpapier mit seinen abgepausten Zeichnungen. Lilly erkennt Ketten, Knochen, menschliche Schädel und sogar einen Oberschenkelknochen mit einem dicken Reif darum. Bob nickt in Richtung der Zeichnungen. »Die habe ich neulich dort unten abgepaust, und ich würde alles darauf wetten, dass es sich dabei um die Überreste von Sklaven auf der Flucht handelt. Hier, schau mal her.« Er wendet sich wieder dem Buch zu und sucht mit dem Zeigefinger nach einem bestimmten Eintrag. Endlich findet er ihn und hält triumphierend inne.

1412 Folk Avenue, Woodbury, Georgia 30293
Ehemaliges South Trunk Museum
Unterschlupf der Underground Railroad

Lilly beugt sich nach vorne und liest den Eintrag. »Okay, schön zu wissen, aber wie zum Teufel soll uns das …«

»Jetzt mal ganz langsam.« Er schließt das Buch, holt ein verblichenes Dokument mit Grundstücksgrenzen hervor und breitet es im Schein der Paraffinlampen aus, bis es den gesamten Schreibtisch einnimmt. »Ich möchte dir etwas anderes zeigen.« Er fährt mit dem Finger ein paar Linien nach – einige davon sind durchgehend, andere gestrichelt –, bis er zur Staatsgrenze von Alabama gelangt. »Siehst du die geschlängelten Linien?«

Lilly verdreht die Augen. »Ja, Bob. Ich sehe die geschlängelten Linien.«

»Und weißt du, worum es sich da handelt?«

Sie will ihm schon eine weitere verbale Attacke an den Kopf werfen, hält sich aber im Zaum. Dann, als bei ihr der Groschen fällt, als sie endlich weiß, was sie da vor Augen hat, beginnt ihre Kopfhaut zu prickeln. »Heilige Scheiße«, murmelt sie und starrt wie hypnotisiert auf die Karte auf dem Schreibtisch. »Das sind Tunnel!«

»Bravo«, lobt Bob sie und nickt. »Die Fluchtrouten führten damals hauptsächlich über Tage, aber es gab auch schon einige Tunnel.«

»Das ist ja nicht zu fassen«, staunt Lilly und starrt auf all die punktierten Linien. »Sieht ganz so aus, als ob einige davon mehrere Kilometer lang sind.«

»Genau.«

Sie blickt Bob an. »Ich kenne diesen Gesichtsausdruck«, meint sie und grinst ihn an.

»Welchen Gesichtsausdruck?«

»Als ob du gerade einen Wellensittich verschluckt hast.«

Bob erwidert ihr Lächeln und zuckt mit den Schultern. »Okay, schau dir das mal an.« Er dreht die Karte ein wenig und deutet dann auf ein winziges X mit einem Kreis. »Siehst du das? Ich glaube, das ist ein Ausgang.«

»Ein Ausgang?«

»Genau.« Bob starrt auf die Karte. »Ich weiß, dass es noch ein bisschen früh ist, um die Champagnerkorken knallen zu lassen, aber verdammt, die Tunnel könnten sich als sehr nützlich für uns erweisen.«

»Wozu?«

»Denk doch mal kurz darüber nach.« Seine weisen Hundeaugen funkeln vor Aufregung. Das Licht lässt sein altes, wettergegerbtes Gesicht beinahe geisterhaft aussehen, und die tiefen Furchen dienen dazu, seinen Enthusiasmus zu unterstreichen. So hat Lilly ihn noch nie erlebt. Selbst als Megan Lafferty noch lebte und der alte Bob die Tatsache verheimlichen musste, dass er in ihr die Liebe seines Lebens gefunden hatte und wie ein vernarrter Teenager durch die Stadt getorkelt ist, hat er nie so ausgesehen. Die Möglichkeiten, die diese Entdeckung aufwerfen, lassen ihn um etliche Jahre jünger wirken. »Wir können einfach von A nach B gelangen, ohne irgendwelche Risiken auf uns zu nehmen – wir müssen gar nicht erst über Tage, bis wir schon dort sind, wo wir hinwollen!«

»Aber ich dachte, dass da unten Beißer sind. Einer hat doch Hap erwischt.«

»Ein paar, okay, aber die werden wir im Handumdrehen los. Vielleicht müssen wir ein paar Löcher flicken und so. Aber wenn du mich fragst, den Aufwand ist es auf jeden Fall wert.«

Lilly denkt eine Weile darüber nach und kaut auf ihren Fingernägeln. »Und was würdest du dazu benötigen? Ich meine an Männern und Materialien.«

Bob schürzt die Lippen. »Ich denke an zwei, drei Leute, und sobald ich einen Weg gefunden habe, da unten Strom zu legen, ohne Kilometer über Kilometer an Verlängerungskabel zu benutzen oder uns mit den Abgasen der Generatoren umzubringen … Dann wäre doch alles viel einfacher.«

Lilly seufzt. »An Verlängerungskabeln und Generatoren fehlt es uns nicht, aber der gottverdammte Kraftstoff wird langsam knapp.«

Bob fährt sich mit den Fingern durch das dunkle, fettige Haar. »Die Tankstelle vom Walmart ist furztrocken … und in den Autowracks entlang dem 85er und dem 18er Highway ist auch nichts mehr zu holen.«

»Wie sieht es mit den Laderampen in Ingles Market aus?«

»Da gibt es schon lange nichts mehr abzugreifen.«

»Was ist mit den ganzen Landmaschinen bei Deforest? Waren die nicht immer vollgetankt?«

»Können wir gerne noch mal überprüfen. Ich weiß nicht, vielleicht finden wir ja einige, die noch nicht ausgepumpt sind, hinter den Scheunen.«

Bob lässt den Blick über die uralten Dokumente auf dem Schreibtisch schweifen und konzentriert sich dann auf das Netzwerk aus Tunneln. »Wir müssen unsere Kreise wohl etwas größer ziehen, um noch etwas zu finden.«

Lilly dreht den Kopf und blickt über die Schatten umgestürzter Bücherregale. »Wir haben noch immer die Speiseöl-Schachteln im Warenlager.«

»Ha! Super ... Aber nur zu gebrauchen, wenn du uns ein paar Donuts frittieren willst.«

»Ja, aber es gibt doch auch Biodiesel, oder?«

»Na und?«

»Braucht man dazu nicht Speiseöl?«

Bob seufzt verzweifelt auf. »Vielleicht, aber da muss man schon etwas Fachwissen mitbringen.«

Lilly lässt den Blick über die durchwühlte Bibliothek schweifen. »Ich wette, dass wir hier etwas dazu finden können.«

Bob grinst sie an. »Keine schlechte Idee, Lilly. Du machst dich ganz gut, seitdem du unsere Anführerin geworden bist.«

»Da wäre ich mir nicht so sicher«, grunzt sie.

Bob wendet sich erneut der Karte zu. »Irgendwie kann

ich das Gefühl nicht abschütteln, dass die Antworten direkt vor unserer Nase liegen.« Er richtet sich an Lilly. »Je eher ich da wieder runterkomme, desto eher wissen wir, was wir alles brauchen.«

Nach einer langen Pause erhebt Lilly das Wort: »Ich will aber, dass du genau weißt, worauf du dich einlässt, bevor du dich wieder in das Loch wagst – wie viele Beißer dort unten auf dich warten und so weiter.«

Bob bleibt ihr eine Antwort schuldig und wirft lediglich einen weiteren raschen, verstohlenen Blick auf die Karte.

Der nächste Tag beginnt schwül und bewölkt, und der Spätfrühling macht langsam, aber sicher der drückenden Hitze des hiesigen Sommers Platz. Bereits um sieben Uhr früh erreicht das Thermometer an die fünfundzwanzig Grad, und in den Wäldern und Bodensenkungen wimmelt es nur so von Insekten. Bald schon erheben sich das Zirpen der Zikaden, das Quaken der Frösche und der Gesang der Spatzen und Drosseln zu einem dumpfen Dröhnen.

Der Lärm verschluckt alles, umgibt einen gänzlich, sodass die einsame Gestalt, die durch den Wald entlang der Riggins Ferry Road stolpert, glaubt, Dinge zu hören.

Sie läuft gegen Bäume, ihr Gleichgewichtssinn durch pure Erschöpfung, Schrecken und Hunger beeinträchtigt. Sie stapft durch den Sumpf, fällt beinahe zu Boden, wird einmal auf die Knie gezwungen, um sich gerade noch halten zu können und nicht mit dem Gesicht zuerst in den Morast zu klatschen. Aber sie richtet sich wieder auf und macht sich erneut auf den Weg. Koste es, was es wolle, sie muss weiter. Von der Sonne verbrannt, dehydriert und in der ersten Phase eines Schocks, glaubt Reese Lee Hawthorne, dass er über dem Dröhnen des Waldes und seiner Bewohner Stimmen hört – Stimmen von Priestern, die Feuer-und-Schwefel-Predigten brüllen, und das tiefe Grollen der Erde, die unter seinen Füßen entzweigerissen wird.

Als er die Lichtung neben dem Anlegeplatz der Riggins-Fähre erreicht und die unzähligen verlassenen Autos vor sich auf dem sengenden Asphalt sieht – sie erstrecken sich über eine unglaubliche Distanz, ein immerwährender Stau, so weit das Auge reicht –, bricht er beinahe zusammen. Aber irgendetwas bringt ihn dazu, sich taumelnd weiterzuschleppen. Nur das Adrenalin in seinen Adern treibt ihn jetzt noch an.

In der Ferne sieht er die ersten Anzeichen einer Siedlung. Dank seines verschwommenen Blicks scheinen die entfernten Objekte wie in einem Traum vor ihm aufzutauchen. Er sieht die Vororte einer ehemaligen Bauernsiedlung, klein, aber fein. Jetzt allerdings sind die ehemals mit Blumen und Sträuchern gesäumten Straßen und Boulevards mit Unkraut überwuchert. Überall liegt Müll jeglicher Art herum, Leichenteile sind auf dem Asphalt verstreut und manche Straßenschilder mit Stacheldraht umwickelt – eine typische postapokalyptische Landschaft. Einige einsame Beißer stolpern durch die Straßen wie vergessene Obdachlose – ein alltäglicher Anblick vor bewohnten Siedlungen. Die Monster werden von Menschenfleisch wie Motten vom Licht angezogen, sodass sich einige von ihnen immer in der Nähe von Überlebenden befinden.

Reese sieht eine Mauer. Sie ist nur noch dreihundert Meter entfernt. Dahinter liegt das Zentrum der Siedlung. Die Mauer stellt sich als eine Art Wall heraus, der Narben von mehr als nur einer Schlacht trägt. Er erstreckt sich über eine Länge von eineinhalb Häuserblöcken zu beiden Seiten. An der südöstlichen Ecke kann er eine Lücke ausmachen, die von einem völlig verdreckten Sattelschlepper blockiert wird. Einige der Bretter scheinen angekohlt zu sein, und er schließt, dass dieser Ort vor nicht allzu langer Zeit Opfer einer Feuersbrunst war. Selbst die Dächer hinter dem Verteidigungswall machen einen von Flammen versengten Eindruck und weisen Brandschäden auf, und sogar die mit Unkraut bedeckten Straßen und unbebauten Grundstücke sind durchweg schwarz und verbrannt.

Plötzlich hört Reese das Knurren eines Beißers zu seiner Rechten.

Er greift nach seiner .38er – die Kugel, die im Lauf steckt, ist seine letzte –, verliert das Gleichgewicht und fällt hin. Er landet hart auf der linken Schulter, und der Schmerz schießt ihm in den Arm und die Rippen. Die plötzlichen Qualen rauben ihm den Atem, aber er rollt sich trotzdem auf den Rücken und umgreift den Griff seiner Waffe mit beiden Händen. Der Beißer kommt näher – eine große Frau, die zu ihren Lebzeiten offenbar einmal fettleibig und sehr feminin war. Ihr Haar ist auf einer Seite wie toupiert, und sie trägt ein Sommerkleid. Jetzt aber ist ihr Mund nichts weiter als ein klaffendes, schwarzes Loch in ihrem Schädel, und Reese wartet, bis sie direkt vor ihm steht, und drückt dann ab. Der Schuss sitzt und reißt ihr ein Loch in den Kopf, das so groß wie eine Untertasse ist.

Als die fette Frau im Unkraut zusammensackt, schießen schwarzes Gehirngewebe und andere, undefinierbare Flüssigkeiten mit der Wucht eines Springbrunnens aus ihrem Hinterkopf.

Reese rafft sich auf die Beine – das war seine letzte

Kugel, und sein Kopf dreht sich vor Schmerz und Furcht. Er unternimmt einen allerletzten Versuch, vor den restlichen Beißern davonzurennen, die durch den Lärm auf ihn aufmerksam gemacht wurden. Sie stolpern aus allen Richtungen auf ihn zu, als er über den Schienenstrang springt, an den Bahnhofshallen vorbei und über das brachliegende Gelände vor Woodburys Hauptstraße läuft. Er ist dem Verteidigungswall jetzt so nahe, dass er eine einzelne Gestalt darauf liegen sieht – einen Mann mittleren Alters mit einem Schnellfeuergewehr.

»HEY, FREUNDCHEN!« Die Stimme eines weiteren Mannes. »SO WEIT UND KEINEN SCHRITT WEITER!«

An der Folk Avenue fällt Reese auf die Knie, keine hundert Meter östlich der verlassenen Apotheke, in der Lilly letzten Monat den Schwangerschaftstest gefunden hat – demselben Gebäude, unter dem Bob und sein Team jetzt durch die finsteren Tunnel kriechen. »B-bitte«, keucht Reese und ringt nach Atem, während er sich mit den Händen auf dem Boden abstützt. »B-bitte l-lasst mich rein, ich b-brauche …«

»BIST DU ALLEINE?«

Die Sonne scheint David Stern ins Gesicht, als er sich auf dem Hubwagen aufstellt, der direkt hinter dem Verteidigungswall steht. Seine faltige Miene wirkt in dem harschen Licht grau und abgespannt. Aber selbst aus dieser Distanz und inmitten all der Spannung, die zwischen den beiden Männern herrscht, besitzen sein sonorer Bariton und seine mit dunklen Ringen versehenen Augen doch eine gewisse Güte. Reese Lee Hawthorne ringt noch einmal nach Luft, spürt, wie die Beißer sich ihm nähern. Ihm bleibt lediglich eine Minute, vielleicht noch zwei, um den älteren Gentleman mit dem Gewehr davon zu überzeugen, dass er ihm nichts Böses antun will. »Ja, das bin ich!«, ruft er zurück. »Ich bin ganz alleine und b-benötige Ihre Hilfe … Nicht nur ich, sondern auch meine Gemeinde!«

Es herrscht einen Augenblick lang angespannte Stille, ehe David seine Waffe absetzt.

Nachdem sie Tausende von Metern im Tunnel hinter sich gebracht haben – mindestens zweieinhalb Kilometer –, treffen die Männer in der abgestandenen Luft, die immer kälter, klammer und übelriechender wird, auf das erste Hindernis. Ein Einsturz macht ein weiteres Vorankommen unmöglich.

»Verdammt! Schaut euch das mal an«, flucht Bob und hält inne, um sich die verschwitzte Stirn mit seinem dreckigen Halstuch abzuwischen. Der Schein seiner Grubenlampe erhellt die Wand aus Erde in fünfzig Metern Entfernung, die ihnen den Weg versperrt.

Sie versammeln sich in der Mitte des Tunnels und suchen die Finsternis mit ihren Taschenlampen ab. Der Gestank von Verwesung ist jetzt so stark wie der einer wochenlang getragenen Socke. Ben schiebt sich seine Caterpillar-Baseballkappe in den Nacken, entblößt seinen kahl werdenden, verschwitzten Schädel, kneift die Augen zusammen und mustert das Hindernis vor ihnen. »Sieht ganz so aus, als ob der Tunnel eingestürzt ist.«

»Scheiße … Und ich dachte, dass wir alles im Griff haben«, beschwert sich Speed mit niedergeschlagener Stimme. Die ersten eineinhalb Kilometer ihrer Aufklärungsmission verliefen ohne jegliche Probleme – keine Beißer in Sicht, der Tunnel war leer und trocken, und sie fanden lediglich Überreste von hundertfünfzig Jahre alten Lagerfeuern und Rastplätzen. Jeder von ihnen trägt einen Jutesack voller Werkzeug bei sich: eine Schaufel, eine Spitzhacke, ein Brecheisen, einen Hammer, eine Gartenschere, Nägel, einige Kanthölzer, Batterien, Pinsel und weiße Farbe für den Fall, dass sie Zeichen an die Wand oder auf den Boden malen wollten.

»Kumpel unter Tage nennen so etwas einen Firstbruch«, murmelt Matthew gedankenverloren und wirft einen Blick auf seinen Schrittzähler. Er hat ihn irgendwann in einem ausgeplünderten Laden gefunden und mitgehen lassen. Jetzt steckt er an seinem Gürtel, damit sie wissen, welche Strecke sie bereits zurückgelegt haben, und – was noch viel wichtiger ist – damit sie zusammen mit einem Kompass ungefähr ihren Standort auf der Karte bestimmen können. »Manchmal reicht schon eine kleine Erschütterung, die man an der Oberfläche überhaupt nicht bemerkt.« Matthew stammt aus Blue Ridge, Kentucky, einem Kohlerevier. Sein Vater und der Vater seines Vaters hatten ihr ganzes Leben lang unter Tage als Bergarbeiter geschuftet. Das war wahrscheinlich auch der Grund gewesen, warum er es nicht abwarten konnte, aus Blue Ridge zu verschwinden. Seine Ausbildung als Handwerker war sein Fahrschein aus der Stadt. Die Immobilien-Seifenblase in Lexington bedeutete, dass er genug Arbeit als Maurer hatte und wie die Made im Speck leben konnte, bis das Geschäft wieder den Bach runterging. »Das könnte das Aus für uns bedeuten«, sagt er und starrt wieder auf seinen Schrittzähler. »Erst recht, wenn das nur der Anfang der Firstbrüche ist.«

Bob geht auf die Wand aus Erde zu. »Matt, tu mir einen Gefallen, und sag mir die genaue Entfernung bis hierher.«

Bob nähert sich der Schräge, die sich bis zur Decke aus uralten Kalkstalaktiten und herabhängenden Wurzeln erhebt, und kniet sich davor hin.

Matthew gesellt sich zu ihm, zieht seinen Schrittzähler vom Gürtel und schaut auf die Anzeige. »Warte … Das sind genau zweitausendfünfhundertzwei Meter und siebzig Zentimeter.«

Bob hebt den Blick zur Decke, ehe er den irdenen Wall vor sich mustert. Er berührt ihn mit der Hand, erfühlt die lockere Konsistenz der Erde. Sie ist körnig und trocken, und als Bob seine Hand wieder zurückzieht, rieseln einige Krümel die Schräge hinab. »Ich bin zwar kein Experte wie Mr. Hennesey hier«, verkündet er, »aber das sieht mir so aus, als ob das vor nicht allzu langer Zeit passiert ist.« Er holt eine zusammengefaltete Karte aus seiner Tasche, als die anderen beiden Männer zu ihm stoßen. Er blickt erneut zur Decke. »Zweitausendfünfhundertzwei Meter und siebzig Zentimeter?« Er breitet die Karte auf der festgetretenen Erde des Tunnels aus. »Da können wir getrost erst mal die siebzig Zentimeter weglassen.«

»Zweieinhalb Kilometer«, rundet Ben ab.

»Mach mir bitte mal Licht, Ben.« Mit verdrecktem Daumennagel verfolgt Bob die Route. »Hm, Luftlinie … Wir sollten eigentlich direkt unter dem Elkins Creek sein, vielleicht sogar bereits unter der Dripping Rock Road.«

»Und wie weit, glaubst du, geht das Ding hier noch?«, will Speed wissen.

Ben grunzt ungläubig. »Du kannst Gift drauf nehmen, dass der Tunnel nicht den ganzen Weg bis Kanada führt.«

»Es ergibt aber Sinn, dass sie nach Osten wollten«, schließt Matthew. »Ich meine natürlich die Sklaven.«

»Nach Osten in die Grenzstaaten, vielleicht Maryland oder D.C.« Bob studiert die Karte. »Ich gehe davon aus, dass dieser Tunnel auf einen anderen …«

Er wird von einem Geräusch unterbrochen, einem kleinen Beben in der Wand. Mehr Erde rieselt die Schräge herab. Alle greifen nach ihren Waffen. Läufe werden angehoben und auf die irdene Wand gerichtet. Bob hat eine .357 Magnum mit einem zehn Zentimeter langen Lauf, die er instinktiv aus ihrem kleinen Holster hervorholt.

»Weg von der Wand, Bob«, warnt Ben ihn und weicht mit seinem schussbereiten Bushmaster-Gewehr bereits zurück.

Bob faltet die Karte einhändig wieder zusammen; in der anderen hält er noch immer die Waffe, aber er bemerkt nicht die bebende Erde zu seinen Füßen, bis es zu spät ist.

Die Männer hören das schlurfende Geräusch, ehe sie etwas aus dem irdenen Wall hervorschießen sehen. Bob spürt etwas an seiner Fessel, senkt den Blick und sieht die schwarze Hand, die gerade aus der Erde gekommen ist und sich jetzt wie ein Enterhaken um sein Bein gelegt hat.

»SCHEISSE!«, schreit er auf, zuckt zusammen und versucht, sein Bein zu befreien.

Der Beißer drängt sich jetzt durch die Erde – ein großer Mann mit moosigem Haar, das ihm in das eingefallene, mit Dreck verkrustete Gesicht hängt. Er trägt die Überbleibsel einer orangefarbenen Weste, wie Straßenarbeiter sie anhaben. Das Geschöpf öffnet seinen Schlund, um eine Reihe grauer Zähne zu entblößen, die in der Luft auf und zu schnappen und sich auf Bobs Bein zubewegen.

»Duck dich, Bob – SOFORT!«, brüllt Ben ihn an. Das muss Bob sich nicht zweimal sagen lassen, und er springt zu Boden, als die erste kontrollierte Salve heiß und grell aus der Mündung von Bens AR-15 schießt. Vier Kugeln versenken sich in den Schädel der Kreatur.

Deren Kopf explodiert, schwarze Flüssigkeit sprudelt in einer Fontäne hervor und über Bobs Beine und Becken, und der ehemalige Straßenarbeiter sackt augenblicklich in sich zusammen. Es fühlt sich an, als ob seine Hose mit öliger Galle durchtränkt wird. »Verdammt nochmal!«, beschwert Bob sich, während er auf dem Hintern von der Kreatur wegzukrabbeln versucht und nach seiner Waffe sucht. »So ein dreckiges Arschloch! Hätte mich beinahe erwischt, der Hurensohn!«

»Da sind noch mehr!«, ruft Speed plötzlich und zeigt auf die Wand vor ihnen. »Seht doch nur!«

Weitere Arme stoßen durch die Erde wie deformierte Pflanzen, die in Zeitlupe sprießen. Einige sind schmächtig und lang, andere abgemagert und vertrocknet. Sie schnellen durch den losen Humus und krallen ziellos in der Luft herum. Von Verwesung geschwärzte Finger ballen sich zu Fäusten und entspannen sich dann wieder mit einem Elan, der Bob an eine Venusfliegenfalle erinnert. Die Männer erheben erneut ihre Waffen, entsichern sie, und der Schein von Taschenlampen richtet sich auf die Arme. Bob zielt auf sie, während er noch immer auf dem Boden sitzt.

Matthew stößt einen grölenden Schrei aus: »SCHIESST DIE WICHSER INS JENSEITS!«

Der Kugelhagel füllt den Tunnel, Mündungsfeuer blitzt auf, und der Krach ist beinahe unerträglich, als die unzähligen Patronen Richtung Erdwand schießen. Querschläger schlagen Funken auf Steinen, prallen auf Stalaktiten und bohren sich in Kalkablagerungen. Der Rauch des Schießpulvers breitet sich aus, und die Schüsse hallen im Tunnel wider. Bald schon kann Bob kaum noch etwas durch die dichten Schwaden sehen, und seine Ohren klingeln, während das Trommelfeuer unvermindert auf die Wand einschlägt, bis die Geschosse eine kleine Lawine auslösen und ein riesiges Loch in das irdene Hindernis reißen. Auf der anderen Seite sehen sie auf einmal ein halbes Dutzend Beißer, die jetzt wie mit Blut gefüllte Ballons platzen. Schädel explodieren, schwarze Flüssigkeiten schießen aus ihnen hervor, Körper tanzen, und ein Blutnebel breitet sich um sie herum aus. Nach einem weiteren fürchterlichen Augenblick lichtet sich der Rauch, und sie können sehen, dass jeder der halben Dutzend Beißer auf der anderen Seite auf dem Boden liegt. Auch scheint der Tunnel dahinter frei zu sein, nur die immer noch hallenden Schüsse klingen weiterhin nach. Hinter dem Blutbad, das sich jetzt auf der festgetretenen Erde des Tunnelbodens ausbreitet, in der Finsternis schimmert und zu verdampfen scheint, führt der Tunnel schier unendlich weiter, ehe er nach rechts abbiegt.

»FEUER EINSTELLEN!«, brüllt Bob den anderen zu. Seine Ohren klingeln noch immer derart, dass er seine eigene Stimme kaum hören kann. Dann ertönt ein neues Geräusch, das Bobs Aufmerksamkeit an sich reißt. Es ist der letzte Schuss aus Matthews AK-47, der in die Tunnelwand einschlägt und ein großes Loch verursacht.

»VERDAMMT NOCHMAL, FEUER EINSTELLEN, HABE ICH GESAGT!« Bob rafft sich auf. Sein Handsprechfunkgerät knistert, und eine blecherne Stimme dringt an seine Ohren. Er holt das Walkie-Talkie hervor, das an seinem Gürtel hängt, und sucht nach dem Lautstärkeregler.

Er dreht lauter und hört Gloria Pyne sagen: *»Bob ... Kannst du mich hören? Hallo, Bob? Bist du da?«*

Bob drückt auf den Sprechknopf. »Gloria? Ich bin's. Bob. Was ist los?«

»Bob, hier ist etwas passiert. Ich glaube, dass du besser zurückkommen solltest.«

Bob schaut die anderen fragend an. Matthew wirft das leere Magazin aus seiner Waffe – es prallt auf den irdenen Boden. Ben und Speed starren ihn an und warten. Bob drückt erneut auf den Sprechknopf. »Wie soll ich das verstehen? Kannst du dich nicht etwas deutlicher ausdrücken?«

Erneut ein Knistern, gefolgt von Glorias Stimme: »Was ich damit sagen will: Hier geht etwas vor sich, und Lilly hat mich gefragt, ob ich euch anfunken kann. Sie möchte, dass ihr zurückkommt.«

Bob blinzelt und drückt wieder auf den Knopf. »Was ist los, Gloria?«

Erneut die blecherne Stimme: »Es ist wohl besser, ihr kommt einfach zurück und schaut es euch mit eigenen Augen an.«

Bob seufzt. »Wird Lilly nicht alleine damit fertig? Wir kommen hier gut voran.«

»Das weiß ich doch nicht, Bob. Ich tue ihr nur einen Gefallen.«

»Kann ich mit Lilly sprechen?«

»Bob, jetzt mach schon. Sie hat mich gebeten, euch zurückzuholen, und ich will, dass du jetzt auf der Stelle deinen fetten haarigen Hintern hierherbewegst!«

Dann schaltet sie das Walkie-Talkie aus, und das Geräusch hallt von den Tunnelwänden wider. Die drei Männer starren Bob fragend an.

Zehn

Der junge Mann sitzt mit freiem Oberkörper auf einer Bahre in der behelfsmäßigen Krankenstation unter der Arena. Er hat seine dünnen Arme um sich geschlungen und verdeckt den dicken Verband um die Rippen, die er sich bei seinem Sturz gebrochen hat. Seine Haut ist bedeckt mit Narben und Abschürfungen, die er sich im Wald zugezogen hat. Sein frettchenartiges Gesicht ist dem Boden zugewandt, als er atemlos erzählt: »Habe noch nie eine so große Horde erlebt wie die, die uns in jener Nacht angegriffen hat. Noch nie so viele an einem Platz gesehen. Wir haben fünf Leute verloren. Das war schlimm … wirklich schlimm. Die haben uns in Carlinville umzingelt. Das liegt an die fünfzehn oder zwanzig Kilometer von hier entfernt.«

Die Lampen an der Decke flimmern und summen vor sich hin. Lilly steht dem jungen Mann gegenüber und hört ihm gebannt zu, während sie an einem Pappbecher voll Kaffee nippt, den sie in ihrer kalten Hand hält. Die Luft riecht nach metallenen Chemikalien, Blut und Ammoniak. Lillys Kopfhaut kribbelt, während sie die einzelnen Puzzleteile in Gedanken zusammensetzt. »Kann ich Sie etwas fragen, Reese? Wissen Sie noch, welcher Wochentag das war?«

Der junge Mann schluckt und blinzelt, während er versucht, den Verlauf der Zeit zurückzuverfolgen. »Wann war das? Ich nehme an, vor einer Woche?« Mit seinen blutunterlaufenen Augen und bebendem Kiefer wirft er Lilly einen Blick zu. »Ich habe einfach die Zeit aus den Augen verloren, um Ihnen die Wahrheit zu sagen. Ich versuche noch immer, alles zu begreifen.«

»Ist schon gut ... Das kann ich gut verstehen.« Lilly schaut sich um und mustert die anderen, die ebenfalls der Geschichte des jungen Mannes folgen. Bob steht in der Nähe des metallenen Waschbeckens, die Arme bedächtig vor der Brust verschränkt. Um seinen Hals hängt ein Stethoskop. Barbara und David Stern sitzen nebeneinander auf einer Tischkante, und Matthew, Ben, Gloria und Calvin befinden sich an der gegenüberliegenden Wand in der Nähe einer Kiste voller Gerätschaften und saugen jedes Wort des jungen Mannes in sich auf.

Als er vor zwei Stunden vor dem Verteidigungswall auftauchte, war er derart dehydriert und unterernährt, dass er kaum noch reden, geschweige denn sich bewegen konnte. Da Bob noch in den unterirdischen Tunneln der Underground Railroad verschollen war, haben Gloria und Barbara die beste medizinische Notversorgung geleistet, die sie unter den Umständen leisten konnten. Sie verabreichten Reese Elektrolyte, haben ihm einen Zugang und ihn dann an einen Tropf mit Glukose gelegt, seine Wunden versorgt und ihm genug Wasser und Fertigsuppe verabreicht, bis er sich ihnen mitteilen konnte. Als er zu der Stelle kam, wie seine Gruppe in Carlinville von der unheimlichen Horde überfallen wurde und er sich daraufhin aufgemacht und sein Leben riskiert hat, um trotz mangelnder Vorräte Hilfe zu holen – und das, obwohl er überhaupt keine Ahnung hat, wie man sich in der Wildnis orientiert –, entschied Lilly sich, den Rat einzuberufen.

Lilly wirft Bob einen Blick zu und sagt: »Vielleicht liege ich ja falsch, aber ich glaube, dass wir es mit Teilen dieser Superhorde zu tun hatten.«

Bob nickt ihr zu. »Die, die sich vor dem Gefängnis gesammelt hat.«

Der junge Mann auf der Krankenbahre hebt den Kopf, als ob er aus einem Traum erwacht. »Superhorde?«

Lilly wendet sich an Reese. »Ich vermute, dass wir diese Horde auch kennengelernt haben, zumindest teilweise. Wir haben gesehen, wie sie sich vor einer Woche nicht unweit von hier gebildet hat.«

»Diese Scheißhorden sind wie Amöben – wachsen, teilen sich, bilden unzählige Teilgruppen. Gegen diese Auswüchse ist einfach nichts gewachsen. Und sie werden jeden Tag schlimmer«, meint Ben.

»Davon habe ich keine Ahnung«, entgegnet der junge Mann, der Lilly mit glasigen Augen anstarrt. Sie kann die Furcht in seinem Blick sehen. »Was ich aber weiß, ist, dass die Horde uns umzingelt hat und noch immer da ist. Das können Sie mir ruhig glauben. Kaum haben sie Calinville eingekreist, sind sie einfach dageblieben … Wie, wie, wie … Wie Bienen um einen Bienenstock.«

»Aber worauf stützen Sie Ihre Überzeugung, dass die Horde noch immer in Carlinville ist?«, will Gloria von dem jungen Mann wissen. Der Raum wird von Halogenlampen beleuchtet, die von einem eigenen Generator gespeist werden, alle paar Sekunden flimmern und der Szene etwas Unruhiges verleihen. »Stehen Sie etwa mit Ihren Leuten in Kontakt? Ich meine, haben Sie ein Handsprechfunkgerät oder so?«

Der junge Mann schüttelt den Kopf. »Nein … Ich habe

nur …« Er hebt den Kopf. »Ich bin mit Gott in Verbindung gestanden.«

Bei diesen Worten senken alle Anwesenden in der Krankenstation das Haupt und blicken zu Boden. Der Neuankömmling hat derlei alle paar Minuten von sich gegeben, und langsam wird es etwas peinlich. Niemand hier hat ein Problem mit der Idee von Gott – ein wenig Beten, die Bibel zitieren und darauf pochen ist zum festen Bestandteil des postapokalyptischen Lebens geworden. Jetzt aber muss Lilly sich auf die Fakten, die praktischen Dinge, das Machbare konzentrieren. Insbesondere angesichts dessen, was der junge Mann von ihnen verlangt. Sie wählt ihre Worte vorsichtig: »Diese Gruppe von Ihnen«, will sie von Reese wissen, »handelt es sich da um eine kirchliche Gemeinde?«

Reese Lee Hawthorne holt tief Luft. »Ja, Ma'am … Aber wir hatten ursprünglich keine Kirche als solche, kein Gebäude. Unsere Kirche bestand zunächst nur aus unserer Gemeinde, dem Pfarrer Jeremiah und der frischen Luft.« Er senkt erneut den Kopf und schluckt. »Vor der Seuche haben wir einen großen alten Bus gehabt – unser Zelt haben wir auf das Dach geschnallt –, und Bruder Jeremiah ist die gesamte Ostküste auf und ab gefahren und hat überall gepredigt … Taufen und so.« Die Trauer steht ihm ins Gesicht geschrieben, der Schrecken lässt seine Mundwinkel immer wieder zucken, und seine Augen füllen sich mit Tränen. »Aber das ist jetzt alles vorbei … Alles verloren.« Er blickt Lilly an und wischt sich die Augen. »Des Teufels Armee aus Beißern hat es uns genommen.«

Wieder herrscht erdrückende Stille. Lilly beobachtet den jungen Mann. »Aus wie vielen Menschen besteht denn Ihre Gemeinde?«

Er blickt ihr erneut in die Augen. »In Carlinville? Zu diesem Zeitpunkt? Wenn ich mich mitzähle, sind wir insgesamt vierzehn.«

Lilly fährt sich mit der Zunge über die Lippen und wählt ihre Worte neuerlich mit Bedacht: »Dieser Pfarrer Jeremiah … Ist er … Ist er ebenfalls in Carlinville mit den anderen umzingelt?«

Reese nickt. »Genau.« Dann zuckt er wieder zusammen – offenbar eine weitere schmerzhafte Erinnerung, die ihn einholt. »Er hat uns allen das Leben gerettet, damals, in der Nacht, als der Fluss rot wurde.«

Lilly und Bob tauschen Blicke aus. Auch die anderen schauen sich peinlich berührt um, ehe Lilly sich wieder an den jungen Mann wendet. »Reese, wenn es zu anstrengend oder schmerzhaft für Sie ist, müssen Sie uns nicht sagen, was geschehen ist.«

Der junge Mann starrt jetzt verträumt vor sich hin. Seine Miene entspannt sich plötzlich, als ob er unter Hypnose stünde. »Jeremiah hat immer behauptet, dass man einfach weitermachen muss. Nur so kann man mit den Folgen der Seuche leben … Immer weiter predigen, immer mehr Seelen retten … Das ist die beste Art und Weise, dem Teufel die Stirn zu bieten.« Reese wird auf einmal ganz still und starrt auf die gegenüberliegende Ecke der Krankenstation, als ob dort in den Schatten ein fürchterlicher Schrecken auf ihn wartet. »Ich kann mich noch gut daran erinnern. Es war eine warme Nacht … Es war so heiß und schwül, dass man sich sogar beim Atmen anstrengen musste. Der Chattahoochee war so warm wie eine Badewanne. Unseren Bus hatten wir etwas nördlich von Vinings geparkt … Das Zelt haben wir einen halben Kilometer nördlich davon am Fluss aufgebaut.« Er hält inne und schluckt sichtlich bemüht die quälenden Emotionen hinunter. »Wir haben mit ein paar Männern vor Ort angefangen. Bruder Jeremiah hat sie hinunter zum Wasser geführt. Dort war es vielleicht einen Meter, höchstens eineinhalb Meter tief … Das ist eigentlich mehr als gewöhnlich für eine Taufe … Er hat sie voll untergetaucht, Mann.« Wieder eine Pause. »Er hat die Bewegungen im Wasser überhaupt nicht wahrgenommen … Sie hatten sich flussaufwärts im noch tieferen Wasser aufgehalten.« Er senkt das Haupt, als ob sein Schädel eine Tonne wiegt, und senkt die Stimme, bis er nur noch flüstert: »Er hat sie nicht gesehen, bis es zu spät war.«

Lilly lässt aus Respekt etwas Zeit verstreichen, ehe sie sich mit der Zunge über die Lippen fährt und meint: »Ist schon gut, Reese, Sie müssen nicht …«

»Als Nächstes kamen die Frauen dran … Es waren vielleicht fünf oder sechs an der Zahl … Da waren alle Altersgruppen vertreten, ein paar Teenager, eine ältere Frau, ein paar Mütter.« Stille. »Er hat sie eine nach der anderen getauft, und sie haben zusammen eine Hymne gesungen … Und sie haben gebetet, den Herrn gelobt und gesungen und den Geist Gottes heraufbeschworen.« Wieder Stille. »Gelobter Herr, mit deiner Liebe hast du uns gerufen … dich kennenzulernen … dir zu vertrauen … unser Leben mit dem Deinen zu verschmelzen.« Erneut eine Pause. »Und Jeremiah hat jede Frau in seinen starken Armen gehalten, als ob er mit ihr tanzen würde … Dann hat er sie rückwärts in das warme Wasser getaucht … Gespritzt hat es.« Wieder hält er inne. »Und dabei hat er gesagt: ›Schwester Jones … Lasst Gott euch segnen und Seine Herrlichkeit in euer Leben bringen … Auf dass Ihr in Seiner Pracht erstrahlt‹.« Stille.

»Dann tauchte er sie unter … Spritzer … Und … Und …« Stille. »Und dann kam die nächste Frau dran. Er wiederholte die Zeremonie … Spritzer.« Erneut Stille. »Es geschah bei der dritten oder vierten.« Ruhe. »Ich glaube, es war die vierte.« Ruhe. »Und dann … Ganz plötzlich … Der Pfarrer tauchte sie unter Wasser … Und … Und …«

»Okay, Reese. Das reicht.« Lilly geht auf den jungen Mann zu und legt ihm die Hand auf die Schulter, woraufhin er vor Schreck zusammenzuckt. »Ist schon gut. Den Rest können wir uns vorstellen.«

Er blickt Lilly mit einem Gesichtsausdruck an, der ihr mit Sicherheit in ihren Albträumen wiederbegegnen wird. »Auf einmal war ihr Kopf weg.« Er schneidet eine Grimasse, und die Tränen drohen ihn zu übermannen. »Das Blut … Es war … Es war überall … Diese Kreaturen haben im tiefen Wasser gelauert wie Haie … Und dann sind sie gekommen … Das Geschrei war fürchterlich … Und Bruder Jeremiah hat den Körper losgelassen und versucht, sich mit seinem silbernen Kreuz zu verteidigen … Aber das Wasser war jetzt richtig aufgewühlt … Sie waren überall, und der Fluss wurde rot – so rot wie Rote Bete … Und … Und … Ich habe versucht zu helfen, habe mich in die Wogen gestürzt … Und dann wurden immer mehr Frauen nach unten gezogen … Und das Wasser wurde so dunkelrot, wie ich es noch nie erlebt habe.«

Es herrscht Stille.

Niemand in der Krankenstation wagt es, sich zu bewegen, zu sprechen oder den jungen Mann anzublicken.

Reese lässt den Kopf hängen, und die Tränen strömen ihm die Wangen hinab. Seine Stimme überschlägt sich beinahe, als er fortfährt: »Pfarrer Jeremiah … Er hat die meisten von ihnen mit seinem großen silbernen Kreuz erwischt … Hat vielen von uns aus dem Wasser geholfen … Mir hat er das Leben gerettet, so viel ist klar … Aber der Fluss wurde so rot … Das Wasser … So etwas ist mir noch nie vor Augen gekommen … So rot … Ein tiefes, dunkles Rot … Wie in der Bibel, bei der Apokalypse.«

Stille.

Lilly blickt zu Boden; sie ist offensichtlich der Meinung, dass er sich ruhig aussprechen soll.

»Die armen Frauen, die in jener Nacht gefressen wurden … Sie haben noch gebetet, als sie unter Wasser gerissen wurden … Ich habe sie mit eigenen Ohren gehört … Diese Kreaturen haben sie verschlungen … Inmitten des Geschreis habe ich ihre Stimmen hören können … ›Der Herr ist mein Hirte … Er weidet mich auf grüner Aue … Und führet mich zu frischem Wasser … Er erquicket meine Seele.‹« Stille, gefolgt von Schniefen und lautlosen Tränen. »›Und ob ich schon wanderte im finstern Tal … fürchte ich … fürchte ich kein Unglück.‹« Wieder Ruhe. Er lässt die Schultern hängen und den Kopf baumeln, als ob er gleich in Ohnmacht fällt. »Und dann … Und dann …« Die Stille wird nur von seinen Schluchzern unterbrochen. »H-haben wir gesehen, wie sie aus dem Wasser kamen … Wie Zenturionen … Zerlumpt und zerfetzt, aufgebläht … Die Gesichter in der gleichen Farbe wie die Bäuche von Fischen … Haifischaugen … Sie wollten sich *uns* vorknöpfen … Wir sind zurück Richtung Bus gelaufen … Der Teufel hat sie uns geschickt … Und wir … wir … wir haben es geschafft … Wir mussten unsere Schwestern ihrem Schicksal überlassen, und wir sind abgehauen … Und … Oh … *gnnnnnnhhhhh!*«

Der junge Mann gibt sich endlich den Krämpfen der

Trauer und des Schreckens hin, sodass er kein einziges Wort mehr hervorbringen kann. Er fällt von der Krankenbahre, und Lilly springt auf ihn zu, sodass er in ihre Arme fällt und bitterlich weint. Er lässt den Tränen freien Lauf, vergräbt seinen Kopf in ihrer Magengegend und kann mit dem Weinen einfach nicht aufhören, während Lilly ihn peinlich berührt umarmt.

Sie wendet sich Bob zu und setzt gerade an, etwas zu sagen, als sie bemerkt, dass er bereits eine Spritze in der Hand hat und sie in ein kleines Fläschchen mit Beruhigungsmittel sticht. Er bereitet die Spritze vor, während die anderen ihn still beobachten. Lilly nickt ihm zu, und Bob verabreicht dem jungen Mann das Beruhigungsmittel.

Der Mann namens Reese Lee Hawthorne blickt noch einmal zu Lilly auf, ehe er aus ihren Armen gleitet und halb bewusstlos zu Boden sackt.

Bob ruft über die Schulter: »Ben! Matthew! Kommt und helft mir!«

Sie scharen sich um den Körper des jungen Neuankömmlings, heben ihn vom Boden auf und tragen ihn zurück auf die gepolsterte Bahre, die neben die Wand geschoben ist. Sanft lassen sie ihn darauf ab, bedecken ihn mit einem Laken und sehen, wie seine Augen flattern, halb offen bleiben, um sich endlich zu schließen. Eine Weile spricht niemand ein Wort. Alle scharen sich um den jungen Mann und beobachten, wie seine Brust sich hebt und senkt.

Endlich wendet Lilly sich ab und richtet sich an Barbara Stern: »Du bleibst bei ihm, Barbara. Halt die Augen auf, falls er irgendetwas anstellt.« Zu den anderen sagt sie: »Der Rest von euch, raus auf den Flur. Wir sollten reden.«

Lilly hat nie an Geister geglaubt. Als kleines Mädchen hatte sie die »Gespenstergeschichten« ihres Vaters sehr genossen, die er ihr oft auf der Veranda vor ihrem Haus in Marietta erzählte – normalerweise während der langen Herbstabende, wenn der Duft von brennendem Holz und Laub in der Luft lag. Everett Caul hat Geschichten von Trampern erzählt, die einfach verschwinden, oder von geheimnisvollen Schiffen, die dazu verdammt sind, für immer die Weltmeere zu durchkreuzen, und Lilly hat an jedem seiner Worte gehangen. Sie mochte auch das genussvolle Zittern, das sie durchfuhr, als sie die letzten Seiten von Gruselromanen las, sich die Serie *Akte-X* im Fernsehen anschaute oder Bücher über übernatürliche Phänomene aus der Schulbibliothek verschlang. Aber nie hat sie an solche Sachen wie Spuk geglaubt. Noch nie zuvor. Bis jetzt.

Obwohl der Governor schon seit vielen Wochen der Vergangenheit angehört, birgt das unterirdische Labyrinth unter der Arena noch reichlich Erinnerungen an seine Person und sein Schaffen. Es scheint hier genauso zu spuken wie in einem alten viktorianischen Herrenhaus. Seine brutalen Befragungen in den Boxen aus Porenbetonsteinen hallen noch immer in Lillys Gedanken nach, und der Gestank hier unten – dieser düstere, kalkhaltige, schimmlige Gestank uralter Schmiere und Gummi – beschwört noch immer die dunklen Machenschaften dieses Irren herauf. Selbst der schwache Geruch nach Beißern, so penetrant wie der Inhalt alter Mülltonnen, strömt noch aus den Zellen, in denen sie gefangen gehalten wurden, um bei den nächsten Gladiatorenkämpfen in der Arena teilzunehmen. Lilly kann sich all dieser Erinnerungen nicht erwehren, als sie versucht, sich auf die Aufgaben zu konzentrieren, die als Nächstes bewältigt werden sollen, während die abgespannten, nervösen Mienen ihrer Ratsmitglieder sie wartend anstarren.

»Okay, der Junge ist wohl noch ganz durcheinander nach seiner Zeit in der Wildnis«, gibt Lilly zu bedenken, reibt sich die Augen und lehnt sich gegen die Wand zur Krankenstation, während die gespannten Blicke der anderen sechs Ratsmitglieder brennend auf ihr ruhen. »Ich finde, wir sollten warten, bis er wieder auf den Beinen ist, ehe wir eine Entscheidung treffen.«

Ben Buchholz meldet sich zu Wort, und seine schwermütigen Augen funkeln vor Nervosität. »Soll das etwa heißen, dass wir ernsthaft eine Rettungsaktion in Erwägung ziehen?«

»Was willst du damit sagen, Ben?«, schaltet David Stern sich ein. »Willst du diese Menschen einfach links liegen lassen, sie mehr oder weniger an die Beißer abtreten?«

»Das habe ich nicht gesagt«, wehrt sich Ben und wirft David einen finsteren Blick zu. »Ich will nur wissen, ob wir uns wirklich so weit aus dem Fenster lehnen sollen, um diese Leute ausfindig zu machen.«

»Ich stimme Ben zu«, erwidert Gloria Pyne mit Blick auf Lilly. »Wir wissen nicht, wie groß die Horde da draußen ist – außerdem könnte sie noch weiter wachsen und größer werden –, und wir können hier in Woodbury momentan auf niemanden verzichten.«

»Alles, was wir tun, birgt ein Risiko in sich, ein kalkulierbares«, entgegnet Lilly. »Wir reden hier von vierzehn Menschen – da müssen wir doch etwas unternehmen, oder etwa nicht? Ich meine, wenn ich nicht völlig falschliege, würden die das Gleiche für uns tun.«

»Es tut mir leid, Lilly«, wirft Matthew Hennesey mit verlegenem Gesichtsausdruck ein. »Ich bin auf Bens und Glos Seite. Woher willst du denn wissen, dass sie das Gleiche für uns tun würden? Jetzt mal ganz ehrlich. Ich glaube an die Gutmütigkeit der Menschen, so wie jeder andere hier, aber das geht zu weit. Diese Typen könnten ebenso verdammte Wichser sein.«

»Danke.« Ben nickt zufrieden in Matthews Richtung. »Genau das habe ich auch gedacht.« Dann wendet er sich an David: »Scheiß Pfarrer – neun von zehn sind doch nichts weiter als Kinderficker.«

»Soll das dein Ernst sein?«, fragt David und starrt Ben fassungslos an. Der Korridor scheint sich im Sog ihrer Wut zu verengen. »Das ist der Grund, warum du ihnen nicht helfen willst? Aus moralischen Gründen?«

Ben zuckt mit den Achseln. »Das kannst du nehmen, wie du willst.«

»Und bist du dir sicher, dass es keine persönlichen Gründe hat? Vielleicht so etwas wie Selbsterhaltung?«

»Warum sagst du es nicht einfach, sodass alle es hören können?«, fährt Ben David an und tritt provokativ auf ihn zu. »Warum sagst du nicht einfach das, was du denkst? Findest du nicht, dass ich ein Feigling bin?«

»Hey, Gentlemen …«, versucht Lilly sie zu unterbrechen, aber David bäumt sich vor Ben auf.

»Ich habe nicht behauptet, dass du ein Feigling bist, Ben. Paranoid vielleicht. Verbittert vielleicht.«

»Lass mich verdammt nochmal zufrieden!«, brüllt Ben und schubst den älteren Mann von sich. »Ehe ich dieses selbstzufriedene Lächeln aus dir herausprügele.«

»Hey!«, unterbricht Lilly die beiden lautstark und drängt

Ben zurück. »Jetzt macht mal halblang. Sowohl du, Ben, als auch du, David.«

Die beiden Männer starren einander an, während Lilly sich von ihnen abwendet und sich an die anderen richtet.

»Das haben wir doch schon alles hinter uns – dieses ewige Gezanke und Gestreite bei jeder Entscheidung, die wir treffen müssen. So etwas werde ich nicht länger hinnehmen!« Sie macht eine kleine Pause, sodass ihre Worte Zeit haben, sich zu setzen. »Hier ist, was ich davon halte: Unsere Leben stehen auf dem Spiel. Wenn ihr nichts anderes zu tun habt, als Woodbury zum Wilden Westen zu machen, dann spielt ruhig weiter mit eurem Kindergarten-Macho-Gehabe! Und wenn ich schon dabei bin, dann könnt ihr euch auch gleich jemand anderen suchen, um sich um alles zu kümmern, denn ich habe die Nase gestrichen voll!« Sie hält erneut inne. Spätestens jetzt hat sie die Aufmerksamkeit aller im Korridor. Sie blickt sich um, schaut jedem in die Augen und senkt die Stimme um eine Oktave: »Ich will ja nur, dass ihr einmal tief Luft holt, etwas Abstand gewinnt und die ganze Sache logisch angeht. Wir haben hier ein typisches Kosten-Nutzen-Verhältnis. Klar, wenn wir uns dafür entscheiden, müssen wir unser Leben aufs Spiel setzen und einige Gefahren in Kauf nehmen, aber man darf auch die Belohnung nicht außer Acht lassen. Ich weiß nicht, wie wir Woodbury mit fünfundzwanzig oder dreißig Leuten verteidigen sollen. Wir kriegen schließlich kaum die Arbeiter für den Verteidigungswall zusammen. Wir brauchen Leute, die anpacken können, gute Augen haben und bereit sind zu helfen. Ich habe keine Ahnung, was es heißt, eine Kirchengemeinde aufzunehmen – ich bin Agnostikerin –, aber ich bin mir sicher, dass diese Menschen ohne unsere Hilfe nicht überleben werden. Um sie zu retten und uns zu helfen, müssen wir allerdings alle am selben Strang ziehen.«

Ben starrt zu Boden. »Eine großartige Rede, Lilly, aber du kannst dann schon mal ohne mich los.«

Lilly schnürt es vor Wut die Brust zusammen. Sie ballt die Hände zu Fäusten. »Du hast anscheinend ein Problem mit deinem Kurzzeitgedächtnis, Ben. Wenn ich mich nicht irre, ist es erst zehn Tage her, dass …«

»Lilly, es tut mir leid«, unterbricht Gloria sie leise, und die Scham klingt in ihrer Stimme mit. Sie schaut Lilly mit Tränen in den Augen an. »Ich weiß zu schätzen, was du alles für uns getan hast. Wirklich. Alles in die Hand nehmen und so. Aber ich habe es einfach nicht in mir, mein Leben für diese Leute aufs Spiel zu setzen.«

Lilly kann kaum noch atmen. Die Wut kocht heißer in ihr hoch und schnürt ihr den Hals ab. »Wirklich? Ist das euer Ernst? Ist das eure Art, wie ihr die Gefallenen ehrt? Wie ihr Menschen wie Austin Ballard ehrt, der sein Leben für *dich*, Gloria, und *dich*, Ben, und dich, Matthew, aufs Spiel gesetzt hat? Nur deswegen ist er gestorben!« Lilly versucht ihre Wut hinunterzuschlucken, aber sie sieht rot, und ihr Hals wird ganz trocken. »Dann macht doch! Bleibt hinter dem Verteidigungswall! Wägt euch in Sicherheit! Redet euch nur ein, dass euch hier nichts passieren kann! Aber dem ist nicht so! Nein! Denn wir befinden uns alle im gleichen Krieg! Es ist der Krieg, der in uns selbst wütet! Und wenn ihr euch davor verstecken wollt, werdet ihr sterben! IHR WERDET STERBEN!«

Auf einmal merkt Lilly, dass sie völlig außer Atem ist und alle um sie herum wie Kinder, die ohne Abendessen ins Bett geschickt werden, zu Boden starren. Plötzlich ertönt eine tiefe, raue Stimme hinter ihr, sagt irgendetwas, aber Lilly kriegt es kaum mit. Sie sieht Bob Stookey, der an der Tür zur Krankenstation gelehnt steht. Er wartet dort schon eine ganze Weile, hat sich das Geschrei von Ben und David angehört und gibt jetzt seinen Kommentar ab, den Lilly aber nicht versteht. »Wie bitte, Bob?«

Bob schaut ihr in die Augen, lässt den Blick von einem zum anderen schweifen. »Ich habe gesagt, dass ich die Risiken erheblich eindämmen kann.«

Auf diese Worte herrscht Totenstille. Bobs Stimme scheint noch immer in der Luft zu schweben.

Lilly schaut ihn an. »Okay, ich habe angebissen. Wovon zum Henker faselst du da?«

Bobs tiefliegende Augen, eingebettet in Falten, funkeln beinahe auf, als er den anderen Ratsmitgliedern sein Vorhaben erklärt.

Der restliche Tag verläuft relativ friedlich und ohne weitere Probleme. Die Kinder spielen Fußball auf dem Marktplatz, und die meisten Erwachsenen helfen Lilly mit dem Garten in der Arena. Sie hat einen Bepflanzungsplan entworfen und will Gemüse, Sojabohnen und Mais in Reihen ansetzen, sodass sie nicht nur etwas zu essen haben, sondern notfalls auch noch Energie aus den Pflanzen gewinnen können. Lilly hegt große Pläne für nachhaltige Energiegewinnung in Woodbury und ist auf der Suche nach Anleitungen, wie man Solarzellen und Solarwarmwasserbereiter selbst bauen kann, in der Bibliothek fündig geworden.

Nachmittags schafft es Bob, den jungen Mann von der Kirchengemeinde in der Krankenstation unter der Arena mit Flüssigkeit, Vitamin-B12-Spritzen und alten Kriegsgeschichten aus dem Nahen Osten wieder aufzupäppeln. Der Neuankömmling findet Gefallen an Bob, worin einige Ironie liegt, da Bob sich für Menschen mit allzu christlichem Hintergrund nie hat begeistern können. Aber Bob ist Sanitäter aus Berufung – und in erster Linie ein guter Soldat –, der seine Patienten versorgt, und es hat ihm dementsprechend ganz gleich zu sein, was sie darstellen und wer sie sind.

Bei Sonnenuntergang ist das seltsame Paar beinahe unzertrennlich. Bob zeigt Reese Woodbury, weiht ihn sogar in die Tunnel ein. Reese, der noch immer schwer humpelt und aufgrund seiner Entbehrungen noch nicht hundertprozentig bei Sinnen ist, kann es kaum erwarten, seinen Leute zu Hilfe zu eilen, aber Bob rät ihm, dass seine Wunden erst noch verheilen müssen, ehe er zusammen mit dem Rettungstrupp nach Carlinville aufbrechen kann. Der junge Mann löchert und triezt Bob, will es genau wissen, und Bob schätzt, dass es noch bis Ende der Woche dauert – also mindestens drei oder vier Tage – und ermahnt ihn, sich bis dahin gut auszuruhen und wieder zu Kräften zu kommen, um sich auf die lange Reise vorzubereiten. Damit scheint sich Reese zumindest fürs Erste zufriedenzugeben.

Die Sonne geht hinter den gezackten Silhouetten uralter Virginia-Eichen im Westen hinter dem Elkins Creek unter, verfärbt das Tageslicht bernsteinfarben und füllt die Luft in den länger werdenden Schatten mit einem Schleier aus Pappelsamen.

Die Arena ist jetzt beinahe leer, die meisten Arbeiter sind nach Hause gegangen. Nur zwei Leute sind noch da, knien in dem sterbenden Tageslicht auf dem Boden und pflanzen die ersten Zucchinisamen. Die Aufgabe ist recht einfach, aber nicht ohne symbolischen Stellenwert. Lilly ist sich dessen durchaus bewusst, als sie mit einer Pflanzschaufel auf ihrem behelfsmäßigen Kniepolster arbeitet und eine schmale Mulde in den Lehm Georgias gräbt.

Calvin ist neben ihr und hält eine Handvoll kleiner grauer Samen bereit.

Einen nach dem anderen platziert er sorgfältig in einer geraden Reihe, und Lilly bedeckt sie vorsichtig mit loser Erde, ehe sie sie sanft festklopft. Kürbispflanzen besitzen lange Pfahlwurzeln, sodass Zucchini auch in trockeneren Regionen gut wachsen. Außerdem kann man schon nach circa einem Monat ernten, sodass sie Woodbury den ganzen Sommer über ernähren können. Lilly gräbt eine weitere Mulde, und Calvin bestückt sie mit Samen. So machen sie weiter, eine Reihe nach der anderen, bis ihr auffällt, dass Calvin jedes Mal, wenn er ein weiteres Paket mit Samen aufreißt, leise Worte von sich gibt.

»Was haben Sie gesagt?«, fragt sie ihn endlich und richtet sich auf, um sich den Schweiß aus der Stirn zu wischen.

»Wie bitte?«, fragt Calvin und starrt sie an, als ob sie von allen guten Geistern verlassen ist.

»Jedes Mal, wenn Sie neue Samen aufmachen, murmeln Sie doch irgendetwas.«

Er lacht in sich hinein. »Oh, ja. Jetzt haben Sie mich erwischt. Das ist ein kleines Gebet für die Ernte. Ich bete nur.«

Das ist gefundenes Fressen für Lilly, und sie wirft ihm einen schrägen Blick zu. »Sind Sie sich sicher, dass es eine gute Idee ist, den Allmächtigen wegen etwas so … so Unbedeutendem zu behelligen?«

»Das habe ich mir von meinem Opa abgeschaut. Der alte Kauz war Tabakbauer in Calhoun County und hat in seinem Garten Wassermelonen angebaut, die so groß wie Zelte wurden. Er hat den Leuten immer weisgemacht, dass er ein Geheimrezept hätte. Dann, als ich zwölf war, hat er mich endlich mit in den Garten genommen, mir einen Batzen Kautabak in die Hand gedrückt und mir sein Geheimnis verraten.«

»Er hat gebetet, als er die Samen pflanzte?«

Calvin nickt. »Über jede Reihe, die er gepflanzt hat, hat er das Ave Maria gebetet – und das, obwohl er Baptist war. Meine Oma Rosie hat ihm deswegen nicht übel eingeheizt!«

»Ave Maria … Ernsthaft?«

»Opa hat immer gemeint, dass die Italiener, die er in Jasper kennengelernt hat und die dort einen Weinberg hatten, irgendeinen Trick besaßen, denn sie haben ihm immer den ersten Preis für die besten Tomaten bei der Landwirtschaftsschau weggeschnappt.« Calvin zuckt mit den Achseln. »Und seitdem hat er immer gemurmelt: ›Gegrüßet seist du, Maria, voll der Gnade, der Herr ist mit dir. Du bist gebenedeit unter den Frauen, und gebenedeit ist die Frucht deines Leibes … *Wassermelonen.*‹«

Lilly lacht laut auf, und es fühlt sich fantastisch befreiend an.

»Das hat er immer so gesagt«, schwelgt Calvin in seiner Erinnerung und lacht ebenfalls. »Als ob es irgendein Zauberspruch ist … *Wassermelonen … Wassermelonen!* Das fand ich so cool. Als ich noch ein Junge war, wollte ich genauso werden wie er. Ständig hat er auf seinem Tabak herumgekaut, und da musste ich ihn natürlich auch probieren.«

»Hat er Ihnen an jenem ersten Tag nicht etwas Tabak gegeben? Das haben Sie doch gesagt.«

»Genau.«

»Und? Hat er Ihnen geschmeckt?«

»Um Gottes willen, nein! Ich habe meinen kompletten Mageninhalt auf dem Sitz seines John-Deere-Traktors gelassen.«

Lilly gluckst. So frei hat sie seit gefühlten Ewigkeiten nicht mehr gelacht – zumindest nicht mehr, seitdem die Seuche ausgebrochen ist. Eigentlich ist Calvins kleine Geschichte nicht sehr witzig, besonders wenn man das große Ganze betrachtet, aber Lilly *muss* sich jetzt und hier fast ausschütten vor Lachen.

Er wirft einen Blick auf seine Uhr. »Ich sollte besser zurück zum Gerichtsgebäude. Die Kinder kauen wahrscheinlich schon auf dem Sofa herum.«

»Ich komme mit Ihnen.«

Sie machen die Reihe fertig und werfen die Werkzeuge dann in eine Schubkarre.

Die Luft ist seit der sengenden Hitze des Nachmittags merklich abgekühlt, und es weht eine seichte Brise, die den Duft von Flieder, Klee und feuchtem Heu von den Feldern nach Woodbury bringt. Auf ihrem Weg zurück zum Gerichtsgebäude reden die beiden über den jungen Mann aus der Kirchengemeinde und Bobs Plan, die Tunnel zu benutzen, um nach Carlinville zu gelangen. Niemand weiß, wie weit das unterirdische Netzwerk wirklich reicht – Carlinville ist knappe zwanzig Kilometer entfernt –, aber Bob hat ihnen versichert, dass sie sicher dort ankommen werden.

Lilly kann sich nicht vorstellen, dass die Tunnel so lang

sein können – noch unangenehmer ist die Idee, eine solche Distanz in diesen dreckigen, unterirdischen Todesfallen zurückzulegen –, aber Bob behauptet, dass die historischen Karten sich bisher als sehr genau erwiesen haben, und er hat sie schon fünf Kilometer in alle Richtungen überprüft. Es macht ganz den Anschein, als ob das Netzwerk für Sklaven auf der Flucht im neunzehnten Jahrhundert größer und weiter ausgebreitet war, als moderne Historiker sich erträumen können. Und Bob ist sich sicher, dass sie zusammen mit der Hilfe des jungen Neuankömmlings die Rettungsmannschaft zielsicher und nahe an den Ort bringen können, an dem die Gemeinde umzingelt ist. Dann müssen sie nur noch nach oben graben und die Menschen durch die Tunnel zurück nach Woodbury bringen.

»Der Plan hört sich gut an«, sagt Lilly, als sie den menschenleeren Marktplatz überqueren und auf das Gerichtsgebäude zusteuern. »Aber irgendetwas … Ich bin mir nicht ganz sicher … Irgendetwas passt nicht ganz. Ich vertraue Bob vollkommen, aber andererseits weiß niemand, was zum Henker wir da unten alles vorfinden werden … Oder ob wir nach zehn Kilometern in einer Sackgasse landen.«

Sie halten vor der steinernen Treppe an, die zum Eingang des Gerichtsgebäudes führt. Calvin dreht sich um und legt die Hand auf Lillys Arm. Seine Haut ist rau von der vielen Arbeit, aber seine Berührung ist zärtlich. »Es liegt in Gottes Händen, Lilly. Aber Sie haben recht. Wir müssen es tun. Es ist gut und richtig.«

Sie blickt ihm in die Augen. »Vielleicht sollte ich es auch mal mit einem Ave Maria versuchen.«

»Schaden wird es bestimmt nicht.« Er lächelt sie an.

Seine Hand liegt noch immer auf ihrem Arm. »Der Herr wird über uns wachen.«

Sie berührt seine Wange. »Vielen Dank.« Plötzlich fühlt sie, wie ihr Herz sich öffnet, und ihr ist, als ob ein Funken Elektrizität ihr Rückgrat hinunterläuft. Ist er ihr so nah gekommen? Sie kann seinen Duft riechen – Old Spice und Kaugummi –, und sie verspürt ein dringendes Bedürfnis, ihren Kopf an seine Schulter zu legen. Seine Augen sind so klar, von seiner Trauer und seinem tiefen Glauben reingespült. »Um ganz ehrlich zu sein«, flüstert sie ihm zu. »Ich wünschte, ich hätte Ihren Glauben.«

Er lehnt sich zu ihr und hebt die Hand in Richtung ihrer Wange. »Du bist eine gute Frau, Lilly. Darf ich dich überhaupt duzen?« Dann ergreift er das kleine Kreuz, das an einer Kette um seinen Hals hängt. Vorsichtig öffnet er den Verschluss und legt sie dann um Lillys Hals. »Hier, das hat mir stets gute Dienste geleistet.«

Sie schluckt eine Welle an Emotionen hinunter, die in ihr aufzuwallen drohen. »Natürlich kannst du mich duzen, aber das darf ich nicht annehmen«, erwidert sie und mustert das winzige goldene Kreuz.

»Natürlich darfst du das. Du musst sogar, denn ich habe es dir gerade geschenkt.« Er lächelt sie an. »Trage es stets mit gutem Gewissen.«

»Danke … Vielen Dank.«

Er berührt ihre Haare. »Es ist mir eine Ehre.«

Ist er ihr jetzt noch nähergekommen? Lilly weiß es nicht. Ihr Herz rast förmlich in ihrer Brust. Sie weiß, dass es nicht richtig ist, weiß, dass es viel zu früh ist, weiß, dass Woodbury es nicht gutheißen würde. Dann schmiegt sie sich an ihn und schließt die Augen.

Ihre Lippen trennt nur noch ein Zentimeter, als plötzlich der Schrei eines Kindes vom ersten Stock über ihnen sie unterbricht.

Sie bleiben wie angewurzelt stehen – wie Rehe, die völlig hypnotisiert in die Scheinwerfer eines heranrasenden Autos starren.

Elf

Calvin und Lilly reißen die Tür zum Verwaltungsbüro im ersten Stock auf und stürzen in den Raum. Zuerst blicken sie sich nach etwaigen Gefahrenquellen wie Beißern um, sehen aber nur ein kleines Mädchen in der Mitte des Vorzimmers stehen. Vor eine der Wände sind sämtliche Schreibtische geschoben, und vor dem mit Brettern verschlagenen Fenster hängt ein mottenzerfressener Vorhang.

»Es ist Luke«, berichtet Bethany, als Calvin zu ihr eilt, sich vor ihr hinkniet und sie in seine Arme nimmt.

»Ist sonst alles gut?«

»Ja, Daddy. Mir geht es gut.« Sie trägt einen Strampelanzug und hält ein Bilderbuch von Maurice Sendak in der Hand. Sie gähnt und erklärt: »Tommy hat Luke vorgelesen, und Luke ist eingeschlafen und hat schlecht geträumt.«

»Er ist hier, Dad.«

Die Stimme reißt Calvins Aufmerksamkeit an sich, und er wirft einen Blick über die Schulter auf die Tür, die ins Verwaltungsbüro führt, welches jetzt als Kinderzimmer herhalten muss. Tommy Dupree steht in seinem Falcons-T-Shirt und den Jeans barfüßig im Türrahmen und schaut verlegen und erschöpft drein. Auch er hat ein Buch in der Hand, ein Märchenbuch. »Er ist eingeschlafen und hat dann einfach angefangen zu schreien.«

Calvin springt auf und eilt in das Büro. Lilly folgt ihm dicht auf den Fersen.

Sie glaubt, hier fehl am Platz zu sein, als sie in das unordentliche Kinderzimmer der Duprees platzt – Bücher mit Eselsohren liegen auf dem Boden verstreut, die Kleider sind alle in eine Ecke geworfen, all die Verpackungen von Süßigkeiten, der Geruch von Kaugummi und Babypuder. Bob hat dem jungen Tommy Dupree neulich eine ganze Reihe Comics mitgebracht, und Lillys panischer Blick landet auf dem bemerkenswert ordentlichen Stapel Comics auf dem gegenüberliegenden Fensterbrett, neben dem eine Dose voller Pinsel, ein Zeichenblock, ein brandneuer Radiergummi und eine perfekt symmetrische Reihe bestehend aus Geldbörse, Taschenmesser und Schlüssel liegen.

Tommys obsessiver, beinahe zwanghafter Ordnungsfimmel – wahrscheinlich ein Verteidigungsmechanismus in diesen chaotischen Zeiten – kommt ihr auf einmal sehr rührend vor.

»Mein Klcinster … Mein Kleinster!«, ruft Calvin leise und kniet sich neben das Bett seines jüngsten Sohns – es handelt sich um einen kaputten Futon, den Lilly beim Herumwühlen im Lager gefunden hat. Er nimmt den kleinen Jungen in seine muskulösen, drahtigen Arme und fährt mit seinen knochigen Arbeiterhänden über dessen verschwitzte Stirn. »Alles wird wieder gut, Daddy ist hier.«

»Ich habe Mama gesehen!«

Die Stimme des kleinen Lucas Dupree ist kaum mehr als ein Piepsen – eher das Maunzen eines verwundeten Kätzchens –, aber er klammert sich affenartig an seinem Vater fest. Das Kind scheint tief verängstigt. Sein engelhaftes Gesicht glänzt vor Schweiß, und sein Schlafanzug mit

Thomas der kleinen Lokomotive ist ebenfalls schweißnass. »Ich habe Mama wiedergesehen, Daddy.«

Calvin wirft Lilly, die neben Tommy steht, einen Blick zu. Der Zwölfjährige starrt weiterhin zu Boden und kaut auf der Innenseite seiner Wange, während Calvin sich nervös räuspert. Lilly kann sich des Gefühls nicht erwehren, dass der Kleine nicht das erste Mal von seiner toten Mutter geträumt hat, seitdem sie verschieden ist. Außerdem scheinen die Duprees diese Tatsache nicht mit Außenstehenden teilen zu wollen, und sie glaubt, dass es vielleicht am besten wäre, wenn sie sich jetzt verabschiedet. »Calvin, ich gehe dann mal lieber. Ich habe zuhause viel zu …«

»Nein.« Calvin erwidert ihren Blick. »Bitte, das ist überhaupt kein Problem. Du kannst bleiben. Luke mag dich.« Er schaut seinen kleinen Jungen an. »Nicht wahr, Luke?«

Der Junge nickt zaghaft.

Calvin streicht dem Kleinen vorsichtig eine rote Haarsträhne aus dem Auge. »Du kannst uns ruhig von deinem Traum erzählen.«

Der Junge setzt sich auf den Futon und starrt auf seinen Schoß. Er murmelt etwas, aber es ist so leise, dass Lilly es nicht verstehen kann.

»War er so ähnlich wie der andere, den du gehabt hast?«, fragt Calvin seinen Sohn.

Luke nickt. »Ja, Daddy.«

»War sie im Hinterhof?«

»Ja.« Wieder ein Nicken. »Diesmal war es aber bei Oma und Opa.«

Calvin streicht dem Jungen über die Haare. »Erinnerst du dich, was ich dir über Albträume und Visionen erzählt habe?«

Luke nickt erneut, sehr langsam, und starrt die ganze Zeit auf die Hände in seinem Schoß. »Wir sollen darüber reden, denn sobald man darüber redet, macht es einem nicht mehr so viel Angst.«

»Genau«, lobt sein Vater ihn.

»Mama stand bei den Rosenbüschen … Nur, sie war tot … Aber sie war trotzdem da. Sie war kein Beißer oder so, nur ganz weiß und tot und so. Und dann war ich auf einmal ganz traurig.«

Der Junge hustet kurz, aber es klingt merkwürdig, denn er stöhnt gleichzeitig, und Lilly glaubt, dass er gleich wieder zu weinen anfängt. Stattdessen aber blickt er in die Augen seines Vaters, und sein Blick ist so heiß und schneidend wie der Lichtbogen beim Schweißen. »Weißt du noch, wie Mama immer vom Ende der Welt erzählt hat?«

»Aber selbstverständlich, mein Kleiner. Natürlich erinnere ich mich daran.« Calvin wirft Lilly einen peinlich berührten Blick zu, wendet sich aber rasch wieder seinem Sohn zu. »Hat Mama dir das im Traum gesagt?«

Der Junge nickt. »Sie hat geweint. Aber den Tanti-Christ habe ich nicht gesehen. Er hat sich hinter den Büschen versteckt, sodass ich ihn mir nicht anschauen konnte. Mama war auf der Schaukel und hat geschaukelt und geweint und gesungen.«

»Was hat sie gesungen, Luke? Weißt du das noch?«

Der Junge presst die Lippen zusammen und überlegt fieberhaft, ehe er sanft zu singen beginnt: »Schlaf', Kindlein, schlaf'! Der Vater hüt't die Schaf. Die Mutter schüttelt's Bäumelein, da fällt herab ein Träumelein. Schlaf', Kindlein, schlaf'!«

Calvin nickt betrübt. »Ja, das hat sie dir immer vorgesungen, wenn sie dich ins Bett gebracht hat, weißt du noch? Und wie schön sie gesungen hat …«

»Aber das war anders in meinem Traum, Daddy. Sie hat mich gar nicht ins Bett gebracht.«

»Okay«, sagt Calvin, neigt den Kopf etwas zur Seite und erweckt den Eindruck, als ob er nicht weiter nachbohren möchte. Lilly kann die Anspannung im Kinderzimmer förmlich spüren. »Willst du mir davon erzählen, Kleiner?«, fragt Calvin trotzdem.

Der Junge presst die Lippen aufeinander und antwortet nicht.

»Ist schon gut, Luke. Wir müssen auch nicht weiter darüber reden.«

Luke blickt zu Boden, und eine Träne tropft auf den Futon. Seine Lippen bewegen sich, aber er gibt keinen Ton von sich. Er sieht aus wie eine Marionette, deren Fäden gerissen sind.

»Luke?«

In der kurzen Stille, ehe das Kind antwortet, wird eine unsichtbare Grenze überschritten. Luke blickt mit feuchten Augen zu seinem Vater auf und sagt dann: »Sie hat gemeint, dass ich nie wieder schlafen kann … Keiner von uns, sonst werden wir so wie sie.«

Während der nächsten Tage – Lilly hat die Details der Nacht mit den Dupree-Kindern schon längst wieder vergessen – wird sie von einem unterschwelligen, vagen, unausgegorenen Gefühl des Schreckens beherrscht, das ihr im Nacken zu sitzen scheint. Ganz wie ein Hai, der kurz unterhalb der Oberfläche ihrer Gedanken seine Kreise zieht. Dort im Verborgenen lauernd, aber doch eine stete, dunkle, immerwährende Präsenz, beeinflusst er jeden Moment, jede Aufgabe, jedes Treffen und jede Unterhaltung und verleiht allen Dingen, die sie tut, ein Gefühl des drohenden Untergangs. Auch als sie Bob und David hilft, Kartenmaterial, Werkzeug, Vorräte und Waffen für den bevorstehenden unterirdischen Ausflug ausfindig zu machen, wird sie stets davon begleitet. Selbst in ihren verworrenen Träumen während der einsamen Nächte in ihrer stickigen, modrigen Wohnung am Ende der Main Street kann sie die schlimmen Vorahnungen nicht abschütteln. Sie scheinen in ihrer Blutbahn zu schwimmen, während sie die Stunden zählt, bis sie endlich hervorbrechen.

Reeses Erholung macht gute Fortschritte, sodass er am Freitag wieder ganz bei Kräften ist. Sämtliche Vorbereitungen für ihr Unterfangen sind beendet, und Lilly versucht alles in ihrer Macht Stehende, um die Beklommenheit abzuschütteln, die an ihr nagt. Sie überlässt Woodburys Schicksal während ihrer Abwesenheit den fähigen Händen Barbara Sterns, Gloria Pynes und Calvin Duprees. Sie scheinen jeder Notlage, die auftreten könnte, gewachsen zu sein. Außerdem ist es im Interesse der Dupree-Kinder, wenn ihr Vater vor Ort bleibt, anstatt an einer gefährlichen Mission teilzunehmen, von der er vielleicht nicht lebend zurückkommt. Die Vorratssituation in Woodbury hat ernste Ausmaße angenommen – sowohl für die Stadt selbst als auch für die Rettungsmannschaft –, und niemand kann sich gegen das Gefühl wehren, dass der Bogen bis kurz vorm Zerreißen gespannt ist. Sie haben bei der Schlacht gegen die Horde sehr viel Munition verbraucht – die meisten Waffen, die sie mitnehmen, sind Handfeuerwaffen mit Schnellladevorrichtungen oder Magazinen mit acht oder zehn Schuss –, und der Großteil ihres nicht verderblichen Proviants besteht aus Dosenfutter. Kurz vor Sonnenaufgang am Freitag versammelt sich ein Team am Marktplatz. Auf ihren Rücken tragen sie Rucksäcke, von denen jeder einen gefühlten Zentner wiegt.

»Was zum Teufel hast du denn da alles reingepackt? Steine?«, beschwert sich Speed bei Bob in der sich allmählich aufhellenden Finsternis, als der ältere Mann ihm beim Aufsetzen des riesigen Ranzens hilft. Die Anspannung liegt trotz der Kälte vor der Morgendämmerung spürbar in der Luft. Am Horizont sind die ersten Andeutungen orangefarbenen Tageslichts zu erahnen.

»Hör endlich auf zu meckern«, fährt Bob Speed an und hievt sich den eigenen Rucksack auf. »Du bist ein großer, starker American-Football-Hengst! Da kannst du dich doch nicht beschweren!«

»Reden wir noch mal nach fünfzehn Kilometern, Pops. Bin gespannt, wie es *dir* dann gefällt«, schnaubt Speed verächtlich. Über seinem kurzen rotblonden Schopf trägt er ein Kopftuch, und sein U2-T-Shirt weist bereits Schweißflecken auf. Mit einem Grunzen rückt er sich die Trageriemen zurecht und wirft Matthew Hennesey einen raschen Blick zu, der ganz in der Nähe auf einer Bank sitzt und ein Magazin mit Patronen füllt.

Matthew erwidert den Blick und grinst ihn an. »Du altes Weichei, Speed-O.«

Lilly beobachtet das Treiben von der anderen Seite des Marktplatzes aus, setzt sich ebenfalls den Rucksack auf und schluckt die Angst hinunter, die schon die ganze Woche an ihr genagt hat. Sie überprüft die beiden .22-Kaliber-Ruger-Pistolen, die sie sich in der Manier einer echten Revolverheldin um die Hüfte geschnallt hat. Auf dem Kopf über ihrem Pferdeschwanz trägt sie einen Bergarbeiterhelm, den sie mit einem behelfsmäßigen Kinnriemen befestigt hat. Sie kommt sich wie ein Fallschirmjäger vor, der gleich zu einem unendlich langen Sprung in die Tiefe ansetzt. Vor wenigen Stunden ist sie in der Finsternis ihrer Wohnung mit der unerwarteten, plötzlichen Erkenntnis eines Feuerwerkkörpers, der hinter ihren Augen explodiert, aufgewacht: *Jetzt kennt sie den Grund für ihr vages, unausgegorenes Gefühl des Schreckens*.

Diese Last auf ihren Schultern wiegt sogar schwerer als der überfüllte Rucksack auf ihrem Rücken, dessen Riemen sich jetzt schon tief in ihre Schultern graben. Außer den vielen Dosen haben sie sämtliche Batterien, Verbandsmaterialien, Schürf- und Grabwerkzeuge, zusätzliche Taschenlampen, Leuchtfackeln, Seile, Panzerklebeband, Handsprechfunkgeräte und weitere Gerätschaften, die sich unter Tage als mehr oder weniger nützlich erweisen können, eingepackt.

»Sind wir so weit?«, fragt David eher rhetorisch. Er steht hinter Matthew, und eine einzige Straßenlampe scheint über den Marktplatz und verleiht seiner schwer zu bändigenden grauen Mähne einen kleinen Heiligenschein. Außer seinem schweren Rucksack, dem Maschinengewehr und einem Patronengurt trägt der graubärtige Mann einen Helm, an dem Halogenlampen angebracht sind. Er sieht wie ein alternder Hobbyhöhlenforscher aus, der in die Tiefen der Hölle absteigen will. »Bob, alles bereit?«

»So bereit, wie wir es besser nicht sein könnten«, murmelt Bob und schnallt seinen Gürtel etwas enger. »Dann mal los.«

Sie folgen Bob über den Marktplatz, entlang der Jones Mill Road und durch die Lücke in der südwestlichen Ecke des Verteidigungswalls. Lilly stellen sich die Haare im Nacken auf, als sie auf das brachliegende Stück Land ins Freie treten. Die Stille vor der Morgendämmerung wird lediglich durch ihre Schritte, den scheppernden Inhalt ihrer Rucksäcke und die Schläge von Lillys Herz unterbrochen. Sie kommen ihr so laut vor, dass sie davon überzeugt ist, die anderen müssten das Schlagen auch hören können. Sie hat keine Ahnung, wie lange sie ihr Geheimnis vor den anderen hüten kann. Es gärt in ihr, als sie die mit Müll übersäten Straßen südlich des Walls überqueren, an der Folk Street abbiegen und dann im Gänsemarsch den pockigen Bürgersteig an den vielen mit Brettern verschlagenen Ladenfronten entlanggehen.

Lilly hat ihr Leiden – der Grund für diese giftige, brennende Angst, die ihr den Magen zusammenschnürt und immer schlimmer wird, je näher sie der Apotheke kommen – im zarten Alter von acht oder neun Jahren beim Versteckspiel mit ihrem Cousin Derek Drinkwater und ihrer Cousine Deek Drinkwater das erste Mal erlebt.

Die Drinkwaters zählten zu den alteingesessenen, reichen Familien aus Macon. Der Vater, Everetts Stiefbruder Tom, war im internationalen Ölgeschäft tätig und konnte buchstäblich im Geld baden. Die gigantische Vorkriegsvilla im Tudorstil in Warner Robins war ein kantiges, völlig verwinkeltes Fachwerk-Monstrum mit unzähligen kleinen Zimmerchen, einem Speiseaufzug, Vorratskammern und Toiletten, in denen ein missmutiges Kind sich mit einem Lunchpaket und ein paar Brettspielen tagelang verstecken konnte.

Eines Sonntagnachmittags, als Everett Tom und seiner Schwägerin Janice einen Besuch abstattete, haben die Kinder sich in den Kopf gesetzt, Verstecken zu spielen. Die Erwachsenen hatten sich im Frühstückszimmer verschanzt und waren mit ihren Gin Rickeys beschäftigt, sodass Lilly und den Zwillingen das gesamte Haus zur Verfügung stand. Lilly war so gut darin, sich zu verstecken, dass die anderen beim Suchen öfter aufgaben, als sie wirklich zu finden, weil sie einfach keine Chance gegen sie hatten.

An jenem Tag stieß sie auf eine alte Vorratskammer unter der Treppe, die in den zweiten Stock führte, kroch hinein und schloss dann die uralte, krumme Tür hinter sich. Das laute Klicken hatte eine Finalität, die ihr die Haare an Armen und Beinen aufstellte. Sie setzte sich in eine Ecke hinter nach Mottenkugeln riechenden Pelzmänteln und modrigen Schachteln mit Aufschriften wie JANICE HÜTE UND SCHALE oder BABYSACHEN ZWILLINGE, umklammerte die angezogenen Beine mit ihren Armen und begann zu schwitzen. Das war das erste Anzeichen ihres Leidens – nicht diagnostiziert und bis zu jenem Moment noch nie zuvor erlebt –, und es breitete sich wie ein heißer Blitz oder ein Buschfeuer über ihren gesamten dürren Körper aus. Innerhalb weniger Sekunden war sie völlig durchnässt. Sie wollte wieder raus aus der Kammer, aber die Tür ließ sich keinen Zentimeter bewegen. Vielleicht klemmte sie nur, vielleicht aber konnte man sie nur von außen öffnen. Das Einzige, was Lilly in jenem Moment wusste, war, dass sie auf der Stelle aus der Kammer hinausmusste.

Das Gefühl (und das können die meisten Menschen bestätigen, die darunter leiden) ist dem Ersticken sehr ähnlich. Lilly konnte in der kleinen Vorratskammer kaum atmen, saß einfach nur zusammengekauert in der hintersten Ecke da. Ihre Haut kribbelte, die Haare standen ab, und die Mäntel schienen sie zu bedrängen, drohten sie zu erwürgen. Ihr Herz schlug schneller als je zuvor, und die Wände engten sie ein, während es um sie herum immer finsterer wurde.

Wenige Minuten später begann sie zu schreien. Lilly brüllte, heulte und plärrte in der Dunkelheit ihres winzigen Gefängnisses, bis einer der Zwillinge ihr zu Hilfe kam, die Tür aufbrach und ihr den Weg in die Freiheit, an die frische Luft bahnte.

Der Vorfall in dem Haus der Drinkwaters war allen schon bald in Vergessenheit geraten – nur Lilly wusste, entweder durch den seelischen Schock der Erfahrung oder irgendeine angeborene chemische Reaktion in ihrem Kopf, dass sie dieses Leiden für immer mit sich tragen würde. Es war zwar keine Querschnittslähmung oder Krebs, nichts Fatales oder stark Belastendes, aber es existierte nichtsdestotrotz in ihr. Sie trug es überall mit sich herum, wie Farbenblindheit oder Plattfüße. Zudem würde es seine dämonische Fratze stets dann zeigen, wenn es gerade am wenigsten passte.

Jetzt verspürt sie das Leiden, als das Team auf die Apotheke zugeht. Ihr Herz pocht heftig in ihrer schmächtigen Brust. Sie halten vor der Apotheke an. Bob geht zu der zerbrochenen Glasscheibe in der Tür und lugt in den geplünderten Laden, für den Fall, dass ein Beißer sich darin verlaufen hat. Die Gänge voller Medikamentenschachteln, kaputten Vitrinen und umgestürzten Regalen liegen still und finster vor ihm, denn das langsam zunehmende Tageslicht reicht noch nicht aus, um bis in die Tiefen der Apotheke vorzudringen.

»Macht alle eure Lampen an«, murmelt Bob und schaltet ebenfalls seine Bergarbeiterlampe ein, ehe er die Tür mit dem Lauf seiner Schrotflinte aufstößt. Bob hat es sich zur Angewohnheit gemacht, stets eine 12-kalibrige Schrotflinte mit Pistolengriff und abgetrenntem Lauf zu verwenden, wenn es brenzlig werden oder er auf Beißer treffen könnte.

Lillys Hals schnürt sich vor Angst zusammen, als sie hinter Bob in die Apotheke eintritt. Hinter ihr hört sie, wie der Rest der Truppe über die Scherben ins Innere strömt. Die Apotheke scheint auf Lillys Anwesenheit zu reagieren – obwohl sie sich durchaus bewusst ist, dass das alles nur in ihrem Kopf passiert. Die Wände kommen immer näher, so langsam wie Gletscher. Ihr Mund wird ganz trocken, als sie den leeren Verkaufsraum durchqueren und einer nach dem anderen die Stufen des Liftschachtes hinunterklettert. Ihre Gelenke werden steif, und ihr Rückgrat wird zu Eis, als sie unten im Keller ankommt.

Er ist größer, als sie sich ihn vorgestellt hat, und überall huschen Schatten hin und her, als die Strahlen der vielen Lampen durch den Raum geschwenkt werden. Bob geht zu dem klaffenden Loch in der Wand – so groß wie eine Luke in einem U-Boot –, aus dem modrige Luft von der Dunkelheit der anderen Seite in den Keller strömt, und winkt alle zu sich. »Hier entlang«, sagt er und leuchtet mit der Taschenlampe den Weg. »Frauenunterwäsche und Sportartikel.«

Lilly schnürt es den Hals zu, als sie David in den schwarzen Tunnel folgt. Sie muss sich bücken, um sich nicht den Kopf an dem Metallrahmen anzuschlagen.

Kurz hält sie darunter inne. Die Angst packt sie, sodass sie keinen weiteren Schritt tun kann, während sich einer nach dem anderen an ihr vorbeidrängen muss.

Der Schrecken packt sie, schleicht sich in ihre Gelenke, ihre Sehnen und legt sich um ihren Hals, sodass sie kaum noch Luft holen kann, während die letzten der fünf anderen Teammitglieder im Tunnel verschwinden, bis ihre Silhouetten mit der Finsternis verschmelzen. Die Lichtkegel ihrer Lampen tanzen von den irdenen Wänden zu den in regelmäßigen Abständen platzierten Abstützbalken und wieder zurück.

Sie kann keinen Muskel bewegen, bekommt keine Luft mehr. Der Tunnel hat sich in die Abstellkammer unter der Treppe verwandelt, die herabhängenden Wurzeln und Kalkablagerungen verwandeln sich in die Pelzmäntel und in Plastik gehüllten Regenjacken von damals, die sie als Kind bedrängt haben. Die Tunnelwände bewegen sich langsam auf sie zu. Sie ist unsicher auf den Beinen, ihr wird schwindlig, und sie fällt beinahe zu Boden. Eine der Silhouetten vor ihr hält an, dreht sich um und wirft einen besorgten Blick zurück.

Bobs tief gefurchtes Gesicht ist kaum hinter den Lichtern auf seinem Helm auszumachen, und die Strahlen verbergen seine irritierte Miene. Dann geht er zu Lilly zurück, wobei sein Rucksack bei jedem Schritt klappert.

Sie blickt ihn an. »Es tut mir leid, Bob. Mir geht es …« Sie röchelt und schnappt nach Luft, als ob sie unter einem Asthmaanfall leidet. »Mir geht es …« Aber sie schafft es nicht, den ganzen Satz auszusprechen.

»Was ist los, Lilly, Kleines?« Er legt einen Arm um sie und zieht sie an sich. »Sag mir, was mit dir los ist.«

Sie atmet ein und wieder aus und entspannt sich, bis sie ruhig genug ist, um reden zu können. »Bob, ich habe schlechte Nachrichten.«

»Dann immer raus damit, Liebes.«

Sie blickt ihn an, und Bob starrt zurück. Plötzlich, als ob eine Sicherung kaputtgegangen ist, fängt er laut an zu lachen. Ein Lachen, das an den Wänden der schier unendlichen Tunnel widerhallt – ein geisterhaftes Geräusch, das bewirkt, dass die anderen mitten im Gehen stehen bleiben, sich umdrehen und zu den beiden zurückgaffen.

Es dauert ungefähr eine Minute, ehe Bob sich wieder gefangen hat. Dann holt er einen Verbandskasten hervor und sucht nach Alprazolam. Er gibt Lilly zwei Tabletten, die gegen Angst- und Panikstörungen helfen, entschuldigt sich für seinen Lachanfall und versichert ihr, dass er sich nicht über ihr Leiden hat lustig machen wollen. Schließlich weiß er, wie furchtbar Klaustrophobie sein kann. In Kuwait habe er einen Soldaten gesehen, der die Front einem Bürojob vorgezogen hat, nur um nicht in den engen vier Wänden der Baracken enden zu müssen. Er fährt fort, dass einem die Scheiße in dieser gottverlassenen Welt manchmal so hoch steht, dass einem gar nichts anderes mehr übrig bleibt, als zu lachen. Außerdem sei Klaustrophobie jetzt das kleinste ihrer Probleme. Falls die Beißer sie hier unten nicht zu fassen kriegen, bestehen immer noch die Gefahren einer Methanvergiftung, der Tunneleinstürze oder des Erstickens aufgrund eines chemischen Lecks.

Die Pillen brauchen eine Viertelstunde, um zu wirken, und Lilly fühlt sich daraufhin so wohl, dass sie sogar die Gruppe anführt (nachdem sie sich bei jedem Einzelnen für ihr Verhalten entschuldigt hat). Ihre vorübergehende Lähmung ist ihr peinlich, aber merkwürdigerweise fühlt Lilly sich jetzt plötzlich für das gewappnet, was ihr bevorsteht.

Sie kommen unerwartet gut voran, benutzen Matthews Schrittzähler, um zu wissen, welche Strecke sie zurückgelegt haben. In der ersten Stunde gehen sie drei Kilometer, ohne auch nur einem einzigen Beißer zu begegnen oder von einem Tunneleinsturz aufgehalten zu werden.

Anfangs scheint der Tunnel noch relativ gleichförmig, und ungefähr alle dreißig Meter ist ein Balken in die Decke als Querstrebe eingebaut. Die Wände sind mit uraltem Hühnerdraht eingekleidet, und in der Luft liegt der schwere, moschusartige, fruchtbare Geruch von schwarzem Humus und Schimmel. Immer wieder scheinen Lillys Bergarbeiterlampen auf die ausgebleichten Knochen menschlicher Überreste, die aus dem Boden herausragen. Einerseits beunruhigt sie der Anblick, andererseits aber wappnet er sie, denn er ruft ihr den noblen Grund ihrer Mission noch einmal vor Augen. Oder vielleicht handelt es sich auch nur um ein vorübergehendes High, das auf die Pillen zurückzuführen ist. Wer weiß?

Bob ist für ihre Position verantwortlich und verfolgt ihren Fortschritt auf der Karte.

Nach zwei Stunden werden sie etwas langsamer, denn der Tunnel wird nach acht Kilometern enger. Sie gehen an einer bizarren Ansammlung aus Kalzium- und Kalkstalaktiten vorbei, die von der Decke hängen und an riesige Kronleuchter mit schleimigen, leuchtenden Eiszapfen erinnern. Die Wände hier sind mit Moos bedeckt, und die Luft ist sehr feucht und schwer. Es ist, als ob sie durch einen Regenwald stapfen.

Der Tunnel biegt auf einmal etwas nach rechts, und Bob versichert allen, dass sie sich jetzt nach Süden begeben. Außerdem treffen sie auf diverse Einstürze, die aber nur teilweise den Weg versperren. Lilly bemerkt, wie der Tunnel sich verändert hat – die Form ist jetzt eckiger und besitzt mehr stützende Elemente. Auch gibt es jetzt immer wieder kleinere Tunnel, deren Zugänge mit Brettern verschlagen sind und aus denen eiskalte Luft in den Haupttunnel dringt.

Als Lilly Bob auf einen dieser Nebentunnel aufmerksam macht, murmelt der ältere Mann einfach: »Zinkminen … Hauptsächlich Zink. Vielleicht auch ein bisschen Blei und Kohle.« Er deutet auf einen Querbalken und fügt hinzu: »Wir können davon ausgehen, dass die Underground Railroad alte Bergwerke und Stollen miteinander verbunden, sie quasi als Wegpunkte benutzt hat, um bis in die Nordstaaten hinter der Mason-Dixon-Linie zu gelangen.«

Lilly schüttelt den Kopf vor Bewunderung und legt einen weiteren Kilometer zurück, während sie die ganze Zeit nervös an ihren Pistolen fummelt. Auf dem Weg müssen sie riesigen Erdhaufen, die über die Jahrzehnte von der Decke gerieselt sind, und Überresten uralter Lagerfeuer ausweichen, bis sie in den entfernten Schatten ein gigantisches Hindernis ausmachen, das ihnen den Weg versperrt.

Zuerst sieht es aus, als ob der Tunnel hier einfach aufhört – als ob man eine Mauer errichtet hätte, um so jedem zu signalisieren, dass hier Schluss ist –, aber je näher sie kommen, desto unsicherer werden sie, um was es sich handeln könnte. »Was zum Teufel soll das denn sein?«, murmelt Ben, als sie davor haltmachen.

Das Hindernis sieht wie ein gigantischer Zylinder aus Mörtel aus, der mit der Zeit von einer Patina aus winzigen Pocken auf der wurmgrauen Oberfläche überzogen und anscheinend einfach in die Mitte des Tunnels gestampft wurde. Mit einem Durchmesser von knapp zwei Metern blockiert es beinahe den Tunnel, aber an den Seiten bleiben kleine Lücken. Was zum Henker dieses Ding allerdings darstellt und ob es aus Absicht oder purem Zufall mitten im Tunnel steht, ist ihnen weiterhin unklar.

Lilly steckt eine Hand durch eine Lücke. »Sieht ganz so aus, als ob wir uns da einer nach dem anderen durchzwängen können.« Sie setzt ihren Rucksack ab. »Vielleicht müssen wir zuerst die größeren Sachen aus den Rucksäcken nehmen.«

»Endlich mal wieder!«, murmelt Matthew genervt. »Noch mehr Aus- und Einpacken.«

Reese Lee Hawthorne steht im Schatten hinter Speed und kaut auf den Fingernägeln. »Es tut mir leid, Ihnen das sagen zu müssen, aber Carlinville ist noch sehr weit weg.«

»Jetzt dreht doch nicht gleich alle durch«, unterbricht Bob sie, kniet sich vor das Hindernis und holt die Karte hervor. Er richtet den Strahl seiner Stiftlampe darauf und verkündet dann: »Ich glaube, ich weiß, was das ist.« Er blickt zu David auf, der ihm mit gerunzelter Stirn über die Schulter schaut. »David, ich brauche hier unten mehr Licht, bitte.«

Lilly gesellt sich zu ihnen. »Und? Willst du uns nicht verraten, was das hier soll?«

»Und ob ich das will; ich kann euch sogar genau sagen, was das soll.« Dann konzentriert er sich erneut auf die Karte, fährt mit dem Fingernagel einen der Tunnel entlang und blickt wieder auf. »Das hier ist ein Pfahlfundament – ein großes. Die benutzen solche Teile für Wolkenkratzer.«

Die Gruppe staunt nicht schlecht über Bobs Offenbarung und folgt seinen Berechnungen …

… sodass niemand von ihnen die entfernten, schlurfenden Geräusche hört, die sich aus dem finsteren Tunnel hinter ihnen nähern.

Zwölf

In der klebrigen, undurchdringlichen Finsternis unter Tage können Geräusche schwierig auszumachen sein – insbesondere solche leisen, weit entfernten wie diese –, aber wenn jemand tatsächlich aufmerksam horchen würde, dann könnte er oder sie die schlurfenden Schritte hören, die aus der Finsternis dringen, aus der das Rettungsteam gerade gekommen ist. Sie klingen, als ob ein tollpatschiges, betrunkenes, vergessenes Mitglied der Truppe versuchen würde, zum Rest aufzuschließen. Davids ungläubige, hohe Stimme lenkt noch weiter von den Schritten ab: »Bob, ich bin kein Kartograf, aber wenn wir nicht irgendwo falsch abgebogen sind, bin ich mir ziemlich sicher, dass wir uns nicht unter den Straßen Atlantas befinden. Also erlöse mich, was mache ich gerade falsch?«

»Hab auch gar nicht behauptet, dass wir irgendetwas mit Atlanta am Hut haben … Und ich habe auch nicht behauptet, dass das hier Teil eines Gebäudes ist.« Er richtet sich auf seine knackenden Beine auf und stöhnt schmerzerfüllt. Er zeigt zurück in den Tunnel, aus dem sie gerade gekommen sind. »Erinnert ihr euch an die Stalaktiten und das Moos da hinten?«

Alle nicken, und David fragt: »Na und? Wo soll da der Zusammenhang sein?«

Bob faltet die Karte wieder zusammen und steckt sie in

seine Hemdtasche. »Kalziumablagerungen und Moos … Die kommen vom Sickerwasser. Dort hinten befanden wir uns unter Elkins Creek.«

Lilly überschlägt die Entfernungen in ihrem Kopf und erinnert sich dabei an die Landschaft östlich von Woodbury. Jetzt fällt auch bei ihr der Groschen. »Das ist Teil einer Überführung, einer Brücke«, entfährt es ihr atemlos. Sie dreht sich wieder dem riesigen Pfahlfundament zu, das jetzt in der Finsternis beinahe zu leuchten scheint und so geheimnisvoll und unergründlich vor ihnen steht, als wäre es das Wrack der *Titanic*. »Wir stehen unter einem Highway.«

»Und nach meinen Kalkulationen kurz vor Kilometer achtzehn oder so ähnlich.« Bob klopft auf seine Hemdtasche. »Aber das da hilft uns, unseren Standort genauer zu bestimmen.«

»Highway vierundsiebzig?«, fragt Reese. »Meinen Sie den?«

»Den und keinen anderen«, erwidert Bob. »Es sieht ganz so aus, als ob wir schon lange gen Süden marschieren. Wahrscheinlich kurz nachdem wir unter Elkins Creek hindurch waren. Und jetzt geht es immer der Nase nach den Highway entlang.«

»Dann sind wir ja viel näher, als ich gedacht habe«, bemerkt Reese und fährt sich mit den Fingern durch das Haar. »Das ist gut, nein, das ist fantastisch! Carlinville liegt direkt neben dem Highway. Wir sind also beinahe da! Gott ist gut.«

Hinter ihm ertönt eine andere Stimme. »Tja … Ich hoffe, Gott kann uns auch bei etwas anderem helfen.«

»Hä?« Reese dreht sich zu der tiefen Stimme um, die Ben Buchholz gehört. »Wie bitte?«

»Sperrt mal die Ohren auf«, sagt Ben angsterfüllt. »Könnt ihr das auch hören?«

Lillys Herz beginnt schneller zu schlagen. In weniger als einhundert Metern Entfernung kann sie eine Biegung im Tunnel inmitten eines tiefliegenden, phosphoreszierenden Nebels erkennen – das ist anscheinend das Methan –, der wie violette Gaze im Mondlicht schimmert. Die schlurfenden Schritte werden immer lauter, und ein undeutlicher Schatten erscheint an der Biegung der Wand. Urplötzlich zückt jeder seine Waffen, und die Geräusche vom Entsichern und Zurückschießen von Verschlusssystemen der Maschinengewehre umgeben Lilly, als sie ihre zwei Ruger zieht und Kimme und Korn auf den nahenden Schatten richtet, der immer größer und größer wird. Plötzlich zischt Lilly in einem Bühnengeflüster: »Wartet! Alle warten! Nicht schießen!«

»Da scheiß ich drauf!«, fährt Ben sie an und drückt das Zielfernrohr seiner AR-15 an sein Auge. In der Ferne schaukelt der einsame Beißer in Sicht. »Diese Kackbeißer werden mich nicht kriegen!«

»Das ist ein Einzelner! Ben, das ist nur einer!« Die Nervosität klingt in Lillys Stimme mit, aber ihr Ton ist gebieterisch genug, dass Ben vom Abzugshahn ablässt. »Wir müssen warten und sehen, ob noch mehr kommen!«

Sie muss gar nicht erst erklären, wie töricht es wäre, einen Kugelhagel in diesen engen unterirdischen Gängen auszulösen. Nicht nur würden sie jeden einzelnen Untoten in Hörweite anlocken, sondern höchstwahrscheinlich auch noch den phosphoreszierenden Methannebel in die Luft jagen. Nein, sie müssen den einsamen Beißer lautlos um die Ecke bringen.

Das Monster, das sowohl von ihren Stimmen als auch ihrem Geruch angelockt wird, watschelt jetzt schneller in dem so typischen Gang auf sie zu und streckt die Arme nach vorne aus – wie ein Kind, das danach verlangt, umarmt zu werden. Lilly und die anderen starren es weiter an, lassen es immer näher kommen – ohne jegliche Emotionen und absolut furchtlos. Vielmehr warten sie ungeduldig wie Fischer auf Lachs, und je näher das Monster auf sie zustolpert, desto mehr weckt es Lillys forensisches Interesse.

Der Beißer war einmal ein Mann mittleren Alters gewesen. Ob dunkelhäutig, weiß, asiatisch oder Latino ist unter dem ganzen Dreck und den völlig zerfledderten Klamotten, die in Fetzen von ihm herabhängen, nicht mehr auszumachen. Viel eher sieht er wie ein Moormonster, eine Mumie oder ein Pharao aus, der sich im Urschleim gewälzt hat. Aber es ist sein Bein, das Lillys Aufmerksamkeit auf sich zieht. »Bob! Schau dir mal das linke Bein genauer an!«

»Schlimmer Bruch, nicht wahr?« Bob mustert die Kreatur durch das Zielfernrohr seiner .357 Magnum aus Edelstahl. Er gleicht einem Juwelier, der einen Edelstein durch eine Lupe begutachtet. Das Monster ist jetzt nur noch fünfzig Meter von ihnen entfernt, sodass die Verletzung gut zu erkennen ist; ein abgewetzter Knochen ragt aus dem verwesten Fleisch seines Oberschenkels hervor – eine Verletzung, die jeden Menschen ans Bett gefesselt hätte. Der Beißer aber kommt lediglich etwas langsamer voran und zieht das Bein auffällig hinter sich her. Wie ein Auto, an dem ein Reifen fehlt. »Das gibt einem doch zu denken.«

»In der Tat.« Lilly beäugt diesen fürchterlich schlurfenden Gang, während der Moor-Beißer immer näher kommt.

Jetzt sind es nur noch fünfundzwanzig Meter. Aus dieser Entfernung können sie die schwarzen Zähne erkennen, die wild in der Luft umherschnappen, und das rostige Schnarchen eines Knurrens hören, das er mit der Regelmäßigkeit eines Motors im Leerlauf von sich gibt. Lilly wendet sich an Speed: »Hast du Lust, ihn zu entsorgen?«

»Mit Vergnügen!«, erwidert der ehemalige American-Football-Held mit dem Stiernacken, als er sich das Brecheisen nimmt, das in der Seitentasche seines Rucksacks steckt. Die anderen schauen gelassen zu, als Speed sich auf die näher kommende Gestalt stürzt. »Nette Aufmache«, sagt er, als er das spitze Ende der eisernen Brechstange durch den Gaumen in den Frontallappen rammt.

Er tut dies mit so viel Wucht, dass die Spitze aus dem verrotteten Schädel oben wieder austritt.

Zuerst erstarrt der Beißer nur, bleibt aufrecht stehen und starrt mit leerem Blick seinen Angreifer an, während Perlen schwarzer Flüssigkeit seine Stirn und das Gesicht hinunterlaufen. Speed reißt das Brecheisen mit einem fürchterlichen, feuchten Geräusch wieder aus dem Schädel, und der Beißer sackt endlich in einem Haufen nassen Gewebes zu Boden.

Lilly und die anderen gesellen sich jetzt zu Speed und betrachten die Gestalt mit dem geringfügigen Interesse, das sonst Pathologen an den Tag legen. »Sehe nur ich das so, oder ist der ein Teil der verbrannten Herde?«, fragt sie und stupst die pergamentartige, geschwärzte Kleidung mit ihrem Stiefel an. Der zerfetzte Stoff ist völlig verkohlt.

»Sieht ganz so aus, ja«, murmelt Bob und starrt auf das Gräuel, das am Boden liegt.

»Das heißt also … was?« David starrt ebenfalls auf die

Abscheulichkeit zu seinen Füßen und hält sich gegen den Gestank ein Taschentuch über Mund und Nase. Seine Stimme klingt gedämpft, als er fortfährt: »Und der soll erst seit Kurzem hier unten sein?«

»Ja.« Lilly kniet sich hin und mustert den katastrophalen Oberschenkelbruch. Der herausstehende Knochen gleicht einem missgebildeten Stoßzahn aus Elfenbein. »Sieht ganz so aus, als ob er gefallen ist.« Sie hebt den Blick zur Decke, von der Wurzeln und Kalkablagerungen hängen. »Und das verleiht mir nicht gerade ein warmes, kuscheliges Gefühl.«

Bob inspiziert bereits die Stalaktiten in der Nähe des gigantischen Pfahlfundaments.

Matthew und Ben schauen ihm zu. Endlich findet Bob, wonach er sucht.

»Hm, ich bin mir da nicht so sicher«, raunt Bob und starrt weiterhin die Decke an.

Er richtet die Taschenlampe auf das Wirrwarr von Wurzeln, das uralte Holz und die Kalkablagerungen, die im Schein des Lichts wie Narrengold funkeln. Lilly stellt sich neben ihn, und sie tauschen einen Blick aus. Sie weiß, was er denkt.

»Das ist vielleicht Glück im Unglück«, murmelt er, als er wieder den Blick hebt.

Ben starrt ihn an. »Wie zum Teufel kommst du denn auf so eine Schnapsidee?«

»Es gibt unzählige Möglichkeiten, wie der Beißer hier unten gelandet sein könnte – Kanalisation, Schächte, Gullis, Schwachstellen in Aquädukten.«

»Ja. Na und?«

Bob richtet sich an Ben. »Ich hatte eigentlich vor, dass

wir uns hier rausbuddeln, sobald wir in Carlinville sind, aber wenn man hier hereinstürzen kann, dann wird es auch andere Wege nach oben geben.«

Sie legen weitere fünf Kilometer zurück, ehe Reese die ersten Anzeichen dafür zu sehen glaubt, dass sie sich in der Nähe von Carlinville befinden. Der erste Hinweis erscheint wie ein Phantom in den Strahlen ihrer Taschenlampen: Ein dünner Vorhang aus Staub fällt langsam durch das silberne Licht, und Lilly hält die Hand schützend über die Augen, als sie hindurchtritt. Der Effekt der Pillen, die Bob ihr gegeben hat, ist bereits abgeklungen, und sie fühlt sich zerbrechlich und zittrig, als sie ihre Bergarbeiterlampe an die Decke richtet. Die Wurzeln vibrieren unter dem Gewicht Hunderter, vielleicht Tausender schlurfender Füße.

»Oh, Kacke«, flüstert sie und spürt, wie das Gefühl des drohenden Untergangs ihr die Gedärme zuschnürt.

Die anderen schließen zu ihr auf, und Bob richtet seine Taschenlampe auf den umherwirbelnden Staub. »Sieht ganz so aus, als ob die siebzehnte Infanterie da oben marschiert.« Er atmet entnervt aus und holt seine Karte aus der Hemdtasche. »Laut der Karte sind wir direkt im Zentrum von Carlinville.« Er wirft Lilly einen Blick zu. »Ich muss zugeben, dass ich gehofft hatte, dass diese gottverdammten Geschöpfe sich mittlerweile endlich verzogen haben.«

Lilly zieht eine ihrer Ruger-Pistolen, überprüft das Magazin und steckt die Waffe zurück in ihr Holster. »Sobald wir an die Oberfläche gelangen, will ich, dass alle Waffen entsichert sind und ihr aufeinander aufpasst!«

»Wir können noch weiter, wir müssen noch gar nicht hoch!«, ruft Reese aus den Schatten weiter vorn. Dort, wo er steht, sammelt sich das Wasser auf dem Tunnelboden. »Ich habe noch einen Orientierungspunkt gefunden!«

Der Rest der Rettungsmannschaft gesellt sich zu ihm. Sie überprüfen ihre Waffen und müssen dabei durch das glitschige, abgestandene Wasser waten. Vor ihnen, im Flackern der Lichtkegel, kommt Reese Lee Hawthorne in Sicht, der neben einer alten Leiter aus Eisen steht, die in die Wand zementiert ist.

»Was ist los?«, fragt Lilly ihn, als sie erneut ihre Ruger zieht und die Taschenlampe neben den Lauf hält. Dann richtet sie den Strahl auf die Treppe, die Stufen empor und sieht schließlich ein rundes Objekt in der Decke.

Reese erklärt: »Das hier muss das Einstiegsloch an der Ecke von Maple und Eighteenth Street sein.«

Lilly starrt ihn an, und die anderen versammeln sich um sie, während sie Magazine in ihre Waffen schieben und sie dann entsichern. »Wie zentral ist das?«

»Sehr. Das Zentrum von Carlinville ist nur einen Häuserblock entfernt.« Reese holt tief Luft. In der Finsternis glänzt sein schlankes, ausgemergeltes Gesicht vor Angstschweiß.

»Und wo ist die Kirche, in der Ihre Gemeinde steckt? Das war doch eine Kirche, oder?«

Ein kurzes Nicken. »Ja, Ma'am … Die ist auf der anderen Straßenseite.«

»Wie weit?«

Reese kaut auf seiner Unterlippe und überlegt eine Weile. Plötzlich rieselt eine dünne Staubschicht auf sie herab, und der Boden vibriert unter ihren Füßen. Reese schluckt. »Von dem Einstiegsloch? Ich bin mir nicht ganz sicher. Ich glaube, die Kirche ist genau gegenüber, ein kleines Gotteshaus aus Holz mit einem weißen Zaun drum herum.«

»Okay, dann sperrt mal alle eure Ohren auf.« Lilly wendet sich an die anderen, die sich jetzt um sie drängen. Ihre Augen leuchten vor Adrenalin sogar in den Schatten auf. »Wer hat die AR-15? Ben? Gut, wir beide gehen zuerst an die Oberfläche, einer nach dem anderen. Dann kommt Reese, der uns sagt, wohin wir müssen.«

»Gut, verstanden«, sagt Ben Buchholz nervös und umklammert seine Waffe so fest, dass seine Knöchel weiß werden. Sein Machogehabe und hartes Auftreten ist auf einmal wie weggeblasen, hat sich einfach in Luft aufgelöst. Jetzt ähnelt er eher einem kleinen Jungen, der im Körper eines großmäuligen Rednecks steckt. »Ich bin bereit. Du musst nur Bescheid sagen.«

»Verballert eure Munition nicht unnötig.« Sie blickt jedem einzelnen Teammitglied in die Augen. »Benutzt wenn möglich eure Messer. Das gilt übrigens für alle.«

Jeder in der Runde nickt und zieht sich die Rucksackriemen stramm und den Gürtel enger. Ihre Gesichter glänzen vor Anspannung, als sie ihre Messer, Macheten und Spitzhacken hervorholen.

Lilly dreht sich wieder Reese zu. »Und da warten dreizehn Überlebende auf uns, richtig?«

Reese nickt.

Lilly grübelt nach. »Was haben Sie gesagt – sechs Männer und sieben Frauen?«

»Genau andersherum.«

»Okay. Es ist Eile geboten«, sagt sie, als sie auf die Leiter zugeht. Einige der Taschenlampen werden ausgeschaltet. Der Tunnel scheint jetzt wesentlich finsterer, bedrohlicher.

Sie nimmt ihren Bergarbeiterhelm ab und wirft ihn zu Boden. »Rein und wieder raus. Schnell und sauber. Das ist die einzige Art und Weise, wie wir der Horde entkommen können. Die Kirche finden, die Leute herausholen und so schnell wie möglich zurück in den Tunnel. Nicht mehr, nicht weniger.« Sie wendet sich Speed zu. »Glaubst du, dass du den Deckel aufkriegst?«

»Werde mein Bestes geben, Lilly.« Speed geht zur Leiter, klettert die Stufen hinauf, entfernt die Wurzeln und das Unkraut, atmet Staub ein, hustet, holt das Brecheisen hervor und stochert an den verrosteten Kanten des Einstiegslochs herum. »Vorsicht da unten«, warnt er.

»Lass den Deckel bloß nicht runterkrachen!«, ruft Lilly ihm zu. »Halt ihn einfach, sobald er sich bewegt. Ben und ich kommen dann hoch.«

»Alles klar.«

Nach einer Minute härtester Anstrengung, die Lilly wie eine halbe Ewigkeit vorkommt, gibt der Deckel endlich ein unhcimliches Geräusch von sich, und Speed hält ihn ächzend und schnaufend fest. »Okay, Lilly. Ich habe ihn.« Er blickt zu ihnen hinunter. »Ihr könnt hochkommen.«

Lilly klettert die Stufen hinauf, bis sie neben Speed steht. Dann folgt Ben und hält wenige Zentimeter unterhalb von Lillys Füßen an. Der Rest der Rettungsmannschaft versammelt sich am Fuß der Stufen und wappnet sich für das, was ihr bevorsteht.

Lilly blickt zu ihnen hinab. »Auf mein Zeichen. Seid ihr bereit?«

Alle nicken. Ihre Augen leuchten nervös, und sie schlucken angespannt.

Lilly holt tief Luft und schaut nach oben. »Wir können nur hoffen, dass sie nicht so dicht stehen«, murmelt sie beinahe lautlos, eher zu sich selbst als zu den anderen. »Alles klar, es geht los!« Sie schluckt ihre Nervosität hinunter. »Macht euch bereit!« Noch einmal tief Luft holen. »JETZT!«

Sie schiebt den Deckel beiseite, und das Tageslicht fällt in den Tunnel.

Lilly klettert an die Oberfläche, und der Anblick verschlägt ihr den Atem.

Die Zeit steht still für Lilly, als sie sich plötzlich mitten in einem Schwarm von Beißern befindet, der so dicht gestaffelt ist, dass allein der Gestank sie würgen lässt – sie stehen derart eng beieinander, dass sie ineinander überzugehen, zu verschmelzen scheinen und Lilly sie nicht mehr auseinanderhalten kann. Sie sieht sich einem Nebel aus schwarzen Gesichtern, gelben Zähnen und leuchtenden Augen gegenüber, und aus dem Stöhnen, Sabbern, Geifern und Schnappen entsteht eine höllische Symphonie. Innerhalb des Bruchteils einer Sekunde hat Lilly ihre Ruger gezückt und ist schussbereit. Aber während dieser kurzen Zeit, in der die Synapsen lediglich einmal in ihrem Gehirn feuern, bemerkt sie eine ganze Reihe von Tatsachen.

Inmitten der umherwimmelnden Menge Untoter erhascht sie einen flüchtigen Blick auf die winzige Kirche auf der anderen Straßenseite zwei Häuser weiter. Die Fenster sind mit Brettern verschlagen, und der Eingang ist mit Balken versperrt. Es sind vielleicht dreißig Meter, aber die Entfernung ist schwer einzuschätzen. Das Gebäude, ganz im ländlichen Stil mit Schindeln und einem wettergegerbten, weiß getünchten Kreuz, das sich gegen den kornblumenblauen Himmel abhebt, steht zwischen einem verbarrikadierten Friseurladen und einem heruntergekommenen Kinderspielplatz. Es ist zu weit, um zu sagen, wie lange es bis dorthin dauern würde, aber Lilly hat jetzt keine Zeit, um sämtliche Möglichkeiten abzuwägen oder die Mission vorzeitig abzublasen. Sie kann nicht einmal Luft holen, denn krallenartige Hände haben sich bereits in ihren Ärmeln, dem linken Hosenbein ihrer Jeans und dem Zipfel ihres Jeanshemds verfangen. Sie hebt ihre Ruger-.22er-Pistolen und drückt ab.

Die ersten sechs Schüsse, jeweils drei in rascher Reihenfolge, sind so laut, dass Lillys linkes Trommelfell platzt. Die Kugeln werfen die Kreaturen, die am meisten auf sie eindrängen, in einer Explosion aus Gehirngewebe und verwesenden Gesichtsteilen, zurück.

»BLEIBT IM TUNNEL!«, brüllt sie Ben und den anderen zu. »ES SIND ZU VIELE! KOMMT NICHT HOCH!«

Sie drückt erneut ab, zielt auf die nächste Welle von Beißern, die sich bereits auf sie stürzt – drei große Männer in kaputten Tarnhosen und Jagdwesten und eine schlaksige Frau in einem zerfledderten Krankenhaushemd. Die Patronen bohren sich in ihre Schädel, sodass sich ein Blutnebel in der klaren Luft über der Horde ausbreitet. Die vierte Kugel vergräbt sich direkt zwischen den Augen der Frau, sodass ihr Kopf in einer Wolke aus giftigen Gasen explodiert.

Zur gleichen Zeit schiebt Lilly den Deckel mit ihrem Fuß über die Öffnung, und die metallene Scheibe kracht mit einem dumpfen, scheppernden Geräusch zurück in ihre Ausgangsposition. Das Letzte, was sie in der Dunkelheit unter sich sieht, ehe der Tunnel verschlossen ist, ist Bens von Grauen gepacktes Gesicht. Er blickt blass und angespannt zu ihr auf. Seine Lippen bewegen sich, aber es kommt kein Ton aus seinem Mund. Seine Augen glühen vor Entsetzen.

Dann macht Lilly sich auf, will auf die Straße sprinten. Sie neigt sich zur Seite und rammt mit ganzer Kraft ein halbes Dutzend Beißer, sodass sie wie Bowlingkegel umfallen. Der Gestank ist unvorstellbar – ein Gifthauch aus menschlicher Galle, die langsam in Scheiße gegart wird –, und er raubt Lilly den Rest ihres Atems. Jetzt drängen so viele auf sie ein, dass sie wie Dominos umpurzeln, als Lilly sich einen Weg Richtung Kirche bahnt und immer wieder abdrückt. Ihre Ohren klingeln, die Augen tränen vor Panik.

Die Schüsse sind nicht mehr so gezielt – einige verfehlen ihren Bestimmungsort völlig und verpuffen in der Luft, während andere sich in toten Schultern und Hälsen vergraben, die Schädel aber intakt lassen. Mit neun Patronen in jeder Pistole – acht in jedem Magazin plus einer im Lauf – dauert es nicht lange, ehe sie alle Kugeln verschossen hat. Als sie das leere, impotente Klicken ihrer Waffen vernimmt, hat sie jedoch erst die Hälfte des Wegs zurückgelegt.

Sie sieht die Kirche durch die umfallenden und torkelnden Beißer. Es sind vielleicht noch zehn, fünfzehn Meter. Der verbarrikadierte Eingang steht einen Spalt weit offen. Dahinter kann sie ein Gesicht ausmachen – es handelt sich um einen Mann mittleren Alters. Er ist weiß, mit silberblonden Haaren, trägt einen besudelten Anzug und winkt und ruft ihr zu, aber Lilly kann ihn nicht verstehen.

Mehr Beißer drängen sich um sie, und sie hat keine Zeit, um nachzuladen. Also steckt sie ihre Pistolen zurück in die Holster um ihre Hüften und greift nach ihrer Klappschaufel, die in einer Tasche mit Reißverschluss in ihrem

Rucksack steckt, und es dauert eine gefühlte Ewigkeit, bis sie das Werkzeug endlich in der Hand hält. Sie holt aus, als ein verfaulter, knochendürrer Mann sich auf ihren Hals stürzt. Die scharfe Kante der Schaufel bohrt sich in die Schläfe ihres Angreifers, sodass sein Hirngewebe herausspritzt, ehe er zu Boden geht. Es folgt eine weitere Welle von Untoten, aber Lilly zögert nicht, sondern holt unentwegt weiter aus und lässt die Schaufel auf die Kreaturen niederfahren, während sie sich zielbewusst auf das weiße Gebäude zubewegt.

Sie erlegt ein weiteres halbes Dutzend Beißer; jetzt sind es nur noch acht Meter zur Kirche, als sie den silberblonden Mann in dem verdreckten dunkelgrauen Anzug mit einem großen silbernen Kreuz in den Händen aus der Tür rennen sieht. Das Kreuz ist so groß wie eine kleine Axt und schimmert im Sonnenlicht, als der Mann damit auf die Beißer vor der Kirche eindrischt. »HIER ENTLANG, SCHWESTER!«, ruft er Lilly zu. »SIE HABEN ES BEINAHE GESCHAFFT!«

Er vergräbt das Kreuz in der Stirn einer älteren Frau, als Lilly einen letzten verzweifelten Versuch startet, die Kirche heil zu erreichen.

»LOS, SCHWESTER – BEINAHE GESCHAFFT!«

Wenige Minuten zuvor, als der Deckel mit einem Krachen den Zugang zur Außenwelt verschloss und das Geräusch im Tunnel widerhallte, war es Bob, der ein wenig die Fassung verlor.

»Scheiße! Fuck! NEIN! NEINNEINNEINNEINNEIN-NEINNEINNEIN!« Er eilt zu den Stufen, und der Schein seiner Bergarbeiterlampe tanzt in der Finsternis auf und ab. »WAS ZUM TEUFEL SOLL DENN DAS?«

Ben springt von der Leiter und landet hart auf dem Boden. Er ist außer Atem und ein wenig verwirrt. »Sie … Sie hat gesagt … Ich soll … Sie hat mir gesagt, dass ich nicht hochkommen soll.«

»Wer zum Henker hat den Deckel wieder zugezogen?«

»Das war sie, Bob! Bleibt im Tunnel, hat sie gerufen!« Ben wischt sich den Mund mit dem Handrücken ab. Seine Augen sind vor Grauen ganz feucht. »Es ging alles so schnell.«

»SCHEISSE! SCHEISSE! SCHEISSE!« Bob zieht seine .357er aus dem Hüftholster und klettert die Stufen hoch. Die Pistole liegt ungewohnt in seiner Hand – es ist ein neueres Modell, mit dem er noch nicht vertraut ist, der Nachfolger derjenigen Waffe, die Calvin in der Schlacht verloren hat. »Ich hol sie verdammt nochmal da raus! Wir können sie doch nicht einfach sterben lassen!«

Bob hat die Hälfte der Leiter erklommen, als Speed ihn am Bein festhält und ihn zurückzieht. »Pops, warte!« Sein Griff ist so fest wie der eines Schraubstocks. »Wir gehen zusammen!« Sanft zieht er den älteren Mann von den Stufen. »Sie ist eine erwachsene Frau und kann gut mit ihren Knarren umgehen. Wir sollten alle …«

Herabrieselnder Staub unterbricht ihn, und die Vibrationen der schlurfenden Armee über ihren Köpfen dringen zu ihnen herunter.

Bob dreht sich blitzartig um und sieht den feinen Staub im Schein seiner Bergarbeiterlampe. Die Decke schwingt unter dem Druck der unzähligen Monster über ihren Köpfen. All die Beißer, von denen es in den Straßen dieser todgeweihten kleinen Stadt nur so wimmelt, bringen Bob auf eine Idee. Erneut fällt ein Schleier feinen Staubs zu seiner

Rechten hinab, dann zu seiner Linken. »Wartet mal, *wartet!*«

»Was?« Speed wirft ihm einen fragenden Blick zu, als die anderen sich um ihn scharen.

»Ich habe etwas Besseres parat.« Bob schnipst mit seinen knochigen Fingern und sucht den Boden ab. »Los, sucht alle nach etwas, mit dem wir ein Loch in die Decke schlagen können.«

Lilly erreicht den Kircheneingang im letzten Moment. Eine Reihe gieriger, heißhungriger Untoter ist ihr direkt auf den Fersen, und sie streckt die Arme Richtung Tür aus. Der Mann unter dem Rahmen macht einen Schritt auf sie zu und streckt ihr ebenfalls die Arme entgegen.

Ihre Hände ergreifen einander, und der Mann zieht Lilly sanft, aber kraftvoll zu sich.

Lilly stolpert durch den Kircheneingang in das armselige, verwahrloste Vestibül, das von einer flackernden Paraffinlampe erhellt wird. Die Luft stinkt nach altem Schweiß und Fäulnis. Der Mann im grauen Anzug zieht die äußeren Doppeltüren rasch hinter sich zu – gerade noch rechtzeitig, um den nahenden Schwarm draußen zu halten.

»Ist Ihnen etwas passiert, Fräulein?« Der Mann dreht sich zu Lilly um, die mit den Händen auf den Knien vornüber gebeugt nach Luft ringt.

»Ist sie gebissen worden?«

Die Stimme ertönt von der gegenüberliegenden Seite des Vorraums und stammt von einer korpulenten Frau in einem befleckten Braves-T-Shirt, Caprihose und hohen Sandaletten, die durch die Tür zum Kirchenschiff lugt. Hinter ihr stehen weitere Menschen, drängen sich voller

Neugier in die Tür – dreckige, verfolgte Gesichter in den Schatten eines dem Schicksal überlassenen Zufluchtsorts.

»Immer mit der Ruhe, Schwester Rose«, antwortet der Mann im Anzug und steckt das riesige Kreuz in eine extra dafür vorgesehene Halterung an seinem Gürtel, als ob es ein Säbel oder ein Morgenstern aus dem Mittelalter ist. »Bringt unserer Schwester erst einmal etwas Wasser.«

»Es geht mir gut, danke.« Lilly saugt endlich Luft in ihre Lungen und schaut sich in dem vollgestopften Vorraum um. In ihrem linken Ohr klingelt es noch immer unheilvoll. Gesangsbücher, Müll und Blutflecken bedecken den Boden. Die Wände – an ihnen hingen einmal Informationstafeln mit den Daten vom nächsten Kuchenbasar – sind jetzt mit Einschlagslöchern von Kugeln und Rohrschachmustern aus getrocknetem Blut so schwarz wie Farbe übersät. »Soweit ich weiß, hat mich keiner von denen erwischt.« Lilly blickt den Mann ihr gegenüber an. »Vielen Dank, dass Sie mir geholfen haben.«

Der Mann verbeugt sich kurz galant vor ihr und schenkt ihr ein Lächeln. »Gern geschehen.«

Im Licht der Paraffinlampe kann sie ihn genauer mustern. Er ist in seinen Vierzigern, vielleicht etwas jünger, und hat ein jungenhaftes Gesicht, das langsam anfängt, um die Augen herum zu altern. Mit seinem kantigen Kinn, den klaren blauen Augen und dem unwirschen graumelierten Haarschopf könnte man glauben, einem ehemaligen Kinderdarsteller gegenüberzustehen, den harte Zeiten eingeholt haben. Sein Anzug ist abgetragen und glänzt am Hosenboden und an den Schultern. Aber sein Auftreten – seine Clipkrawatte liegt noch immer eng an seinem Hals, wenngleich sie auch voller Blutspritzer und Dreck ist –

deutet auf einen geborenen Anführer hin, auf einen Mann, mit dem man immer rechnen kann.

Lilly reicht ihm die Hand. »Ich bin Lilly Caul.« Sie lächelt ihn an. »Pfarrer Jeremiah, nehme ich an?«

Sein Lächeln verebbt ein wenig. Er kneift die Augen zusammen und neigt sein markantes Gesicht zur Seite, sichtlich überrascht von der Tatsache, dass sie seinen Namen kennt.

Dreizehn

Es nimmt wertvolle Zeit in Anspruch, ehe Bob und der Rest der Rettungsmannschaft eine passende Stelle gefunden haben, durch die sie ein Loch zur Oberfläche schlagen können. Sie wünschen, dass es schneller gegangen wäre – schließlich können sie nicht ahnen, wie es Lilly inmitten der Horde von Beißern über ihren Köpfen ergeht und ob sie es bis zur Kirche geschafft hat –, aber sie müssen proaktiv handeln, und keiner von ihnen hat einen besseren Plan. Nach einer Reihe von hastigen Berechnungen, Rücksprachen mit Reese und prüfenden Blicken auf die Karte wählt Bob einen Ort ungefähr hundertfünfzig Meter in der Richtung, aus der sie gekommen sind. Sie gehen um eine Biegung und kommen zu einem Stück Decke, von dem unzählige Stalaktiten hängen. Sie sollten jetzt in etwa hundert Meter vom Zentrum der Herde entfernt sein. Das gibt ihnen viel Platz, aber sie sind immer noch nah genug, um die Aufmerksamkeit der Meute auf sich lenken zu können.

Sie benutzen die quadratische Schaufel, die Matthew im Gepäck hat, und Speed – der Stärkste der Truppe – macht sich an die Arbeit. Der ehemalige Abwehrspieler wiegt knappe zwei Zentner, und Matthew und Ben müssen sich auf Arme und Beine knien, Ellenbogen an Ellenbogen, sodass Speed sie als Gerüst benutzen kann. Die Arbeit geht rasch voran, und die Kommunikation beschränkt sich auf einige wenige Worte – Bob redet am meisten –, als Speed auf die beiden klettert und ein Loch in die Decke gräbt. Seine AR-15 hängt ihm von der Schulter.

»Woher sollen wir denn wissen, dass direkt über uns kein Bürgersteig ist?«, will Ben in Erfahrung bringen, noch immer auf dem Boden kniend. Seine Stimme klingt angestrengt, da das ganze Gewicht von Speeds Springerstiefeln zwischen seinen Schulterblättern ruht. »Woher wollt ihr wissen, dass er bis an die Oberfläche kommt?«

»Das wird sich zeigen«, raunt Bob und dreht sich zu David um. »Kannst du bitte in meinem Rucksack nachschauen, ob ich den Zahnspiegel dabei habe, den wir aus der Apotheke haben mitgehen lassen?«

Während sie unten planen, gräbt Speed unentwegt weiter. Jeder Stich ist mit einem lauten, knirschenden Geräusch verbunden, wie ein Trommelschlag, und bei jedem Mal fällt mehr Erde hinunter in die Finsternis. Der harte Lehm Georgias gibt kaum nach, aber Speed legt sich mit all seinen Muskeln ins Zeug.

Einige Meter entfernt steht Reese in der Dunkelheit und kaut auf den Fingernägeln.

In Bobs Kopf tickt eine unsichtbare Stoppuhr, während er wartet, bis Speed endlich zur Oberfläche durchdringt. Mittlerweile ist es zwei Minuten her, dass Lilly durch das Einstiegsloch verschwunden ist. Ganz alleine und völlig exponiert hat sie sich durch die unzähligen Untoten kämpfen müssen. Die Schüsse haben aufgehört. Eine gute Nachricht, wenn sie es bis zur Kirche geschafft hat; sehr, sehr schlechte Nachrichten, wenn ihr die Munition inmitten der Horde ausgegangen ist. Bobs Herz beginnt bei dem Gedanken heftig zu pochen.

»Whoa!« Speed springt zurück, als ein riesiger Klumpen Erde auf Matthews und Bens Rücken kracht. Tageslicht strömt in den Tunnel – ein gleißender gelber Nimbus –, diffus von all dem Staub. Der Gestank der Beißer folgt sogleich, als ob jemand den Deckel von einer alten Mülltonne genommen hat. »Wir sind durch! Wir sind durch!«

Bob kommt näher. »Okay. Jetzt gib ein paar Schüsse ab. Schön langsam, einen nach dem anderen. Achte aber darauf, nicht verschwenderisch zu sein. Nur genug, dass sie auf uns aufmerksam werden.«

»Schon gut. Wird gemacht.« Speed wirft die Schaufel beiseite, ergreift seine AR-15 und richtet sie auf das Loch in der Decke. Er steckt den Lauf hindurch. »Aufgepasst, es geht los!«

Der Krach des Maschinengewehrs entfacht ein unglaubliches Lärminferno, und das Mündungsfeuer taucht den finsteren Tunnel in grelles Licht.

Reese und David halten sich die Ohren zu, während Bob noch immer umherzappelt. Die beiden Männer auf dem Boden schreien einander an, aber niemand kann sie verstehen. Endlich, nach der dritten Salve, wirft Speed das Magazin aus. Das metallene Gehäuse fällt direkt auf Bens Rücken. »Aua! Verdammt nochmal, kannst du nicht aufpassen?«

»Tut mir leid … Achtung, ich komme jetzt wieder runter.«

Etwas tollpatschig springt er von den vor Anstrengung zitternden Rücken unter ihm und schiebt dann ein neues Magazin in seine Waffe.

»Können wir jetzt endlich wieder aufstehen?« Ben ist der Geduldsfaden gerissen, und in seiner Stimme klingt unverkennbar pure Wut mit.

»Nein, bleibt noch ein wenig dort unten«, befiehlt Bob und blickt die anderen an. »Jetzt alle zusammen. Macht einen Höllenlärm!«

Bob beginnt direkt unter dem Loch zu poltern, zu schreien und zu jaulen, und die anderen folgen seinem Beispiel. Bald schon ist der Tunnel von ihrem Lärm erfüllt, der von den uralten Wänden widerhallt – wie eine Party in vollem Lauf, ein unangemessenes Affenspektakel in einem grimmigen, gruftartigen Umfeld. Endlich hebt Bob eine Hand, und das Getöse hört abrupt auf. »Okay, ich schau mal nach.«

Er klettert auf Ben und Matthew und sieht, dass das Loch größer ist, als er von unten angenommen hat – ungefähr so groß wie eine Radkappe. Vorsichtig schiebt er den Zahnarztspiegel ins Tageslicht und winkelt ihn so, dass er die Straße sehen kann.

Und was er in dem winzigen Spiegel sieht, lässt ihn beinahe vor Schreck erstarren.

Es ist wie ein kleiner Vorgeschmack der Hölle auf Erden.

»Bruder Jeremiah! So sehen Sie doch! Schauen Sie, was dort draußen passiert!«, ruft die dicke Frau in ihrer Caprihose, als sie durch den schmalen Spalt eines mit Brettern verschlagenen Fensters lugt.

Der Rest der Menschen im Kirchenschiff – sie sind noch fassungslos von den Schüssen eines Maschinengewehrs vor wenigen Sekunden – hören augenblicklich auf zu reden und sehen zu, wie der Pfarrer zum Fenster eilt.

Er blickt auf die Straße und sieht, wovon die Frau spricht. Er erstarrt, tritt dann einen Schritt zurück, dreht sich um und blickt Lilly in die Augen. Dann macht er etwas, was sie nicht nur fasziniert, sondern für immer in ihrem Gedächtnis bleiben und sie bis ans Ende ihrer Tage verfolgen wird: Der Mann rückt seine Clipkrawatte zurecht. Er tut dies, als ob er gleich an das Rednerpult treten und einen Gottesdienst halten würde. Es dauert lediglich einen Bruchteil einer Sekunde, und Lilly hätte es verpasst, wenn sie geblinzelt hätte. Aber die Bewegung ist derart unerwartet, ja anachronistisch, dass sie sich in ihr Gehirn brennt. Dann sagt Jeremiah: »Wir haben nicht viel Zeit. Ihre Freunde haben die Horde von der Kirche weggelockt.«

Lilly blickt ihn an. »Ist der Weg zum Kanaldeckel auf der anderen Straßenseite frei?«

»Ja, das ist er.« Er dreht sich zu seiner Gemeinde um. »Nehmt alles mit, was ihr tragen könnt. Der Herr und diese guten Menschen haben uns eine zweite Chance gegeben – beeilt euch, schnappt euch die nötigsten Sachen, und lasst den Rest hier.«

Das müssen sich die Überlebenden nicht zweimal sagen lassen, und sie reißen Taschen auf, werfen unnützes Zeug auf den Boden: Make-up-Spiegelchen, Ersatzschuhe, Taschenbücher, Schlüssel und Tassen fliegen auf das Parkett. Lilly schaut ihnen zu, wie hypnotisiert von der Dynamik, die zwischen dem Pfarrer und seiner Gemeinde besteht. Die sieben Männer und sechs Frauen – alle Altersgruppen und Größen sind vertreten – befolgen seine Anweisungen mit einer Gehorsamkeit, die sonst nur in Kindergärten an den Tag gelegt wird. Und das, obwohl die Gemeinde aus einem bunt zusammengewürfelten Haufen von ehemaligen Hausfrauen, Tagelöhnern, Matronen und alten Käuzen aus den dunkelsten Ecken der Südstaaten besteht.

Zusätzlich zu der fülligen Frau in der Caprihose namens Rose haben die anderen es ebenfalls geschafft, sich rasch vorzustellen, und jetzt schwimmt Lillys Gehirn vor Namen, Geburtsorten und Geschichten, wie Pfarrer Jeremiah ihnen das Leben gerettet hat. Komischerweise hatte der Pfarrer mehr Fragen an sie als sie an ihn. Er wollte von ihr wissen, was für eine Art Gemeinde sie in Woodbury aufbauen will, welche Ressourcen ihr zur Verfügung stehen und, was das Wichtigste überhaupt ist, warum sie den langen Weg auf sich genommen hat, nur um ihm und seinen Leuten zu helfen. Heutzutage sind die Menschen vorsichtig geworden und begeben sich nicht blind in die Gesellschaft des ersten hergelaufenen Typen. Das gilt natürlich auch für Lilly. Seit dem ersten Augenblick an mustert sie den Pfarrer und seine Schäfchen, studiert ihre Mienen, wägt ihr Händeschütteln ab und schätzt die Blicke in ihren Augen ein.

Im Großen und Ganzen scheinen diese Menschen normal, wenn auch müde von den Erlebnissen und traumatisiert von erlittenen Verlusten zu sein.

Als Lilly Schatten und Geräusche aus einem Nebenzimmer des Altarbereichs bemerkt, fragt sie Pfarrer Jeremiah, was das wohl sein könnte. Nachdem alle das Haupt senken, reibt sich Jeremiah traurig die Augen und erwidert dann leise: »Das sind die weniger Glücklichen unserer Gemeinde, die … die den Biestern zum Opfer gefallen sind.« Lilly lugt um die Ecke der Türöffnung und erhascht einen Blick von zwei Männern und einer Frau, die mit behelfsmäßigen Fesseln aus Ketten und Kabeln um den Hals an die Wand gebunden sind. Ihre milchigen Augen starren auf das Nichts vor ihnen, und ihre Mäuler schnappen wild in der Luft herum.

Jetzt weist Lilly alle Bedenken von sich, als sie durch das Nebenzimmer auf die Fenster zuläuft und mit eigenen Augen sieht, wie sich die Kreuzung der schmalen Straßen langsam leert, als ob jemand eine Zombiepfeife hätte und sie so von der Kirche weglocken würde. Nur noch wenige Sekunden, und die Straße ist komplett leer. Lilly zieht ihre Pistolen nacheinander aus ihren Holstern, überprüft die Magazine, als ob sie sich durch irgendeinen Zauber von selbst wieder geladen hätten. Dann wirft sie die leeren aus und ersetzt sie durch neue, ehe sie die Ruger-Pistolen wieder in den Holstern verstaut.

Jeremiah gesellt sich zu ihr. »Ach, Schwester Lilly, wir haben nur wenige Waffen.« Hastig winkt er zwei Männer zu sich. »Das hier ist Bruder Stephen«, sagt er und gestikuliert einen schlaksigen jungen Mann Mitte zwanzig mit einem ausgefransten kurzärmligen Hemd, einer Fliege und einer schwarzen Hose zu sich. Er gleicht einem heruntergekommenen Mormonen, der an zu vielen Türen geklopft hat. Aber er hält eine Pumpgun in der Hand und nickt Lilly zu.

»Das ist eine Mossberg, Ma'am, geladen mit Schrot«, meint er, als ob das alles erklären würde. »Sie ist nicht so fürchterlich genau, richtet aber auf kurze Distanz einen ganz schönen Schaden an.«

Lilly nickt nervös. »Okay, dann sind Sie mit an der Spitze der Gruppe.«

»Wir haben noch eine Waffe«, verkündet der Pfarrer und wendet sich an einen weiteren Mann – älter, wettergegerbt, mit einer Caterpillar-Baseballkappe auf dem Kopf und Kautabak im Mund –, der sich Lilly bereits als reisender Bibelverkäufer vorgestellt hat. »Mit Anthony haben Sie ja bereits Bekanntschaft gemacht.«

Der ältere Mann hebt einen uralten Revolver in die Luft, dessen alter blauer Stahl bereits ergraut ist. »Sieht zwar nicht nach viel aus, aber er hat meinem Vater in Korea und siebenundvierzig Jahre lang im Eisenwarenladen den Rücken freigehalten.«

»Okay, okay. Sehr gut … Hoffen wir mal, dass wir weder die eine noch die andere Waffe tatsächlich benutzen müssen.« Sie blickt die beiden Männer an. »Verstehen Sie, was ich damit sagen will? Es ist wirklich sehr wichtig, dass Sie nur dann schießen, wenn uns keine andere Option mehr übrig bleibt.«

Die Männer nicken, und Pfarrer Jeremiah schaut sie streng an. »Ihr Jungs hört dieser Frau genau zu, und gehorcht ihr aufs Wort. Verstanden?« Dann dreht er sich zum Rest der Gruppe um. »Und das gilt im Übrigen für alle hier. Mit der Hilfe des Herrn wird diese Frau hier unsere Leben retten.«

Mittlerweile sind sämtliche lebensnotwendigen Sachen in Taschen gepackt, und die Gemeinde hat sich im Vorraum versammelt. Lilly kann den alten Schweiß riechen, der unter ihren völlig verdreckten Kleidern an die Luft dringt. Unterernährung und der stete Schrecken haben deutliche Spuren in ihren Gesichtern zurückgelassen. Pfarrer Jeremiah fummelt erneut zwanghaft an seiner Clipkrawatte herum, als er sich zu Lilly dreht und ihr in die Augen blickt. »Und wo soll ich hin, Fräulein?«

»Haben Sie etwas dagegen, die Nachhut zu bilden?«

»Selbstverständlich nicht.« Er legt eine Hand auf das gigantische Kreuz an seinem Gürtel, das so groß wie ein Baseballschläger ist. Als Lilly es sich genauer anschaut, bemerkt sie, dass es an dem Ende, an dem die Füße Jesu an das Kreuz genagelt sind, scharf geschliffen wurde – vielleicht an einem Wetz- oder einem Schleifstein. »Sollten wir auf einen herumstreunenden Untoten treffen«, meint Jeremiah erschöpft und ohne Freude, »werde ich ihn mit dem alten, robusten Kreuz beiseiteschaffen, ohne viel Aufhebens zu machen.«

»Sehr gut.« Sie wirft einen letzten Blick durch die Spalte des verschlagenen Fensters. Die Kreuzung hat sich jetzt komplett geleert, lediglich ein wenig Müll liegt noch auf den Straßen. Der Kanaldeckel ist klar sichtbar circa dreißig Meter von ihnen entfernt. »Also gut, hören Sie mir bitte zu. Auf mein Signal möchte ich, dass Sie alle rasch losgehen – bitte nicht rennen – und sich so leise und schnell wie möglich auf den Kanaldeckel zubewegen.« Sie wirft einen Blick über die Schulter und mustert die zusammengekniffenen, fiebrigen und entsetzten Grimassen. »Das schaffen Sie schon, dessen bin ich mir sicher«, fügt sie ermutigend hinzu.

»Hört auf die Worte dieser Frau«, drängt Jeremiah. »Gott ist mit uns, Brüder und Schwestern. Ja, lasst uns durch das Tal wandern … Unser Herr und Erlöser wandert mit uns.«

Die Gemeinde erwidert mit *Amen*.

Lilly fummelt nervös an ihren Pistolen herum und schaut Bruder Stephen an, der seine Pumpgun umklammert, als wäre sie die Reißleine eines Fallschirms. »Stephen … Auf drei. Ich will, dass Sie die Tür so leise wie möglich öffnen. Verstanden?«

Er nickt eifrig.

»Eins, zwei … *drei!*«

Die Geräusche ihrer Schritte – fünfzehn Paar Füße, die dreißig Meter über die Straße stapfen, ein jeder ächzend und keuchend unter der Last seiner Tasche – wären normalerweise laut genug, um die Aufmerksamkeit eines jeden Beißers oder Menschen in einem Umkreis von einem Kilometer auf sich zu ziehen. Jetzt aber wird der Lärm der Gruppe von dem Stöhnen und Knurren der Horde übertönt, obwohl sie bereits einen Häuserblock entfernt ist. Sie scheinen sich vor einem Loch in der Straße versammelt zu haben, aus dem dröhnender Lärm kommt. Lilly läuft an die Spitze der Gruppe, die Augen stets auf das Einstiegsloch gerichtet. Je näher sie kommt, desto sicherer ist sie sich, dass es sich bewegt – wie ein riesiger Flaschenverschluss, der sich öffnet. Auf einer Seite hebt der Deckel sich bereits, und der Spalt wird immer größer, bis ein Gesicht aus dem tiefen Schatten darunter auftaucht.

»Aufgepasst!« Bob steckt seine ledrige Miene aus dem Schacht, und seine Gesichtszüge werden von dem Schein seiner Taschenlampe hervorgehoben. »Nachzügler! Hinter dir!«

Lilly hat den Kanaldeckel erreicht und wirft einen Blick zurück, um Pfarrer Jeremiah zu sehen, der mit seinem heiligen Prügel auf die düstere Gestalt hinter sich losgeht. Die große Frau in zerfetzter Latzhose will sich gerade auf ihn stürzen, als die spitze, extra geschärfte Kante des Erlösers sich in ihre Schläfe gräbt und einen Großteil ihres Schädels und das verweste Hirn, gefolgt von Blutnebel, in großem Bogen durch die Luft fliegen lässt.

»IMMER WEITER MIT EUCH, BRÜDER UND SCHWESTERN!«, ruft der Pfarrer, als er wieder zu der Gruppe aufschließt.

Bob hat jetzt den Deckel neben das Einstiegsloch gelegt und hilft den ersten Gemeindemitgliedern – zuerst die älteren, dann die jüngeren Frauen und erst dann die Männer – die Stufen hinab in die nasskalte, finstere Sicherheit des unterirdischen Gangs. Lilly ist als Vorletzte an der Reihe, und der Pfarrer ist ihr direkt auf den Fersen. Kaum ist Jeremiah im Einstiegsloch verschwunden, zieht Bob den Deckel über sich zu. Das dumpfe metallene Geräusch hallt in der Finsternis des Tunnels wider, wird aber von dem Klingeln in Lillys linkem Ohr übertönt, als sie mit ihrem Rücken auf dem harten Boden landet und Sternchen vor Augen sieht.

Die plötzliche Finsternis und schlechte Luft sind ein Schock – sie kommt sich vor, als ob sie gerade in Wasser eingetaucht ist. Es ist so feucht und stickig hier unten, dass es sich anfühlt, als ob eine Membran über ihr Gesicht gestülpt worden ist. Sie klopft sich ab und rafft sich auf.

»Bruder Jeremiah!«, ruft Reese Lee Hawthorne, der nur wenige Meter entfernt steht, sich die Hände reibt und seinen Pfarrer, seine Vaterfigur, glückselig anstrahlt. Er versucht, cool zu bleiben, seine Tränen zu verbergen und einen männlichen Krieger Christi zu verkörpern. Er schluckt seine Emotionen hinunter und sagt: »Dem Herrn sei Dank, dass es euch allen gut geht!«

Jeremiah öffnet schon den Mund, um zu antworten, aber plötzlich verliert der junge Mann die Fassung und wirft sich dem Pfarrer voller Verzückung in die Arme. »Gott sei Dank, Gott sei Dank, Gott sei Dank … Es geht Ihnen gut«, murmelt Reese und drückt sein Gesicht gegen Jeremiahs Jackett. »Jede freie Sekunde habe ich darum gebetet, dass ihr ausharrt.«

»Mein tapferer, mutiger, junger Späher«, brummt Jeremiah. Die überschwänglichen Emotionen des jungen Mannes scheinen ihn offenbar zu verblüffen. Er steckt das große Kreuz wieder in die Schlaufe an seinem Gürtel, erwidert Reeses Umarmung und klopft dem jungen Mann auf den Rücken, mit der Zärtlichkeit eines Vaters, der einen verschollen geglaubten Sohn wiederfindet. »Das hast du gut gemacht, Reese.«

»Ich dachte, dass alles verloren ist«, jammert Reese leise in Jeremiahs Jackett.

»Ich bin noch hier, mein Sohn. Mit Gottes Gnade und der Hilfe dieser guten Menschen sind wir alle noch hier. Unsere Zeit war offensichtlich noch nicht um.«

Der Pfarrer nickt Lilly und den anderen zu, als der Rest der Glaubensgemeinde sich hinter Lilly aufstellt, sich abklopft und sein Hab und Gut überprüft. Sie sind alle noch außer Atem und nervös von der Aufregung ihrer Flucht. Einige schauen sich unsicher in dem schmalen Tunnel um, versuchen, sich an die völlig anderen Umstände unter Tage zu gewöhnen. Ihre Taschen und Rucksäcke sind bis zum Bersten voll mit Vorräten und Werkzeugen, und jetzt stehen sie jeweils zu zweit nebeneinander aufgereiht – der Tunnel ist zu schmal, als dass sie sich in einem Kreis versammeln können. Die Gruppe besteht aus einem halben Dutzend Frauen von sechzehn bis sechzig, einem Schwarzen und einer Reihe weißer Männer in verschiedenen Stadien des Aufruhrs und der körperlichen Fitness. Alle blicken zu Jeremiah und Lilly, als die beiden Anführer mit dem Selbstbewusstsein von Stammesfürsten die Überlebenden einander vorstellen. Lilly beginnt mit Bob Stookey und lobt ihn als denjenigen, der die Idee mit den Tunneln hatte.

»Freut mich, Sie kennenzulernen, Hochwürden«, begrüßt Bob den Mann im Anzug.

»Nennen Sie mich Jeremiah«, entgegnet der Pfarrer und nimmt Bobs Hand, um sie zu schütteln. Seine Augen funkeln. »Oder Bruder Jeremiah – oder einfach nur Bruder –, wie der barmherzige Samariter aus alten Zeiten.«

»Das hört sich gut an.« Bob mustert den Mann. Lilly erkennt es sofort – es ist unterschwellig, und sonst sieht es niemand inmitten der Schatten des unterirdischen Gangs. Sie weiß, dass ihr behelfsmäßiger Arzt und Mitstreiter den Mann nicht mag. Bob setzt ein Lächeln auf sein wettergegerbtes Gesicht. »Sie können mich nennen, wie Sie wollen. Alles außer Pops.« Mit diesen Worten schießt er Matthew ostentativ einen Blick zu, der zwar grinst, aber wohlweislich kein Wort von sich gibt.

Jeremiah erwidert Bobs Blick mit dem Anflug eines Lächelns, und in seinen Augen flackert etwas mit. Lilly fragt sich, ob sie so etwas wie einer chemischen Reaktion beiwohnt, die zwischen den beiden alten Löwen stattfindet.

Währenddessen – die meisten Mitglieder der Kirchengemeinde ringen noch immer nach Luft, überprüfen ihre Sachen und versuchen, sich in der neuen Umgebung zu orientieren – bleiben die entfernten Geräusche in den Schatten hundertfünfzig Meter nördlich von ihnen unbeachtet.

Zuerst sind sie so leise, dass sie kaum hörbar sind, aber wenn sie die Ohren aufsperren würden, könnten sie ein kaum vernehmliches Knacken wahrnehmen. Anfangs sind die Geräusche sehr gedämpft, wässrig und unklar – wie das Brechen eines frischen Astes –, und sie dringen ungehört, unbeachtet und unbemerkt durch die Finsternis … bis sie endlich Speeds Ohren erreichen.

Er steht in einem beinahe völlig dunklem Tunnelabschnitt fünfzehn Meter von Lilly entfernt, befindet sich dem Knacken am nächsten, das jetzt stoßweise ertönt, als ob eine widerspenstige Wurzel langsam, aber stetig nachgibt. Speed hat die letzten Minuten damit verbracht, seine restliche Munition zu zählen und die Magazine wieder aufzufüllen. Jetzt aber steht er stocksteif da und lauscht. »Hey«, flüstert er Matthew zu, der in seiner Nähe auf dem Boden kniet und auf der Suche nach etwas seinen Rucksack durchwühlt. Speed gibt sich Mühe, nicht die Fassung zu verlieren. »Kannst du das auch hören?«

»Was denn?«

»Psst ... Sperr einfach die Ohren auf.«

»Ich höre nichts.«

»Streng dich an!«

Die Geräusche werden jetzt lauter, so laut, dass einige andere – David, Ben und die mollige Frau mit der Caprihose – sich umdrehen und bestürzt ihre Köpfe neigen. Jetzt klingt es eher wie eine Yacht, die im Sturm knarzt, oder wie ein riesiger Baum, der gefällt wird, ein tiefes, herzzerreißendes Knarzen, das einem die Haare im Nacken aufstellt und eine Gänsehaut verschafft. Es wird immer lauter und lauter, bis auch die anderen es bemerken und zu reden aufhören.

Als Speed endlich die Ursache für das unerklärliche Geräusch ausmacht, ist es bereits zu spät.

Die Szene scheint in Zeitlupe abzulaufen, und Lilly ist sich nicht sicher, ob es sich tatsächlich so abspielt oder ob es an dem Schock liegt, der ihr widerfahren ist: In der Ferne, in der Finsternis, um eine Biegung im Tunnel, außer Sicht, genau dort, wo Speed mit der Schaufel ein Loch in die Decke geschlagen und die gesamte Statik des Gangs beeinträchtigt hat, beginnt der Tunnel von dem Gewicht der Horde darüber nachzugeben.

Als das grauenhafte Geräusch sich durch den Tunnel arbeitet – verwesende Leichname und Erdbrocken stürzen auf den Tunnelboden, ein so fremder Lärm, dass es sich wie unterirdischer Donner anhört –, weicht Lilly instinktiv einige Schritte zurück. Sie beißt die Zähne zusammen und greift nach ihren Waffen, obwohl sie tief im Innersten weiß – genau wie der Rest von ihnen, der ebenfalls zurückschreckt –, dass sie sich nicht verstecken, nirgendwo Rettung suchen können. Ein Mitglied der Kirchengemeinde – die korpulente Frau namens Rose – weicht ebenfalls zurück und beginnt zu jammern: »*Nein nein nein nein nein nein – neinneinneinnein …*«

Als Erstes sehen sie eine Pilzwolke aus Staub, die um die Biegung im Tunnel auf sie zukommt, mit der Wucht eines Rammbocks durch die Luft schnellt und sie mit einer Flutwelle der Finsternis zu übermannen droht. Einige Leute haben ihre Taschenlampen darauf gerichtet, und die surreale Qualität des flackernden Lichts, das vom Staub des sich auf sie zubewegenden Sturms reflektiert wird, ist schwindelerregend.

Noch hat sich niemand umgedreht, um die Flucht zu ergreifen; alle stehen noch wie angewurzelt da. Der Schrecken hat sie erstarren lassen, als sie die Konsequenzen der Staubwolke begreifen, die auf sie zurast. Der donnernde Lärm, der von hinter der dunklen Wand an ihre Ohren dringt, nimmt weiterhin zu, denn immer mehr Beißer werden in den Schacht gerissen. Lilly kann sich kaum von dem

Anblick der heranrollenden Wolke losreißen, selbst als sie droht, sie einzuholen.

Bobs Stimme reißt sie plötzlich ins Hier und Jetzt zurück: »Okay, alle Bewaffneten Richtung Wolke!«

»Bob, mit so vielen können wir es nicht aufnehmen!«, gibt Lilly zu bedenken und greift instinktiv nach ihren Pistolen. »Es sind einfach …«

»Wir haben keine andere Wahl!«

»Aber es sind zu viele!«

»Und woher willst du das wissen? Wir haben doch keine Ahnung, wie …!«

Plötzlich hält Bob inne. Auch die anderen bleiben auf der Stelle stehen, und selbst Lilly verschlägt es die Sprache; sie kann nicht anders als zu glotzen.

Es bedarf nur des Bruchteils einer Sekunde, ehe das, was sie sieht, von ihrem Großhirn registriert wird, und es vergeht eine weitere Nanosekunde, bevor diese Informationen an ihre Hirnrinde und den Rest ihres Körpers weitergegeben werden, sodass ihr Herz zu rasen beginnt, ihr Mund trocken wird und das Adrenalin mit der Wucht eines Buschfeuers durch ihre Sehnen, Muskeln und Adern schießt.

Pfarrer Jeremiah drängt sich zu Speed und Matthew vor und geht dann langsam bis zu Lilly an den Kopf der Gruppe. Er stellt sich neben ihr auf. Anfangs nimmt sie seine Stimme überhaupt nicht wahr, als er murmelt: »Und es erhob sich ein Streit im Himmel; Michael und seine Engel stritten mit dem Drachen …«

In dreißig Metern Entfernung hat sich die Staubwolke plötzlich in Luft aufgelöst, und aus ihrem Zentrum, wie Phantome, die aus dem Äther auferstehen, strömen Hunderte von Untoten, schlurfen Schulter an Schulter. Einige stoßen immer wieder unbeholfen gegen die Tunnelwand, und es werden mit jedem Atemzug mehr. Das flackernde Licht der Taschenlampen erhellt sie und lässt sie wie grauenhafte Clowns aussehen. Die Reihen erstrecken sich bis tief in die Finsternis des Tunnels, ihre Zahlen scheinen unermesslich.

Es kommen immer mehr ... bis Lillys einfacher, befehlender Schrei das Einzige ist, was die Überlebenden noch mit der Realität verbindet.

»SCHEISS DRAUF!« Ihre Stimme ist schrill und dünn, die Stimme der primitiven Ur-Lilly – der abgefuckten, verrückten Teenagerin Lilly Caul.

»LLLAAUUFFTT!«

Plötzlich nehmen alle die Beine in die Hand – sie rennen hinter- und nebeneinander, alle zwanzig, so schnell, wie sie nur können. Einige stolpern, schaffen es aber irgendwie, nicht zu Boden zu gehen. Andere streifen unsanft die schroffen Wände, schreien vor Schmerz auf, kommen ins Straucheln, fallen hin und raffen sich wieder auf die Beine (oder warten, bis einer der Stärkeren wie Speed, Matthew oder Ben ihnen aufhilft), um sich dann weiter in die Dunkelheit des Tunnels zu stürzen. Einige spalten sich von der Gruppe ab und versuchen die Leiter zum Einstiegsloch an der Ecke der Eighteenth und Maple Street emporzuklettern, aber Lilly greift rasch ein, reißt sie von den Stufen herunter und tadelt sie, während sie sie antreibt und keuchend erklärt, dass sie nicht genug Zeit haben, alle durch den Kanaldeckel nach oben zu bringen. Außerdem wimmelt es dort oben nur so von Beißern, und sie haben keinen Ort, an dem sie sich verstecken könnten. Sie würden nur wieder umzingelt werden. Niemand weiß, wie weit der Tunnel nach Süden führt. Kilometer? Hunderte von Metern? Und überhaupt, wohin führt er eigentlich? Aber solche Erwägungen sind jetzt nebensächlich. Zuallererst müssen sie der widerlichen Flutwelle aus Beißern entkommen. Die Horde bewegt sich langsam, aber stetig auf sie zu und stolpert und schlurft dem Geruch menschlichen Fleisches hinterher, den sie zwischen dem Staub, den sie mit ihren Füßen aufwirbeln, und ihrem eigenen grässlichen Gestank noch wahrnehmen können. Bald schon beginnt jeder Überlebende krampfhaft zu husten – ihre Geschwindigkeit, anfangs noch ein Sprint, ist jetzt auf ein fußlahmes Joggen reduziert. Sie biegen um eine weitere Ecke, in der stickigen Finsternis keuchend und aus dem letzten Loch pfeifend; nur wenige haben eine Taschenlampe, mit der sie den Weg beleuchten können, als sie urplötzlich anhalten. Die anderen hinter ihnen fallen ihnen in den Rücken, sodass die Überlebenden wie Dominosteine zu Boden gehen. Manche können sich gerade noch an den Wänden festhalten, und nach kürzester Zeit hat sich die gesamte Gruppe aus zwanzig Menschen auf kleinstem Raum versammelt und starrt auf das, was die zwei Anführer in einer Entfernung von sieben Metern dazu veranlasst hat, plötzlich stehen zu bleiben.

»Ach du Scheiße«, raunt Lilly, ohne ihre eigene Stimme wahrzunehmen, als eine der Taschenlampen langsam die gesamte Breite der steinernen Wand vor ihnen beleuchtet.

Vierzehn

An der Georgia-Tech hat Lilly einmal eine Arbeit für den Psychologie-Kurs 203 geschrieben. Der Titel lautete »Die Mutter aller Erfindungen«. Es handelte sich um eine wissenschaftliche Abhandlung darüber, wie Menschen unter Stress – Polizisten, Soldaten, Rettungssanitäter – oft innovative Lösungen finden, von denen manche in der Notaufnahme oder auf dem modernen Schlachtfeld als Standardprozedur übernommen werden. »Es ist eine unanfechtbare Tatsache der Menschheit«, schrieb die junge Lilly Caul, »dass alle großen Erfindungen unserer Spezies auf der einen Tatsache beruhen, nämlich dem Kampf auf Leben und Tod.« Leider hat Lilly während der letzten zwei Jahre feststellen müssen, dass dieses Konzept unter dem höllischen Druck der Seuche sich nicht immer bewährt. Immer und immer wieder hat sie Menschen gesehen, die blindlings in Fallen laufen, ihren gesunden Menschenverstand verlieren und gar zu stupiden Mitläufern oder monströsen Kopien ihrer selbst mutieren. Alles im Namen des Überlebens. Aber Lilly hat auch bemerkt, dass sie selbst ein Körnchen dieser außerordentlichen Fähigkeit besitzt – sie kann eine Katastrophe in eine kreative Lösung umsetzen, was sie zu Zeiten großer Gefahr durchaus beruhigt. Auch jetzt verspürt sie dieses merkwürdige, namenlose Gefühl, als die Menschen hinter ihr die Sackgasse sehen und eine Reihe gedämpfter und erschreckter Seufzer ausstoßen.

»Und bisher ist alles so *verdammt gut* gelaufen«, gibt Matthew neben ihr von sich.

Bob wendet sich von der Mauer ab und entsichert seine Magnum. Selbst in der Finsternis leuchten seine Augen vor Anspannung. »Ich habe zwei Schnelllader.« Er wirft Ben einen Blick zu. »Was hast du noch an Munition übrig?«

»Noch zwei Magazine, zehn Schuss in jedem.« Ein Tropfen Schweiß fällt von Bens Nase zu Boden. »Nicht allzu viel angesichts dessen, was uns bevorsteht.«

»Wartet noch, eine Sekunde«, unterbricht Lilly, aber in diesem Moment hört ihr niemand zu, denn jeder ladet und entsichert fieberhaft seine Waffe und lauscht den tosenden Geräuschen der Horde, die unbarmherzig auf sie zurollt – noch ist sie außer Sichtweite und befindet sich hinter der letzten Biegung in circa fünfundzwanzig Meter Entfernung. Ein aufreibendes Knirschen, das sie in einer Minute, höchstens zwei Minuten eingeholt haben wird.

Aus dem Augenwinkel sieht Lilly, wie Pfarrer Jeremiah sein stählernes Kreuz zückt und auf die Horde zugeht, wobei er ständig leise betet. Was Lilly allerdings *nicht* sieht, ist sein merkwürdiger Gesichtsausdruck.

»Was haben wir sonst noch, womit wir ihnen beikommen können?«, fragt Bob und blickt die herumstehende Gruppe an.

»Ich habe noch ein Dutzend Schrotpatronen«, verkündet der junge Mann mit der Pumpgun.

»Wir können es nie im Leben mit denen aufnehmen!«, schreit eine jüngere Frau in einem Kleiderrock aus Baumwolle. »Unsere Zeit ist gekommen – aber das ist nicht gerecht! Nicht so!«

»Halt den Mund, Mary Jean!«, fährt Schwester Rose in ihrer Caprihose die Frau an, deren Jammern urplötzlich verstummt. »HALT EINFACH DEN MUND! RUHE!«

David legt eine Hand auf die Schulter der üppigen Frau. »Ist schon gut. Uns fällt schon etwas ein.«

Bob richtet sich an Matthew: »Wollt ihr beiden, also du und Speed, euch zwischen uns und die Beißer stellen?«

»Ich habe kaum noch Munition, Mann«, gibt Matthew zu bedenken. »Die werden wir nicht lange aufhalten.«

Bob nickt. »Dann müssen wir uns eben auf sämtliche Messer, Kreuzhacken und Äxte verlassen, die wir aus dem Ärmel schütteln können.«

»Wartet, wartet ... So wartet doch.« Lilly hat eine Idee. Urplötzlich geht ihr ein Licht auf. Sie will sich vor der Gruppe aufstellen, drängt sich zwischen die betenden, schluchzenden Mitglieder der Kirchengemeinde in die Richtung durch, aus der sie gerade gekommen sind, und hebt den Blick auf die herabhängenden Wurzeln und Stalaktiten aus Kalkstein.

Vor ihr ist Pfarrer Jeremiah auf die Knie gegangen, hat den Kopf gesenkt und betet jetzt leise. Die Welle der aufrechten Kadaver rollt immer näher. Sie haben weniger als eine Minute Zeit. Der Gestank schnürt Lilly die Kehle zu, als sie zu dem betenden Pfarrer aufschließt. Noch immer bemerkt sie nicht den merkwürdigen Ausdruck auf seiner Miene, der völlig fehl am Platz scheint. Aber dafür hat sie im Augenblick so oder so keine Zeit, denn die Aufgabe, die ihr jetzt bevorsteht, bedarf ihrer gesamten Hingabe: Sie muss die drohende Katastrophe als Quelle der Inspiration nutzen.

Lilly hält inne und starrt die Decke an. Vor ihrem inneren Auge sieht sie die Tunnelvektoren – die tragenden Balken, die verschiedenen Ausgänge, die Schwachstellen, das alternde Holz, das von Würmern zerfressen wird. Plötzlich wird es ganz leise um sie. Das Beten, der sich langsam nähernde Lärm der Herde, das erbärmliche Schluchzen, Bobs Bemühungen, die erste Verteidigungslinie aufzustellen, das Kreischen und Aufheulen und Streiten – all das lässt in Lillys klingenden Ohren nach und wird zu einem Rauschen der Inspiration umgeformt. Endlich sieht sie die Gelegenheit, nach der sie gesucht hat.

»Bob!« Sie dreht sich zu den anderen um. »Genau hier! Hier oben!« Lilly deutet auf die Decke zehn Meter von ihr entfernt. »Siehst du den kaputten Stützbalken?«

Bob hebt eine Hand und gibt den anderen so zu verstehen, dass sie Ruhe geben sollen. »HALTET ALLE MAL DEN VERDAMMTEN MUND!«

Ihre Blicke treffen sich. Die beiden alten Freunde – ihre Fähigkeit, den Satz des jeweils anderen zu vollenden, Gedanken zu lesen und sich durch nonverbale Kommunikation auszutauschen, ist legendär – schauen sich in die Augen. Lilly muss es nicht einmal aussprechen. Bob weiß schon, was sie will, weiß genau, was sie denkt. »Bob, der Balken da oben ist ein Schwachpunkt«, sagt sie. »Kannst du ihn sehen?«

Bob nickt, wenn auch nur sehr langsam. Dann reißt er die Augen auf und dreht sich im Handumdrehen zu den anderen um. »Speed! Ben! Matt! Jeder, der auch nur eine Kugel im Lauf hat! VERGESST DIE BEISSER! HABT IHR MICH GEHÖRT?«

Für einen kurzen Augenblick tauschen die Männer mit Waffen verzweifelte, genervte Blicke aus.

»HEY!«

Lillys dröhnende Stimme bringt sie zurück in die Realität. Sie steht an die fünfzehn Meter vor ihnen, zieht ihre beiden leeren Ruger-Pistolen und richtet sie auf die Decke, um ihnen vor Augen zu führen, was sie vorhat. »IHR ALLE SCHIESST JETZT AUF DEN BALKEN DA OBEN! AUF MEIN SIGNAL! WISST IHR, WELCHEN ICH MEINE?«

Bob richtet seine Taschenlampe auf den verfaulten Balken an der Decke zwischen all den Wurzeln und Kalksteinablagerungen. Das metallene Klacken vom Entsichern der vielen Waffen hallt durch den Tunnel. Sie zielen auf die Deckenstütze. Lilly holt tief Luft. Sie kann die ersten Beißer hören, die Horde droht sie wie ein Tsunami zu überrollen, und der Gestank ranziger Proteine ist überwältigend. Sie brüllt: »JETZT!«

Der Tunnel wird durch das Mündungsfeuer von einem halben Dutzend Feuerwaffen erhellt – überall sprießen lichterlohe silbrige Fontänen empor –, und der Lärm übertönt selbst das Stöhnen und Schlurfen der Horde.

Jeder zielt auf den Stützbalken, und die Kugeln fressen sich durch das verfaulte Holz mit der Effizienz einer Kettensäge. Splitter und Staub fliegen in alle Himmelsrichtungen und füllen die Finsternis mit einem Schneesturm aus Partikeln, sodass die Beistehenden zu husten beginnen, sich die Hände vor den Mund halten und vor dem Splitterregen zurückweichen. Endlich – die letzte Munition ist schon längst abgefeuert – gibt die Decke nach.

Das gewaltige Krachen lässt sie alle zurückschrecken, während der Schwarm Beißer weiterhin auf sie zumarschiert. Ihre Silhouetten zeichnen sich in den hin und her schießenden Lichtkegeln der Taschenlampen ab, und der widerliche Gestank überflutet den Tunnel. Sie grunzen und stöhnen, geben eine höllische, kakophonische Symphonie in dem engen Raum zum Besten. Lilly drängt sich mit dem Rücken gegen die Wand und schaut dem Spektakel zu, das sich vor ihren Augen abspielt. Sie kann sich nicht abwenden, ist wie gebannt, als die Decke endlich direkt über den wandelnden Toten einstürzt. Fünf oder sechs Kreaturen halten inne und blicken stupide nach oben, als die ersten Staubschwaden auf sie herabrieseln, ehe Erd- und Gesteinsbrocken auf sie stürzen und das Tageslicht in Strömen durch den aufgewirbelten Staub schneidet.

Die Überlebenden ergreifen die Flucht. Lilly schnappt sich den Pfarrer am Kragen und reißt ihn zurück. Andere stürzen um die Biegung und halten sich die Arme über den Kopf, während andere tiefer in die Schatten humpeln. Bob schubst Ben im allerletzten Moment fort, ehe die Decke in einer Gewitterwolke aus Staub herabdonnert. Der Lärm erinnert an einen hundert Meter langen Klipper, der von einem Sturm in zwei Teile gerissen wird. Lilly schließt im letzten Moment die Augen und drückt ihr Gesicht auf den irdenen Boden, als der Tunnel schlagartig von einer dichten Wolke gefüllt wird.

Das Merkwürdige ist: Ehe die Decke vollständig zu Boden kracht und Lilly die Augen schließt – in der einen, allerletzten Millisekunde –, fällt ihr ein verschwommenes, unscharfes Bild im Augenwinkel auf. Pfarrer Jeremiah hat sich neben sie geduckt, nur wenige Zentimeter von ihr entfernt, hält sich die Arme über den Kopf und hat das Gesicht ebenfalls zu Boden gedrückt. Aber in diesem Hauch von einem Augenblick, den es dauert, bis der Anblick von ihrem Gehirn registriert wird, bemerkt sie etwas vollkommen

Seltsames und Unerwartetes, etwas, das anfangs einfach nicht in ihr Weltbild passen will und sie noch eine ganze Weile beschäftigen wird.

Der Mann lächelt glückselig.

Kurz darauf legt sich der Staub etwas, und es dauert eine weitere Minute, ehe Lilly mitkriegt, dass ihr die Sonne auf das Haupt scheint. Das Singen von Vögeln und Zirpen von Zikaden dringt an ihre Ohren, und die Geräusche geben ihr Mut, als sie sich mühsam mit dem Rücken gegen die Tunnelwand lehnt und vom harschen Licht geblendet wird, sodass sie blinzeln muss. Sie saugt die frische Luft in ihre Lungen. Sie riecht nach Pinien – auf ihrem Ausflug zuvor über Tage war ihr der Duft gar nicht aufgefallen –, und jetzt sieht sie aus ihrem Augenwinkel die Silhouetten der anderen, die sich ebenfalls, umgeben von einer Aura aus Staub, auf die Beine raffen. Neben ihr klopft Jeremiah sein verdrecktes Jackett und die Anzughose ab, rückt seine Clipkrawatte zurecht und blickt traurig auf den ansteigenden Erdhaufen, der ihnen zu Füßen liegt.

»Die armen, elendigen Biester«, raunt er mehr zu sich selbst als zu den anderen und starrt auf den Erdwall der eingestürzten Decke. Die Luft ist noch immer staubig. »Sie haben sicherlich einen weniger schmachvollen Tod als diesen hier verdient.«

Als der Dunstschleier sich auflöst, kann Lilly fünf Beißer ausmachen, die aus dem gigantischen Erdhaufen herausschauen. Sie gleichen Marionetten, die scheinbar von einem psychotischen Puppenspieler gesteuert werden – ihre Köpfe bewegen sich auf und ab, die schwarzen Mäuler schnappen ziellos in der Luft herum, ihre diodenweißen

Augen quellen hervor, zeigen aber keinerlei Verständnis ihrer Umstände –, und sie geben höchst verstörende Geräusche von sich. Ihr knurrendes, spuckendes Grunzen ist zu einer Kakophonie aus krächzendem Gestöhne und dem Miauen gehäuteter Katzen geworden – mutiert, trällernd, beinahe falsettartig.

»Jede Kreatur Gottes verdient Errettung«, murmelt der Pfarrer weiter, als er Richtung Erdhaufen schreitet und das gigantische Kreuz aus dem Gürtel zieht. Er hält vor der ansteigenden Erde an, und einige Beißer strecken die Arme nach ihm aus und schnappen nach ihm. Jeremiah wirft einen Blick über die Schulter. »Rose, Mary Jean, Noelle … Ich möchte, dass ihr euch kurz abwendet.«

Lilly schaut zu und bemerkt, dass der Rest der Gruppe jetzt aufgestanden ist, sich im Schein des gedämpften Tageslichts versammelt und ebenfalls die Augen auf Jeremiah richtet. Stumm stehen die Anwesenden da und starren auf den ansteigenden Erdhaufen. Ihre verfilzten Haare wehen in der Brise. Bob, David, Ben und Speed befinden sich direkt hinter Lilly, und Bob murmelt etwas Unverständliches – aber Skeptisches – in seinen Bart. Der Rest der Gesichter wendet sich wie aus Respekt ab, und der Pfarrer nickt zustimmend und wendet sich seiner Aufgabe zu.

Er arbeitet rasch. Jeder Hieb trifft mit voller Härte und entschieden auf sein Ziel, sodass das spitze Ende des Kreuzes die Köpfe zerplatzen lässt und einen sprudelnden Kessel giftiger Gase und Rückenmarksflüssigkeit freisetzt. Die Kreaturen sacken nach vorne, und ihre kaputten Schädel hängen schlaff auf den Hälsen. Das Schauspiel dauert gerade mal eine Minute, aber diese Minute findet Lilly sowohl faszinierend als auch beunruhigend.

Nachdem auch der letzte Beißer niedergestreckt worden ist, macht sich die Gruppe auf den Weg. Bob führt sie an und krabbelt den fünfundvierzig Grad ansteigenden Hügel aus loser Erde hinauf, die .357 gezückt. Speed und Matthew sind unmittelbar hinter ihm, ihre Maschinengewehre geladen und schussbereit. Als sie an der Oberfläche ankommen, blicken sie sich erst einmal um und sehen mindestens ein Dutzend Kreaturen, die ziellos durch die Straßen und vor den mit Brettern verschlagenen Läden Carlinvilles umherstolpern.

Zusammen haben die drei Männer genügend Munition, um die Beißer einen nach dem anderen ins Jenseits zu schicken – sie explodieren in Wolken aus Blutnebel und durch die Luft fliegender Gliedmaßen –, und Bob schafft es sogar, sich ein paar Patronen für den langen Weg nach Hause aufzusparen. Er überprüft, ob der Weg für alle zwanzig Überlebenden frei ist, und ruft sie dann einen nach dem anderen hoch an die Oberfläche.

Es dauert eine halbe Ewigkeit, besonders wegen der älteren Mitglieder der Kirchengemeinde und der vielen bis zum Bersten vollgepackten Taschen und Rucksäcke, alle samt Gepäck aus dem Tunnel und über ein Flickwerk unbebauter Grundstücke und Zufahrtsstraßen zu befördern. Bob kümmert sich um die älteren Herrschaften wie ein überforderter Schafhirte.

Als alle sicher im Wald angekommen sind, führt Bob sie im Gänsemarsch einen schmalen Pfad entlang. Lilly und Jeremiah bilden die Nachhut. Bob kann sie reden hören, und es bereitet ihm Sorge, obwohl er kein Wort versteht. Dieser Pfarrer macht ihn nervös. Er versucht das Gefühl zu ignorieren und sich stattdessen auf den Weg zu konzentrieren. Matthew und Speed gehen an seiner Seite, die Maschinengewehre an ihre kräftigen Oberkörper gedrückt.

Sie erinnern Bob an die Delta-Force-Typen, die damals die Straßen von Kuwait-Stadt patrouillierten. Diese Idioten von den Spezialeinheiten haben Bob immer herumgeschubst und ihn ihren höheren Rang spüren lassen. Er darf gar nicht erst daran denken, wie sie die Einheimischen behandelt haben, aber insgeheim war er froh gewesen, dass sie da waren. Genau wie jetzt – Speed mit seinem Stiernacken und Muskeln, die ihn aussehen lassen, als nähme er Steroide, und Matthew mit seinen drahtigen Bizepsen und dem breitbrüstigen Körperbau eines Bauarbeiters. Sie können einem ganz gehörig auf die Nerven gehen, und die meiste Zeit kommt es einem vor, als ob sie auf Drogen sind – egal ob Marihuana oder irgendwelche Pillen –, aber Bob ist trotzdem froh, dass sie auf *seiner* Seite sind.

Und außerdem kann er sich des Gefühls nicht erwehren, dass sie sich früher oder später als nützlich erweisen werden.

Sie gehen gen Norden durch die bewaldete Hügellandschaft von Upson County, folgen einem Pfad, der alte Tabak- und brachliegende Baumwollfelder verbindet. Vor langer Zeit konnte man sich hier vor Plantagen kaum retten, und Bob glaubt, dass der Weg etwas mit der Underground Railroad zu tun haben könnte. Mittlerweile ist er von Sumach, Kopoubohnen und Buchsbäumen überwuchert. Eigentlich empfindet er es angesichts der Mission, auf der sie sich befinden, als einen passenden Kontext. Er benutzt seine Karte und visuelle Anhaltspunkte, damit sie sich nicht verlaufen.

Hin und wieder führt der Pfad in Serpentinen einen Hügel empor, um der Gruppe anschließend freien Blick auf den Crest Highway auf der einen Seite und den mäandernden Nebenflüssen des Elkins Creek auf der anderen zu bieten. Von hier sieht der Fluss wie ein Stück Lametta aus, das sich durch die vernachlässigten Baumwollfelder schlängelt. Überall wimmelt es von vereinzelten Silhouetten von Beißern – aus dieser Entfernung so winzig und unruhig wie Kakerlaken. Sie infizieren die Ruinen alter Scheunen, straucheln auf verlassenen Straßen umher, bahnen sich den Weg über überwachsene Äcker, stolpern in den vertrockneten Flussbetten durch die Gegend und ernähren sich von den Überresten unglückseliger Menschen oder Tiere.

Gott sei Dank scheint der Pfad völlig leer von ihnen zu sein.

Nach acht Kilometern tut sich Bob eine Frage auf. Aus dem Augenwinkel hat er immer wieder Blicke auf Lilly und den Pfarrer geworfen, die sich unterhalten und ab zu über einen Witz oder eine ironische Bemerkung lachen. Er beäugt die schwere Tasche, die der Pfarrer seit seinem Verlassen der Kirche nicht eine Sekunde außer Acht gelassen hat. Sie ist knapp einen Meter fünfzig lang, aus schwerem, schwarzem Stoff und macht den Eindruck, als wöge sie eine halbe Tonne. Was auch immer sich darin befindet, es ist mehr als die Amtstracht und das Beiwerk eines Geistlichen. Was zum Teufel kann sich nur darin befinden? Waffen? Goldbarren? Der Heilige Gral? Oder vielleicht genug gesegnetes Wasser und Oblaten für ein ganzes Leben?

Aber Bob will gar nicht lange darüber nachdenken und versucht sich stattdessen wieder auf den Weg zu konzentrieren.

Er ist sich bewusst, dass sie früher oder später gen Westen abbiegen und eine Brücke über den Elkins Creek finden müssen, um Woodbury noch vor Anbruch der Dämmerung zu erreichen. Die älteren Männer und Frauen sind schon jetzt erschöpft – und das, obwohl Lilly bereits drei Pausen verordnet hat. Die Wasservorräte gehen zur Neige, und sie haben nicht mehr genügend Munition, um sich gegen eine weitere Horde behaupten zu können. Bob macht sich Sorgen. Die Sonne geht bereits hinter den Bäumen im Westen unter, und der Highway 18 ist noch immer nicht in Sicht – lediglich eine nicht enden wollende Reihe verlassener Felder.

Er will noch eine Stunde warten, ehe er den anderen – und sich selbst – eingesteht, dass sie sich hoffnungslos *verlaufen* haben.

»Das ist etwas, was ich nicht noch einmal erleben will. Das kann ich Ihnen sagen«, erzählt der gute Pfarrer Jeremiah Garlitz Lilly mit gedämpfter Stimme, als die beiden dem sich windenden Pfad folgen. Die späte Nachmittagssonne brennt ihnen in die Nacken. Sie gehen langsam, um ein Minimum an Abstand zwischen ihnen und der Kirchengemeinde und somit zumindest etwas Privatsphäre zu wahren. Es ist nicht so, dass sie über irgendetwas reden würden, das geheim gehalten werden müsste, aber sie ziehen zumindest etwas Diskretion vor. »Das habe ich nicht kommen sehen«, raunt er, schüttelt seinen großen Kopf und verzieht sein gutaussehendes Gesicht zu einer traurigen Grimasse. Über der breiten Schulter trägt er seine schwere schwarze Stofftasche. Die Riemen schneiden sich bereits in das Jackett. »Wir haben schon Tausende von Taufen in dem Fluss abgehalten, haben unzählige unserer Brüder und Schwestern den Weg zu Christi offenbart …«

Er hält inne und starrt zu Boden. Lilly sieht die Tränen, die sich in seinen Augen sammeln.

Jeremiah aber fährt fort: »Zuerst dachte ich, es seien Fische. Manchmal sieht man dort Welse, die so groß wie ein Dobermann sind. Aber als das Wasser so unruhig und die arme, arme Frau aus Hastings geschnappt wurde …«

Er kann nicht weiter, rückt den Riemen der Tasche zurecht, und eine einzige Träne kullert bis zu seinem markanten, gespaltenen Kinn hinunter. Lilly wendet sich ab und wahrt respektvolle Stille.

»Wie auch immer. Das haben wir jetzt hinter uns, und es wäre ein wirklicher Segen, wenn wir uns irgendwo niederlassen könnten.« Er wirft Lilly einen Blick zu. »An einem Ort, der sicher ist. An einem Ort mit guten Menschen, so wie Sie es sind.« Dann schaut er nachdenklich auf seine Gemeinde, sieht die gekrümmten und gebeugten Rücken, die verbrannten Glatzen seiner älteren Schäfchen, während sie pflichtbewusst Bob den noch immer ansteigenden Pfad hinauffolgen. »Diese armen Menschen sind durch die Hölle und wieder zurück gegangen«, meint er. »Sie haben Sachen gesehen, die niemand zu Augen bekommen sollte.« Er lässt den Blick zum Horizont schweifen, als ob er nach etwas Ausschau hält, einer lange vergessenen Erinnerung vielleicht. »Eines hat die Seuche uns alle gelehrt – Gläubige sowie Nichtgläubige –, und das ist die Tatsache, dass einer Seele viel, viel schlimmere Sachen widerfahren können als das Sterben.« Er hält inne, schaut Lilly in die Augen und meint: »Aber was rede ich da? Sie haben mit Sicherheit Sachen miterlebt, die ich mir nicht einmal vorstellen kann.«

Lilly zuckt mit den Achseln und geht weiter. »Ich nehme an, dass man sich irgendwann daran gewöhnt, keine Ahnung.« Sie denkt darüber nach. »Aber es bewegt mich noch immer.« Wieder eine Pause. »Vielleicht sollte ich dankbar dafür sein.«

Er schaut sie fragend an. »Was wollen Sie damit sagen, dankbar?«

Sie zuckt erneut mit den Schultern. »Dankbar, dass ich innerlich nicht komplett abgestumpft bin ... Dankbar, dass ich noch immer schockiert werden kann.«

»Das ist, weil Sie ein guter Mensch sind – es ist Ihnen einfach angeboren, das können Sie mir ruhig glauben. Ich weiß, dass wir uns noch nicht lange kennen, aber bei manchen Menschen weiß man es einfach sofort.«

Lilly lächelt. »Sobald Sie etwas Zeit mit mir verbracht haben, wird sich das schon geben.«

Er kichert. »Das bezweifle ich.« Der Wind fährt unter sein Jackett und einen Rockzipfel, sodass das Kreuz an seinem Gürtel zu sehen ist. Er legt eine Hand darauf. »Aber wissen Sie, es gibt eine Sache, in der ich Ihnen recht geben muss. Ganz gleich, wer oder was man ist, jedes Mal wenn eines dieser armen Geschöpfe erlöst wird, verliert man ein wenig von seiner Seele.«

Lilly antwortet nicht. Sie gehen schweigend weiter. Endlich erhascht sie einen Blick auf das Kreuz in seinem Gürtel. »Darf ich Ihnen eine Frage stellen?«

»Nur zu.«

»Was hat es mit dem Kreuz auf sich?«

»Wie bitte?«

Lilly lächelt. »Nun, das gehört doch nicht zur Standard-Berufsausrüstung eines Geistlichen.«

Er stößt einen Seufzer aus. »Auch da muss ich Ihnen recht geben … Aber was ist heutzutage schon noch *Standard*, wenn ich fragen darf?«

»Da ist natürlich etwas dran, aber ist es nicht – ich weiß nicht – ein wenig *frevlerisch*, dass man gerade ein Kreuz benutzt, um Schädel zu zertrümmern? Ich wette, dass Sie eine spannende Geschichte dazu auf Lager haben.«

Er blickt sie an. »Eine Geschichte gibt es dazu schon, aber ich bezweifele, dass sie interessant ist.«

»Lassen Sie mich das bitte selbst beurteilen«, meint Lilly und grinst. Sie registriert erneut, dass sie den Typen irgendwie ins Herz geschlossen hat. Gott bewahre, sie vertraut ihm sogar ein wenig.

»Vor ein paar Jahren«, beginnt er, »um die Zeit, als die Seuche begann, war ich in Slidell, Louisiana, um Freunde zu besuchen. Es gab eine alte katholische Kirche vor Ort – sie geht noch auf die Zeiten von Lewis und Clark zurück –, und der Priester war ein alter Bekannter. Nun, es kam, wie es kommen musste, und er wurde gebissen. Kaum habe ich das erfahren, war ich schon auf dem Weg zur Kirche, habe ihn vor dem Altar liegen gesehen. Er war dem Ende schon sehr nah. Noch war er nicht zu einem von denen geworden, aber es war klar, dass es nicht mehr lange dauern würde. Er hat meine Hand gehalten und mich gebeten …« Er hält inne, senkt den Blick zu Boden und fährt sich mit der Zunge über die Lippen. Lilly weiß, dass es hart für ihn ist, die Geschichte zu erzählen, und sie geht einfach schweigend weiter und wartet geduldig darauf, dass er den Faden wieder aufnimmt. »Er hat mich gebeten, ihn umzubringen«, murmelt Pfarrer Jeremiah endlich leise. »Ich habe meine kleinkalibrige Pistole genommen, aber das wollte er nicht. Und dann ist etwas sehr Merkwürdiges passiert. Mit der allerletzten Kraft, die ihm noch geblieben war … hat er auf das große alte Kreuz über dem Altar gezeigt. Mir war sofort klar, was er von mir wollte. Ich habe keine Ahnung, woher ich es wusste. Es war einfach so.«

Eine weitere Pause. Lilly wartet einen kurzen Augenblick und fragt ihn dann, wie es weitergegangen ist.

»Ich habe die Sterbesakramente erteilt, so gut ich konnte, habe das Becken mit Weihwasser ausfindig gemacht und mich entschuldigt, dass ich kein Latein spreche, aber ich habe ihn geölt und ihm die letzte Beichte abgenommen. Er war froh, dass ich während dieser letzten Minuten bei ihm war, das habe ich gemerkt. Ist ja auf jeden Fall besser, so einen alten Haudegen von Pfingstkirchler wie mich dabeizuhaben, als in irgendeinem Krankenhaus anonym zu verenden oder von einem wildfremden, gestressten Diakon begleitet zu werden. Wie auch immer, danach habe ich getan, was getan werden musste, wenn man diese gelben Augen sieht – wie Fischaugen … Und wenn das Gebiss erst anfängt zu klappern … Ich habe ihm den Schädel eingeschlagen, war wie von Sinnen und habe wohl die Beherrschung verloren. Ich glaube, ich bin sogar in Ohnmacht gefallen. Als ich wieder zu mir kam, waren ein paar dieser Monster in den Altarraum getorkelt und wollten mich anknabbern. Da bin ich dann richtig ausgerastet. Ich konnte meine Pistole nicht finden, und alles, was ich hatte, war dieses alte Kreuz. Ich habe einen nach dem anderen damit niedergemäht. Kurz darauf wurde es von einem Sonnenstrahl hell erleuchtet, und ich habe das wohl als eine Art Zeichen gedeutet. So ist das auf jeden Fall passiert.«

Lilly nickt. »Das ergibt Sinn.«

»Ich habe ein wenig daran gefeilt«, fährt er fort. »Ich hoffe, der Allmächtige nimmt es mir nicht allzu übel, dass ich das Bildnis seines einzigen Sohnes etwas verunstaltet habe, vor allen Dingen angesichts der Situation, in der wir uns heutzutage befinden. Auf jeden Fall muss ich sagen, dass es mir schon gute Dienste geleistet hat.«

Lilly kichert nervös. »Ich muss schon zugeben, dass es Ihnen gut in der Hand liegt …«

Sie hält inne, als sie merkt, dass vor ihnen etwas nicht stimmt. Anscheinend haben Bob, Speed und Matthew Halt gemacht, denn die Leute vor ihr bleiben abrupt stehen, und Bobs Arm schießt warnend in die Höhe.

Irgendetwas liegt in der Luft, das spürt Lilly beinahe instinktiv im Blut. In den immer länger werdenden Schatten der Abenddämmerung und durch die umherfliegenden Wolken von Mücken sieht sie, wie Bob zuerst nach Norden zeigt, dann nach Westen. Die anderen beiden scheinen mit ihm zu streiten, als David sich zu ihnen gesellt. Schließlich stößt Ben auch noch dazu und verlangt zu wissen, was los ist.

»Was nun?«, fragt Lilly den Pfarrer fast rhetorisch.

Fünfzehn

In den Tagen der medizinischen Vollversorgung, wenn alles, womit man in Berührung kommt, desinfiziert ist, in den überfürsorglichen Tagen vor der Seuche hat sich kaum jemand verlaufen, es sei denn, er war vielleicht jünger als sechs Jahre. Mit GPS-Empfängern in Autos, Smartphones und sogar Schlüsselanhängern – und den vielen Satelliten, die um die Erde kreisen – gab es kaum eine Reise, die nicht elektronisch verfolgt und aufgezeichnet wurde. Der digitale Fingerzeig nach Hause war allgegenwärtig. Dann aber kam die Seuche der wiederbelebten Toten, und die Stromnetze, Funkmasten, Kommunikationsfirmen, Router, CCTV-Kameras und Drohnen auf der ganzen Welt fielen weg. Was alles noch schlimmer machte, war die ökologische Katastrophe, die folgte. Ähnlich wie beim menschlichen Alterungsprozess wurde auch die Landschaft grau und wirkte abgeschlafft. Alles sah irgendwie gleich aus. So wie alte Männer alten Frauen ähneln, gleicht ein Kaff in der tiefen Provinz dem nächsten. Unkraut, Blattwerk und wilder Wein haben die unbestellten Felder zur neuen Heimat erkoren. Das Wetter hat jedes Gebäude in einen heruntergekommenen Haufen aus grauem, von Würmern zerfressenem Holz verwandelt. Die Städte mutieren zu üppig bewachsenen Tschernobyls mit trostlosen, bretterverschlagenen Gebäuden, die von wuchernden Kopoubohnen und

Gundermann verschlungen werden. Alles sieht gleich aus, und genau deswegen steht Bob jetzt auf dem zerklüfteten Felsvorsprung, von dem aus man die immer tiefer werdenden Schatten Zentral-Georgias sehen kann, und kratzt sich nervös am Kinn, während er verzweifelt versucht, ihren Standort auf der Karte auszumachen. Sein Blick wandert unaufhörlich von der Landschaft zur Karte und dann wieder zurück. Die mäandernden, silbrigen Wassermassen des Elkins Creek schimmern im sterbenden Tageslicht.

»Hast du schon einmal auf den Kompass geschaut?«, will Ben wissen, der bereits seinen Rucksack abgenommen hat. Seine Stimme trieft förmlich vor Sarkasmus. »Das sind so kleine Dinger, die sich als sehr nützlich erweisen sollen, wenn man sich verlaufen hat.«

»Halt deine Klappe«, murmelt Lilly leise, denn sie will nicht, dass die anderen sie hören. Ihr Herz pocht wie wild in ihrer Brust. Sich verlaufen ist nicht eingeplant, und obwohl sie nur eine Handvoll Beißer in der Ferne an den Rändern unbestellter Bohnenacker und in den vertrockneten Bachläufen sieht, haben sie nicht die notwendigen Sachen dabei, um eine Nacht im Freien verbringen zu können. »Bob, haben wir vielleicht aus Versehen schon den Highway 18 überquert?«

»Keine Ahnung«, erwidert er mit einem Seufzer. »Laut Kompass gehen wir nach Nordwesten, aber es soll mich der Teufel holen, wenn ich wüsste, wie weit wir schon gelaufen sind.« Mittlerweile hat sich der Rest der Kirchengemeinde um sie versammelt. Jeremiah hat sich hinter Lilly aufgestellt, nimmt jetzt stöhnend die große Stofftasche von der Schulter und setzt sie vorsichtig auf den Boden ab. Das gedämpfte Klirren lässt Lilly aufhorchen. Was zum Teufel mag nur da drin sein? Vielleicht eine Kiste Bier? Messwein? Sie dreht sich wieder zu Bob um und sieht, wie dieser mit den Fingern durch sein fettiges, schütter werdendes Haar fährt und in die untergehende Sonne blinzelt. Die Falten um seine Augen vertiefen sich zu ledernen Furchen. Dann wendet er sich ihr zu. »Das Einzige, was ich dir mit Sicherheit sagen kann, ist, dass wir schon längst vor der Brücke über den River Cove stehen sollten.«

»Wir sind zu weit nördlich«, sagt Lilly mit ernster Stimme.

»Vielen Dank, Sherlock«, spottet Ben.

David schüttelt den Kopf. »Ben, bist du eigentlich schon als Arschloch geboren worden, oder hast du die Rolle unter großen Mühen erst lernen müssen?«

Ben grinst, vielleicht das erste Mal, seitdem sie Woodbury verlassen haben. »Es ist ein dreckiger Job, aber irgendjemand muss ihn ja erledigen.«

»Jetzt haltet doch alle mal den Mund, und lasst mich nachdenken«, fährt Bob sie an und widmet sich der Karte, insbesondere dem Teil mit Meriwether County. Lilly sieht zu, wie er mit einem dreckigen Fingernagel den mäandernden Elkins Creek verfolgt, als Matthews Stimme ihre Aufmerksamkeit an sich reißt.

»Lilly.«

Sie blickt von der Karte auf und sieht Matthew und Speed Seite an Seite neben ihr stehen. Die beiden machen einen belämmerten Eindruck, scheinen beinahe ein wenig unsicher. Jeder hält sein Maschinengewehr hoch gegen die Brust gedrückt. »Darf ich einen Vorschlag machen?«, fragt Matthew kleinlaut.

»Schieß los.«

»Die Sache ist die … Speed und ich haben die letzten Wochen damit verbracht, die Landschaft hier auszukundschaften. Vielleicht könnten wir uns kurz mal etwas umschauen, während ihr eine Pause einlegt. Vielleicht finden wir etwas, das uns bekannt vorkommt.«

Lilly denkt kurz darüber nach. »Alles klar, macht aber schnell. Wir wollen die Nacht nicht im Freien verbringen. Und ich komme mit.«

Matthew und Speed tauschen einen Blick aus, und Matthew kratzt seine Unterlippe und meint etwas kleinlaut: »Äh … Wir schaffen das schon, da brauchst du gar nicht …«

»Ich komme mit. Das ist mein letztes Wort. *Und jetzt los!* Es wird bald dunkel.«

»Ist ja schon gut. Wie du willst«, seufzt Matthew.

Lilly wirft Bob einen Blick zu. »Sollte etwas passieren, und wir sind in einer halben Stunde noch nicht zurück, dann schaffst du diese Leute hier in Sicherheit – oder zumindest irgendwohin, wo es sicherer ist als hier im Freien mitten auf diesem Scheißtrampelpfad.«

»Wird gemacht«, antwortet Bob.

Lilly dreht sich zu den anderen um und spricht so laut, dass selbst die Leute in den hinteren Reihen sie gut hören können. »Meine Damen und Herren. Wir entsenden einen kleinen Spähtrupp, um die Landschaft auszukundschaften, ehe wir uns wieder auf den Weg machen.«

Die füllige Frau in der Caprihose geht einen Schritt auf sie zu. »Sie haben keine Ahnung, wo wir sind, stimmt's?«

Die drei brauchen nicht einmal zehn Minuten, um am Fuß des bewaldeten Hügels anzukommen und dann dem Elkins Creek nach Süden zu folgen. Matthew geht voran,

Lilly ist in der Mitte, und Speed mit seinem schussbereiten Maschinengewehr – er hat den Schaft an die Schulter gelegt – bildet die Nachhut. So legen sie einen halben Kilometer zurück, die Augen wachsam aufgerissen und stets auf der Suche nach Beißern. Auch ihre anderen Sinnesorgane sind in der Dämmerung und inmitten der hohen Felder auf höchste Wahrnehmung geschaltet. Speed hat nie ein formales paramilitärisches Training mitgemacht. Das Gleiche gilt für den Umgang mit Waffen. Alles, was er weiß, stammt aus Videospielen. Aber einer Sache ist er sich absolut sicher, sie gleicht einer unantastbaren Wahrheit, und sie steigt ihm jetzt über der steinigen Erde, durch ein vertrocknetes Bachbett und über den überwucherten Tabakfeldern in die Nase.

»Matt! Riechst du, was ich rieche?«, fragt Speed und saugt den saftigen, krautartigen Geruch, der in der Luft liegt, tief in seine Lunge. »Bitte sag mir, wenn ich falschliege, aber es wird stärker!«

Matthew ist ihm zehn Meter voraus, wenige Schritte vor Lilly, und haut mit seinem muskulösen Handwerker-Körper eine Schneise durch die gigantischen Tabakpflanzen. Die AR-15 hält er mit seinen sehnigen Armen am Schlüsselbein. Er erinnert Speed an einen riesigen Grizzlybär auf der Jagd.

Matthew kennt den Geruch genauso gut wie Speed – der verräterisch saure Salbeigestank, der in Vorhängen, dem Teppich, im Auto oder gar in der leeren Hosentasche hängenbleibt, wenn die Polizei daran schnüffelt. Für viele ist es ein angenehmer Duft, etwa so wie das Backen von Keksen, so sinnlich wie der Meereswind, so verlockend wie ein teures Parfüm, das sich auf der warmen Haut einer wunderschönen Frau entfaltet. Jetzt bemerkt auch Lilly, dass ein ihr wohlbekannter Geruch in der Luft liegt.

»Ist das etwa …?« Lilly hält an und wirft Speed einen Blick über die Schulter hinweg zu, der sich weiterhin durch die Pflanzen kämpft. »Der Geruch, das ist doch nicht etwa …«

»Doch, Lilly. Genau *das* ist es«, verkündet Matthew mit einer Ehrfurcht, die sonst dem größten Trüffel im Wald, einem gewaltigen Goldnugget in einem Gebirgsbach oder dem Abendmahlkelch Christi gilt. Er senkt die Waffe und hält inmitten der Tabakpflanzen inne. Das Meer aus gigantischen, leuchtend gelbgrünen Blättern raschelt in der Brise und verursacht hohle Bongotrommelgeräusche, die in die schwüle, neblige Luft aufsteigen.

»Habt ihr Jungs mir da etwas vorenthalten?«, verlangt Lilly von Matthew mit einem schiefen Lächeln im Gesicht zu wissen. Sie würde sich nie als Kifferin ausgeben, aber auch sie hat das Kraut zusammen mit ihrer Freundin Megan in regelmäßigen Abständen zu sich genommen. So oft sogar, dass sie es bereits zu ihrem morgendlichen Kaffee vermisst hat. Als die Seuche ausbrach, hat sie sich geradezu danach gesehnt, um die Stresssymptome zu lindern, aber woher sollte man in solchen Zeiten noch Marihuana kriegen?

»Wir wollten es teilen«, versichert Speed ihr mit einem aufgesetzten Lächeln, als er zu den beiden in der schmalen Lichtung aufschließt, die von einer zwei Meter hohen grünen Wand eingegrenzt ist. Der Geruch nach Marihuana ist jetzt so penetrant – vermischt mit dem Duft von Humus und Fäule –, dass Lilly schon vom Einatmen ein wenig high wird.

»Hm, was die Richtung angeht«, meint Matthew, stellt sich auf die Zehenspitzen und versucht, über die blühenden Tabakpflanzen hinwegzuschauen, die sich im Wind wiegen. Das Trommelgeräusch des Blattwerks übertönt beinahe seine Stimme. »Ich glaube, das Zeug ist da entlang … Speed-O, was meinst du?«

Speed tut es ihm gleich und lugt über die grüne Wand. »Unbedingt. Ich kann die Bäume sehen, du auch?«

»Ja.« Matthew wirft Lilly einen Blick zu. »Genau da drin, in dem kleinen Eichenhain im Westen. Kannst du ihn sehen? Da liegt ein Stück Acker, mitten in einem Tabakfeld, auf dem irgendjemand das feinste Gras im ganzen Land angebaut hat.«

Lilly entdeckt die Bäume. »Okay. Kann ich dann davon ausgehen, dass ihr wisst, wo ihr seid?«

Matthew und Speed lächeln einander an und zwinkern Lilly zu.

»Immer dem Duft nach«, verkündet Matthew, als er und Speed die Gruppe den kurvenreichen Pfad hinunterführen, der bis zum Tabakfeld führt.

Bob und Lilly bilden die Nachhut und werfen einander bedeutungsvolle Blicke zu.

Vor wenigen Minuten hat Lilly den beiden jungen Männern gestattet, sich ein paar Handvoll mitzunehmen, ehe sie sich wieder auf den Weg zu den restlichen Überlebenden machten. Jetzt kann sie sich das Lächeln kaum noch verkneifen. Die beiden haben heimlich ein paar Züge genommen, und Lilly hat es erst bemerkt, als sie wie Lewis und Clark bekifft am Rand des Felsvorsprungs standen. Jetzt führen sie die Gruppe mit verdächtig großspurigem Verhalten an.

Die Frau in der Caprihose runzelt die Stirn, als sie mit

der Neugier eines Bluthunds die Luft erschnüffelt. »Ist das etwa Skunk?«

»Skunk! Dass ich nicht lache. Das ist kein Stinktier, sondern *Gras*«, murmelt Bob leise.

Lilly versucht, ein lautes Auflachen zu unterdrücken. »Das ist eine ganze Familie von Stinktieren.«

Bob hustet, um seinerseits nicht lachen zu müssen. »Eine ganze Horde, würde ich sagen.«

Ein Mitglied der Kirchengemeinde meint: »Also, so ein Stinktier habe ich noch nie gerochen.«

Der Pfarrer scheint zu wissen, worum es geht. Er lächelt lediglich und marschiert weiter, sodass Lilly sich fragt, ob er auch schon Marihuana geraucht hat. »Das alles gehört zu Gottes großartiger Schöpfung, Schwester Rose«, sagt er und blinzelt Lilly mit leuchtenden Augen zu.

Sie schaffen es vor Anbruch der Nacht zurück nach Woodbury und sind völlig erschöpft von der weiten Reise. Sie nähern sich von Osten, laufen der blauen Abenddämmerung entgegen und sehen den Stadtrand schon lange, ehe die ersten Wachen auf dem Verteidigungswall erkennbar werden.

Lilly führt jetzt die Gruppe an, und sie wird immer schneller, als sie die alten Ruinen des Bahnbetriebswerks und die ausgebrannten Autowracks in der Ferne erspäht. Auch der kaputte Wasserturm kommt in Sicht, auf dem in verblasster Schrift WOO BURY steht, ebenso wie der mit Brettern verschlagene Lokomotivschuppen mit seinem vom Feuer Anfang des Monats angesengten Dach sowie der klapprige Verteidigungswall mit dem Sattelschlepper als Barrikade nördlich des Schuppens. Ihr Herz beginnt schneller zu pochen, und sie gestikuliert den anderen ermutigend zu.

Und jetzt, da die Gruppe ebenfalls an Geschwindigkeit gewinnt und sich dem östlichen Eingang nähert, offenbart sich Lilly so einiges. Zuallererst war ihr nie bewusst gewesen, wie sehr sie Woodbury ins Herz geschlossen hat. Trotz all der traumatischen Erinnerungen, all ihrer Freunde und den vielen guten Menschen, die hier ums Leben gekommen sind, trotz der fürchterlichen Herrschaft des Governors hat Lilly Woodbury als ihr Zuhause adoptiert. Oder vielleicht war es andersherum? Wer hätte ahnen können, dass sie, ein cooler Modefreak aus Atlanta, sich derart für ein solches Kaff in der Mitte von nirgendwo begeistern könnte? Und was vielleicht noch viel wichtiger ist, als sie auf den Wall zueilt und wild in Richtung der kraushaarigen Gestalt Barbara Sterns auf dem Hubwagen in der Ferne winkt, ist ein Gefühl, das sie jetzt mit einem gewissen Grad der Verärgerung verspürt. Ihr Herz rast aus einem völlig unerwarteten Grund – kräftige Emotionen arbeiten sich bei ihr an die Oberfläche, alle diametral einander entgegengesetzt.

Denn die gesamte Zeit über, während sie unterwegs war – zumindest immer wieder und manchmal in den merkwürdigsten Momenten –, sind ihre Gedanken des Öfteren an Calvin Dupree hängengeblieben. Halbfertige Bilder drängen sich ihr von der Nacht auf, in der sie ihn beinahe geküsst hat. Aus einem ihr nicht begreiflichem Grund kann sie nicht aufhören, an seinen Geruch zu denken – die seifige Kombination aus Old Spice und Kaugummi. Und dann ist da noch der klare, tiefe, wissende Blick in seinen Augen. Auf der gesamten Reise hat Lilly stets die fein gearbeitete Kette mit dem winzigen Kreuz um ihren Hals gespürt, die Calvin ihr geschenkt hat. Wenn sie sich an jenem Abend vor dem Gerichtsgebäude tatsächlich geküsst hätten, würde Lilly höchstwahrscheinlich nicht mit einem derartigen Verlangen daran zurückdenken – zumindest nicht mit einer solchen Inbrunst. Jetzt aber baut sich der nie zustande gekommene Kuss derart in ihren Gedanken auf, dass sie sich mehr und mehr wie ein Kind an Weihnachten fühlt, das die Treppe hinunterläuft, um endlich seine Geschenke auspacken zu können.

»Schau einer an, was die Katze von draußen mit reingebracht hat«, neckt Barbara von ihrer Stellung auf dem Hubwagen und ruft den Neuankömmlingen zu. »Was machst du denn da, Lilly? Übst du dich jetzt als Moses?«

David holt zu Lilly auf und grinst in Richtung seiner Frau – sie sind immerhin schon seit siebenunddreißig Jahren verheiratet. »Typisch! Wir sind noch nicht einmal in Sicherheit, und alles, was sie machen kann, ist schimpfen!«

»Du siehst richtig scheiße aus, David!« Barbara lässt den Blick über die anderen schweifen. »Soll ich etwa für all die Leute kochen?«

»Ich liebe dich auch, Schatz!«

Bob pfeift laut, und der Motor des Sattelschleppers heult auf.

Lilly und die anderen versammeln sich um die so entstandene Lücke. Bob steckt seine .357er in das Holster und reißt an einem Querbalken, als der Sattelschlepper zu schaukeln beginnt und schwarzer Rauch aus den Abgasrohren qualmt, ehe er sich langsam in Bewegung setzt. Ben, Speed und Matthew nehmen die Ketten ab und geben den anderen ein Zeichen, dass sie jetzt eintreten können.

Pfarrer Jeremiah erweckt den Eindruck eines Kindes, das

zum ersten Mal eine Stadt sieht. Seine Augen sind weit aufgerissen, und seine riesige Tasche wiegt auf seiner Schulter, als er auf dieses Wunder einer versengten, schlachterprobten, ständig belagerten Siedlung starrt. Er kann sich gar nicht mehr einkriegen, murmelt ständig *Dem Herrn sei Dank*, während er seine Schafe eines nach dem anderen durch die schmale Lücke weist.

Mittlerweile hat sich die Nachricht, dass das Rettungsteam heil wieder heimgekommen ist, wie ein Lauffeuer durch Woodbury verbreitet, und die Freude darüber ist auf jedem der neugierigen Gesichter zu lesen, die sich jetzt an Haustüren und auf der Straße zeigen. Gloria kommt um die Ecke eines nahe stehenden Sattelschleppers gerannt. In der Hand trägt sie eine Waffe und im Gesicht ein Grinsen, das sich von einem Ohr bis zum anderen erstreckt. Tommy Dupree läuft vom Gemeinschaftsgarten in der Arena auf sie zu. In der Eile hat er ganz vergessen, die Schaufel abzustellen, und man kann ihm seine Aufregung vom Gesicht ablesen. Andere erscheinen um Straßenecken und versammeln sich vor dem Gerichtsgebäude. Allesamt ist ihnen die Euphorie auf den verhärmten Mienen anzusehen.

Es werden Hände geschüttelt, man umarmt sich, stellt einander vor. Der Pfarrer scheint ganz in seinem Element, verbeugt sich, grinst die Menschen mit seinem Zehntausend-Watt-Lächeln an und segnet jeden im Umkreis von fünfzig Metern. Er ist charismatisch, in absoluter Bestform – und Lilly beobachtet alles mit peinlich berührter Genugtuung. Sie blickt sich immer wieder um, sucht Calvin in der Menge. Wo steckt er nur? Sie fragt Tommy, und der Junge pfeift einmal laut auf und ruft dann nach seinem

Vater. Lillys Puls schießt augenblicklich in die Höhe. Auf der anderen Seite des Marktplatzes öffnet sich die Tür zum Gerichtsgebäude, und Calvin eilt die Stufen hinunter. Er reibt sich den Nacken mit einem Halstuch und sieht zwar nicht ganz wie ein Gutsherr, aber zumindest wie ein Vorarbeiter oder unverheirateter Bauer aus, der zur Arbeit eilt. Als er Lilly erspäht, erhellt sich seine Miene.

»Schau mal, wer wieder hier ist, Dad!« Tommy Dupree steht stolz neben Lilly, als ob er sie mit eigenen Händen vor dem Verderben gerettet hätte. Lilly spürt, wie der Junge mit seinen Fingern ihre Hand streift. Es ist eine ganz natürliche Geste, als ob er es sein gesamtes Leben lang getan hätte. Dann greift er zu und nimmt ihre Hand in die seine.

Calvin kommt auf sie zu und verpasst Lilly eine rasche keusche Umarmung – so wie Arbeitskollegen, die sich auf einer Cocktailparty begrüßen. »Gütiger Himmel, bin ich froh, dich wiederzusehen.«

Lilly grinst zurück. »Danke, gleichfalls. Du hast ja keine Ahnung, wie schön es ist, wieder da zu sein.«

»Sieht ganz so aus, als ob alles gut über die Bühne gegangen ist«, meint er und weist auf all die Umstehenden, die sich miteinander bekannt machen. »Das ist schon sehr beeindruckend.«

Lilly zuckt mit den Schultern. »Ich glaube, die hätten dasselbe für uns getan. Nein, da bin ich mir sogar sicher.«

»Barbara hat gemeint, dass ihr den Kontakt verloren habt.«

»Die Handsprechfunkgeräte reichen nicht so weit, und außerdem sind die Batterien nicht mehr die jüngsten.«

Calvin nickt. »Schön, dich wieder bei uns zu haben. Du hast uns gefehlt.« Dann legt er eine Hand auf Tommys

Schulter. »Und Tommy hier scheint einen grünen Daumen zu haben.«

Der Junge strahlt Lilly an. »Ich habe heute den Rest der Melonensamen gepflanzt.«

»Das ist klasse, Tommy. Und morgen können wir mit den Tomaten anfangen.«

Der Junge nickt eifrig. »Können wir dann Spaghetti machen, wenn sie reif sind?«

Trotz ihrer Erschöpfung muss Lilly laut auflachen. »Oh – mein – Gott! Was würde ich nicht alles für einen Teller Fettuccine Alfredo geben?«

Calvin schenkt ihr ein natürliches, lockeres Lächeln, aber in seinem Blick schwingt etwas anderes mit: Verlangen. »Wie wäre es mit etwas abgelaufenem, trockenem Müsli plus Milchpulver?«

Sie erwidert seinen Blick und liest ihn wie ein Buch. Es verschlägt ihr den Atem. Sie fängt sich wieder, lächelt zurück und meint: »Wenn du mich einlädst …«

An jenem Abend achtet Pfarrer Jeremiah darauf, sich höchstpersönlich bei jedem der zweiundzwanzig Einwohner Woodburys vorzustellen, die nicht mit auf die Rettungsmission gekommen sind. Er trieft förmlich vor Charme und legt eine Lebensfreude an den Tag, die die Menschen hier seit langer Zeit nicht mehr gesehen haben. Er hält Hof auf dem Marktplatz bis weit nach Sonnenuntergang. Die Menschen haben Fackeln aufgestellt, und vor den Türen und an den Fenstern brennen sie bereits aus. Stundenlang verweilt er unter den knochigen Ästen der Virginia-Eichen und stellt jedes einzelne Mitglied seiner Gemeinde liebevoll den Menschen Woodburys vor, wobei er nette Witzchen über die verschiedenen Charaktere reißt. Über Schwester Rose in ihrer Caprihose meint er, dass sie die Modeikone der Gemeinde sei, und tönt, dass Bruder Joe, der Älteste unter ihnen, Gott bereits am nächsten sei … *wortwörtlich*. Er neckt Stephen und Mark, beide im Hochschulalter, dass sie die Sonntagsschule abgebrochen hätten, und stellt den einzigen Afroamerikaner in seiner Gemeinde, einen Mann mittleren Alters mit einem dünnen Oberlippenbart namens Harold Stauback, als die Stimme Valdostas vor, als ehemaligen DJ und berühmten Solisten des Tallahassee-Baptist-Kirchenchors. Den Großteil des Abends, zwischen Schlucken von Tee und Rinderbrühe, verbringt Pfarrer Jeremiah aber damit, sich ausführlich bei den Menschen Woodburys für die Rettung seiner Gemeinde und somit für die zweite Chance zu bedanken. Er verbürgt sich dafür, sich die Hände mehr als schmutzig machen zu wollen, um Woodburys Sicherheit zu wahren und dem Örtchen zu relativem Wohlstand zu verhelfen. Er verspricht, ein Teamplayer zu sein, seinen Teil tun zu wollen und darauf zu achten, dass jeder Einzelne seiner Gemeinde seinem Beispiel folgt.

Wenn er für ein öffentliches Amt kandidiert hätte, wäre ein erdrutschartiger Sieg vorprogrammiert.

»Ich weiß, dass es ein sehr abgegriffenes Klischee ist«, verkündet er spät am Abend und kaut auf einem Zigarrenstumpen, während er es sich auf einem alten Gartenstuhl bequem macht, der um das Lagerfeuer steht. Die schwindenden Flammen beleuchten die Gesichter der Leute, die sich um ihn versammelt haben. »Aber Gottes Wege sind unergründlich.«

»Wie meinen?«, fragt Ben Buchholz über das Feuer hinweg, und das Lodern der Flammen verleiht seinem Gesicht in der Finsternis einen beinahe wölfischen Charakter. Er sitzt die ganze Nacht schon auf einem Baumstamm, raucht Camel-Zigaretten ohne Filter und lauscht auf jedes Wort des Pfarrers, lacht über seine Witze und nickt nachdenklich bei jeder Lebensweisheit, die der Geistliche zum Besten gibt. Die Leute, die Ben schon länger kennen, können es kaum fassen und sind überrascht von der Geschwindigkeit, mit der der Pfarrer den Griesgram von Woodbury für sich gewonnen hat. Jetzt aber warten die paar weiteren Leute, die sich noch immer auf dem Marktplatz aufhalten, gespannt auf seine Antwort.

Der Geistliche gähnt. »Ich will damit nur sagen, dass es eine Fügung war, dass wir hergekommen sind.« Er lächelt, und selbst in der Dunkelheit ist sein Lächeln umwerfend. »Hier liegt unsere Zukunft, unser Schicksal, Ben. Wir sind alle Menschen nach Gottes Abbild, und wir sind gesegnet, dass Sie alle Ihr Leben aufs Spiel gesetzt haben, um uns aufzunehmen.« Er macht eine Pause und zieht an seinem Stumpen. »Wir haben Verluste in Carlinville hinnehmen müssen. Wir beten, dass ihre Seelen doch noch nach Hause finden und sie in Gottes Gnaden ewigen Frieden erleben dürfen.« Er blickt zu Boden, und die anderen schweigen respektvoll. Selbst Ben senkt vor Ehrerbietung das Haupt. Nach einer Weile richtet sich Pfarrer Jeremiah wieder auf und blickt um sich. »Ich verspreche Ihnen eines. Wir werden diese Menschenliebe, diese Gnade und Zuwendung nicht einfach als gegeben hinnehmen. Wir werden mit anpacken, uns unseren Aufenthalt hier verdienen. Ich werde die Ärmel hochkrempeln und helfen, so gut es mir möglich ist. Und das Gleiche gilt für meine Brüder und Schwestern. Ich weiß, dass Lilly hier das Zepter übernommen hat, und sie wird alles von uns bekommen, was sie verlangt. Schließlich haben Sie uns allen das Leben gerettet.«

Er wirft den Stumpen in die glühende Asche, als ob diese Geste seine Proklamation unterstreichen soll.

Die Umstehenden hängen förmlich an seinen Lippen. David und Barbara Stern sitzen auf Stühlen neben Ben und haben sich eine Decke über die Beine geworfen. Speed und Matthew lümmeln sich auf dem Gras hinter den beiden Sterns und lauschen jedem Wort des Pfarrers, während ständig eine Pfeife zwischen ihnen hin- und herwandert. Sie tun so, als ob niemand merkt, dass sie Marihuana rauchen – die Früchte ihrer geheimen Ernte. Auf der anderen Seite des Lagerfeuers liegt Gloria auf einer Chaiselongue mit einem Plastikbecher billigen Weins in der Hand und döst immer wieder ein, um sogleich wieder aufzuwachen. Das andere halbe Dutzend Zuhörer hat es sich auf dem Boden um den Geistlichen herum bequem gemacht. Schwester Rose ist auch noch da und hält durch, ebenso wie der Gospelsänger Harold Stauback, der jetzt auf dem Gras liegt, den Kopf auf den Ellenbogen gestützt. Sie alle lauschen dem großherzigen Monolog Jeremiahs und denken darüber nach, welch glückliche Fügung es ist, dass ihre beiden Gruppen zusammengekommen sind, um Hand in Hand zu arbeiten, um sich gegenseitig zu helfen und zu lieben.

Diese Stimmung herrscht nicht nur am sanft flackernden Lagerfeuer, sondern in ganz Woodbury; quasi jede Seele erlebt ihren Zusammenschluss ähnlich: Endlich sind die dunklen Tage vorbei. Die Zukunft ihrer Gemeinde ist gerettet, und sie können wieder frohen Mutes in die Zukunft blicken. Es besteht endlich wieder Hoffnung.

Die einzige Ausnahme, die an dieser utopischen Glückseligkeit zweifelt, hat sich schon seit Stunden nicht mehr blicken lassen.

Bob Stookey hat seit seiner Rückkehr von der Rettungsmission keinen Fuß mehr aus dem Haus gesetzt, und er wird sich auch weiterhin zurückhalten und niemandem von seiner Vorahnung erzählen. Erst muss er Beweise finden, um seinen Verdacht zu bestätigen.

Dann aber wird er diesen Schwindler entlarven, der sich als Mann Gottes ausgibt.

Sechzehn

In den frühen Morgenstunden stehen Calvin und Lilly im Keller des Gerichtsgebäudes. Hier gab es früher einmal eine kleine Kantine, die die Beamten und die Sekretärinnen von Meriwether County ernährt hat. Sie wachen über den leise schnarchenden Tommy, dessen Kopf auf einem der großen Klapptische liegt und von einigen leeren Red-Bull-Dosen, Styroporbechern, leeren Müslischachteln und einem halben Dutzend leerer Schokoriegelverpackungen umringt ist, die zusammen wie ein riesiger Heiligenschein aussehen. An der Wand hängt ein uraltes Schild mit einem Bären, der einen Ranger-Hut trägt und Passanten vor den Gefahren offenen Feuers in den Wäldern von Meriwether County warnt.

Tommy hat die letzten eineinhalb Stunden damit verbracht, mit aller Mühe wach zu bleiben, um zusammen mit seinem Dad von Lilly die Details der Mission in den Tunneln zu erfahren, bis sein Kopf nach vorne kippte. Vor wenigen Minuten war er beinahe mit dem Gesicht in sein Müsli gefallen. Calvin entschied sich dafür, ihn hierzulassen, damit er und Lilly sich weiter unter vier Augen unterhalten können.

Jetzt stehen sie am Ende des langen Tisches, und Lilly lehnt sich gegen die Kante, während Calvin die ganze Zeit nervös auf und ab geht. Immer wieder beteuert er Lilly:

»Ich werde dich nicht anlügen. Ich habe schon seit jeher meine Zweifel an dieser Mission gehabt.«

»Was soll das denn heißen?«, fragt Lilly und blickt ihn an. »Und was meinst du? Dass wir diese Leute überhaupt erst finden?«

»Ja, das auch … Aber vor allen Dingen, ob dieser Tunnel euch bis zur anderen Seite des Countys führt. Und ich wusste, dass *er* sich große Sorgen gemacht hat«, fährt Calvin fort und zeigt auf den schlafenden Teenager. »Der hat nie ruhig bleiben können, ist die ganze Zeit herumgezappelt. Ich habe so etwas wie Beschäftigungstherapie im Garten in der Arena versucht, aber er hat in letzter Zeit viel mitmachen müssen, schließlich ist seine Mutter erst vor Kurzem verstorben.« Calvin senkt peinlich berührt den Blick. »Er hat dich sehr gern, Lilly. Alle drei sind ganz versessen auf dich.«

Es folgt eine kurze Stille, und Lilly hätte Calvin am liebsten gefragt, ob *er* sie auch sehr gerne hat, aber sie hält sich unter Kontrolle und meint stattdessen: »Und ich genauso auf sie.« Sie fährt sich mit der Zunge über die Lippen. »Aber du hast es ja bereits gesagt – wir hatten keine Wahl. Wir mussten es tun. Wir haben gut und richtig gehandelt.«

»Selbstverständlich. Schau dir doch nur an, wie viele Leben ihr gerettet habt. Das kann nur gut für Woodbury sein und wird es stärker machen.«

»Dieser Priester ist eine ziemlich imposante Figur, nicht wahr?«

Calvin kichert. »Temperament hat er auf jeden Fall, und zwar nicht zu knapp.« Sein Lächeln legt sich. »Im Laufe der Jahre bin ich vielen solcher Typen begegnet – du weißt schon, Menschen, die einem Inuit ein Eis verkaufen könnten.« Er überlegt eine Weile. »Normalerweise handelt es sich um Opportunisten, weißt du? Aber *der* hier scheint … anders. Aus irgendeinem Grund vertraue ich ihm. Frag mich nicht, warum. Er scheint einfach ein guter Mensch zu sein, der seine Berufung gefunden hat.«

Lilly lächelt. »Also, ich muss schon sagen … Ich weiß genau, was du meinst. Er scheint … ehrlich. Oder so ähnlich. Ich kann es nicht genau erklären.«

Calvin nickt. »Ich weiß. Verlass dich einfach auf dein Bauchgefühl, Lilly. Das hat dir, nein uns, bis jetzt immer hervorragende Dienste geleistet.«

Lilly lächelt verlegen und senkt den Blick zu Boden. »Vielen Dank, Calvin.«

Calvin kaut auf seiner Lippe. »Ich bitte dich schon die ganze Zeit, mich Cal zu nennen.«

»Tut mir leid … Cal.« Sie schaut ihn an, will die Hand nach ihm ausstrecken und die Bartstoppeln an seinem starken Kinn berühren. Plötzlich fühlt sie Schmetterlinge im Bauch, als er zu ihr tritt und sich neben sie gegen die Tischkante lehnt. Sein typischer Geruch aus Old Spice, Seife und Kaugummi steigt ihr in die Nase. Wie zum Teufel schafft er es, in dieser postapokalyptischen Welt so gut zu riechen? Die meisten Menschen stinken nach nassem Hund und vertrocknetem Urin, aber dieser Mann duftet, als ob er gleich ein Date hätte. »Ich will ehrlich mit dir sein«, haucht er leise. »Während der letzten vierundzwanzig Stunden war ich auch nicht gerade die Ruhe selbst.«

Sie blickt ihn an. »Hast du dir etwa um mich Sorgen gemacht?«

Er zuckt mit den Schultern und grinst. »Ach, du weißt

doch, wie das ist. Ich bin nun einmal von Natur ein Schwarzseher.«

Ein Geräusch vom anderen Ende des Tisches erregt ihre Aufmerksamkeit. Tommy Dupree bewegt sich und hustet kurz. Calvin legt sich die Hand über den Mund und wirft Lilly mit weit aufgerissenen Augen einen Blick zu, der so viel wie *Hoppla!* bedeutet. Sie hält sich den Zeigefinger vor die Lippen und versucht, ein Kichern zu unterdrücken. Sie stoßen sich vom Tisch ab und durchqueren den Keller auf Zehenspitzen wie zwei Einbrecher, die sich am Sicherheitspersonal vorbeistehlen.

Vorsichtig öffnen sie die Tür, gehen hindurch und schließen sie hinter sich. In dem vollgestellten, schattigen Hauptflur, der von einem einzelnen Notlicht am hinteren Ende beleuchtet wird, bedecken Patronenhülsen, Rollen von Klebeband und schmutzige Pfützen den Boden. Schwere Plastikfolien liegen auf den Heizkörpern, und von ein paar freiliegenden Rohren an der Decke tropft noch immer Wasser, obwohl es bereits vor Monaten abgestellt worden ist.

Sie stehen sich einander gegenüber, können die Augen nicht voneinander lassen. Calvin streift ihr Kinn sanft mit der Hand. Die Konturen ihres Gesichts ziehen ihn in ihren Bann. »Ich *habe* mir Sorgen um dich gemacht«, gibt er lächelnd zu. »Ich muss dir sogar beichten, dass ich dich vermisst habe.«

Es ist, als ob jemand einen Schalter umgelegt hätte. Calvins Blick wird immer intensiver, aber sie hält ihm stand. Sein Lächeln ebbt ab. Das von Lilly ebenfalls. So starren sie sich für eine gefühlte Ewigkeit an. Zwischen ihnen tropft das Wasser alle paar Sekunden herab und landet mit einem lauten *Platsch* auf dem Boden zu ihren Füßen, aber sie nehmen es gar nicht wahr. Lilly spürt, wie sich ein warmes Gefühl in ihr ausbreitet. Ihr Rückgrat kribbelt, und sie kriegt am ganzen Körper eine Gänsehaut. Sie hört kaum Calvins Stimme, als er sagt: »Vielleicht sollten wir irgendwohin gehen, damit …«

Sie stürzt sich auf ihn und drückt ihre Lippen auf die seinen. Er scheint darauf gefasst zu sein, denn er legt die Arme um sie und erwidert leidenschaftlich ihren Kuss.

Er dauert mehrere Sekunden, durchläuft eine Reihe von Schritten und beginnt damit, dass Lilly den Mund öffnet und gierig ihre Zunge in seinen steckt. Erneut erwidert er ihr Vordringen und tastet sie mit seiner Zunge ab. Ihre Umarmung wird fester, entwickelt sich zu einem hastigen, intensiven Fummeln, Tasten, Liebkosen und Drücken. Jetzt ist alles möglich. Ihre inneren Motoren sind angeworfen. Er ergreift ihre Brüste, drückt die Handflächen gegen ihre aufgestellten Brustwarzen, und sie stößt ein gedämpftes Keuchen aus, als sie ihre Leiste gegen seine reibt, die bereits eine Beule aufweist. Die zweite Phase beginnt, als sie ihn gegen die Wand drückt, er seine Hüfte gegen sie stemmt und zu reiben und stoßen beginnt. Die Hitze ihrer Körper heizt die Stimmung zwischen ihnen nur noch weiter an. Das Wasser tropft auf ihre Haare und Schultern, während sie sich gegeneinanderstemmen und ihr Kuss in eine Art wahnwitziges Ringen übergeht. Ihre Lippen drücken jetzt so hart aufeinander, dass sie zu bluten beginnen. Der Kupfergeschmack auf Lillys Zunge dient dazu, ihre Ekstase weiter anzukurbeln. Sie lässt von seinen Lippen ab und beißt in seinen Nacken, schmeckt sein Fleisch. Es kommt, wie es nicht anders kommen kann, und wie zwei Menschen, die von einer Klippe stürzen, stürzen sie sich in

Phase drei. Sie beginnt, indem Calvins Hände immer weiter hinabgleiten, die Schnalle seines Gürtels und den Reißverschluss seiner Hose öffnen, er ihre Schenkel auseinanderspreizt, ihre Hose hinunterreißt, sie zur Wand umdreht und hart in sie eindringt. Er schiebt und rammt, und Lilly stößt eine ganze Reihe rhythmischer Schreie aus und reitet den Blitz, der sich zwischen ihnen aufbaut. Das Wasser umgibt sie nun völlig, und für einen kurzen, wunderbaren Augenblick elektrischer Hingabe verliert Lilly sich selbst in dem flüssigen Gewitter, das in ihr tost. Jetzt weiß sie ihren eigenen Namen nicht mehr, wo sie oder mit wem sie ist. Es gibt keine Seuche mehr, keinen Tod, kein Elend, keinen Raum, keine Zeit, keine Gesetze der Physik, nur diesen Blitz … diesen gesegneten, heiligen, alles reinigenden Blitz.

Lilly wacht mit den ersten Sonnenstrahlen am nächsten Morgen auf. Sie liegt auf dem Boden des Korridors. Calvin ist neben ihr, seine Stirn gefurcht von einem Albtraum. Sie haben sich gestern Nacht noch rasch eine Decke übergeworfen. Jetzt dringt ein dünner Strahl des neuen Tageslichts durch ein mit Brettern verschlagenes Fenster. Lillys Kreuz klebt im feuchten Dreck am Boden, und für einen Moment kommt sie sich selbst wie ein Stück Dreck vor – auf vielen Ebenen. Sie dreht sich, setzt sich auf, reibt sich die wunden Augen und streckt sich. Jetzt regt sich auch Calvin. Er blinzelt und räuspert sich, als er langsam aufwacht. Plötzlich schreckt er auf und fährt blitzartig hoch.

»Oh, wow«, raunt er, reibt sich den Nacken und starrt auf die Hose, die noch immer um seine Fesseln hängt. »Um Gottes willen … Es tut mir leid. Es tut mir wirklich sehr leid.«

»Ach, lass uns das nicht aufbauschen«, sagt Lilly, zieht sich ihre Sachen an und schluckt den Geschmack getrockneten Bluts in ihrem Mund hinunter. »Es ist passiert. Es ist, was es ist. Du bist noch immer der gleiche gute Mensch, der du schon gestern Nacht warst. Akte geschlossen.«

Er schaut sie an, blinzelt ein wenig und versucht, einen Sinn in ihren Worten zu erkennen. »Akte geschlossen? Soll das heißen …«

»Es soll gar nichts heißen … Ich weiß nicht, was es heißen soll. Ich habe doch auch keine Ahnung, was ich sagen soll. Ich kann noch keinen klaren Gedanken fassen.« Sie fährt sich mit den Fingern durch die Haare und schluckt erneut. »Ist Tommy noch da drin?«

Calvin rafft sich auf die Beine, stolpert durch den Flur auf die Tür zum Kellerraum zu und lugt durch ein schmales Fenster neben dem Rahmen. »Schläft immer noch wie ein Toter.« Dann dreht er sich zu ihr um und fummelt nervös mit den Händen. »Um Gottes willen! Ich hoffe, er hat von gestern Abend nichts mitgekriegt.«

Lilly geht zu ihm hin und legt eine Hand auf seine Schulter. »Pass auf, ich weiß, dass ihr viel durchgemacht habt …«

Aber Calvin reißt sich von ihr los. »Ich hätte das nicht tun dürfen. Was habe ich mir nur dabei gedacht? Mitten im Flur!« Er schaut ihr in die Augen. Sein Blick ist voller Bedauern, voller Scham und gar Schrecken. »Ich habe eine Familie – bin siebzehn Jahre verheiratet – ich meine, ich *war* siebzehn Jahre verheiratet.« Seine großen Augen füllen sich mit Tränen. »Ich kann es nicht fassen, dass ich das getan habe.«

»Cal, hör mir zu.« Sie packt ihn an den Schultern, schüttelt ihn, spricht zu ihm mit normaler Stimme und schaut ihm tief in die Augen. »In dieser Welt, in der wir leben, geht nicht alles seinen gewohnten Gang. Du kannst dich wegen so einer Sache nicht selbst kasteien.« Er will schon antworten, aber Lilly packt noch fester zu. »Ich bin kein liebestolles Schulmädchen mehr. Wenn du nicht willst, wird niemand etwas davon erfahren.«

»Darum geht es doch gar nicht, Lilly.« Er befreit sich von ihr und nimmt ihre Hand. Seine Stimme ist wieder sanfter, als er fortfährt: »Ich will dich doch für nichts verantwortlich machen. Der Herr hat uns allen Willensfreiheit geschenkt. Ich habe von Anfang an mit dir geflirtet. Aber ich habe gesündigt. Vor Gott, vor allen. Und das sechs Meter von meinem schlafenden Kind entfernt.«

»Calvin, ich bitte dich …«

»Nein!« Er starrt sie an. »Lass mich bitte ausreden. Was ich damit sagen will, ist, dass so etwas selbst in dieser Welt, in der wir leben, *wichtig* ist. Jetzt, am Ende unserer Tage, ist unser Benehmen von besonderer Relevanz …«

»Warte … Immer schön langsam … Was soll das heißen, am Ende unserer Tage?«

Er schaut sie an, als ob sie ihm gerade eine Ohrfeige verpasst hätte. »Ich weiß, dass du nicht gläubig bist, aber das ändert nichts an der Tatsache, dass wir im Armageddon leben. Mach deine Augen auf, und schau dich um, Lilly. Was hier passiert, ist der Weltuntergang, und alles, was wir tun, ist wichtiger denn je – *denn Gott schaut auf uns hinab*. Verstehst du? Er beobachtet uns genauer als je zuvor.«

Lilly stößt einen qualvollen, frustrierten Seufzer aus. »Ich respektiere deinen Glauben, Cal. Das kannst du mir ruhig abnehmen. Aber hier ist eine Blitzmeldung für dich: Ich bin keine Heidin, sondern habe schon an eine höhere

Macht geglaubt, als ich ein Kind war. Ich glaube an einen Gott. Aber mein Gott ist kein grausamer Folterer, der alles und jeden bewertet und verurteilt, nur weil wir nicht perfekt sind. Ich glaube an einen liebenden Gott und bin fest davon überzeugt, dass dieser liebende Gott nichts mit alldem zu tun hat.«

Calvins Augen flackern vor Zorn auf. »Ich will deine Seifenblase nicht zerplatzen lassen, Lilly, aber Gott hat mit allem etwas zu tun, das in diesem Universum passiert.«

»Sehr gut, wir können uns gerne über Philosophie streiten, aber es gibt keinen Grund …«

»Lilly …«

»Nein, Cal! Jetzt bin ich dran, und du musst mir zuhören. Es fängt damit an, dass wir keine Ahnung haben, was all das ausgelöst hat. Vielleicht war es irgendein Industriegift oder die Zusatzstoffe, die sie in das Scheißkaffeepulver schütten. Aber ich garantiere dir, dass es kein Eingriff Gottes ist. Davon steht nichts in der Bibel, und Nostradamus hat auch nichts davon geschrieben. Es ist genauso von Menschenhand geschaffen wie die Klimaerwärmung, die nie enden wollenden Kriege oder das Reality-Fernsehen. Aber was auch immer der Auslöser dafür ist, Cal, ich kann dir eines versprechen: Sobald man der Sache auf den Grund gekommen ist – und das werden wir höchstwahrscheinlich nicht mehr erleben –, wird es sich bestätigen, dass Gier der wahre Auslöser war. Irgendwo wollte irgendjemand an allen Ecken und Enden sparen. Irgendein Arschloch im mittleren Management, der in einem Scheißlabor in seiner Arbeitsnische hockt und gedacht hat, er hätte das Ei des Kolumbus gefunden.« Lilly geht die Luft aus.

Calvin senkt den Blick und raunt leise vor sich hin, als ob

er etwas gebetsmühlenartig aufsagt: »Der beste Trick, den der Teufel sich je hat einfallen lassen, ist der, die Menschheit davon zu überzeugen, dass er nicht existiert.«

»Okay. Gut. Glaub doch, was du willst, Calvin. Das hier ist die Bestrafung für all unsere Sünden. So steht es geschrieben. Das Ende ist nah. Für weitere Details bitte im Lokalteil der Zeitung nachschlagen. Aber eins musst du eingestehen.« Sie beugt sich näher zu ihm, legt eine Hand auf seinen Arm, und ihre Berührung ist zärtlich und versöhnlich, obwohl in ihrer Stimme noch leichte Verärgerung mitklingt. »Wir müssen nachsichtig miteinander umgehen. Was immer den Menschen auch hilft, den Alltag zu bewältigen … Solange man niemand anderem schadet oder ihn in Gefahr bringt … Dann ist es gut. Der eine trinkt. Nun gut. Korbflechten, Masturbieren, Drogenmissbrauch. Alles egal! Und hier ist noch etwas, nur damit wir einander verstehen. Denn darum geht es wirklich, Cal. Es ist absolut egal, wie die Seuche angefangen hat, ob Gott damit etwas zu tun gehabt hat oder nicht. Es geht einzig und allein ums Überleben. Es geht darum, ob wir zusammenarbeiten und eine Gesellschaft wiederaufbauen können. Ob wir wie Menschen und nicht wie Tiere handeln. Ich respektiere deinen Glauben, Cal. Auch respektiere ich die Tatsache, dass du einen wahnsinnigen Verlust hast erleiden müssen. Und ich bitte dich, dass du *meinen* Glauben ebenso respektierst … meinen Glauben an die *Menschen.*« Mittlerweile hat sie Calvins ungeteilte Aufmerksamkeit. Er gibt keinen Laut von sich, blickt ihr in die Augen, und sie erwidert seinen Blick und deutet mit dem Daumen auf das hintere Ende des Flurs, wo ihr Gürtel samt Holster auf dem Boden bei der Sockelleiste liegt. »Und heb noch ein wenig Glauben für meine beiden Ruger-.22-Kaliber-Pistolen auf.«

Calvin entfährt ein langer, qualvoller Seufzer. Er lässt die Schultern hängen, und seine Muskeln schlaffen in einer Geste der Kapitulation ab. Er lächelt traurig. »Es tut mir leid, Lilly. Du hast recht. Ich weiß wohl gerade nicht, wie ich mich im Augenblick fühlen soll.«

Lilly will schon antworten, als eine hohe Stimme hinter ihnen sie beide zusammenzucken lässt.

»Worüber denn?«

Beide wirbeln herum und sehen Tommy Dupree, der barfüßig unter dem Türrahmen steht und sich die Augen reibt. Sein Spiderman-T-Shirt ist ganz feucht vor Schweiß. »Worüber redet ihr?«

»Ach, nichts«, entfährt es Calvin. »Wir reden über … über *Pistolen*.«

Lilly und Calvin tauschen einen Blick aus, und Lilly kann sich ein Lächeln nicht verkneifen. Es scheint ansteckend zu sein, denn Calvin beginnt auch zu grinsen, um dann zu glucksen anzufangen – halb lachend, halb vor Entspannung hustend –, und Lilly kann nicht anders, als ebenfalls zu lachen. Die Tatsache, dass Calvin es tut, reicht ihr als Anlass und Grund. Der Junge geht zu ihnen und blickt sie fragend an. Die beiden Erwachsenen können sich jetzt kaum noch einkriegen, wissen gar nicht mehr, wer oder was sie zum Lachen gebracht hat, und wiehern völlig unkontrolliert vor sich hin.

Tommy beobachtet sie mit nachdenklich gerunzelter Stirn, fängt aber bald schon ebenfalls zu lachen an, und die Tatsache, dass er jetzt mitmacht – was natürlich überhaupt keinen Sinn ergibt –, lässt Lilly und Calvin erst recht losbrüllen. Die drei befinden sich in einer von nichts Konkretem ausgelösten Hysterie, die sich höchstens durch ihre anschwellende Lautstärke weiter selbst befeuert. Es scheint allein schon unbegreiflich lustig, dass sie in der heutigen Zeit vor Heiterkeit völlig ausgelassen lachen können, sodass sie sich beinahe verkrampfen und zu quietschen anfangen. Die Tränen auf ihren Gesichtern fühlen sich fremd an, Tränen der Erlösung und der Freude, und erst das Wegwischen scheint dem Anfall ein Ende zu setzen.

Endlich fangen sie sich wieder, und sowohl Calvin als auch Tommy warten darauf, dass Lilly etwas sagt, um den Spuk endgültig zu vertreiben.

»Wie auch immer …«, murmelt sie und blickt die beiden an. Das Lächeln verbleibt noch immer auf ihrem Gesicht. Bis jetzt hat sie nie bemerkt, wie sehr der Junge seinem Vater ähnelt – das gleiche vorragende Kinn, die gleichen strohblonden Haare, die gleiche in die Stirn gekämmte Schmachtlocke –, und die Erkenntnis löst einen Blitzschlag an Emotionen in ihr aus. Ihr Lächeln verschwindet schlagartig, und die alten Phantomschmerzen ihrer Fehlgeburt von vor wenigen Wochen leben bei den Gedanken an Familie, Heim und Glück wieder auf. Mit der Dauer eines Herzschlags sieht sie ein paralleles Leben sich vor ihrem inneren Auge abspielen, wie sie Calvins Kinder adoptiert, mit ihnen zusammenzieht, die Haare der kleinen Bethany zu Zöpfen flechtet, Luke Gutenachtgeschichten vorliest, Tommy zum Angeln mitnimmt, für sie kocht, auf sie aufpasst, jede Nacht mit Calvin in einem riesigen Federbett schläft und die Sterne durch das Dachfenster auf sie hinableuchten. Sie sieht eine Lilly, die ein normales Leben führt.

»Macht schon, ihr zwei«, sagt sie endlich. »Lasst uns mal

schauen, ob wir etwas anderes zum Frühstück auftreiben können als kaltes Müsli und Milchpulver.«

Sie lesen ihre Siebensachen auf, und Lilly führt sie den Flur entlang zum Ausgang. Draußen ist es schwül und heiß, und während der ganzen Zeit gedeiht der Samen in ihrem Kopf, den sie kürzlich gesät hat. Es ist eine Idee, die sie bald schon bei jedem Schritt begleiten wird – zusammen mit der Gewissheit, dass Woodbury sich im Umschwung befindet … Ob es die Bewohner wollen oder nicht.

In den Tagen, ehe Lilly sich mit Bob ausspricht, beweist die Gemeinde Pfarrer Jeremiahs immer wieder, dass sie tatsächlich bereit ist, mit anzupacken.

Lilly ist sehr besorgt über Woodburys schwindende Kraftstoffreserven. Sie haben lediglich eine Flasche Propan übrig und nur noch wenige Kanister mit Sprit in der Bahnhofshalle. Also beruft sie eine Notversammlung auf dem Marktplatz ein, um so viele Freiwillige wie möglich anzuheuern. Der Pfarrer wohnt dem Treffen tatendurstig mitsamt seiner Gemeinde bei. Die Männer melden sich freiwillig, um mit Speed und Matthew auf die Suche nach Kraftstoff zu gehen, während ein paar Frauen Gloria dabei helfen wollen, nach Nahrung auf den umliegenden Feldern zu suchen. Manche von ihnen waren früher in der Kinderbetreuung tätig, sodass Barbara ihnen Kinderdienst zuteilt. Ein Gemeindemitglied namens Wade Pilcher, ein ehemaliger Polizist, der auch in der Army gedient hat, möchte bei den nächtlichen Beißer-Patrouillen auf dem Verteidigungswall mitmachen. Lilly ist angesichts der Hilfsbereitschaft dieser Menschen positiv überrascht, und die Früchte ihrer Arbeit sind beinahe im Handumdrehen sichtbar. Mit Hilfe der zusätzlichen Augen und Muskeln stöbert Speeds und Matthews Suchtrupp einen unterirdischen Tank unter den Ruinen eines Motorradhändlers ungefähr dreißig Kilometer südlich von Woodbury entlang dem Highway 85 auf, während die Frauen nach Nüssen und Beeren suchen und auf ein bisher unbekanntes Maisfeld stoßen, das erntereif ist. Der Schatz bedeutet unzählige Scheffel Kohlenhydrate und Zucker für die Stadt.

Lilly ist weiterhin beeindruckt von Pfarrer Jeremiahs Einsatzwillen und seiner Bereitwilligkeit, die Ärmel hochzukrempeln und anzupacken. Der Pfarrer ist bei einer ganzen Reihe von Suchtrupps dabei und stets einer der Ersten, wenn es darum geht, schwere Sachen zu heben. Er nimmt Speeds und Matthews Befehle humorvoll entgegen und unterhält den Rest der Mannschaft mit anzüglichen Kommentaren und heiteren Anekdoten. Später, als ein Beißer es durch die Absperrung in der südöstlichen Ecke des Verteidigungswalls schafft und droht, tobend durch die Stadt zu marschieren, ist es der Pfarrer, der als Erster eingreift, durch die Tür seiner vorübergehenden Bleibe stürmt, das angespitzte Kreuz schwingt und es in den Schädel der Kreatur rammt, ehe sie eine Chance hat, weitere Panik auszulösen. Ein anderes Mal verletzt sich eines der Kinder in dem Garten der Arena an einer Pflanzschaufel, und der Geistliche trägt den Jungen durch den Garten und die Treppen hinunter in die Krankenstation und singt dabei fünf Strophen von »Will the Circle Be Unbroken«.

Eines Abends bittet Jeremiah Lilly um ein Treffen im Gemeinschaftssaal im Gerichtsgebäude, wo er ihr eine Liste seiner Leute reicht, auf der Vorschläge stehen, wie seine Schäfchen besser eingeteilt werden können. Als Lilly sie studiert, ist sie von seiner Initiative beeindruckt:

Rollenverteilung und Verantwortung
Gottes Pfingstkirche, Pfarrer J. Garlitz

Name	Alter	Beruf	Aufgabe
– Frauen –			
Mary Jean	17	Studentin	Nahrungssuche
Colby	32	Hausfrau	Nahrungssuche
Noelle	19	Studentin	Nahrungssuche
Rose	47	Hausfrau	Kinderbetreuung
Cailinn	63	Schulköchin	Kinderbetreuung
Emma	31	Hausfrau	Suchtrupp
– Männer –			
Joseph	73	pensionierter Krämer	Beißer-Patrouille
Harold	51	DJ	Suchtrupp
Stephen	26	Hilfsarbeiter	Ausbau des Verteidigungswalls
Mark	28	Maurer	Ausbau des Verteidigungswalls
Reese	23	Student	Ausbau des Verteidigungswalls
Wade	41	pensionierter Polizist	Beißer-Patrouille
Anthony	39	Verkäufer	Suchtrupp

»Sehr gut«, sagt Lilly, als sie die Liste durchgelesen hat. Der Zettel ist auf Briefpapier geschrieben, auf das ein goldenes Kreuz geprägt ist, unter dem die Buchstaben G.P.K. stehen. Lilly nimmt an, dass es die Abkürzung für Gottes Pfingstkirche ist. Sie ist sich noch nicht sicher, ob es sich dabei um eine wirkliche Kirche, einen wandernden Priester mit Gemeinde oder eine Sekte handelt.

»Wir wollen nur unseren Beitrag leisten«, versichert der Pfarrer, der Lilly am Tisch gegenübersitzt. In seinen großen, gepflegten Händen hält er einen Styroporbecher mit Pulverkaffee und schaut sie an. Wie immer trägt er ein weißes Hemd und die Clipkrawatte, die vom postapokalyptischen Alltag abgewetzt, blutbefleckt und dreckig ist.

»Sehr durchdacht«, lobt sie.

»Sie inspirieren uns, Lilly. Was Sie hier haben, ist real. Es ist eine Stellungnahme, eine Aussage über die Stärke und Beständigkeit der menschlichen Seele, und wir möchten Teil davon sein.«

»Sie *sind* ein Teil davon. Und zwar genauso wie alle anderen hier auch.«

Der Priester senkt das Haupt und starrt auf seinen Kaffeebecher. »Vielen Dank für Ihre Worte, Lilly, aber wir halten das nicht für selbstverständlich – und heutzutage erst recht nicht.«

»Jeder in Woodbury ist hellauf begeistert von den Menschen in Ihrer Gemeinde, Jeremiah, und wir wollen, dass Sie und Ihre Leute für immer hierbleiben. So einfach ist das.«

Der Priester lächelt. Lilly sieht, dass einer seiner Schneidezähne eine Goldkrone trägt. »Das ist wirklich sehr nett von Ihnen.« Er blickt ihr in die Augen. »Wir glauben, dass Gott uns hierhergeführt hat, damit wir bis zu unserem Lebensende bleiben.«

Lilly erwidert sein Lächeln. »Dann hoffen wir mal, dass das noch in weiter Ferne liegt.«

Sein Gesichtsausdruck verändert sich – seine helle Miene wird zu einer undurchschaubaren Maske. »Der Mensch plant, und Gott lacht, heißt es.«

»Ich nehme an, dass das nie zutreffender als heutzutage war.« Lilly erwidert seinen Blick. »Haben Sie sonst noch etwas auf dem Herzen?«

Der Geistliche setzt sein Lächeln wieder auf. »Nein, danke. Ich glaube, dass ich nur etwas müde bin.«

»Sie haben eine Pause verdient. Sie haben sich während der ganzen letzten Woche geradezu verausgabt.«

Er zuckt mit den Schultern. »Ich habe nicht mehr getan als jeder andere auch.«

»Die haben Sie ins Herz geschlossen, wissen Sie? Ich glaube, dass Sie bereits in der zweiten Nacht die halbe Stadt für sich gewonnen haben – als Sie den Beißer erledigt haben, der durch die Absperrung geschlüpft ist.«

»Aber das ist doch nichts. Das habe ich *Sie* doch auch schon tun sehen, Lilly.«

»Und den Rest haben Sie gestern rumgekriegt, als sie den widerspenstigen Baumstumpf vor der Post zu Kleinholz verarbeitet haben.«

»Die meisten Männer in Woodbury hätten es genauso machen können. Ich habe mich nur freiwillig der Aufgabe angenommen, mehr nicht.«

»Und Ihre Demut ist das Sahnehäubchen«, lobt Lilly ihn mit einem Lächeln im Gesicht. »Diese Leute würden ihr Leben für Sie geben, und das ist heutzutage verdammt wichtig.«

Er zuckt mit den Achseln. »Wenn Sie das sagen, Lilly.« Er wirft ihr einen Blick zu. »Und sind Sie sich wirklich sicher, dass jeder hier der gleichen Meinung ist?«

»Was wollen Sie damit sagen? Natürlich. Oder hat irgendjemand etwas anderes behauptet?«

Der Geistliche rollt den Kaffeebecher nachdenklich zwischen seinen riesigen Pianistenhänden. »Lilly, man muss kein Hellseher sein, um zu merken, dass der ältere Gentleman – ich glaube, er heißt Bob – nicht wirklich von meiner Anwesenheit hier begeistert ist.«

Lilly begrüßt seine Aussage mit einem Achselzucken.

»Ach, Bob. Der lebt in seiner eigenen Welt.« Tatsache ist, dass man ihn bereits seit Tagen nicht gesehen hat. Er hat sich in den Tunneln aufgehalten, sich mit der Ventilation beschäftigt und hat versucht, Stromleitungen zu legen. Er behauptet, dass sie die Gänge eines Tages vielleicht nicht nur vorübergehend brauchen werden. Aber Lilly weiß, dass die Neuankömmlinge Bob missmutig und paranoid machen. »Überlassen Sie Bob mir«, fügt sie hinzu. »Sie machen einfach weiter mit dem, was Sie so oder so schon tun. Sie sind eine wahre Hilfe, und niemand ist Ihnen dankbarer als ich.«

»Nun gut, Lilly, aber ich muss Ihnen noch eine Frage stellen.« Erneut eine Pause. »Gibt es vielleicht einen Grund für all diese netten Worte? Ist da noch etwas, worauf Sie hinauswollen?«

Sie schaut ihn an, und ihr Gesichtsausdruck verändert sich. Sie holt tief Luft und räuspert sich nervös. »Sie lesen mich wie ein offenes Buch. Ja. Da gibt es etwas, um das ich Sie bitten möchte.« Sie wählt ihre Worte vorsichtig. »Ich habe die Führungsposition hier gewissermaßen geerbt.« Sie hält inne. »Ich werde Sie nicht mit den Details behelligen.«

»Und sie ist Ihnen wie auf den *Leib* geschrieben. Aber das habe ich ja schon gesagt. Das ist auch für jeden sichtbar.«

»Nun, da wäre ich mir nicht so sicher.« Sie weist das Kompliment ab, als ob es sich um eine Fliege handelt, die um ihren Kopf schwirrt. »Ich weiß nur, dass ich mich nicht dafür beworben habe. Der Posten wurde mir quasi aufgebürdet.« Wieder eine Pause. Lilly wägt ihre Worte ab. »Mal unter uns – es gibt niemanden hier, der das Potential zum Anführer hat. Es sind alles gute Menschen, das können Sie mir ruhig glauben, aber es gibt keinen wirklichen Motivator unter ihnen, der die Sachen anzupacken versteht. Und um ehrlich mit Ihnen zu sein, ich würde lieber ein einfaches Leben führen.« Sie blickt zu Boden. »Es ist mir schon klar, dass die Möglichkeit, ein ›normales‹ Leben zu führen, so gut wie unmöglich ist.« Sie zögert, fährt dann aber fort: »Aber ich könnte mir vorstellen, eine Familie zu gründen.«

Mit gedämpfter Stimme meint der Geistliche: »Mir ist aufgefallen, dass Sie relativ viel Zeit mit diesem Calvin und seiner kleinen Nachkommenschaft verbringen.«

Sie grinst. »Schuldig im Sinne der Anklage.«

»Sie haben ein Händchen für die Kinder, so viel kann ich Ihnen verraten. Und der Kerl ist ein guter Christ.«

»Vielen Dank.«

»Okay, aber ... Wie haben Sie mich da eingeplant?«

Sie lächelt und holt tief Luft. »Sie können mir helfen, indem Sie meinen Job übernehmen.«

Siebzehn

Lillys Vorschlag folgt eine erhitzte Diskussion, die bis in die späten Abendstunden andauert. Pfarrer Jeremiah ist eher unwillig, eine solch wichtige Position einzunehmen. Er glaubt, dass die Bewohner Woodburys ihn nicht so einfach als ihren Anführer akzeptieren – einen Außenstehenden, der gerade mal eine Woche in Woodbury wohnt. Auch ist er sich nicht sicher, wie seine Gemeinde die Nachricht aufnehmen würde, denn sie sind sehr besitzergreifend, was ihn angeht. Lilly jedoch gibt nicht nach und überredet ihn zu einem Kompromiss: eine Doppelspitze. Jeremiah willigt zögernd ein, und sie schütteln sich die Hände, um die Sache zu besiegeln.

Die Entscheidung wird noch geheim gehalten, ist sozusagen inoffiziell, aber Lilly kommt es vor, als ob ihr eine große Last von den Schultern genommen wurde.

Während der nächsten Tage fühlt sie sich wie im siebten Himmel. Ihre Aufgaben umfassen die Aufsicht über den Garten in der Arena – es werden Wasser- und Cantaloupe-Melonen gepflanzt – und das Entfernen von Blutflecken und Fesseln in den Katakomben unterhalb der Arena. Außerdem hilft sie beim Pflügen der Erde an der östlichen Seite der Arena, um ein Blumenbeet anzulegen. Letzteres ist Lillys Idee. Ein paar Spaßvögel schlagen Lilien vor, aber es gibt auch Stimmen, die es als pure Zeitverschwendung abtun. Warum soll man auch nur eine Minute damit verbringen, Blumen zu pflanzen, die nur der Zierde dienen, sonst aber absolut sinnlos sind? Die Menschen hier müssen jeden Tag um ihr Überleben kämpfen, jede freie Minute damit verbringen, den Verteidigungswall zu reparieren und auszubauen, nach Nahrung zu suchen, ein nachhaltiges Leben aufzubauen und allgemein daran zu arbeiten, ihre Überlebenschancen zu erhöhen. Natürlich kann niemand etwas gegen diese Logik einwenden. Lilly ist sich dessen klar, und Jeremiah auch. Alle wissen es. Aber Lilly sehnt sich nach Blumen in Woodbury.

Die Idee lässt sie einfach nicht los, und sie träumt von den Rosensträuchern ihres Vaters. Everett Caul hat sich mit der Hingabe eines Mönchs seinem preisgekrönten Blumengarten gewidmet, insbesondere den englischen Rosen entlang des Lattenzauns, die den Stolz Mariettas bildeten. Außerdem ist Lilly davon überzeugt, dass sie die anderen von der Nützlichkeit eines Blumenbeets überzeugen kann. Sie argumentiert, wenn auch erfolglos, dass die Blumen Bienen anziehen werden, die die Bestäubung der Nutzpflanzen übernehmen.

Sie spricht sich mit den Dupree-Kindern ab, und sie bieten Lilly an, ihr nachts zu helfen und die Blumen zu pflanzen, wenn der Rest der Einwohner Woodburys bereits im Bett liegt. Die Kinder sind sofort von der »Blumen-Episode« (so wird die umstrittene Angelegenheit jetzt von jedem genannt) begeistert. Kinder akzeptieren Sachen, die Erwachsenen schon längst von den reißenden, brutalen Stromschnellen des Lebens ausgetrieben wurden. Lilly aber will sich auch nicht zu sehr gegen die Meinung der anderen stemmen, insbesondere während einer solch heiklen Übergangsphase wie dieser, die sie mittlerweile als *friedlichen* Regimewechsel bezeichnet.

Die Tage vergehen ohne weitere Vorfälle oder Beißer-Angriffe. Das Verhalten der Superhorde hat sich verändert, und der Großteil der Beißer scheint jetzt nach Norden abgewandert zu sein – vielleicht, weil sie von den Feuersbrünsten und dem Lärm in den Gassen Atlantas angezogen werden. Oder es ist einfach nur reiner Zufall. Die Menschen rätseln noch immer über die Beweggründe der Beißer und darüber, ob es überhaupt möglich ist, ihr Verhalten vorherzusagen. Insgeheim glaubt Lilly, dass sie jeden Tag wieder vor den Toren Woodburys stehen werden – Zigtausende von ihnen, die das Städtchen mit der Gewalt eines Erdbebens oder eines Tornados zerstören. Aber das gibt ihr erst recht einen Grund zum Leben, die Luft in die Lungen zu saugen, einander zu lieben und alles um einen herum zu genießen. Und vor allen Dingen, bitte, bitte, bitte – eines Tages, irgendwie, wenn Gott es will – *haltet an, und riecht den Duft der Blumen.*

Während der nächsten Woche nähert sich Lilly Calvin und den Kindern weiter an. Sie liest ihnen Märchen und Geschichten vor – manchmal erzählt sie auch nur, so gut sie sich erinnern kann, aber meistens liest sie aus alten Büchern mit Eselsohren vor, die Bob vor langer Zeit aus der Bibliothek gerettet hat. Sie zeigt Tommy, wie man eine Pistole lädt und abfeuert und wie man sie zu pflegen hat. Die beiden üben unten bei den Gleisen – an genau dem Ort, an dem der Governor einst so lange trainierte, bis er mit nur einem Auge zielen konnte –, und Tommy verknallt sich unsterblich in Lilly. Es ist das erste Mal in seiner Pubertät, dass ihm so etwas passiert. Calvin findet es toll, dass sie sich einander annähern, und nach und nach bedauert er immer mehr, was er an jenem Morgen in dem einsamen Korridor im Keller des Gerichtsgebäudes zu Lilly gesagt hat. Es scheint ganz so, als ob Calvin Dupree sich langsam, aber sicher und unaufhaltsam in Lilly verliebt.

Lilly aber hält sich in sexueller Hinsicht erst einmal zurück und springt nicht sofort wieder mit ihm ins Bett. Stattdessen geht sie es langsam an, behandelt ihn mit Respekt, handelt in Gegenwart der Kinder rein platonisch und verneint die brodelnde sexuelle Anspannung, die sich erneut zwischen den beiden aufbaut. Einige Male sind sie nachts alleine im ersten Stock des Gerichtsgebäudes, die Kinder sind schon längst hinter geschlossenen Türen im Bett, und das Zirpen der Zikaden dringt durch die mit Brettern verschlagenen Fenster. Lilly kann nicht anders, als ihn zu umarmen und so wild zu küssen, als ob es kein Morgen mehr gäbe. Aber sie behält ihre Kleider an. Die Zeit ist noch nicht gekommen, sie will sich ihm nicht völlig hingeben, bis es so weit ist – und bis dahin dauert es nicht mehr lange. Sie kann der Tatsache ruhig ins Auge sehen: Sie will die Mutter seiner Kinder werden.

Am Ende der Woche ist die Kirchengemeinde seit beinahe einem Monat ein fester Bestandteil Woodburys, und während der ganzen Zeit wurde Bob nur einige Male gesichtet. Der alte Army-Sanitäter hat sich in die Tunnel verkrochen, einsam wie ein Mönch, und sich um die Ventilation und Stromversorgung gekümmert. Nebenbei hat er sich noch als Kartograf geübt, indem er die unzähligen Nebentunnel abgelaufen ist. Zudem hat er einige der tragenden Balken erneuert. Hauptsächlich aber hat er sich den Kopf über den zunehmenden Einfluss von Jeremiah in Woodbury zerbrochen. Lilly ist der Meinung, es ist das Beste, ihn in Ruhe zu lassen. Sie ist der festen Überzeugung, dass er früher oder später nachgeben wird – ein Prozess, den er selbst ohne jeglichen Einfluss von außen durchleben muss. Lilly erfährt aber schon sehr bald, dass Bob viel mehr gemacht hat, als sich zu verkriechen; er hat viel Zeit aufgewendet, um herauszufinden, was sich in der riesigen Tasche des Priesters befinden könnte, die unter dem Bett in der Wohnung des Geistlichen am Ende der Main Street steht.

Aus irgendeinem Grund, den selbst Bob nicht erklären kann, ist er felsenfest davon überzeugt, dass der Inhalt dieser Tasche den Schlüssel zu Pfarrer Jeremiahs wahren Motiven birgt.

Der Hochsommer beginnt offiziell am darauffolgenden Samstag, und die sengende Hitze und Schwüle strömen vom Golf wie eine Invasionsarmee heran. Schon nachmittags verwandelt sich die geteerte Umgehungsstraße, die um Woodbury führt, in einen wahren Schmelztiegel. Der Hickoryhain südlich der Eisenbahngleise kocht förmlich in der strahlenden Sonne, und sein Zimtgeruch parfümiert die Waldluft, als ob man Duftsäcke in schimmelnde Schubladen gelegt hätte.

Woodbury brät in der Hitze, bis die Leute aus ihren stickigen Wohnungen und Bungalows treten, um zumindest etwas frische Luft zu schnappen. Niemand hat eine Klimaanlage – das einzig noch funktionierende und von Generatoren betriebene Gerät befindet sich in der Lagerhalle an der Dogwood Lane, in der sämtliche leicht verderblichen Waren gelagert sind. Der beste Ort also, an dem man sich versammeln kann, ist der Marktplatz, auf dem zweihundert Jahre alte Virginia-Eichen mit ihren weit ausladenden, knochigen Ästen reichlich Schatten für das verbrannte Gras spenden.

Zur Essenszeit hat sich so gut wie die gesamte Bevölkerung von Woodbury dort eingefunden. Einige Menschen haben Decken dabei, die sie auf dem Gras ausbreiten. Drei Frauen der Kirchengemeinde – Colby, Rose und Cailinn – haben einige Hasen geschlachtet. Jetzt kommen sie mit einem langen Backblech voll frittiertem Hasenfleisch daher, das sie auf einem Lagerfeuer mit wiederverwertetem Maisöl zubereitet haben. Zwei der jüngeren Gemeindemitglieder, Mary Jean und Noelle, haben einen Punsch aus Fruchtsaft und Bens schauderhaftem gebranntem Schnaps hergestellt, der einem die Socken auszieht. Speed und Matthew haben sich mit den jungen Neuankömmlingen – Stephen, Mark und Reese – angefreundet, und die fünf teilen sich das Marihuana hinter dem Gerichtsgebäude auf.

Jeder riecht den penetrant süßlichen Geruch des Joints, der sich jetzt auf dem Marktplatz ausbreitet, aber selbst die Kirchengemeinde scheint sich nicht mehr an dem früher mal illegalen Kraut zu stören. Wade Pilcher, der ehemalige Polizist aus Jacksonville und selbsternannte Ordnungshüter der Kirchengemeinde, findet es sogar amüsant. Er ist sich nicht zu schade, um das Gebäude zu schleichen, den Polizisten zu spielen und die jungen Leute aufzuscheuchen, die natürlich sofort panisch alle Maiskolbenpfeifen verschwinden lassen. Er aber lacht nur laut auf und beschwert sich darüber, dass sie nicht genügend Gras für die gesammelte Mannschaft mitgebracht haben, ehe er darum bittet, auch mal einen Zug nehmen zu können, und schon zieht das Tempo der Party ein wenig mehr an.

Die Sonne verschwindet gegen sieben hinter dem Horizont, und das angenehme Licht der Dämmerung gewährt Abhilfe von der sengenden Hitze des Tages. Mittlerweile ist die Party in vollem Schwung. Die gesamte Einwohnerschaft Woodburys, immerhin dreiundvierzig an der Zahl, lassen den Stress des postapokalyptischen Alltags hinter sich und feiern, was das Zeug hält. Die Dupree-Kinder spielen mit einem halben Dutzend ihrer Altersgenossen Fangen auf der Straße, während Gloria ihre Ukulele hervorholt und ein paar Bluegrass-Melodien anstimmt. Bald schon begleitet David sie auf seiner Mundharmonika, und es dauert nicht lange, ehe Reese sich einen Eimer holt und ihn zu einem behelfsmäßigen Schlagzeug umfunktioniert.

Als sie »Amazing Grace« im violetten Abendlicht anstimmen, versammeln sich die restlichen Leute um sie herum. Harold Stauback beginnt mit seiner herzzerreißenden Gospelstimme zu singen. Die Kinder werden still, und die Abendruhe selbst scheint den Zauber dieser schwermütigen Stimme zu unterstreichen.

Als Harold verstummt, klatschen und johlen die Leute, und Pfarrer Jeremiah Garlitz erhebt sich von seiner Picknickdecke, schlendert in Richtung der Schar und legt dann einen Arm um Harold.

»Wie wäre es mit einer weiteren Runde Applaus für den Stolz des Tallahassee-Baptisten-Chors?«, dröhnt Jeremiah heiter. »Der ehemaligen Stimme von WHKX Country, dem großen Harold Benjamin Stauback!«

Jubel ertönt erneut, und Harold verneigt sich weltmännisch und winkt. »Ich danke Ihnen allen, zu gütig«, verkündet er, als die Rufe verstummen. Er wischt sich den schneidigen Schnurrbart mit einem Taschentuch, verbeugt sich erneut, diesmal vor Lilly, und lehnt sich dann an einen Baum, holt sein Taschenmesser hervor und schnitzt an einem Holzapfel, dem er ein Grinsen verpasst. »Und ich glaube, dass ich für alle rede, wenn ich Miss Lilly Caul und den guten Menschen von Woodbury ein Dankeschön ausspreche.« Tränen steigen ihm in die Augen. »Wir haben schon gewusst, dass der Herr uns früher oder später den Weg zeigen würde … Aber so etwas haben wir uns nie zu träumen erhofft … So ein wunderschöner Ort.«

Lilly lässt den Blick über den Marktplatz schweifen – sie hat gar nicht richtig zugehört, was der Mann gesagt hat – und erkennt die Silhouette in der Ferne. Sie gehört einem älteren Mann mit fettigen, pomadisierten Haaren in einem zerlumpten Unterhemd, das vor Staub ganz grau ist. Er sitzt auf dem Zaun am Rand des unbebauten Grundstücks. Aus dieser Entfernung ist es schwer einzuschätzen, aber der Mann scheint die Ohren zu spitzen, als die Stimme des Geistlichen bis zu ihm vordringt.

»Wenn ihr mir alle bitte kurz zuhören könntet«, bittet Jeremiah die Umstehenden und klopft Stauback auf die Schulter, als der es sich neben den Musikern auf einem Baumstamm bequem macht. »Ich würde gerne ein paar Worte sagen.« Er grinst. »Das sollte meine Leute natürlich nicht überraschen. Die sind es gewohnt, dass ich zu allem meinen Senf gebe, egal ob es um einen Regenbogen oder das Finanzamt geht.« Er hält kurz inne, während einzelnes Gelächter ertönt. Das Lächeln verschwindet aus seinem Gesicht. »Eigentlich wollte ich nur ein paar Worte über Blumen verlieren.« Er wirft Lilly einen Blick zu und nickt. »Natürlich könnte man argumentieren, dass Blumen als solche in dieser Welt keinen Nutzen haben, außer vielleicht für eine Verabredung oder einen Hochzeitstag. Oder vielleicht dann, wenn man sich danebenbenommen hat und sich bei seiner Frau entschuldigen möchte. Oder wenn man einen Tisch oder ein Zimmer etwas aufpeppen will. Aber klar, praktisch sind sie nicht gerade … Nicht wie Nahrung, Wasser, ein Unterschlupf oder Selbstverteidigung … Oder all die anderen Sachen, die wir in den letzten paar Jahren mit dem Überleben verbinden.«

Er macht eine Pause und lässt den Blick über die Umstehenden schweifen, schaut dabei so gut wie jedem in die Augen, *außer* Lilly. Er spielt mit der Stille wie ein geübter Redner, ein Mann, der zum Predigen geboren wurde. Er schenkt der Runde ein ruhiges, allwissendes Lächeln.

»Wie stehe ich dazu? Nun, es ist einfach, den Zweck von Gottes Gaben wie der Musik, Brüderschaft, gutem Essen, einer feinen Zigarre und einem Bourbon ab und zu aus den Augen zu verlieren. Ich stehe hier vor Ihnen, um zu sagen, dass diese Dinge in einer gewissen Art wichtiger sind als alles Essen und Trinken auf der Welt, für uns ausgeformte Kinder Gottes sogar wichtiger als Sauerstoff und Sonnenlicht … Denn sie drücken all das aus, was es heißt zu leben.«

Die Gestalt auf dem Zaun lenkt Lilly ab. Erst jetzt wendet sie sich wieder Jeremiah zu. Seine Worte und vor allem die Art, wie er sie vorträgt, packen sie, reißen ihre Aufmerksamkeit an sich. Sie sieht, wie dem Geistlichen Tränen in die Augen steigen.

»Wir sind nicht hier, um einfach nur zu überleben«, fährt er fort und wischt sich die Augen. »Jesus hat sein Leben nicht für unsere Sünden gegeben, nur damit wir *nur* überleben. Wenn wir nichts weiter als das tun … dann haben wir verloren. Wenn diese Geschöpfe dort draußen uns Gottes Geschenke vergessen lassen – das Lachen eines Kindes, ein gutes Buch, den Geschmack von Ahornsirup auf einem Pfannkuchen am Sonntagmorgen –, dann haben wir uns verirrt, haben den Krieg verloren. Dann haben diese toten Kreaturen uns bereits geschlagen … Denn wir haben dem, was wir einmal waren, den Rücken gekehrt.«

Er hält erneut inne, zieht ein Taschentuch aus seiner Tasche, wischt sich das Gesicht ab, das jetzt vor Schweiß und herunterkullernden Tränen glänzt.

Seine Stimme bebt, als er sie erneut erhebt: »Ein Autoreifen an einem Seil über einem See, ein guter Fernsehsessel und ein Fußballspiel, Händchenhalten mit seinem Schatz … Sie können sich daran erinnern, Sie alle können sich daran erinnern.« Er hält erneut inne, und Lilly hört, wie hier und da die Menschen mit den Tränen kämpfen, sich räuspern und schniefen. Selbst sie muss sich die Augen reiben. »Ja, es sind nur Blumensamen, die Lilly Caul pflanzen möchte. Sie werden niemanden ernähren, keine Wunden heilen oder Durst stillen … Ich aber schlage vor, Brüder und Schwestern, dass diese Blumen – genau wie eine Landebahn mit Lichtern für Flugzeuge –, dass diese Blumen eine Nachricht an Gott sind, die er vom Himmel aus sieht.« Er macht eine Pause, um Luft zu holen und seine Tränen unter Kontrolle zu bringen. Lilly kann kaum atmen, geschweige denn sich bewegen. Ihre Haut kribbelt von der Macht, die seine Stimme ausstrahlt. »Diese Blumen sagen Gott und dem Teufel und jedem anderen dazwischen: Wir erinnern uns … Wir haben nicht vergessen … Und wir werden nie vergessen, was es heißt, ein Mensch zu sein.«

Einige der älteren Männer und Frauen sind überwältigt, und ihr Schluchzen steigt in der warmen, nach Kiefern duftenden Brise zu den Baumwipfeln auf. Es ist jetzt beinahe dunkel, und das violette Licht scheint ein Ausrufezeichen hinter die Worte des Pfarrers zu setzen. Er senkt den Kopf und raunt: »Eines noch möchte ich loswerden, Brüder und Schwestern.« Er holt tief Luft. »Lilly hat mich gebeten, ihr bei den Aufgaben, die sie tagtäglich hier in Woodbury bewältigen muss, unter die Arme zu greifen.« Wieder macht er eine Pause und blickt auf. Tränen strömen ihm die Wangen hinab. Er gibt ein Bild der puren, nackten Demut ab. »Es wäre mir eine Ehre, dieser gutherzigen, anständigen und mutigen Frau zur Seite zu stehen. Aber natürlich nur mit Ihrem Segen.« Er blickt Lilly an. »Vielen Dank, Partner.«

Jetzt kullert auch Lilly eine Träne die Wange hinab, und sie wischt sie mit einem Lächeln im Gesicht fort.

Der Geistliche wendet sich an die Musiker. »Kennen Sie alle ›The Old Rugged Cross‹?«

Gloria grinst ihn durch ihren getönten Mützenschirm an. »Summen Sie doch ein paar Takte, Pfarrer – wir kommen schon hinterher.«

Mit einer hohen, einsamen Stimme, die überraschend zerbrechlich und schön klingt, singt Jeremiah das gleiche Lied, das einst Bob mit gedämpfter Stimme der kleinen untoten Penny vorgetragen hat. Jetzt dröhnen dieselben Worte aus der Kehle des gutaussehenden Geistlichen, und seine klare, warme Stimme erhebt sich zum Himmel: »Im alten, groben Kreuz, mit Blutflecken so göttlich, eine wunderbare Schönheit ich seh', denn Jesus litt Qualen und starb an jenem alten Kreuz, und mir so Gnade und Heiligtum verlieh'.«

Bald schon stimmen andere, hauptsächlich die Älteren, mit ein. All das verzaubert Lilly, bis sie im Augenwinkel die schattige Silhouette vom Zaun herunterhüpfen und angeekelt in die Nacht schreiten sieht.

»Warte!«, ruft Lilly und läuft der Gestalt hinterher. »Bob, so warte doch!«

Es dauert eine Minute, um den Marktplatz zu überqueren, die Straße entlangzulaufen und um die nordöstliche Ecke des unbebauten Grundstücks zu rennen. Endlich schließt sie zu dem älteren Mann auf.

»Bob, halt! So hör mir doch zu!« Sie streckt den Arm nach seinem aus und hält ihn fest. »Was zum Teufel ist los mit dir? Wo liegt das Problem?«

Er dreht sich zu ihr um und blickt sie düster an. Das Licht einer entfernten Fackel hellt sein tief gefurchtes Gesicht kurzzeitig auf. »Partner? Hast du deinen Verstand verloren?«

»Was hast du denn nur gegen ihn, Bob? Er ist ein guter Mensch, das kann doch jeder sehen.«

»Dieser Typ wird uns noch gehörigen Ärger einhandeln, Lilly, aber du bist auf seine Masche reingefallen!« Bob wendet sich von ihr ab und stürmt mit geballten Fäusten davon.

»Bob, so warte doch!« Lilly folgt ihm und zieht sanft an seinem Ärmel. »Rede mit mir, Bob. Mach schon. So kenne ich dich gar nicht. Einfach untertauchen und dich so paranoid verhalten. Los, Bob. Ich bin es doch. Was ist los?«

Der alte Sanitäter holt tief Luft, als ob er sich erst einmal fangen muss. In der Ferne ertönen die Stimmen auf dem Wind, und die Hymne hallt in den Baumwipfeln wider. Endlich seufzt Bob auf und sagt: »Lass uns irgendwo hingehen, wo wir unter vier Augen reden können.«

Achtzehn

Im Inneren von Bob Stookeys Wohnung an der Dogwood Lane, inmitten alter Holzkisten voller leerer Flaschen und hinter rasch zugezogenen Vorhängen, wirft Bob einen großen Stapel vergilbter Zeitungen und Magazine auf den Tisch. Lilly zuckt zusammen, als sie mit einem lauten Geräusch auf der hölzernen Platte landen.

»Die Bibliothek, die ich dir letzten Monat gezeigt habe – du weißt schon, an der Pecan Street«, beginnt Bob und starrt auf den Stoß Zeitungen, Kopien von Dokumenten und Magazinen mit Eselsohren. »Da fühlt man sich wieder wie in den guten alten Zeiten. Dewey-System, Karteikarten, Mikrofilm … Kennst du überhaupt Mikrofilm?«

»Bob, was soll das Ganze?« Lilly steht vor der Eingangstür, die Arme vor der Brust verschränkt. Ganz oben auf dem Haufen Zeitungen sieht sie ein altes Magazin namens *Tallahassian* – wahrscheinlich ein kesses Hochglanz-Klatschmagazin, dessen Hauptaufgabe einst einzig und allein darin bestand, die Hauptstadt Floridas anzupreisen.

»Ist vielleicht nicht die größte Bibliothek in der Welt, will ich ja auch gar nicht behaupten«, fährt Bob fort, den Blick noch immer auf den Stapel Publikationen gerichtet, und seine Augen leuchten auf wie die eines stolzen Vaters, der auf sein hochbegabtes Kind starrt. »Aber nichtsdestotrotz … Man braucht kein Internet, um da so einiges auszugraben.« Er wirft Lilly einen Blick zu. »Ich will dich nicht verarschen … Die haben alte Zeitungen da drin, die bis zu Eisenhowers Zeiten in die Fünfziger zurückgehen.«

»Willst du mir endlich sagen, was das alles soll, oder muss ich raten?«

Er stöhnt und läuft um den Tisch, auf dem eine beträchtliche Anzahl Dokumente fein säuberlich sortiert in einem Stapel liegen. »Dein Liebling ist ganz schön herumgekommen, hat sich einen Namen in Florida und Umgebung gemacht.« Bob starrt Lilly in die Augen. »Richtig … Ich bin deinem ehrenwerten Pfarrer Jeremiah Garlitz auf die Schliche gekommen.«

Lilly atmet entnervt aus. »Bob, was auch immer es sein mag … Seitdem ist viel Wasser den Bach runtergelaufen. Und falls es dir noch nicht aufgefallen ist, wir stellen Leute auch ohne lupenreinen Lebenslauf ein.«

Bob aber hält nicht inne. Es ist, als ob er Lillys Worte überhaupt nicht gehört hat. »Sein Vater war bei der Armee; Jeremiah, ein Einzelkind, ist von Schule zu Schule gewandert.«

»Bob …«

»Soweit ich das überblicken kann, war sein Vater ein herrischer Schwanzlutscher, ein Kaplan, und bekannt dafür, seine Rekruten mit einem metallenen Baseballschläger durchzuprügeln, den er seinen Bethlehem-Schläger nannte.« Bob wirft Lilly einen Seitenblick zu. »Nett, nicht wahr?«

»Bob … Ich weiß wirklich nicht, was das alles soll …«

»Wir können davon ausgehen, dass der junge Jeremiah nie wirklich ins Bild gepasst hat, immer ein Außenseiter war, ein Spielplatzopfer. Aber das hat ihn hart gemacht, hart und listenreich. Er wurde Amateurboxer, hatte Visionen der Apokalypse, ist im Alter von achtzehn dem Pfarrerstand beigetreten und wurde der jüngste Baptistenpriester, der je im Staat Florida eine Megakirche aus dem Boden gestampft hat.« Bob pausiert, um das Gesagte wirken zu lassen. »Und dann fehlt eine ganze Menge … Ein großes Loch in seinem Lebenslauf.«

Lilly wirft dem alten Sanitäter einen Blick zu. »Bist du jetzt endlich fertig?«

»Nein, noch lange nicht! Im Gegenteil, ich fange gerade erst an.« Er zeigt auf den Stoß Dokumente. »Soweit ich nachlesen konnte, wurde er von seinen Vorgesetzten der Allgemeinen Pfingstkirche in Jacksonville vor die Tür gesetzt, hat seine Lizenz verloren und wurde aus Florida gejagt. Und weißt du, warum?«

Lilly stöhnt. »Nein, Bob … Ich habe keine Ahnung, warum man ihn aus Florida gejagt hat.«

»Das ist ja merkwürdig, denn ich habe auch nicht den blassesten Schimmer!« Bobs schwermütige, rot umrandete Augen leuchten mit dem Eifer und der Paranoia eines trockenen Alkoholikers auf. »Sämtliche Informationen dazu wurden von Anwälten oder der Kirche oder sonst wem zensiert. Aber ich kann dir garantieren, dass es irgendetwas mit dieser Endzeit, dem Weltuntergang zu tun hat … dem Armageddon, dem Tag des Jüngsten Gerichts, Lilly. Dem großen Abdanken.«

»Bob, mal ganz ehrlich … Für so etwas habe ich einfach keine Zeit.«

»Ja, merkst du denn gar nichts? Da ist doch ein klares Muster zu erkennen. Deswegen klappert er den Süden ohne Kirche ab, als Wanderprediger. Und alles zu der Zeit, als die

Seuche kam!« Bob wischt sich den Mund ab. Es scheint, als ob er jetzt nichts lieber hätte als einen Drink. »Die Archive geben auch keine Aufschlüsse, aber es sieht ganz so aus, als ob sie etwas über ihn herausgefunden haben … Vielleicht war es etwas, das er bei sich getragen hat. Vielleicht ein Tagebuch oder Fotos, aber auf jeden Fall etwas, das ihn belastet hat. Eine rauchende Pistole … *irgendetwas*.«

»Was genau willst du damit sagen? Glaubst du, dass er ein verfickter Kinderschänder ist?«

»Nein … Ich meine, ich weiß auch nicht … Vielleicht ist es etwas anderes.« Bob geht wieder am Tisch auf und ab. »Ich würde ihm einfach nicht über den Weg trauen.« Er hält inne und blickt Lilly in die Augen. »Kannst du dich noch an die riesigen Taschen erinnern? Eine hat er getragen … Und die andere dieser junge Kerl, wie heißt er noch … Steve!«

Lilly zuckt mit den Achseln »Äh … Doch, klar kann ich mich erinnern. Na und? Ja, sie haben große Taschen bei sich gehabt.«

»Und hast du sie wiedergesehen, seitdem sie hier in Woodbury sind?«

Erneut ein Achselzucken, während sie darüber nachdenkt. »Nein, ich glaube nicht. Ich verstehe immer noch nicht, worauf du hinauswillst.«

»Was war in den Taschen?« Er starrt sie an. »Bist du denn überhaupt nicht neugierig?«

Lilly beißt die Zähne zusammen und atmet erneut entnervt durch die Nase aus. Sie kennt diesen kauzigen alten Sanitäter besser als jeder andere in Woodbury, vielleicht sogar besser als er sich selbst. Die letzten zwei Jahre haben sie zusammengeschweißt. Sie sind enge Freunde geworden, haben einander ihre am strengsten gehüteten Geheimnisse mitgeteilt, allerlei Tragisches miteinander erlebt, ihre Wünsche und Ängste geteilt. Auch weiß sie, dass Bob – ganz ähnlich wie der Pfarrer – in ärmsten Umständen aufgewachsen ist und von strenggläubigen Eltern misshandelt wurde. Als Erwachsener hat Bob daraufhin einen Hass auf Massenprediger entwickelt, der jeden seiner Gedanken beeinflusst. Lilly wägt all diese Sachen ab, ehe sie äußert: »Bob, ich will nicht so streng mit dir sein, denn ich weiß, dass organisierte Religion nicht dein Fall ist … Aber ich finde wirklich, dass du mal eine Auszeit nehmen solltest. Schalt einen Gang zurück. Du musst diesen Typen nicht mögen. Verdammt, du musst nicht einmal mit ihm reden. Ich werde ihn im Zaum halten. Aber ich flehe dich an, hör bitte, bitte mit dieser Hexenjagd auf.«

Bob starrt einen Moment lang ins Leere. »Du willst nicht einmal herausfinden, was sich in diesen Taschen befindet?«

Lilly stöhnt erneut, geht zu ihm hinüber und streift sanft mit der Hand über sein stoppeliges Kinn. »Ich mache mich mal wieder auf die Socken und gehe zurück zur Party.« Sie schenkt ihm ein lauwarmes Lächeln. »Ich bin so müde … Ich muss mich unbedingt ein wenig entspannen, den Autopiloten einschalten. Und ich rate dir, das auch zu tun. Lass es einfach gut sein. Konzentriere dich stattdessen auf die Zukunft, auf die Tunnel, auf unsere Kraftstoffvorräte.«

Sie tätschelt ihm die Wange, dreht sich um und geht zur Haustür. Er blickt ihr nach. Ehe sie ins Freie tritt, hält sie unter dem Türrahmen inne und schaut ihn ein letztes Mal an. »Lass es gut sein, Bob. Ich verspreche dir … Du wirst es nicht bereuen.«

Dann geht sie und schließt die Tür hinter sich. Das Klicken des Schlosses hallt in der Stille von Bobs Wohnung nach.

Während der nächsten sieben Tage hätte ein beiläufiger Beobachter glauben können, dass das Städtchen Woodbury, Georgia, von dem einst auf dem Wasserturm stand, es sei »Ein Bild von einer Stadt«, eine ungeahnte Renaissance wie zuletzt bei der Fertigstellung der Norfolk-and-Southern-Railroad-Stammstrecke im Jahr 1896, erlebt. Die Beißer, von wenigen Ausnahmen abgesehen, lassen die Stadt in Frieden und halten sich westlich vom Elkins Creek auf, sodass die Einwohner den Verteidigungswall ausweiten können. Mit den zusätzlichen Arbeitern, welche die Kirchengemeinde bereitstellt, verlängern sie ihn gen Norden entlang der Canyon Road bis hin zum Whitehouse Parkway, um dann nach Osten zur Dogwood Lane abzubiegen. Die Erweiterung bedeutet, dass sie ein Dutzend weiterer freistehender Häuser sowie eine ganze Reihe noch nicht erkundeter Geschäfte in die Sicherheitszone einschließen. Das größte unerwartete Geschenk ist eine Autowerkstatt an der Dogwood Lane namens Cars Et Cetera – die Lakaien des Governors hatten sie lediglich kurz nach irgendetwas Nützlichem durchsucht –, aber jetzt stellt sie sich als eine wahre Goldgrube voller versteckter Schätze und Vorräte heraus.

Bei Ratssitzungen nimmt der Pfarrer Jeremiah James Garlitz standesgemäß seinen Platz neben Lilly ein und bringt eine erfrischende Dynamik in die Versammlung. Es werden neue Resolutionen verabschiedet, die etwa den Ausbau der Landwirtschaft oder die Standardisierung von Erkundungsmissionen betreffen; ein neues politisches Manifest tritt in Kraft, das Rechte und Pflichten der Bürger auflistet; neue Vorschriften und Sperrstunden werden beraten; und sie einigen sich, neue Technologien zu erforschen, die eine gewisse Nachhaltigkeit ihrer Gemeinde ermöglichen können. Lilly und der Pfarrer beauftragen ein Team damit, eine Regenwasserauffangvorrichtung zu bauen, um Trinkwasser zu gewinnen, das sie auch zum Gießen ihrer Beete nutzen können, und Komposthaufen für neuen Humus und die umliegende Gegend nach allem abzusuchen, was für diese neuen, grünen Technologien von Nutzen sein könnte. Als die Woche sich ihrem Ende nähert, finden sie ein noch unberührtes Lager in einer Nachbargemeinde, das mit beinahe neuen Solarzellen und kleinen Windrädern ausgestattet ist.

Der Pfarrer nimmt seine neue Rolle mit Aplomb an. Nebenbei hält er überkonfessionelle Gottesdienste und Taufen ab. Calvin Dupree, ein lebenslanger Baptist, ist noch nie nach altbackener Art völlig untergetaucht worden und bittet den Pfarrer, der erste Bürger Woodburys sein zu dürfen, der derart getauft wird. Jeremiah ist selbstverständlich überglücklich und willigt sofort ein, und so steht Lilly zusammen mit den drei Dupree-Kindern in der Abenddämmerung stolz am Ufer des Elkins Stream – und zwar am gleichen Platz, an dem Meredith Dupree so heldenhaft ihr Leben verloren hat. Sie haben eine Stelle unter einem riesigen Hickory-Baum ausgewählt, und Harold Stauback singt eine Hymne, als Jeremiah einen Arm um den ganz in weiß gekleideten Calvin legt und ihn langsam und feierlich rückwärts in die warme Strömung taucht. Lilly ist von sich selbst überrascht, als sie bemerkt, dass ihr die Tränen die Wangen hinunterkullern.

Niemand bemerkt die subtile und doch seismische Veränderung in dem Verhalten der Kirchengemeindemitglieder. Für den Uneingeweihten, den Laien, scheint es ganz so, als ob sie ihr neues Zuhause mit offenen Armen und voller Dankbarkeit entgegennehmen. Es wirkt, als ob sie geradezu ungeheuer zufrieden sind. Bei genauerem Hinschauen jedoch hinterfragt man das glückselige Lächeln auf ihren Gesichtern, den glasigen Blick in den Augen, der einen schließen lassen könnte, dass sie unter dem Einfluss von Drogen stehen. In dieser gewaltsamen Ära, in der der Tod hinter jeder Ecke lauert, kann niemand derart glücklich sein. Zumindest nicht ohne die Hilfe medikamentöser Behandlung. Aber die Mitglieder der Pfingstkirche Gottes – und zwar jedes einzelne – scheinen mit jedem Tag entzückter und frohlockender. Und kein einziger ihrer Mitbürger – selbst nicht Bob Stookey – schöpft Verdacht, dass etwas Großes, beinahe Epochales schon bald ihr Leben umkrempeln wird.

Den Großteil der Woche verbringt Bob damit, sich den Kopf über den Inhalt der beiden riesigen Taschen zu zerbrechen – falls sie überhaupt noch existieren und nicht weggeworfen oder vernichtet wurden. Und zwar so sehr, dass ihm die kleinen Veränderungen im Auftreten der Gemeinde überhaupt nicht auffallen.

Die meisten Nächte verbringt Bob damit zu warten, bis die Leute sich schlafen legen, um dann heimlich durch Woodbury zu schleichen und Blicke durch Fenster und in Zelte zu werfen und Lagerflächen unter Feuerleitern und Treppen in Gebäuden zu überprüfen. Jeremiah ist des Öfteren umgezogen. Zuerst wohnte er in der Wohnung des Governors am Ende der Main Street, dann in einem der schöneren Bungalows an der Jones Mill Road, bevor man ihm ein Backsteinhaus gegenüber von Lilly zuwies. Die andere Tasche, die sich wahrscheinlich im Besitz des jüngeren Mitglieds der Kirchengemeinde namens Stephen befindet, ist ebenfalls wie vom Erdboden verschwunden. Bob ist durch seine Wohnung gegangen, als der junge Mann eines Morgens am Verteidigungswall arbeitete. Aber gefunden hat er nichts.

Bob hat noch keine Gelegenheit gehabt, sich im Haus des Geistlichen umzuschauen, aber er versichert sich selbst, dass es nur eine Frage der Zeit ist. Wenn sich die Gelegenheit ergibt, wird er das Haus gegenüber von Lillys Wohnung nach diesen mysteriösen Taschen durchkämmen.

Einstweilen verbringt Bob seine Tage in den Tunneln, sichert die Wände und richtet den Haupttunnel her, damit man es sich auch einigermaßen gemütlich darin machen kann. Er bittet David und Barbara um Hilfe – den einzigen Bewohnern Woodburys außer Lilly, denen Bob blind vertraut – und beginnt mit den Solarzellen zu experimentieren, um Strom und somit Licht und Ventilation zu installieren. Er bringt ein halbes Dutzend der Zellen in den Bäumen über dem Tunnel an, stellt drei schwere, wasserdichte Generatoren auf, die so aufgebohrt wurden, dass sie mit Biokraftstoff laufen, verbindet sie anhand von diversen Kabeln, die er aus Autowracks zusammengesammelt hat, mit Batterien und richtet so erfolgreich die ersten fünfhundert Meter ein. Bob mischt sich seinen eigenen Biokraftstoff zusammen, indem er altes Speiseöl, etwas Sprit, Methanol von einem Frostschutzmittel namens Heet (aus der Autowerkstatt) und mehrere Liter Drano (welches Natronlauge enthält) verrührt. Am Ende der Woche hat er den ersten halben Kilometer zu einem sauberen, gut beleuchteten und geruchsfreien Ort ausgebaut, in dem er sich vor dem Rest der Welt verstecken kann.

Es ist spät am Freitagabend, als Bob allein den Haupttunnel durchforstet – er benutzt seine Karte und notiert, an welchen Stellen die Abwasserkanäle auf den Gang treffen. Plötzlich hört er ein Geräusch. Aus der Dunkelheit dringen gedämpfte Stimmen an sein Ohr. Sie kommen von der Oberfläche, sind aber doch ganz nah. Bob arbeitet sich einen Nebengang entlang, sollte sich jetzt unter dem Wald östlich von Woodbury befinden – genau in der Nähe des sumpfigen Flüsschens, in dem Calvin Dupree getauft wurde.

Er hält in der Finsternis inne, denn er kann die Stimmen jetzt genau hören. Sie sind direkt über ihm. Als er die aalglatte Stimme des Pfarrers Jeremiah erkennt, stellen sich ihm die Nackenhaare auf.

»Ich will doch nur sagen, dass wir keinen zurücklassen, sobald es so weit ist.«

In der Grabesstille und der Dunkelheit des Tunnels hört sich Jeremiahs Stimme an, als ob sie durch ein Abflussrohr zu Bob hinunterhallt.

Eine zweite Stimme – jünger, dünner, greller – klingt, als ob sie von einer redenden Puppe stammt: *»Und ich will nur sichergehen, dass ich das richtig verstehe – Sie wollen all diese Nichtgläubigen mit uns nehmen?«* Auch sie erkennt Bob auf Anhieb: Das ist der junge Mann, der aus der Wildnis kam und den er in der Krankenstation wieder aufgepäppelt hat. Es ist Reeses Stimme. Bob kriegt am ganzen Körper Gänsehaut, und sein Darm schnürt sich zusammen. Ihm wird beinahe schwindlig, und sein Mund ist so trocken wie ein Aschenbecher, als er der Antwort des Geistlichen lauscht.

»Wir verdanken ihnen so viel, Bruder. Wir sind es ihnen schuldig, sie mit nach Hause zu nehmen. Es sind auch Kinder Gottes, genauso wie wir, und sie haben es verdient, den Saum seiner Kleider zu berühren – genauso wie wir. Es sind gute Menschen.«

Eine einzige Schweißperle kullert Bobs Nasenrücken hinab.

Dann verkündet Reese: *»Gelobt sei Gott, und gelobt seien Sie. Sie sind ein edelmütiger Mann, Bruder.«* Es folgt eine Pause, und Bob kommt sich vor, als ob er schrumpft, als ob er im Boden versinkt und ihn der geschmolzene Erdkern anzieht. *»Und was ist, wenn sie sich wehren?«*

»Da hast du ganz recht, einige werden sich weigern. Da kann es keine Zweifel geben. Sie werden nicht kommen wollen, werden die Herrlichkeit nicht erkennen, aber auch das werden wir überwinden. Wir werden sie erziehen. Und wenn das nicht gelingen sollte …«

»Dann was? Was bleibt uns dann noch übrig? Wie können wir sie davon überzeugen, nach Hause zu kommen?«

»Wir müssen Vorsicht walten lassen, Bruder Reese. Und es muss bald geschehen. Wir müssen nach Hause gehen, ehe jemand vorzeitig Wind davon bekommt oder versucht, sich einzumischen.«

»Was immer Sie auch sagen, Bruder J.«

»Es sind alles gute Menschen, Reese, anständige Menschen, Gottes Ebenbilder. Ich werde alles tun, um sie zu überzeugen, und der Herr wird es nicht zulassen, dass wir nicht nach Hause kommen. Und wenn sie uns aufhalten wollen, dann umgehen wir sie einfach, drunter, drüber oder durch sie. Wir werden das tun, was nötig ist.«

»Amen.«

»Halleluja! Wir kehren nach Hause zurück, Bruder Reese. Endlich, endlich. Und diesmal wird sich uns niemand in den Weg stellen.«

»Ja, Sir. Amen.«

»Dann ist es also abgemacht. Wir verabschieden uns morgen Nacht. Schau mir in die Augen, Reese. Morgen Nacht. In vierundzwanzig Stunden … Und wir werden diese guten Menschen mit nach Hause nehmen.«

»Amen!«

Neunzehn

Es ist spät, in den frühen Morgenstunden. Die Dunkelheit liegt wie ein Leichentuch über der kalten Stille der Stadt. Eine einzige Gestalt bewegt sich durch den Wirrwarr von Seitenstraßen wie ein rotes Blutkörperchen, das ein erkranktes Organ sucht.

Bob Stookey schleicht sich durch zwei Gebäude an der Pecan Street hindurch und wandert mit ausgeschalteter Taschenlampe weiter durch die Dunkelheit. Er kennt sich hier aus wie in seiner Westentasche und hat des Öfteren hier geschlafen. Zusammen mit einer Flasche Bourbon und schlechten Erinnerungen, immer auf dem Boden der Tatsachen unter einer Feuerleiter. Jetzt aber eilt er wie ein dunkler Schatten an seiner alten Schlafstätte vorbei.

Dann steht er vor der Wohnung des Priesters. Er hat sich im Parterre des Backsteingebäudes am Ende der Main Street eingerichtet, direkt gegenüber von Lillys Wohnung. Bob nähert sich von der Hintergasse, schlüpft lautlos über die Terrasse hin zur Gartentür. Er weiß, dass der Pfarrer heute Abend nicht zuhause ist, sondern sich mit seinen Vertrauten im Wald trifft und Pläne schmiedet, versucht, alle an Bord zu nehmen, für was auch immer er ausheckt. Bob weiß, dass er nicht allzu viel Zeit hat, denn der Geistliche kann jeden Augenblick aus dem Wald zurückkehren. Rasch hebelt er die Gartentür aus.

Er tritt ein und macht sich an die Arbeit. Das Licht der Taschenlampe (er hat sie jetzt eingeschaltet) scheint auf das vollgestopfte Innere der Wohnung. Bobs Herz pocht heftig in seiner Brust. Er überprüft Abstellkammern, Regale, schaut unter dem Sofa nach und letztendlich auch unter dem großen Messingbett im Schlafzimmer, wo er tatsächlich die sagenumwobene Tasche ausfindig macht.

Er holt tief Luft und zieht und zerrt an dem schweren Teil, bis er es unter dem Bett hervorgeholt hat.

Im ersten Stock des Gerichtsgebäudes, im Hinterzimmer, in dem jetzt eine Dunkelheit herrscht wie in einem Schmortopf und das nach kindlichen Körperausdünstungen riecht, dreht und wendet sich der fünfjährige Lucas Dupree in schweißnassen Decken, während sein Bruder Tommy tief auf einem ausziehbaren Bett an der gegenüberliegenden Wand schläft. Ihre kleine Schwester schlummert auf einem Zweisitzer in der Ecke. Lucas träumt, dass er bei seinen Großeltern in Birmingham, Alabama, im Hinterhof ist und sich hinter den Rosenbüschen versteckt. Es kommt ihm vor, als ob es wirklich passiert. Er riecht den sauren Gestank von Dünger und Hundescheiße, die Tannennadeln, die seine Hände und Knie piksen, während er auf Händen und Knien durch die Dunkelheit kriecht und nach seiner Mutter sucht. Er weiß, dass er Verstecken spielt, kann sich aber nicht daran erinnern, wie oder wann er damit angefangen hat.

So sind Träume nun einmal. Man weiß einfach Sachen. Wie zum Beispiel, dass seine Mutter tot ist, aber trotzdem Verstecken spielen will. Also kriecht er weiter bis zu einer Lücke im Busch und sieht seine Mutter auf dem Gras bei der Wäscheleine hocken. Sie hat ihm den Rücken zugewandt. Mit einer merkwürdigen, roboterhaften Stimme zählt sie *»sieben, acht, neun, zehn«* und dreht sich dann um.

Ihre Zähne sind schwarz, die Augen rot wie die eines Lebkuchenmanns, und ihre Haut ist so rau und grau wie trockenes Brot. Lucas schreit auf, aber niemand kommt ihm zu Hilfe. Er erstarrt, als seine untote Mutter sich auf ihn zubewegt und sich vor ihn hinkniet. Zuerst glaubt er, dass sie ihn fressen wird.

Dann lehnt sie sich vor und flüstert ihm etwas zu. Er hört es wie Wasser, das neben seinen Ohren hinuntertropft – eine sehr wichtige Nachricht.

Bob kniet neben dem alten Messingbett in dem dunklen Schlafzimmer, öffnet den Reißverschluss der riesigen Tasche und sieht Flaschen – mindestens ein Dutzend Laborbecher mit Plastikverschlüssen und Etiketten stecken im Inneren wie Milchflaschen, die auf ihre Auslieferung warten.

Bob sucht hastig nach seiner Brille, findet sie in der Brusttasche seines Jeanshemds und setzt sie auf. Er beugt sich über das große Gepäckstück und richtet den Schein der Taschenlampe auf die Flaschen. Auf einem Etikett steht: CHLORALHYDRAT – 1000 ML – ACHTUNG – AUSSER REICHWEITE VON KINDERN AUFBEWAHREN. Bobs Puls beginnt zu rasen.

Er sieht kleinere Becher von 50 bis 100 ml. Auch sie sind etikettiert: BLAUSÄURE – ACHTUNG – SEHR GIFTIG.

Bob lehnt sich zurück und stößt Luft zwischen seinen zusammengepressten Lippen aus. Er schenkt den anderen Behältern in der Tasche kaum Beachtung: Brocken von

C-4-Plastiksprengstoff, die in Wachspapier gewickelt sind, aufgerollte Lunten und Dynamitstangen, die so fein säuberlich gereiht wie Tafelsilber in einer Schublade nebeneinander liegen.

Er kann seine Augen kaum von den Glasflaschen mit den tödlichen Flüssigkeiten nehmen. Bob ist ein ehemaliger Sanitäter bei der Army, ein Mann, der sich passabel in Chemie und Pharmakologie auskennt. Er weiß, dass Chloralhydrat ein starkes Barbiturat ist und ist sich der verheerenden Auswirkungen von Blausäure bewusst.

Er erstarrt und versucht, seine Lungen mit Luft zu füllen. Jetzt weiß er, wohin der Massensuizid-Kult des guten Priesters sie alle morgen Nacht mitnehmen will.

»Du darfst nie einschlafen, Luke.« Das leise Flüstern der toten Frau dringt bis ins Ohr des Jungen. »Oder du wirst so enden wie ich.«

Lucas schlägt sich selbst im Traum ins Gesicht und versucht aufzuwachen. Er mag diesen Traum nicht, will unbedingt weg. Und zwar sofort. *Wach auf, wach auf, wach auf* … WACH AUF!

Seine tote Mutter aber lacht … und lacht und lacht und lacht. Luke kriegt keine Luft mehr.

Vielleicht ist er ja schon tot, genau wie seine Mutter. Vielleicht sind sie *alle* schon tot … sein Bruder, seine Schwester, sein Vater, alle … dazu verdammt, für immer zu schlafen.

Teil 3

letzte Ölung

Denn siehe, des HERRN Tag kommt grausam,
zornig, grimmig, das Land zu verstören
und die Sünder daraus zu vertilgen.

– Jesaja 13, 9

Zwanzig

Schon seit er das erste Mal Turnschuhe an seinen riesigen Füßen und eine Zahnspange gegen seinen Überbiss trug, war Jeremiah James Garlitz stets darum bemüht, es seinem Vater recht zu machen. Selbst in den Jahren nach seinem Tod – Daddy hat ohne Sang und Klang in seinem Fernsehsessel vor einem Spiel der Braves 1993 wegen einer Arterienausweitung im Großhirn abgedankt – war Jeremiah darauf erpicht, den Master Sergeant Daniel Garlitz Stolz auf sein einziges Kind empfinden zu lassen. Es vergeht kein einziger Tag – nicht einmal eine Stunde –, ohne dass eine Erinnerung an seinen Vater in Jeremiahs Gedanken auftaucht. Immer wieder erscheint das Bild der Garage des alten viktorianischen Hauses in Richmond vor seinem inneren Auge, in der sein Vater ihn, auf Glasscherben kniend, die Bibel hat rezitieren lassen. Oder wie der große Dan Garlitz den Jungen in einer Truhe im Keller ihres Hauses in Wilmington mit nichts außer einer Bibelkonkordanz in den Händen und etwas Unterwäsche am Leib eingesperrt hat und ihn nicht eher hinausließ, als bis er sich in die Hose gemacht und so laut geschrien hat, dass seine Mutter ihn gehört hat und eingeschritten ist. Heute blickt Jeremiah auf diese Erinnerung mit einer merkwürdig morbiden, zwanghaften Faszination zurück – wie ein Mann, der sich immer wieder den Schorf von einer Wunde pult. Diese

Erinnerungen verabreichen ihm stets eine Ladung, einen elektrischen Stoß und lassen ihn von dem Tag träumen, an dem er Sergeant Dan tatsächlich stolz machen wird.

Und dieser Tag ist nun endlich gekommen – die Rettungserfahrung, der Tag der Erlösung. Gelobt sei Gott.

Diese Erkenntnis schwirrt durch seinen Hinterkopf, als er vor dem ausgebrannten Wrack der Bahnsteighalle in der südwestlichen Ecke des Verteidigungswalls steht. Die Morgendämmerung ist noch nicht angebrochen. Er fühlt sich wie ein Coach vor einem großen Spiel, ein Manager für Team Jesus, und er spricht leise, verstohlen, sodass kein nicht eingeweihter Einwohner ihn hören kann, der in diesen frühen Stunden schon unterwegs ist. »Erinnert euch an die zwei Teile des Rituals«, ermahnt er die anderen und zeichnet etwas mit einem Stock auf den Boden. Er zieht einen großen Kreis, markiert ihn mit dem Wort *Woodbury* und zeigt dann mit vier Pfeilen aus den verschiedenen Himmelsrichtungen darauf, die die umliegenden Äcker darstellen sollen. Dann zeichnet er ein X in die Mitte des Kreises und schreibt *Arena* drüber. »Der erste Teil besteht aus der Mahlgemeinschaft.« Er lächelt und blickt jeden der Männer an, wie ein Vater, der seine verloren geglaubten Söhne wiedergefunden hat. »Wir nehmen das Blut und den Leib Christi auf dem Marktplatz bei Sonnenuntergang zu uns. Amen.«

Die fünf Männer, die sich um ihn scharen – Reese, Mark, Stephen, Anthony und Wade –, lauschen voller Anspannung jedem seiner Worte. Sie scheinen nervös wie Fallschirmjäger, in deren schweißnassen Gesichtern sowohl Vorfreude als auch Nervenanspannung geschrieben steht.

»Teil zwei besteht aus der Beschwörung.« Der Geistliche nickt dem gedrungenen Expolizisten zu, der neben ihm kniet. »Und da kommst du ins Spiel, Wade.«

Der ehemalige Wachtmeister des Jacksonville Police Departments lächelt. Er ist wie betrunken von dem Vorhaben. Die größte Ehrerbietung, das ultimative Opfer, nämlich von genau den Kreaturen konsumiert zu werden, die den Anfang der Apokalypse eingeläutet haben, wird der wunderbarste Moment in der Geschichte der Pfingstkirche Gottes sein. »Der Verteidigungswall wird uns keine Probleme bereiten«, versichert Wade dem Pfarrer. »Ich mache mir nur um eines Sorgen, und das ist der Standort der Herde.«

Der Pfarrer nickt. »Du fragst dich, ob es genügend sind?«

Der Expolizist nickt.

Jeremiahs Grinsen wird noch breiter. »Gott wird sie uns in Scharen bringen … Wie er den Berg zu Mohammed gebracht hat.«

Hier und da ertönt ein *Amen* oder *Gelobt sei Gott*, als sie ihn erwartungsfroh angrinsen.

Jeremiah spürt, wie ihm die Tränen in die Augen steigen. Auf diesen großen, ja wundervollen Augenblick haben sie seit Jahren ungeduldig gewartet, ihn herbeigesehnt. Einige Male waren sie kurz davor, aber die jeweilige Kirche vor Ort und die Gesetze von Florida standen ihnen immer wieder im Weg. Jetzt aber gibt es nichts, was sie aufhalten könnte. Gott hat den Weg für diesen glorreichen Moment geebnet.

Harold Stauback ist der einzige Mann, der nicht lächelt. Er steht in einem abgewetzten Golfpullover und lädierter Khakihose etwas abseits vor einem Stapel Eisenbahnschwellen. Er kaut nervös und nachdenklich auf den Lippen und scharrt unschlüssig den Boden mit seinen Füßen auf. »Ich hätte mir nur gewünscht, dass wir diese Leute nicht mit einbeziehen.« Er blickt auf. »Ich habe sie wirklich ins Herz geschlossen.«

Jeremiah stellt sich auf die Beine und schlendert zu Harold hinüber. »Bruder, ich höre jedes deiner Worte.« Er legt eine Hand auf seine Schulter. »Und mir geht es genauso. Ich flehe Gott an, dass wir nicht derart geheim handeln müssen.« Dann umarmt Jeremiah den Mann. Harold schnieft und erwidert schließlich die Geste. Jeremiah flüstert ihm leise ins Ohr: »Ich habe gebetet. Immer wieder habe ich gebetet, aber es gibt keinen anderen Weg.« Er lässt von Harold ab, packt den dunkelhäutigen Mann bei den Schultern und schüttelt ihn. »Du bist ein guter Mensch, Harold. Du gehörst in den Himmel und nicht in diese fürchterliche Hölle auf Erden.« Der Pfarrer hält inne und denkt über das Gesagte nach. »Kennst du diesen Mann namens Calvin? Der mit den drei Kindern, er ist ein guter Christ.« Harold nickt, und Jeremiah kaut auf seinen Wangen und wägt seine Worte ab. »Warum knöpfst du ihn dir heute im Laufe des Vormittags nicht vor und lässt die Idee anklingen? Vielleicht versteht er es ja.«

Harold legt die Hand über den Mund und überlegt. »Und was ist, wenn er die anderen warnt und sich gegen uns stellt?«

»Ach, darüber würde ich mir keine Sorgen machen. Ich habe da so ein Gefühl, was ihn betrifft.« Jeremiah dreht sich zu den anderen um und schenkt ihnen sein Zehntausend-Watt-Lächeln. »Denkt doch mal darüber nach. Wir tun diesen guten Menschen einen Gefallen – den Gefallen ihres Lebens! Die Christen werden es als solchen erkennen.« Die Männer senken die Häupter und nicken wie in Trance. Jeremiah wischt sich die Tränen von der Wange. »In vierundzwanzig Stunden werden wir im Paradies sein.« Mit feuchten Augen lässt er den Blick über die versammelten Männer schweifen. »Keine wandelnden Leichname mehr. Keine Mauern. Kein Kummer.« Er stößt ein merkwürdiges Kichern aus, als ob er die Ekstase bereits körperlich spürt. »Kein Milchpulver mehr.«

Die Sonne geht um genau zweiunddreißig Minuten nach fünf auf, was Bob bestätigen kann, denn die alte Aufziehtaschenuhr, die er seit seinen Tagen in der Army zu schätzen weiß, als er mit dem Krankenwagen unentwegt den Highway 8 zwischen Bagdad und Kuwait City entlanggefahren ist, zeigt die gleiche Zeit an. Trotz des angelaufenen Gehäuses ist sie ein Schmuckstück. Bobs Einheit ist samt Insignien auf der Rückseite eingraviert, und die Aufzugskrone ist von der häufigen Verwendung schon ganz abgenutzt und grau. Es ist eine Uhr, die seine Mutter als »Zwiebel« bezeichnet hätte. Jetzt aber hält er sie bereit, als er auf dem Dach der Deforest Feed and Seed Company am Ende der Pecan Street kauert.

Als er sich umschaut, spielt der Wind mit seinem ergrauenden, fettigen, schütter werdenden Haar. Die rußbefleckten Schornsteine auf dem Dach bieten Bob Deckung, und die erhöhte Position gewährt ihm einen freien Blick sowohl über die Main Street als auch über Woodburys Flickwerk an Seitenstraßen. Hier kann er sich verstecken und die Lage im Auge behalten, während er wartet, dass die Stadt zum Leben erwacht und sich an die Arbeit macht. Eineinhalb Häuserblöcke westlich sieht er das Backsteinhaus des Pfarrers. Auch den Marktplatz hat er gut im Blick, ebenso das Gerichtsgebäude, Lillys Wohnung, den Verteidigungswall bis zur entferntesten Ecke, die dahinterliegenden Wälder und sonstige Orientierungspunkte Woodburys. Bob weiß, dass er der Einzige ist, der zwischen dem Geistlichen und dessen Wahnsinn steht. Aber er weiß auch, dass er Vorsicht walten lassen muss. Wenn er nicht richtig vorgeht, wird ihm niemand diese wahnwitzige Geschichte abnehmen. Es ist beinahe so, als ob er die alten Bewohner Woodburys einer Gehirnwäsche unterziehen muss – auch Lilly. Allesamt sind sie unter den Bann dieses Bauernfängers geraten, der sich Mann Gottes schimpft.

Bob überprüft seine .357er, die neben seiner Feldflasche auf der Teerpappe des Dachs liegt. Er besitzt die Magnum bereits seit Jahren und hat damit schon alles von Waschbären bis hin zu Beißern erledigt. Der Revolver hat ihm stets gute Dienste geleistet, obwohl er nur sieben Patronen hält – sechs in der Trommel und eine im Lauf. Er ist relativ unhandlich und nicht die ideale Waffe, wenn es darum geht, schnell zu ziehen. Aber mit seiner einfachen Hahnspannung sowie einem netten Sucher mit Zweifachvergrößerung und einem hinzuschaltbaren Laser kann er so ziemlich alles und jeden erlegen. Das verleiht Bob ein Gefühl, als wenn er einen Buick Roadmaster mit einem V-8-Motor und mehr als zweihundert Pferdestärken unter der Haube einen endlosen geraden Highway entlangfährt und alle anderen Autos seinen Staub schlucken müssen.

Gott segne General Motors, Gott segne Clint Eastwood, und Gott segne die Herren Smith und Wesson: Man hat keine Probleme, wenn man eine .357er in Händen hält.

Er überprüft die Trommel, dreht sie, hört dem dumpfen Klicken zu und nimmt dann einen Schluck aus seiner Feldflasche. Das Wasser schmeckt abgestanden und nach Metall, aber es ist kühl und nass und löscht seinen Durst. Außerdem hat er vor ein paar Monaten einige Kartons Müsliriegel in dem geplünderten Walmart gefunden, von denen er sich seitdem ernährt. Er kramt einen davon aus seiner Brusttasche und reißt die Verpackung auf. Geschmacksneutral, trocken und alt – nicht unbedingt ein Cordon bleu –, aber es ist sein letzter Riegel, und es stört ihn nicht im Geringsten. Er fühlt sich wie ein Zocker, der alles auf eine Karte setzt.

Wie sein Befehlshaber immer vor einem Einsatz gesagt hat: »Jetzt geht's aufs Ganze, Jungs!«

Er wartet eine Stunde, während sich in der Stadt so gut wie nichts bewegt. Bobs Beine verkrampfen sich langsam, beginnen schon zu kribbeln, als wie aus dem Nichts eine Gestalt aus dem Wald hinter dem nordöstlichen Tor erscheint. Bob benutzt seinen Sucher mit Zweifachvergrößerung und lugt hinter einem Schornstein hervor. Er verfolgt die Kreatur, die sich bereits innerhalb des Verteidigungswalls befindet, dann nach Süden abbiegt und schnellen Schrittes den menschenleeren Bürgersteig Richtung Marktplatz entlangeilt. Bob erkennt den einzigen Afroamerikaner in Woodbury – den schneidigen Gospelsänger Harold Stauback –, als er die Stufen zum Gerichtsgebäude erklimmt und anklopft.

Eine Minute später erscheint ein schläfriger Calvin Dupree unter dem Türrahmen. Er trägt eine ausgebeulte Jogginghose, gähnt und kratzt sich am Hintern. Die beiden tauschen ein paar Worte aus, ehe Calvin Harold hineinbittet. Die Tür wird ins Schloss geworfen, und das Geräusch hallt bis zu den Dächern hinauf.

Bob blickt auf seine Taschenuhr. Es ist kurz vor sieben, und jetzt hört er weitere Stimmen in der Brise – die meisten klingen gedämpft, stammen von hinter Vorhängen oder Fenstern. Woodbury klettert allmählich aus dem Bett und bereitet sich auf den Alltag vor. Ohne Zeitungen, Fernsehen, Radio, Internet, Restaurants, Bars, Clubs, Theater oder sonstige Formen von Entertainment, um die Leute nachts aus den Häusern zu locken, hat sich der Tagesrhythmus der meisten Menschen gehörig verändert. Die Leute gehen früher ins Bett und stehen früher auf. Vielleicht ist es auch nur eine simple evolutionsbedingte Anpassung – schließlich ist es in der Dunkelheit am gefährlichsten, sodass es auf jeden Fall ratsamer ist, nachts in der Sicherheit der eigenen vier Wände mit stets griffbereiter Waffe zu verweilen.

Endlich erspäht Bob den Mann der Stunde – den Priester mit dem kantigen Kinn und den weißen Zähnen, ein prächtiger Anblick in seinem anachronistischen Wollanzug und der Clipkrawatte –, wie er aus seiner Wohnung tritt. Er schreitet mit dem für ihn typischen Gang auf drei bereits auf ihn wartende Mitglieder des Suizidkults zu. Bob erkennt den schmächtigen jungen Mann namens Reese, mit dem alles begonnen hat, und zwei weitere Lakaien des Geistlichen: Wade und Stephen. Bob weiß, dass Wade früher bei der Polizei war. Stephen hingegen ist ein aalglatter Chorknabe aus Panama City Beach, Florida. Aber das war auch schon alles, was er über sie in Erfahrung hat bringen können.

Kein Wunder, er hat sie schließlich gemieden wie die Pest.

Die vier Männer gehen den Bürgersteig Richtung Arena entlang, grüßen auf dem Weg Passanten und andere Mitglieder ihrer Kirchengemeinde, die jetzt mit Samenbeuteln, Schaufeln und Hohlspaten die Straßen bevölkern. Die Gruppe wird immer größer, je näher der Geistliche der Arena kommt, und die Leute lachen, klopfen einander auf die Schulter und wünschen jedem einen guten Morgen. Der Priester gibt ganz den kumpelhaften Typ, ganz den aalglatten Politiker. Bob glaubt, dass er sich sofort ein Baby schnappen und es abküssen würde, wenn sich nur eines in der Nähe befände.

Bob wird beinahe schlecht, als er die Bürger Woodburys in die Arena gehen sieht, mit dem Pfarrer an ihrer Spitze. Sein Magen verkrampft sich, aber er weiß, dass es reinc Nervosität ist, und für einen kurzen Augenblick sehnt er sich nach einem Drink. Er schluckt den sauren Geschmack nach Kupfer hinunter, der ihm auf dem Gaumen liegt, und verbannt den Gedanken so schnell, wie er gekommen ist. Bob trinkt nicht mehr. Er ist vielleicht ein Alkoholiker, aber er trinkt nicht. Er weiß, dass es nicht anders geht.

Er packt seine Sachen zusammen und überquert das Dach, bis er vor der eisernen Feuerleiter steht. Der Wind lässt die Stufen klappern, während er sie hinabsteigt. Er entwickelt einen Tunnelblick, und sein Herz pocht heftig, als er auf der letzten Stufe steht und hinunterspringt.

Dann dreht er sich um und eilt die Hintergassen entlang bis zu Lillys Wohnung.

Als das Klopfen zum ersten Mal durch die Stille von Lillys Apartment hallt, ist sie gerade in einem Albtraum gefangen. Sie hat sich in einem riesigen Lagerhaus verlaufen, das so groß wie ein Flugzeughangar ist. Der Boden ist mit Leichen übersät, die wie Planken aufgereiht sind, und sie muss über sie hinwegsteigen, um zum Ausgang zu gelangen. Aber der Ausgang ist nirgends zu finden, verschwindet stets direkt vor ihren Augen. Bald schon weiß sie, dass sie hier nie herausfinden wird, und bemerkt, dass die ganzen Toten auf dem Boden Menschen sind, die sie einst gekannt hat, die entweder in ihrer Gegenwart gestorben oder aber spurlos verschwunden sind. Sie sieht ihren Vater, Everett, sie sieht Josh, Austin, Megan, Doc Stevens, Alice, ihren Onkel Joe, ihre Tante Edith … als plötzlich ein lautes Klopfen von außen an ihre Ohren dringt. Sie kann nicht anders, als im Traum zu denken, dass, wer auch immer *hier* hereinwill, völlig den Verstand verloren haben muss. Wer zum Teufel könnte etwas an diesem Ort wollen? Und das Klopfen dauert an, bis der Traum unter dem Lärm endlich wie ein Kartenhaus zusammenbricht.

Lilly richtet sich ruckartig auf. Die grellen Strahlen der Sommersonne scheinen durch die Ritzen der Vorhänge ihres Schlafzimmers. Lilly schüttelt den Albtraum von sich ab und wirft einen Blick auf die Uhr. Viertel nach sieben. Das Klopfen wird lauter und schneller. Irgendjemand dort draußen hat es wirklich sehr eilig, sie zu sehen.

Hastig steigt sie in ihre kaputte Jeans und zieht sich ein abgewetztes Wilco-T-Shirt über, eilt durch die Wohnung zur Haustür und bindet sich einen Knoten in ihr Haar.

»Wir müssen reden«, verkündet Bob Stookey, als sie aufschließt und die Tür einen Spalt breit öffnet.

Bob führt sie über die Straße, um das leere Backsteingebäude herum und durch die Hintertür in die Wohnung des Geistlichen. Lilly stößt immer wieder Laute des Protests aus, als sie ihm, wenn auch widerwillig, in die stickigen Schatten folgt, den Kopf schüttelt und sich dauernd umblickt, um sich zu vergewissern, dass sie auch nicht beobachtet werden. Bob versichert ihr fortwährend, dass alle in der Arena sind und im Garten arbeiten, ihren morgendlichen Kaffee trinken und sie und Bob allein sind, aber auch er kann sich nicht hundertprozentig sicher sein. Grundsätzlich jeder hätte sie sehen können, wie sie einfach in das Haus des Pfarrers eingebrochen sind.

Deshalb eilt Bob rasch durch den Flur, an der Küchenzeile mit dem stinkenden Kühlschrank und der ekligen Spüle vorbei, durch das Wohnzimmer mit den Holzkisten und Zeitungen, die beinahe bis zur Decke gestapelt sind, bis er endlich im Schlafzimmer steht, das nach altem Franzbranntwein und muffigen Vorhängen vermischt mit altem Zigarettenrauch und Speiseöl riecht. Das Backsteingebäude hat eine bewegte Vergangenheit – vor dem Ausbruch der Seuche hat es einem bettlägerigen Pensionär gehört, um dann von einer ganzen Reihe Lakaien des Governors bewohnt zu werden.

»Ich habe doch gewusst, dass er irgendetwas vor uns verbirgt«, meint Bob und kniet sich vor das alte Bett. Seine arthritischen Gelenke ächzen unter der Last. »Aber ich habe mir nicht vorstellen können, dass es so gottverdammt geisteskrank ist. Du solltest dich jetzt vielleicht besser hinsetzen.«

»Bob, ist das wirklich notwendig?«, fragt Lilly und beobachtet mürrisch jede seiner Bewegungen, die Hände in die Hüften gestemmt.

»Nur eine Sekunde noch«, grunzt er, als er die riesige Tasche von unter dem Bett ans Tageslicht zerrt. Sie ist so schwer, dass der halbe Teppich mitgeschleift wird, und die Flaschen klirren im Rhythmus von Bobs ruckartigen

Zügen. Dann richtet er sich auf und öffnet den Reißverschluss, holt eine Flasche hervor und reicht sie Lilly. »Zieh dir das mal rein«, sagt er. »Mach schon, schau es dir genau an … Aber Vorsicht!«

»Was zum Teufel?« Sie nimmt die Flasche entgegen und studiert das Etikett. »Blausäure?«

»Das Zeug kommt hauptsächlich in Gasform vor«, erklärt Bob, rafft sich wieder auf die Beine, holt ein Taschentuch hervor und reibt sich das steife Genick. »Gibt es aber auch in flüssigem Aggregatzustand sowie in Kristallform. Riecht ein wenig nach Mandeln. Schmeckt verdammt gut mit Brausetabletten.«

»Bob, du weißt doch gar nicht, ob das …«

»Blas dir mal den Kopf frei, Lilly!« Die plötzliche Lautstärke lässt Lilly zusammenzucken. Sie haben nicht viel Zeit. Lilly muss endlich begreifen, was hier vor sich geht, und obendrein hat Bob das unbestimmte Gefühl, dass sie beobachtet werden. Er blickt ihr in die Augen. »Jonestown, Jim Jones – na? Klingelt es endlich?«

»Bob, jetzt mal langsam …«

»Ich habe gesehen, wie Saddam Hussein dieses Teufelszeug bei den Kurden damals '93 benutzt hat. Es verhindert innerhalb weniger Sekunden die Verwertung von Sauerstoff, sodass man in weniger als einer Minute tot ist. Kein schöner Anblick, das kannst du mir glauben. Du erstickst an deinem eigenen Gewebe.«

»Bob, Ruhe!« Sie stellt die Flasche auf den Boden und stützt den Kopf mit beiden Händen ab, als ob er jeden Augenblick zu platzen droht. Sie schließt die Augen. »Ruhe … Gib einfach Ruhe.«

»Lilly, so hör mir doch zu.« Er geht zu ihr hin und nimmt

sie sanft in die Arme. »Ich weiß, dass du nur das Beste für uns alle willst. Du bist ein gutes Mädchen. Hast dich nie darum beworben, eine Politikerin zu werden, wolltest keine Heldin sein, aber jetzt musst du eingreifen.«

»R-ruhe …« Ihre Stimme ist so leise, dass Bob sie kaum hören kann. »B-bitte hör einfach a-auf …«

»Lilly, schau mir in die Augen.« Er schüttelt sie ein wenig. »In weniger als zwölf Stunden werden diese Verrückten ganz Woodbury zu einem Massensuizid zwingen.« Er schüttelt sie erneut. »Schau mich an, Lilly, Kleines! Ich kann dir natürlich nicht genau sagen, wozu das ganze Zeug ist, kann dir aber versichern, dass sie es nicht mitgeschleppt haben, um den Unabhängigkeitstag zu feiern! Du musst jetzt tapfer sein, dich der Herausforderung stellen und mit ins Boot kommen! Hast du mich verstanden? Lilly, hast du das kapiert?«

Sie fällt in sich zusammen, ihre Emotionen und ihre Erschöpfung drücken sich in einer Welle aus Tränen, Rotz und Trauer aus. Sie schluchzt und schluchzt und schluchzt, und die Intensität und krampfhaften Zuckungen in Bobs Armen verunsichern ihn derart, sind so unerwartet und verstörend, dass er die Person nicht hört, die sie die ganze Zeit beobachtet, jedem ihrer Worte gelauscht hat und jetzt vorsichtig das Backsteingebäude durch den Hintereingang betritt – mit einer ungesicherten 9-mm-Pistole im Anschlag.

Einundzwanzig

Sie drückt ihr Gesicht in Bobs nach Rauch riechendes, muffiges Flanellhemd und gibt sich voller Inbrunst ihrer Trauer hin. So hat sie in ihrem ganzen Leben noch nicht geweint. Noch nicht einmal bei der Beerdigung ihres Vaters, selbst nicht, als sie Josh letztes Jahr verloren hat, und auch nicht, nachdem Austin sich vor wenigen Monaten so heroisch vor dem Gefängnis geopfert hat. Sie bebt förmlich, wehklagt und versucht, währenddessen auch noch Luft zu holen. Der Schmerz und die Qualen schlagen in Wellen über sie hinweg, sind aber derart unorganisiert und chaotisch, dass sie nicht fähig ist, sich deren Ursache bewusst zu werden. Es ist, als ob ein Beben ihre Knochen erschüttert. Weint sie etwa wegen ihrer verlorenen Träume? Weint sie, weil sie in dieser schrecklichen Welt niemals ein normales Leben führen kann? Ihr kommen immer wieder die alten Hymnen in den Sinn, die Harold Stauback in jener Nacht gesungen hat, als sie Woodbury und dessen Zukunft auf dem Marktplatz gefeiert haben. Jetzt aber hört sie nichts außer dem grässlichen Trommelwirbel des Totengesangs, der Harolds herrliche Gospelstimme übertönt und alles andere mit seinem dumpfen, brutalen Klang verdrängt. Es ist ein morscher Klang, der Klang einer *Totenglocke*.

»Kleines?« Das ist Bobs Stimme in ihrem Ohr. »Ich weiß, dass es nicht leicht ist. Ich weiß, wie sehr du es dir zu Herzen nimmst … Aber du musst dich jetzt zusammenreißen. Allein der Kinder wegen.«

Lilly stößt einen gequälten Seufzer aus und konzentriert sich auf das, was Bob zu sagen hat.

»Du musst dich beherrschen, Lilly. Das kann ich nicht alleine schaffen. Speed und Matthew kann ich auf meine Seite ziehen, vielleicht David und Barbara, klar, und dann ist da noch Gloria. Aber ich brauche dich, Lilly, Kleines.«

Sie nickt. Ihr Gesicht ist tränenüberströmt. Sie ringt in unregelmäßigen Abständen nach Luft und wirft ihm durch die feuchten Augen einen Blick zu. »Okay … Es geht mir … Es geht mir gut.«

Er holt ein Taschentuch hervor und tupft ihr die Tränen aus dem Gesicht. »Ich habe sie belauscht. Im Wald. Es wird heute Abend stattfinden, und es soll niemand am Leben bleiben.«

Sie nickt und reibt sich die Augen. »Okay. Es tut mir leid. Lass mich kurz nachdenken.«

»Die werden bald kommen, um das ganze Zeug hier zu holen.« Bob blickt sie an. »Bist du sicher, dass es dir gut geht?«

Sie nickt. »Ja, ich bin mir sicher«, lügt sie. Ihr Kopf dreht sich. Sie öffnet die Augen. »Lass mich kurz nachdenken.« Sie befreit sich aus Bobs Armen, steht auf und läuft hin und her, während sie immer wieder einen nervösen Blick auf die riesige Tasche wirft. »Denk nach … Denk nach!« Sie wischt sich den Mund ab. »Wie ist das passiert? Wie um Gottes willen kann so etwas nur passieren?«

Bob zuckt mit den Schultern. »Diese Scheißbibelfritzen. Wer weiß, was die alles glauben?«

»Aber uns mit in den Tod reißen?« Lillys Schädel ist dem

Platzen nah, während sie auf und ab geht. »Warum opfern sie nicht einfach sich selbst? Was können die nur gegen uns haben?«

Bob folgt ihr mit den Augen. »Ich glaube nicht, dass sie das Ganze negativ sehen.«

»Es gleicht einem Massenmord.«

»Wo du recht hast, hast du recht. Bei mir rennst du da offene Türen ein, Lilly.«

»Aber warum?« Sie fährt sich mit den Fingern durch die Strähnen, die dem Haarknoten entkommen sind. »Warum jetzt? Warum hier? Und warum heute?«

Bob seufzt auf. »Wer weiß schon, auf welche schrägen Ideen solche Verrückten kommen? Könnte die Sommersonnenwende sein. Oder der zehnte Jahrestag von wer weiß was?«

Lilly spürt Wut in sich aufflammen. »Was ich aber meine, warum *jetzt* – heute –, nachdem die Welt schon jahrelang so ist? Warum haben sie es nicht gleich nach dem Ausbruch der Seuche gemacht und die Leute von ihrem Elend erlöst?«

Erneut zuckt Bob mit den Achseln. »Wie ich schon gesagt habe, da musst du den Monsignore fragen.«

Lilly lässt den Blick durch das Schlafzimmer schweifen und sieht das angelaufene versilberte Kreuz auf dem völlig überfüllten Nachttisch liegen. Sie geht hinüber, starrt es angewidert an und fegt es plötzlich mitsamt allem anderen, was sich auf dem Tisch befindet, mit einer heftigen Bewegung zu Boden. Die Plötzlichkeit dieser Geste erschreckt Bob. Lillys Gesicht wird finster. »Brüderschaft der Menschheit, dass ich nicht lache!«, ruft sie. »Und das sollen *Christen* sein? DIESE AUSGEMACHTEN HEUCHLER!«

Bob tritt einen Schritt zurück, beobachtet sie und sucht in der Hosentasche nach einer selbstgedrehten Zigarette. Er hat sich angesichts des schwindenden Zigarettenpapiervorrats ganz schön eingeschränkt, zündet sich jetzt aber eine seiner letzten Selbstgedrehten mit seinem Zippo an und nickt. »Da hast du gar nicht so unrecht, Lilly, Kleines.« Er nimmt einen tiefen Zug und meint: »Lass ruhig alles raus.«

»Das sind verdammte Lügner!« Sie tritt auf einen nichtsahnenden Stuhl ein. »Diese beschissene Betrügerbande! Scheißbauernfänger!«

»Amen, Schwester.« Bob raucht weiter und schaut mit einem gewissen Grad morbider Zufriedenheit zu. »Ich höre dir zu.«

»LÜGNER!« Mit einem gewaltigen Tritt stößt sie den Schreibtisch um. Der Inhalt der Schubladen verteilt sich auf dem Boden, die Beine des Tisches geben nach und brechen knarzend unter der Last. »SCHEISSVERDAMMTE LÜGNER!«

Bob wartet, noch immer rauchend, während Lilly sich in der Mitte des Schlafzimmers aufstellt. Ihre Brust hebt und senkt sich, ihr Kopf weiß nicht mehr, was er denken soll. Sie kann keinen klaren Gedanken fassen. Sie hat nie eine Anführerin sein wollen, hat nie darum gebeten, die Zügel der Stadt in die Hand zu nehmen, wollte niemals mehr als ein normales Leben, einen Mann, ein Zuhause, ein paar Kinder, vielleicht ein bisschen Glückseligkeit. Und jetzt *so etwas?* Sie hat ihr Leben für diese lügnerischen Heuchler aufs Spiel gesetzt – Pfarrer Jeremiah und seine Schäfchen. Und nicht nur das ihre, sondern ebenso das ihrer Mitstreiter, und das alles nur, damit sie jetzt von einer Sekunde auf die andere umgebracht werden sollen? Ohne einen Kampf? Ohne sich wehren zu können? Wie Gebetskerzen, die nach dem Gottesdienst ausgeblasen werden?

Plötzlich wird sie ganz ruhig. Ihre Augen brennen. Ihr Magen verkrampft sich, und ein loderndes Verlangen baut sich in ihr auf, eine raue Emotion, die sie noch nie zuvor in dieser von der Seuche geplagten Welt verspürt hat: *Rachsucht*. Endlich sagt sie in einer weichen, bedächtigen, tonlosen Stimme: »Bob, wir werden diesen Plan im Keim ersticken.«

Bob will schon den Mund aufmachen, als eine dritte Stimme sich zu Wort meldet. »Es tut mir leid.«

Lilly und Bob blicken erschrocken auf die Tür, aus der die Stimme kommt.

Calvin Dupree steht unter dem Rahmen. In den Händen hält er eine Glock. Er hat die Waffe auf die beiden gerichtet, und sein Gesicht zuckt vor nervöser Anspannung. »Es tut mir so leid, Lilly«, wiederholt er mit zitternder Stimme, und seine Augen füllen sich mit Tränen. »Aber niemand wird diesen seligen Plan im Keim ersticken.«

Lilly und Bob tauschen einen raschen Blick aus. Keiner von ihnen hat eine Waffe parat – das ist das Erste, was Lilly auffällt. Die .357 liegt auf dem Beistelltisch im Wohnzimmer, und ihre Ruger-Pistolen sind bei ihr zuhause. Heutzutage verlässt sie ihre Wohnung nur selten unbewaffnet, aber Bob hat sie zur Eile gedrängt, als ob ein Brand in ihrer Wohnung ausgebrochen wäre. In der Hektik hat sie überhaupt nicht an ihre beiden Knarren gedacht. Lilly starrt Calvin an und will etwas erwidern, als ihr eine zweite Sache auffällt: *Das ist Calvin, der mit einer Waffe auf sie zielt. Ihr lieber, süßer, reizender Calvin, der jetzt wie ein fanatischer*

Glaubenseiferer vor ihnen steht und sie im Namen eines Verrückten bedroht.

»Calvin, was tust du da?«, verlangt sie von ihm zu wissen und stellt sich breitbeinig hin, ohne auf ihn zuzugehen. Sie schaut ihm in die Augen. »Ernsthaft, was machst du da?«

Seine Hände zittern derart vor Nervosität, dass sich der Lauf der Waffe unkontrolliert hin und her bewegt. »Du v-verstehst das nicht, Lilly. Ich kann dir aber helfen, dass du es begreifst. Es ist wirklich besser so.«

»Besser so?« Sie wendet die Augen nicht von ihm ab. »Wirklich?«

Calvin nickt. »Ja, Ma'am.«

»Und Gott will, dass du dich so verhältst und mit Waffen auf Menschen zielst?«

»Immer mit der Ruhe, Lilly, Kleines«, warnt Bob sie, und Lilly ist sich nicht sicher, ob er etwas vorhat oder wirklich glaubt, dass Calvin sie erschießen könnte.

»Meredith hat immer gesagt, dass dies nicht das Ende sei«, verkündet Calvin mit vor Emotionen bebender Stimme. Er hält den Lauf seiner Glock weiterhin direkt auf Lilly gerichtet, auch wenn er zittert und seine Beine wie gelähmt zu sein scheinen. »Wir wissen, dass es ein Paradies gibt, das auf uns wartet. Und es wartet auch auf dich.« Eine einzelne Träne kullert seine Wange hinab. »Bitte habe Vertrauen in Gott.«

»Wir haben kein Problem mit Gott, Calvin«, wirft Bob hinter dem Messingbett stehend ein. »Was Ihren Pfarrer angeht, so sind wir uns da allerdings nicht so sicher.«

Calvins Tränen fließen jetzt unkontrolliert. Sein Gesicht glänzt vor Feuchtigkeit. »Gott hat diesen wunderbaren Mann geschickt, um uns von dieser Hölle zu erlösen.«

»Und was ist mit deinen Kindern, Calvin?« Lilly ballt die Hände zu Fäusten und kann kaum noch ihre Fingerspitzen spüren, wie sie sich in ihre Handballen krallen. »Hast du etwa vor, das deinen eigenen Kindern anzutun?«

»Sie wollen bei ihrer Mutter sein.« Er senkt den Kopf und gibt sich einen Augenblick lang ganz den Tränen hin. »Es tut mir leid … Es tut mir so furchtbar *leid*.«

Dann passiert alles sehr schnell. Bob geht zwei rasche Schritte auf Calvin zu, und Lilly dreht sich gleichzeitig zum Fenster um. Calvin richtet die Waffe auf Bob und brüllt: »GLAUBT IHR, DASS DAS HIER EIN WITZ SEIN SOLL?« Bob erstarrt, aber Calvin schreit weiter: »ICH VERPASSE IHNEN EIN LOCH IM KOPF. DAS VERSPRECHE ICH IHNEN IM NAMEN MEINER KINDER!«

»Nein!«, unterbricht Lilly und stellt sich zwischen die beiden Männer. »Calvin, ich bitte dich! Das darfst du nicht tun!«

»NICHTS KANN MICH DAVON ABHALTEN!« Seine lähmende Nervosität macht erneut dem Wahnsinn Platz. »ICH SCHWÖRE EUCH, NICHTS WIRD MICH DAVON ABHALTEN!«

»Wir glauben dir!«, erwidert Lilly und versucht, die Situation zu entschärfen, indem sie ganz leise spricht und die Hände in die Luft hält. »Wir glauben dir, Cal. Wirklich. Hier muss niemand niemanden erschießen.«

Calvin hyperventiliert und starrt die beiden an. Seine Augen bewegen sich wie bei einem Tennismatch, und der Lauf seiner Waffe folgt zitternd seinem Blick. Jetzt streckt auch Bob die Hände in die Höhe, die Augen auf Calvin gerichtet. Lilly holt tief Luft. Eine ganze Weile lang herrscht angespannte Stille. Die Flaschen mit der klaren Flüssigkeit in der großen Tasche glänzen schwach im gedämpften Morgenlicht, das durch die Ritzen in den Vorhängen in das Schlafzimmer dringt.

Endlich ergreift Lilly das Wort: »Calvin, wäre es nicht möglich, die Waffe abzusetzen und …«

Der Schuss unterbricht sie mitten im Satz, und ein Blitz leuchtet *hinter* Calvin Dupree auf – so heiß wie die Sonne –, ehe eine kleinkalibrige Patrone ihm ein Stück aus dem Hinterkopf reißt und ihn nach vorne wirft, als ob ein Seil um seine Füße ihn aus dem Gleichgewicht reißt.

Er haucht seinen letzten Atemzug aus, noch ehe sein Körper zu zucken aufhört.

Es herrscht eine schreckliche Totenstille. Niemand wagt es, auch nur einen Muskel zu bewegen, und Lilly und Bob starren ungläubig auf Calvins Leiche. Außer ihren rasenden Herzen ist nur das Tropfen von Blut zu hören. Calvins Gesicht liegt in einer sich rasch ausbreitenden purpurnen Lache. Sein Hinterkopf ist von dem Schuss zerfetzt. Der Schütze hat anscheinend aus nächster Nähe direkt hinter ihm abgefeuert – das heißt, er befindet sich irgendwo im Wohnzimmer.

Dann hört Lilly einen dumpfen Aufschlag. Der Schütze im anderen Zimmer hat die Waffe fallen lassen, und sie hört ein Kind leise weinen.

Lilly wirft Bob einen Blick zu, der sie mit weit aufgerissenen Augen anstarrt.

»Um Gottes willen«, murmelt Lilly, als sie um Calvins Leiche eilt und ins Wohnzimmer stürzt, wo Tommy Dupree vor Lillys .22-kalibriger Ruger auf dem Boden kniet. Er trägt eine verdreckte Jeans und ein Pokemon-T-

Shirt und weint leise vor sich hin. Lilly geht zu ihm. »Um Gottes willen, Tommy. Oh mein Gott«, murmelt sie, kniet sich neben ihn und legt einen Arm um ihn. »Komm her, komm her.«

Der Junge schluchzt an Lillys Schulter. »Das hätte ich nicht tun dürfen, aber es blieb mir doch nichts anderes übrig.«

»Psssssst … Tommy.« Sie fährt mit der Hand über sein feuchtes Haar. »Du musst gar …«

»Ich habe jedes Wort gehört, das er gesagt hat.«

»Okay …«

»Seitdem diese Toten umherwandeln, sind Mom und Dad jeden Tag wahnsinniger geworden.«

»Tommy …«

»Und ich habe gedacht, dass ich mich eher um Mom kümmern muss, dabei …«

»Psssst …«

»Sie hat damit angefangen, sich merkwürdig zu verhalten, hat gemeint, dass es Gottes Wille ist. Ich habe Angst gehabt, dass sie meinem Bruder, meiner Schwester oder mir etwas antun würde. Oder *sich selbst*.«

»Ist ja gut, ist ja gut.« Lilly drückt ihn eng an sich. Bob steht jetzt auch im Wohnzimmer und beäugt die Szene, die sich vor seinen Augen abspielt. Lillys Tränen rollen ihre Wangen hinab. »Du musst nichts erklären, Tommy. Ich verstehe schon.«

Tommy vergräbt sein Gesicht in den Falten von Lillys T-Shirt. Seine gedämpfte Stimme klingt nach und nach etwas ruhiger, als er sagt: »Ich glaube an Gott, aber der hat nichts mit dem zu tun, was die da faseln.« Er erschauert. »Zuerst hat Dad behauptet, dass die Seuche eine Art

Bestrafung ist, und dann hat er angefangen, im Schlaf zu reden, hat Gott gebeten, ihn zu erlösen.«

»Okay, Tommy. Das reicht.« Sie drückt sein Gesicht gegen ihre Brust. »Das reicht.«

Der Junge wendet sich ab und blickt sie mit seinen tränenverschwommenen Augen an. »Ist er tot?«

»Dein Vater?«

Der Junge nickt. »Habe ich ihn umgebracht?«

Lilly wirft Bob einen niedergeschlagenen Blick zu, und Bob nickt langsam. Lilly weiß nicht genau, warum er ihr zunickt. Will er ihr damit sagen, dass sie dem Jungen ruhig die Wahrheit sagen kann, oder ist es lediglich eine Bestätigung, dass Calvin Dupree tot ist? Oder nickt er vielleicht aus irgendeinem anderen Grund? Nach dem Motto: Jetzt haben wir die Misere, also Augen zu und durch? Oder handelt es sich vielleicht um eine Mischung aus allen drei Gründen? Lilly wischt sich die Tränen aus dem Gesicht und blickt den Jungen an. »Ja, Schatz. Leider ist dein Vater …« Ein Krampf der Trauer übermannt sie und raubt ihr kurzzeitig den Atem. Sie kann sich nicht dazu überwinden, den Leichnam hinter ihr anzuschauen. Sie hat Calvin mit der Zeit wirklich lieben gelernt. Trotz all seiner Fehler, seinem Drang zum Missionieren und der Philosophie eines stumpfen Hinterwäldlers hat sie ihn geliebt. Sie wollte sogar eine Familie mit ihm gründen. Jetzt aber blickt sie lediglich zu Boden, und die Worte kommen aus ihrem Mund, als ob sie tausend Tonnen wögen: »Er ist tot.«

Tommy antwortet nicht, senkt nur den Kopf und weint leise für einen Augenblick. Die Tränen tropfen ihm von der Nase.

Anscheinend versteht Bob die Stille als seinen Einsatz,

denn er senkt das Haupt und geht zurück ins Schlafzimmer. Er kniet sich hin, sucht nach einem Puls an Calvins Hals, findet ihn nicht, dreht sich um, zieht eine Decke vom Bett und legt sie dann sanft – beinahe zärtlich – über den Leichnam. Dann betrachtet er die beiden im Wohnzimmer.

Der Junge hat zu weinen aufgehört, schluckt seinen Kummer hinunter und blickt zu Lilly auf. »Komme ich jetzt in die Hölle?«

Lilly lächelt ihn traurig an. »Nein, Tommy. Du kommst nicht in die Hölle.«

»Müssen wir meinen Dad noch einmal erschießen?«

»Wie bitte?«

»Müssen wir ihm in den Schädel schießen, dass er nicht zu einem von denen wird?«

Lilly stößt ein langsames, gequältes Seufzen aus. »Nein.« Sie streichelt dem Jungen über die Wange. »Der wird sich nicht verwandeln, Tommy.«

»Und warum nicht?«

»Die Wunde ist in seinem Kopf.«

»Oh.«

Tommy hat sich mittlerweile genügend beruhigt, dass Lilly ihn zu einem alten, kaputten Lehnsessel führen kann, der an der Wand steht. Sie bittet ihn, sich hinzusetzen, und meint dann: »Tommy, kannst du hier auf mich warten, während ich kurz mit Bob rede?«

Tommy nickt.

Lilly eilt ins Schlafzimmer, wo Bob bereits wieder dabei ist, die riesige Tasche unters Bett zu räumen. Er grunzt, als er sich noch einmal vergewissert, dass sie so daliegt wie zuvor. »Die können jeden Augenblick hier auftauchen«, raunt er aus dem Mundwinkel ganz leise, sodass Tommy ihn nicht hören kann. »Wir müssen hier weg. Die Leiche nehmen wir mit … müssen das Blut so gut wie möglich wegwischen.«

»Er hat einen Namen, Bob.« Lilly sieht sich im Schlafzimmer um – der Leichnam, das mit Brettern verschlagene Fenster, der Schrank – und erspäht einen Benzinkanister aus Plastik und einen Schlauch am Fußende des Bettes. »Was zum Teufel macht das Zeug denn hier?«

»Das gehört mir. Ich erkläre es dir später. Hilf mir erst einmal.«

»Hast du einen Plan?«

»Vielleicht. Ich weiß doch selbst nicht, was ich als Nächstes tue. Ich reagiere einfach nur intuitiv.« Er wirft ihr einen Blick zu. »Und du? Hast du vielleicht irgendeinen Masterplan parat?«

»Nicht wirklich.« Sie schaut in das Wohnzimmer auf den Jungen, der unruhig auf dem Stuhl hin und her rutscht. »Ich weiß nur, dass wir uns zuerst um die Kinder kümmern und sie in Sicherheit bringen müssen.«

»Scheiß-Jesus-Freaks!«, schimpft Bob, während er den Benzinkanister und den Schlauch wieder in seinen Rucksack zwängt. »Ganz gleich, was du tust. Sie schaffen es immer, alles kaputtzumachen.«

Lilly ist leicht schwindlig, und sie ringt nach Luft. Dann wirft sie einen Blick auf das Laken, unter dem die Überreste Calvin Duprees liegen, und flüstert: »Wie hat das nur passieren können?«

»Hey!« Bob ergreift ihren Arm und schüttelt sie sanft. »Ich brauche dich ganz bei Sinnen, und zwar hier und jetzt.«

Lilly nickt nur, antwortet aber nicht.

Bob schüttelt sie erneut. »Verstehst du, was ich da sage? Wir müssen weg von hier, fort. *Und zwar jetzt*, ehe …«

Plötzlich wird Bob von einer Reihe unverkennbarer Geräusche unterbrochen, die durch die mit Brettern verschlagenen Fenster an ihre Ohren dringen – das Entsichern von Gewehren und Rufe –, und auf einmal geben Bob und Lilly keinen Ton mehr von sich.

Zweiundzwanzig

Der gute und ehrenwerte Priester Jeremiah Garlitz steht mit breiter Brust vor der Veranda des baufälligen Backsteingebäudes. Der Wind lässt seine Hose und Rockschöße flattern. In der Hand trägt er ein 12-kalibriges Jagdgewehr, und in beinahe königlichem, arturischem Gebaren ruft er: »LILLY! BOB! UND WER IMMER SONST NOCH DA DRIN IST! BITTE TUT NICHTS UNÜBERLEGTES! WIR SIND NICHT EURE FEINDE! BITTE GEBT MIR EIN ZEICHEN, DASS IHR MICH GEHÖRT UND VERSTANDEN HABT!«

Der Geistliche fummelt am stählernen Abzugshahn, während er auf eine Antwort wartet.

Jeremiah hat seine Leute rund um das Gebäude aufgestellt. Es sind die Männer seiner Kirchengemeinde, die sich bewaffnet haben und zum Äußersten bereit sind. Nur zwei von ihnen fehlen. Zum einen der alte Joe Bressler, der dreiundsiebzigjährige Pensionär, der mit den Frauen zurückgeblieben ist und beim Kochen der Opfergaben in der Küche des Dew Drop Inn an der Pecan Street hilft. Der zweite Abwesende ist Wade Pilcher, der ledrige Expolizist, der über die Stadtgrenzen Woodburys geschickt wurde, um den geheimen Apparat für die Zeremonie vorzubereiten.

Es ist noch keine Stunde her, dass Calvin Dupree Gottes Pfingstkirche beigetreten ist und sich freiwillig gemeldet hat, um als Spion unter den eher widerspenstigen Bewohnern Woodburys zu fungieren. Es gefällt Jeremiah überhaupt nicht, dass er zu derart rustikalen Mitteln greifen muss – insbesondere, da er den guten Leuten dieses Städtchens einen Freifahrtschein aus der Hölle ins Paradies spendieren will, quasi einen Pauschalurlaub im Himmel –, aber so ist es nun einmal auf Erden. Wie schon im Buch Johannes, Kapitel zwei, Vers fünfzehn geschrieben steht: *Habt nicht lieb die Welt noch was in der Welt ist. So jemand die Welt liebhat, in dem ist nicht die Liebe des Vaters.*

Und genau deswegen hat Jeremiah seine Lakaien Mark und Reese auf die Ostseite, Harold und Stephen zur Hinterseite und Anthony auf die Westseite des Backsteingebäudes geschickt. Jedes männliche Kirchengemeindemitglied wurde mit einer Waffe aus Woodburys Depot ausgestattet – derzeit ein mit Ratten infiziertes, zwanzig Quadratmeter großes Nest im hinteren Teil des Lagers an der Dogwood Lane. Calvin hat den Schlüssel aus Bobs Krankenstation entwendet, und jetzt sind die Männer mit Maschinengewehren und halbautomatischen Pistolen ausgestattet.

Jeremiah verachtet Brutalität, insbesondere wenn es Menschen sind, die aufeinander losgehen; jetzt aber müssen alle guten Gotteskrieger dem Imperativ von Prediger 3 folgen: Streit und Friede hat seine Zeit. Jetzt ist es Zeit für Streit, und infolgedessen muss jeder vernichtet werden, der versucht, die gesegnete Erlösung, die für später geplant ist, aufzuhalten.

Endlich ertönt eine schrille, mürbe Stimme von hinter dem mit Brettern vernagelten Fenster des Backsteingebäudes. Sie ist derart zittrig, dass sie beinahe animalisch klingt.

»WIR HÖREN EUCH!« Eine Pause folgt. »WIR VERSTEHEN, DASS IHR NICHT UNSERE FEINDE SEID!« Wieder eine Pause. »WIR WISSEN ABER AUCH GENAU, WAS IHR FÜR HEUTE NACHT GEPLANT HABT!«

Dann herrscht eine Stille, die Jeremiah erstarren lässt. Sein Magen verkrampft sich, als er nach links und rechts blickt und sieht, wie jedes Mitglied seiner Kirchengemeinde die Waffe hebt und sich schussbereit macht.

Die Stimme fährt fort: »UND ICH SAGE IHNEN HIER UND JETZT, DASS DIESER SCHEISS NICHT PASSIEREN WIRD!«

»LILLY, SO HÖREN SIE MIR DOCH ZU!«, plädiert der Pfarrer mit seiner freundlichsten Stimme. »WIR HABEN SCHÜSSE GEHÖRT! WIR WISSEN DOCH NICHT, OB DA JEMAND UNSERE HILFE BRAUCHT ODER SIE NOCH MEHR LEUTE ERSCHIESSEN WOLLEN, ABER ES GIBT KEINEN GRUND, JEMANDEM SCHADEN ZUZUFÜGEN! WIR KÖNNEN DARÜBER REDEN ...«

»WOLLEN SIE MICH AUF DEN ARM NEHMEN?« Die Stimme aus dem Gebäude verwandelt sich schlagartig, gewinnt plötzlich an Härte und ist so scharf wie eine Klinge. »SIE WOLLEN NIEMANDEM SCHADEN ZUFÜGEN? GLAUBEN SIE ETWA, DASS WIR VOLLIDIOTEN SIND? SIE WOLLEN ALLE HIER HEUTE NACHT ERMORDEN, UNS OHNE DEN GERINGSTEN SKRUPEL EINFACH VERGIFTEN!«

»LILLY, DAS VERSTEHEN SIE VOLLKOMMEN FALSCH! WIR LEBEN NOCH IMMER IN EINEM FREIEN LAND, HIER ZÄHLT JEDE STIMME! NIEMAND MUSS ETWAS TUN, WAS ER ODER SIE NICHT WILL!« Der Pfarrer fährt sich mit der Zunge über die Lippen. Natürlich lügt er sie an, denn mittlerweile ist alles in Bewegung gebracht. Nichts und niemand kann sie jetzt noch aufhalten. Außerdem darf er nicht riskieren, dass jemand zu dieser späten Stunde noch Sand ins Getriebe streut, indem er an der Entscheidung zweifelt oder gar den Entschluss infrage stellt.

Jeremiah wirft einen Blick über die Schulter und sieht einige von Woodburys älteren Einwohnern einen Häuserblock entfernt stehen. Es sind die Sterns und die Frau namens Gloria. Sie sind gerade aus ihren Häusern gekommen und bewegen sich jetzt auf den Lärm zu. Die Zeit rinnt dahin. Jeremiah weiß, dass er schnell und entschlossen handeln muss. Wie sein Daddy immer gesagt hat: Die beste Art, mit einem boshaften Kind fertigzuwerden, ist rasche, harsche, aber gerechte Bestrafung.

Und zwar jetzt. Sofort.

Jeremiah gibt Mark Arbogast, dem schlaksigen Maurer an der Ostseite des Gebäudes, ein Zeichen. »Bruder Mark! Komm bitte mal her!«

Arbogast verlässt gehorsam seinen Posten und eilt zum Priester.

»Planänderung, Bruder«, verkündet Jeremiah mit leiser Stimme, während er die anderen ebenfalls zu sich ruft. »Alle Mann hierher! Macht schon, schnell!«

Der Rest der Truppe erscheint, ihre Gesichter vor nervöser Anspannung zu Grimassen verzerrt.

Jeremiah nickt in Richtung der immer näher kommenden Leute – die beiden Sterns, Gloria und Ben Buchholz. Noch sind sie einen Häuserblock entfernt. »Wir müssen die Situation unter Kontrolle bringen, ehe alles ins Chaos abrutscht«, sagt er und blickt Arbogast an. »Bruder Mark, ich will, dass du diese Menschen vom Gebäude fernhältst. Erzähl ihnen … Erzähl ihnen, dass wir es mit einem Beißer zu tun haben, der bei mir eingebrochen ist. Verstanden?«

Mark nickt und wendet sich dann auf der Stelle den Leuten zu, um sie aufzuhalten.

Jeremiah dreht sich zu den anderen um und spricht sehr schnell, aber auch sehr deutlich, als er ihr Vorgehen erklärt und dabei unterstreicht, dass klare, schnelle Handlungen entscheidend für den Erfolg sind.

Lilly hört eine Stimme von der Hinterseite des Hauses und glaubt in ihrer Panik, dass es ihr Vater ist. Everett Caul hat früher immer auf der Veranda ihres Hauses in Marietta gestanden und ihren Namen gebrüllt, als ob er ein Haustier rufen würde: LILLLLLLYYYYYYY CAAAAAAUUUUUULLLLL! Lilly kann sich noch gut daran erinnern, wie sie und die anderen Kinder in der Nachbarschaft Verstecken gespielt haben und der Ruf ihres Vaters, der über die Wipfel der Eichen an ihre Ohren drang, stets Bilder eines warmen Essens, von Gutenachtgeschichten und vielleicht ein wenig Fernsehen vor dem Schlafengehen vor ihrem inneren Auge heraufbeschworen hat. Aber genauso schnell, wie diese Erinnerungen in ihr hochgekommen sind, so rasch wird sie wieder ins Hier und Jetzt zurückgerissen – in das vollgestopfte Wohnzimmer eines heruntergekommenen Backsteingebäudes. Die Stimme des Priesters ertönt.

»LILLY?«

Bob und Lilly drehen sich überrascht zu ihr um, denn sie kommt jetzt aus dem Hinterhof – ganz wie bei einem desorientierenden Versteckspiel. Tommy Dupree schnellt aus seinem Sessel, springt auf die Beine und stammelt: »Was werden die …?« »Warum haben die …?«

Dann wieder die Stimme aus dem Hinterhof: »LILLY, KÖNNEN SIE MICH HÖREN?«

Lilly hebt die Waffe auf – jene, mit der Tommy Dupree seinen Vater umgebracht hat –, wirft das Magazin aus und überprüft, wie viele Kugeln sie noch zur Verfügung hat. Das Magazin ist voll. Aus dem Augenwinkel sieht sie, wie Bob die Trommel seiner Magnum checkt und in die Küche lugt. Lilly wendet sich an Tommy und sagt leise: »Ich will, dass du stets hinter mir bleibst. Machst du das für mich? Kannst du hinter mir bleiben, ganz gleich, was geschieht?«

Er nickt.

Aus dem Hinterhof erschallt erneut der Bariton: »LILLY, ES TUT MIR LEID, DASS ES SO KOMMEN MUSS, ABER ICH WILL, DASS DU JETZT SCHÖN LANGSAM AUS DER HINTERTÜR INS FREIE TRITTST. SOFORT!«

Bob hebt schnell die Hand und gibt Lilly und Tommy zu verstehen, dass sie sich nicht vom Fleck rühren sollen. Er geht in die Küche. Seine Knie sind leicht gebeugt, die Beine gespreizt, und er hält die Magnum in beiden Händen mit ausgestreckten Armen auf Augenhöhe. Er hat diese Methode israelischer Einsatzkommandos bei seiner Grundausbildung in Fort Benning gelernt. Lilly beobachtet ihn aus dem Wohnzimmer. Seine Stiefel knarzen auf dem alten Linoleumboden, als er zum Fenster eilt, die Knarre stets schussbereit. Er linst durch einen Spalt zwischen den Brettern, die über das kaputte Fenster genagelt sind, hat einen guten Blick auf den Hinterhof und stößt sogleich ein gequältes Seufzen aus.

»ES TUT MIR WIRKLICH LEID, LILLY«, verkündet die

Stimme, »ABER ICH GEBE DIR EINE MINUTE, UM MIT ERHOBENEN HÄNDEN UND WAFFEN HERAUSZUKOMMEN!«

Lilly hebt ihre .22er und nickt Tommy zu. »Bleib direkt hinter mir.«

Sie eilt mit der Waffe im Anschlag quer durch das Wohnzimmer, durch die Küche und hinüber zu Bob ans Fenster. Tommy folgt ihr wie geheißen und hält sich am Gürtel ihrer Jeans fest. Sein lautes, nervöses Atmen ist in der angespannten Stille der Küche deutlich zu hören. Lilly wirft Bob einen Blick zu und will gerade den Mund aufmachen, als der Geistliche erneut die Stimme erhebt.

»DREISSIG SEKUNDEN … DANN MÜSSEN WIR LEIDER HINEINKOMMEN UND DICH HOLEN!«

Lilly flüstert Bob zu: »Ich habe sechs Schuss im Magazin. Ich bin dafür, dass wir unser Glück versuchen.«

Bob schüttelt mit dem Kopf und senkt seine Waffe. »Das ist es nicht wert, Lilly. Die haben Bushmaster und uns umzingelt.«

»Was? Was zum Teufel schwafelst du da?«

»Lilly …«

»Du hast noch immer deinen Hinterlader. Wir können sie so weit beschäftigen, dass wir genug Zeit haben, um es zur Mauer zu schaffen. Wir können uns im Wald wiedertreffen und sie dann einen nach dem anderen umlegen.«

»Lilly, jetzt bleib mal vernünftig …«

»FÜNFZEHN SEKUNDEN, LILLY!«

Lilly spürt den festen, feuchten, ängstlichen Griff des Kindes hinter ihr. Jetzt zischt sie Bob vor Wut an: »Bob, jetzt hör mir mal zu. Der Überraschungseffekt reicht, damit wir es durch den Garten bis zur Hintergasse schaffen …«

Bob schüttelt den Kopf. »Nein. Es ist an der Zeit, das Handtuch zu werfen.«

»ZEHN SEKUNDEN!«

Lilly schaut Bob an. »Ich werde nicht einfach so aufgeben, ohne mich zu wehren.«

»FÜNF SEKUNDEN!«

Bob dreht sich zur Hintertür um, sichert seine Waffe mit dem Daumen, hält sie über den Kopf und ruft dann so laut, dass jeder der Schützen ums Haus ihn hören kann: »Okay, ihr habt gewonnen! Wir kommen raus. Nicht schießen!«

Stunden später betrachtet Jeremiah den Vorfall eher von der philosophischen Seite. Die kurzzeitige Rebellion hat sich als ein Sturm im Wasserglas herausgestellt, wie Jeremiahs Großmutter Familienstreitereien zu nennen pflegte, auch wenn einer seiner Jünger mit dem Leben dafür büßen musste. Jeremiah ist erschüttert, dass Calvin Dupree früher als geplant von ihnen gegangen ist, aber gleichzeitig ist es auch ein passender Abgang, der dem Glauben und Mut des Verstorbenen alle Ehre macht. So wird er zumindest wenige Stunden vor ihnen ins Paradies einziehen.

Kurz vor Mittag hat der Geistliche die Situation unter Kontrolle gebracht. Die Dinge nehmen wieder ihren Lauf und bewegen sich unaufhaltsam auf das große Finale der Zeremonie zu.

Wade Pilcher kehrt mit guten Nachrichten aus dem Umland zurück. Die ferngesteuerten Apparate sind scharfgemacht. Er hat sie sogar auf ihre Funktionsfähigkeit getestet und die Superhorde lokalisiert (die unverwechselbare Staubwolke eineinhalb Kilometer östlich vom Elkin Creek hat ihren Standort verraten). Wade versichert Jeremiah, dass die Beschwörung keinerlei Probleme darstellen wird. Laut seinen Kalkulationen wird die Horde – sobald das Signal sie erreicht hat – drei Stunden brauchen, um ihren Kurs zu ändern und die acht Kilometer sumpfigen Untergrund hinter sich zu bringen, ehe sie Woodbury erreicht.

Am Nachmittag, es ist ein Uhr Eastern Standard Time, kommt ein Moment, der später als Meilenstein in den epochalen Wendungen gelten wird, die an jenem Tag noch passieren. Der Pfarrer Jeremiah Garlitz kehrt in seine Wohnung zurück, kramt die schweren Taschen unter seinem Bett hervor, trägt den wertvollen Inhalt zur Arena und verschwindet dann in den Katakomben.

In der Krankenstation trifft er auf Reese, Stephen und Mark, die sich im Schein einer der Halogennotlampen versammelt haben, Kaffee aus Pappbechern trinken und leise über irgendeinen Witz lachen. Neben ihnen stehen die eingepackten Sakramente auf einer Reihe von Tischen aus Edelstahl.

»Hey!«

Die Schärfe des Tons erschreckt die drei Männer, als Jeremiah eintritt. Sie blicken von ihrem Kaffee auf, das Lachen umspielt noch ihre Lippen. »Bruder Jeremiah«, begrüßt Reese ihn mit seinem jungenhaften, heiteren Gesicht. »Ich dachte, Sie kommen erst um drei.«

Jeremiah gesellt sich zu ihnen, legt die beiden Taschen vorsichtig ab, verursacht aber trotzdem ein Klirren und blickt sie düster an. Auf seinen markanten Gesichtszügen kann man die Schwere ablesen, die er zu transportieren versucht. »Heute wird nicht geschmunzelt, Gentlemen. Ich will ab jetzt kein Lachen mehr von euch hören.«

Die Männer machen einen betroffenen Eindruck, und

ihre heiteren Gesichter verfinstern sich. Sie blicken zu Boden. »Es tut uns leid, Bruder … Sie haben natürlich recht.«

»Dies ist ein feierlicher Tag«, verkündet der Priester und schaut auf ihre gesenkten Häupter hinab. »Natürlich ist es auch ein freudiger Anlass, das gebe ich gerne zu. Aber die Zeit für Lachen und Witze ist jetzt vorbei, meine Brüder.«

Reese nickt. »Amen, Bruder … Amen.«

»Ich will, dass jeder seinen Aufgaben genauestens nachkommt. So viel sind wir den guten Menschen aus Woodbury schuldig. Versteht ihr, was ich sage?«

Alle drei nicken zustimmend. Dann meldet sich Mark, der schlaksige Maurer aus Tallahassee, zu Wort: »Sollen wir Sie alle drei begleiten, wenn Sie … Sie … Wenn Sie mit den Verrätern *abrechnen?«*

»Es sind keine Verräter, Bruder.«

»Es tut mir leid. Ich habe es nicht so gemeint, wie es herausgekommen ist.«

Jeremiah schenkt ihm ein väterliches Lächeln. »Ich weiß, dass du mit deiner Frage niemandem wehtun wolltest. Aber die Wahrheit ist immer noch, dass sie genau das tun, was jeder von uns tun würde, wenn wir davon überzeugt wären, dass die, die uns am nächsten stehen, in Gefahr schweben.«

Mark blickt zuerst die anderen an, richtet sich dann aber erneut an den Geistlichen. »Ich bin mir nicht sicher, ob ich das richtig verstehe, Bruder.«

Der Pfarrer klopft dem jungen Mann auf die Schulter. »Das sind keine schlechten Menschen, Bruder. Es sind nicht unsere Feinde. Sie wissen nur nicht, welches Geschenk uns allen dargebracht wird. Sie verstehen die wundersame Herrlichkeit nicht.«

Mark nickt, und seine Augen füllen sich bereits mit Tränen. »Sie haben ja so recht, Bruder … so recht.«

Jeremiah kniet sich neben die Taschen nieder, öffnet den Reißverschluss der ersten und holt die Flaschen hervor. »Und um eure erste Frage zu beantworten, Brüder. Ja, ich möchte, dass ihr mir alle zur Seite steht.« Er stellt eine große Glasflasche auf eine stählerne Krankenbahre neben den Tisch mit den Sakramenten, holt ein paar Gummihandschuhe aus seinem Sakko hervor und zieht sie an. »Das oberste Gebot, wenn man ein unschuldiges Tier tötet, ist, human und schnell zu handeln. Ich will, dass ihr meinen Anweisungen aufs Wort genau folgt. Habt ihr verstanden?«

Die Männer nicken.

Jeremiah deutet auf einen Karton ungesäuerten Brotes. »Okay, die Zeit ist gekommen. Reicht mir bitte ein kleines mundgerechtes Stück Hostie und gießt zwei Finger von dieser Flüssigkeit in einen der Becher, aus denen ihr da trinkt.«

Dreiundzwanzig

Die rostigen Rollen des riesigen ramponierten Garagentors krächzen, und sie treten in eine mit Ölflecken besudelte ehemalige Garagenbox direkt unter den verlassenen Imbissbuden der Arena. Sie schalten das batteriebetriebene Campinglicht an, das auf einem Stapel Reifen neben dem Tor steht, und ein gedämpftes gelbes Licht erhellt die rund zwanzig Quadratmeter speckigen, dunkel gefleckten Zementboden und eine einzelne Gestalt, die in der Mitte der muffigen, stickigen Garage an einen Stuhl gebunden ist und einen Knebel im Mund hat.

Jeremiah geht auf sie zu. Über den Schultern seines staubigen Anzugs trägt er einen purpurnen Gottesdienstschal. Die anderen drei folgen ihm auf den Fersen, mit ehrerbietigen und doch verstörten Mienen, und halten die heiligen Gegenstände in den Armen wie Kurtisanen eines königlichen Harems.

»›Wasche mich wohl von meiner Missetat‹«, rezitiert Jeremiah, als er näher kommt, »›und reinige mich von meiner Sünde.‹«

Lilly stöhnt hinter dem Panzerband, das ihren Mund verdeckt, auf. Sie reißt die Augen vor Schreck weit auf, als sie den Pappteller mit einem Stück Brot und den Becher mit Gift sieht. Sie beginnt an ihren Fesseln zu rütteln, auf dem Stuhl zu zappeln und stößt grässliche Klagelaute hinter ihrem Knebel aus. Ihr schweißnasses Top ist von den auf den Rücken gefesselten Handgelenken straff gespannt. Sie starrt den Priester an und schreit etwas Unverständliches durch das Panzerband.

Jeremiah dreht sich zu seinen Lakaien um und befiehlt ihnen rasch und bestimmt, aber mit gedämpfter Stimme: »Habt auf mein Zeichen den Leib und das Blut Christi bereit. Ach, und achtet nicht darauf, was unsere geliebte Schwester zu sagen hat, wenn wir ihr das Panzerband abnehmen, denn es wird nicht sie sein, sondern Satan selbst. Mark, du positionierst dich hinter ihr. Auf mein Zeichen ziehst du ihren Kopf zurück – genauso, wie wir es damals in Jacksonville bei der Puppe geübt haben.«

Die Männer stellen sich hinter ihr auf. Lilly kämpft jetzt mit aller Kraft gegen ihre Fesseln an und gibt unter dem Knebel eine ganze Flut unverständlicher Kraftausdrücke von sich. Der Stuhl knarzt und rutscht unter ihren Anstrengungen über den Boden.

»›Schaffe in mir, Gott‹«, verkündet Jeremiah und nickt Reese zu, dem Tellerhalter, die Sakramente zu überreichen, »›ein reines Herz. Errette mich von den Blutschulden, Gott, der du mein Gott und Heiland bist, dass meine Zunge deine Gerechtigkeit rühme.‹«

Wieder ein Nicken, diesmal in Marks Richtung, als er sich hinter Lilly aufstellt, gefolgt von einem weiteren Nicken zu Stephen und einem letzten Anflehen Gottes: »Nimm diese junge Schwester in deine Gemeinde auf, o Herr, und erhebe sie gen Himmel!«

Mark, der stärkste der drei Männer, befindet sich jetzt hinter Lilly, legt die Hände um ihr Kinn und reißt es hoch, als Stephen ihr das Panzerband vom Mund zieht.

»OKAY, HÖREN SIE ZU! BITTE! ICH FLEHE SIE AN! DAS MÜSSEN SIE NICHT TUN! GEBEN SIE MIR NUR EINE CHANCE, MEIN ANLIEGEN ZU ERKLÄREN! ICH HABE ACHTUNG DAVOR, WAS SIE VORHABEN! VERSTEHEN SIE MICH? SIE MÜSSEN DAS NICHT TUN! BITTE! SO WARTEN SIE DOCH …!«

In dem fürchterlichen Augenblick, ehe Jeremiah ihr ein münzgroßes Stück Oblate in den Mund schiebt, weiß sie, dass sie sterben, dass mit diesen wahnsinnigen Fanatikern alles ein Ende finden wird. Und wie ironisch ist es, wie verdammt ironisch, dass es *nicht* durch die Beißer, sondern durch diesen angeblichen Mann Gottes geschieht. Aber die Ironie kümmert sie einen Dreck – sie will einfach nur leben und stößt eine Reihe von Kreischtönen aus, die schon sehr bald zu einem entstellten Schluchzen verkümmern.

»B-BITTE! OH, BITTE! BITTE! BIIIITTTTT …!«

Sie deponieren die Oblate in ihrem Mund, und der starke, unnachgiebige Griff des Maurers hinter ihr öffnet und schließt ihren Kiefer und knetet das Gekaute brutal ihren Schlund hinunter. Sie würgt und hustet, versucht die Oblate wieder auszustoßen, aber die Automatismen des menschlichen Verdauungssystems, angefangen mit dem Rachen und der Speiseröhre, werden unweigerlich – wie die Mitglieder der Kirchengemeinde bei ihren Recherchen herausgefunden haben – das Gegessene aufnehmen und verdauen, ganz gleich, wie sehr man dagegen ankämpft.

Das starke Barbiturat wurde dem Teig vor dem Backen hinzugefügt.

Als Nächstes kommt die klare, geruchlose Flüssigkeit.

Lilly würgt und windet sich auf ihrem Stuhl, versucht alles, um das Geschluckte wieder auszuspucken, als Jeremiah den Pappbecher von dem Teller nimmt. »Gott, sei mir gnädig nach deiner Güte«, er betet laut, beugt sich über Lilly und gießt einige Tropfen der Flüssigkeit rasch in ihren Mund, den der Maurer hinter ihr weiter zum Kauen anregt, »und tilge meine Sünden nach deiner großen Barmherzigkeit für immer und ewig … Amen.«

Lilly hustet, prustet und zuckt, und Jeremiah steht über ihr und wartet geduldig, bis er sich sicher ist, dass sie genug Zyanid heruntergeschluckt hat. Endlich sackt sie auf ihrem Stuhl zusammen – entweder vor Erschöpfung oder wegen des schnell wirkenden Gifts. Ihre Muskeln entspannen sich, und ihr Kopf rollt leblos hin und her.

Jeremiah vernimmt einen kaum hörbaren letzten Atemzug, der ihrem Körper entweicht, ein letztes Todesrasseln.

Er beugt sich zu ihr hinab und flüstert: »Kämpfen Sie nicht dagegen an, Schwester.« Zärtlich streichelt er ihr die Wange. »Sie werden schon bald bei Gott sein … Und Sie können ihm alles davon erzählen.«

Er nickt den anderen zu, und sie folgen ihm aus der Garage. Ehe sie das Tor hinter sich schließen, lugt der Pfarrer ein letztes Mal in die Zelle.

»Wir kommen Ihnen gleich nach, Schwester.«

Dann kracht das Tor ins Schloss.

Minuten später fällt es Lilly gar nicht auf, dass sie eigentlich schon längst tot sein müsste.

Sie fällt auf ihrem Stuhl beinahe vornüber, hat keine Ahnung, wie viel Zeit vergangen ist. Auf ihren Lippen hat sich eine Kruste gebildet, und der Raum dreht sich. Hat sie sich übergeben? Sie blickt auf ihren Schoß, vermisst aber jegliche Anzeichen von Kotze. Der Schritt ihrer Jeans scheint feucht. Hat sie sich in die Hose gemacht?

Sie lehnt sich auf dem Stuhl zurück. Ihre Handgelenke schmerzen von den Fesseln. Ihr Knebel liegt vor ihr auf dem Fußboden – ein zusammengeknüllter Ballen Panzerband. Sie blinzelt. Ihr ist schwindlig, übel und kalt … Aber sie lebt. Was zum Teufel geht hier vor sich? Sie versucht die Hände zu befreien, als sie gedämpfte Schreie aus der Garage neben sich hört. Es ist Tommy Dupree.

Die Wände sind knappe dreißig Zentimeter dick und bestehen aus Mörtel, Beton und Stahl, sodass die Geräusche aus der Nachbarzelle sehr undeutlich sind. Lilly muss sich konzentrieren, um Tommy überhaupt hören zu können und daraus abzuleiten, wie es ihm ergeht.

Neben den schrillen Schreien des Jungen kann sie eine zweite Stimme ausmachen. Dann folgt ein Ringen und das Kratzen eines Metallstuhls auf dem Betonboden. Es ertönt die dröhnende Stimme des Priesters. Dann Stille. Fußschritte hallen durch den Raum.

Das Donnern des Garagentors, als es auf dem Boden aufschlägt, lässt sie aufschrecken.

Sie holt tief Luft, atmet durch die Nase ein und durch den Mund wieder aus und schluckt ihr Entsetzen hinunter. Sie bewegt ihre Handgelenke, ist bemüht, das Gefühl in den Fingern nicht zu verlieren, denn sie haben bereits zu kribbeln begonnen. Ihr Magen verkrampft sich. Einer Sache ist sie sich sicher: Sie tritt nicht ins Jenseits über, wie ihr prophezeit wurde.

Sie stirbt nicht.

Was zum Henker?

Dann erneut ein Garagentor, und sie zuckt bei dem Geräusch zusammen.

Sie hört Bobs gedämpfte Stimme, die eine ganze Reihe unverständlicher Flüche von sich gibt, ehe das Klebeband über seinem Mund abgerissen wird. Dann Beten, wieder ein Ringen, mehr Gebete und dann … Dann herrscht Ruhe. Fußschritte. Das krachende Schließen eines Garagentors.

Endlich verhallen die Fußschritte der Erlösungsmörder im Flur.

Für einen Moment ist der Keller in komplette Stille gehüllt.

Lilly versucht trotz ihrer Angstzustände nach Luft zu schnappen. Die Stille ist unerträglich, bleiern, alles durchdringend, alles umfassend. Die Stille eines Grabes. Lilly wird von Panik ergriffen. Bildet sie sich das alles ein? Befindet sie sich im Todeskampf? Sind Tommy und Bob bereits tot? Oder ist sie vielleicht auch schon gestorben und erlebt nur die letzten elektrischen Entladungen des Gehirns, die ein Opfer glauben lässt, es gehe ihm gut, obwohl einem gleich die Lichter ausgehen?

Sie versucht so gleichmäßig wie möglich zu atmen und ihre Emotionen unter Kontrolle zu bringen, als sie erneut ein Geräusch hört, das hinter der Wand zwischen ihrer und Bobs Zelle ertönt.

Zuerst glaubt sie, dass es Bob ist, der zu Boden geht – ein gedämpfter Knall, gefolgt von einem metallenen Klirren, als ob zuerst er und dann der Stuhl auf dem Boden aufschlägt. Dann aber bemerkt sie, dass das Geräusch nicht aufhört, sondern sich zu einem Zerren und Ziehen entwickelt, das durch die benachbarte Garage zu wandern scheint. Bob bewegt sich, robbt wahrscheinlich noch an seinen Stuhl gefesselt zum Tor.

Was geht hier nur vor sich? Lilly konzentriert sich jetzt auf ihre Fesseln. Sie spürt etwas Nasses und geht aufgrund ihres vorherigen konstanten Ziehens und Zerrens davon aus, dass es sich um Blut handelt. Eines ihrer Handgelenke fühlt sich an, als ob sie es durch die Plastikschlaufe der Fessel ziehen könnte. Durch die Schmiere ihres eigenen Bluts scheint es tatsächlich möglich, und sie zerrt weiter, verändert den Winkel, zieht, bis ein plötzliches metallenes Klicken sie aufschrecken lässt.

Das Geräusch kommt aus Bobs Zelle und weckt sie auf. Laut ruft sie: »Bob!«

»Ich komme schon! Verdammt!«

Die raue, von Whiskey veredelte Stimme – kaum vernehmbar hinter den vielen Zentimetern aus Stein und altem Stahl – rührt etwas tief in Lillys Seele. Sie träumt nicht, halluziniert nicht, sondern hört tatsächlich das Krächzen, das Bob eigen ist. »Immer langsam mit den jungen Pferden!«, ruft die gedämpfte Stimme zurück.

»Beeil dich!«, lautet ihre Antwort. Sie hat jetzt eine Hand freigearbeitet. Ihr Handgelenk weist von dem vielen Winden und Reißen tiefe Schnitte auf, und ein dünnes Rinnsal Blut läuft ihren Unterarm hinab. Ein Knarzen dringt an ihre Ohren, gefolgt von schlurfenden Schritten. Bob hat sein Tor geöffnet.

Sie lehnt sich nach vorne und versucht, das Seil um ihre Beine zu erreichen, das sie an den Stuhl fesselt, aber mit nur einem Arm ist es ihr unmöglich. »Bob! Was geht hier vor? Was machst du?«

»Den Kleinen befreien!«

Die Stimme kommt aus der gegenüberliegenden Richtung, und ihr folgt ein weiteres rostiges Knarzen, als er das Tor auf dessen oxidierten Rollen hochschiebt. Lillys Herz schlägt schneller. Sie kann Tommy Duprees Stimme hören – Gott sei Dank, Gott sei Dank. Lilly versucht, mit ihrem Stuhl Richtung Tor zu rutschen.

Sekunden später füllt sich auch ihre Zelle mit den vertrauten Geräuschen des Knarzens, als ihr Tor hochgezogen wird.

»Verdammte Kacke, was haben die nur mit dir angestellt?«, entfährt es Bob, als er dicht gefolgt von Tommy in die Garage stürzt. »Du brauchst einen Druckverband, aber schnell!«

»Das tut nicht weh. Es ist passiert, als ich versucht habe, mich von den Fesseln zu befreien.« Lilly hält ihre blutbesudelte Hand in die Höhe. »Hilf mir, Bob.«

Er kniet sich hin, holt sein Taschenmesser hervor und schneidet die Fesseln um Lillys anderes Handgelenk und ihre Beine durch.

Sie reibt sich die wunden Stellen und wirft Tommy einen Blick zu. »Alles klar?«

Er nickt und steht offensichtlich noch unter Schock, denn sein Gesicht ist so blass wie Tapetenkleister. »Ja, wird schon. Was haben die eigentlich mit uns angestellt?«

»Ich habe keine Ahnung, Tommy.«

Der Junge runzelt die Stirn. »Diese Oblaten, die sie uns in den Mund gestopft haben. Ich dachte, die wären vergiftet!«

»Ja, das dachte ich auch«, sagt Lilly und wirft Bob einen fragenden Blick zu. »Bob, hast du vielleicht eine Ahnung?«

Aber Bob ist schon an der gegenüberliegenden Wand angekommen und steht vor einem Stapel Reifen. Er wühlt sich zügig durch einen Haufen aus Lumpen und Putzlappen, weggeworfenen Schokoriegelverpackungen und einer leeren Schachtel Patronen. »Die Schweine haben unsere Waffen genommen«, schimpft er. »Die haben jetzt alles, was in Woodbury richtig Bumm macht, unter ihrer Kontrolle.«

»Bob, hast du gehört, was ich dich gerade gefragt habe?« Lilly steht langsam auf. Die Garage scheint sich zu drehen, sodass sie sich an der Rückenlehne des Stuhls festhalten muss. »Was zum Teufel geht hier vor? Was war in dem Wasser?«

Bob antwortet mürrisch, als er sich umblickt: »Wasser ... Genau das war es. Nichts außer dem guten alten H_2O.«

»Okay, aber das ergibt trotzdem noch keinen Sinn.« Sie blickt ihn an. »Jetzt erzähl endlich, Bob.«

Er dreht sich zu ihr um und seufzt. »Ich habe das Zyanid weggeschmissen und stattdessen Wasser in die Flaschen gefüllt. Heute früh, bevor ich dir das alles gezeigt habe. Ich wollte auf Nummer sicher gehen.«

Sie starrt ihn an. Jetzt erinnert sie sich an den Benzinkanister und das Stück Schlauch neben dem Bett in Jeremiahs Schlafzimmer. Der Benzinkanister war mit Wasser gefüllt. Endlich fällt bei ihr der Groschen, und sie versteht Bobs rätselhaftes Lächeln, Sekunden bevor sie sich ergeben haben. Und dann waren da noch seine geflüsterten Worte: *Ich habe nie etwas von Aufgeben gesagt*.

»Bob Stookey, du bist ein Genie.« Sie packt sich den alten Mann, legt die Arme um ihn, lehnt sich zu ihm hin und verpasst ihm einen Kuss auf die Wange.

»Wir haben ein Problem«, erwidert er und fixiert sie mit seinem traurigen Hundeblick. Sein Gesichtsausdruck ist ungefähr so heiter wie der eines Leichenbestatters. »Ohne Waffen können wir gleich aufgeben.«

Vierundzwanzig

Die Sonne geht an jenem verheißungsvollen Tag gegen halb acht unter, sinkt unter die Baumwipfel der umliegenden Wälder und schickt tieforange Strahlen durch die Pappeln und den Nebel, der dicht wie Gaze aufsteigt. Es ist ein passender Sonnenuntergang, ein herzzerreißendes pastellfarbenes Klagelied für die bunte Mischung von Menschen, die sich am Rand des Arena-Gartens versammelt hat. Insgesamt stehen dreiundzwanzig Leute Hand in Hand auf der staubigen Piste – die Köpfe erhoben, als ob sie Gott anflehen würden. Einige meditieren in aller Stille, bereiten sich innerlich auf den Übergang von einem Reich ins andere vor, während sich andere nicht ganz sicher sind, was sie zu erwarten haben.

Außer den zehn Mitgliedern der Kirchengemeinde haben sich weitere zwölf Leute aus Woodbury zu ihnen gesellt – darunter auch ausgerechnet Ben Buchholz –, um gemeinsam die letzte Reise ins Nichts anzutreten.

Laut den Gerüchten, die unter den religiöseren Einwohnern Woodburys kursieren, fand Ben Buchholz' Erleuchtung erst vor wenigen Stunden statt – entweder war es ein mystisches Erlebnis oder ein Nervenzusammenbruch; es kommt ganz darauf an, wen man fragt. Es geschah auf den Stufen zur Hintertür seines Wohnblocks an der Pecan Street. So betrunken, dass ihm der Sabber aus dem Mund lief, ist er ausgerutscht und die Treppe hinuntergefallen. Unten angekommen, war er ein neuer Mensch. Jeremiah kam ihm als Erster zu Hilfe, beruhigte ihn und versprach ihm ewige Erlösung und Liebe. Ben begann zu schluchzen und ließ sich wie ein kleines verlorenes Kind, das endlich wieder nach Hause gefunden hat, in die Arme nehmen. Es war die gleiche Verkaufsmasche, mit der der Pfarrer bei dem Großteil der religiösen Einwohner Woodburys für sein Happening geworben hat: »Kommen Sie zu unserer ›Mega-Mahlgemeinschaft‹ heute Abend um sieben, und bringen Sie ein offenes Herz und ein rcines Gewissen mit, und Sic werden von dieser Hölle erlöst. Gott wird Sie bei der Hand nehmen und ins Paradies führen.«

Jeremiah glaubt an jedes Wort, das er als Priester von sich gibt, sieht es nicht als Lockvogeltaktik, die anzuwenden Harold Stauback ihn beschuldigt, um die Menschen hier in seinen Bann zu ziehen. Dies hat er dem Pfarrer während eines Treffens am späten Nachmittag in der Krankenstation unter vier Augen vorgeworfen. Es ist laut geworden. Jetzt ist Harold eines von drei Mitgliedern der Kirchengemeinde, die in dieser glorreichen Nacht durch ihre Abwesenheit auffallen. Die beiden anderen sind Wade und Mark, die eine wichtige Mission in den Hügeln westlich von Woodbury zu erfüllen haben. Aber das Fehlen dieser Männer tut der ekstatischen Laune, die derzeit tief in dem Knochenmark des Geistlichen mitschwingt, keinen Abbruch. Jetzt steigt er die Stufen zu seinem behelfsmäßigen Altar hinauf.

Eine Woge von gehauchten *Amens*, der kollektives nervöses Räuspern folgt, geht durch die Versammlung, als der Priester sich hinter einem mit Blumen und hölzernen

Kreuzen verzierten Stapel Altreifen auf der Tribüne aufstellt. An seinem Jackenaufschlag steckt ein kleines Mikrofon, und die untergehende Sonne verleiht ihm einen goldenen Heiligenschein um das frisierte Haar. Sein Blick ist mit Emotionen beladen.

»MEINE BRÜDER UND SCHWESTERN … HEUTE NACHT SCHLIESSEN WIR DEN KREIS. WIR SIND BEREIT.« Seine tiefe, sonore, überlaute Stimme hallt über den jungfräulichen Boden und in den leeren Hauseingängen wider. Seine gesamte Karriere lang – nein, sein gesamtes erbärmliches Leben – hat er auf diesen letzten aller Gottesdienste hingearbeitet. Sein Übervater Dan Garlitz wäre stolz auf ihn gewesen. »WIR HABEN UNS, UND DABEI MEINE ICH JEDEN EINZELNEN DER HIER VERSAMMELTEN, MIT UNSEREM SCHÖPFER VERSÖHNT. BRÜDER UND SCHWESTERN, LASSET UNS BETEN.«

Einige der anwesenden Einwohner Woodburys tauschen unruhige Blicke aus. Sie hatten sich eine Art Massentaufe erhofft oder vielleicht eine Einführung in die Kirchengemeinde.

Jetzt aber scheint etwas nicht in Ordnung zu sein.

Eineinhalb Kilometer westlich von Woodbury, inmitten der hohen Wipfel des Gainsburg-Hains, hocken zwei Mitglieder der Kirchengemeinde in den immer länger werdenden Schatten und treffen die letzten Vorbereitungen für die bevorstehende Beschwörung.

Die Dämmerung hat mittlerweile den Rückzug angetreten und macht der einbrechenden Nacht Platz, und das Zirpen der Zikaden und Quaken der Laubfrösche legen sich über Wade Pilcher und Mark Arbogast, die hastig an den Reglern und Knöpfen der kleinen Lautsprecheranlage drehen und fummeln – ein Überbleibsel aus den alten Tagen der Gottesdienste in Zelten. Jeremiah hat sie benötigt, um auch die Zuhörer in Rollstühlen ganz hinten zu erreichen. Die batteriebetriebene PA-Anlage von Heathkit hat ungefähr die Größe eines handlichen Luftentfeuchters und verfügt über einen kleinen Lautsprecher, der über dem ramponierten Verstärker angebracht ist. Hinten besitzt sie einen Empfänger, der mit den ersten Worten des Pfarrers grün zu blinken beginnt: » … UND AN DIESEM HEILIGEN ABEND BITTEN WIR DICH, DASS DU JEDES EINZELNE DEINER HIER VERSAMMELTEN KINDER IN DEIN GESEGNETES REICH AUFNIMMST …«

Die gespensterhafte blecherne Stimme des Pfarrers hallt über die bewaldeten Hügel jenseits des Elkin Creek und der Dripping Rock Road hinweg und wird von der Brise wie die Rufe einer Nachteule hinfortgetragen. Wade und Mark tauschen einen Blick aus. Mark nickt. Wade blickt über den Flickenteppich aus tiefgrünen Feldern, die in der einbrechenden Dunkelheit einen purpurnen Farbton annehmen. Er nimmt das Fernglas und sucht die umliegende Landschaft ab, als das verstärkte krächzende Zischen der Stimme Jeremiahs von den entfernten Hügeln zurückgeworfen wird und die Horde in ihren Bann zieht.

»OH HERR, WIR SIND BEREIT, DEN SAUM DEINES GEWANDES ZU BERÜHREN. WIR SIND BEREIT. SALBE UNS MIT DEINER HERRLICHKEIT, WENN WIR DIESES SAKRAMENT EMPFANGEN …«

Die hallende Stimme durchdringt die umliegenden Senken, die bewaldeten Bachläufe und dichten Pinienhaine, in denen sich zerlumpte Gestalten in den Schatten verstecken, die mit ihren Kiefern wild in der Luft schnappen und deren Hände ins Nichts krallen. Der Lärm unterbricht sie, bringt sie dazu, der Stimme zu folgen, hin zu dem Funkfeuer, der Kriegsfanfare, der Beschwörung …

» … WIR LEGEN UNSER SCHICKSAL IN DEINE HÄNDE, OH HERR. WIR SCHLIESSEN DICH IN UNSERE HERZEN. ERHÖRE UNSER GEBET, UND FÜHRE UNS ZUM VERHEISSENEN UFER. KOMM, UND HOLE UNS …«

In den entfernten Wäldern, Tälern und auf den Hügeln, inmitten der Trümmer verkommener Landstraßen und aus den Tiefen verlassener Scheunen und Getreidespeicher erwachen mehr und mehr Kreaturen, drehen sich tollpatschig zur Quelle des Lärms hin, klettern unbeholfen aus trockenen Bachläufen und erklimmen matschige Anhöhen in der Hoffnung, bald schon Menschenfleisch zu finden.

» … WIR KOMMEN, OH HERR. WIR BESTEIGEN DEN SCHNELLZUG INS PARADIES …«

Wade blickt auf seine Uhr. Die zweite Phase der Beschwörung wird in weniger als fünfzehn Minuten eingeleitet. Er nickt Mark zu.

Die beiden Männer lesen hastig ihre Rucksäcke und Waffen auf und eilen den steinigen, ungepflegten Pfad hinab, der zurück nach Woodbury führt.

Es ist genau vierzehn Minuten vor acht Eastern Standard Time.

Als der Pfarrer leise zu weinen beginnt, legt sich eine Stille über die Arena. Er macht kein großes Aufheben davon, senkt lediglich das Haupt und lässt eine einzelne Träne von seinem markanten Kinn tropfen, ehe er fortfährt: »DIESE

SAKRAMENTE, OH HERR, SIND DAS FLEISCH UND BLUT DEINES EINZIGEN SOHNES … DEN DU GEOPFERT HAST, DAMIT WIR LEBEN KÖNNEN … EIN SYMBOL DEINER LIEBE.«

Hinter dem Pfarrer erscheinen Reese und Anthony im schattigen Schlund des Tribünenzugangs. Jeder hält ein Tablett aus Edelstahl aus der Krankenstation in den Händen. Auf ihnen liegen die gestapelten Sakramente wie Appetithappen, die bei einer Party herumgereicht werden.

Jeremiah spürt, wie die Anspannung steigt, die Luft knistert, und er lenkt sie mit der Fertigkeit eines Meisterdirigenten, der das Letzte aus seinem Symphonieorchester herausholt. »JETZT, DA JEDER EINZELNE VON UNS VORTRITT, EINER NACH DEM ANDEREN, UM DAS FLEISCH UND BLUT CHRISTI IN EMPFANG ZU NEHMEN, JAUCHZEN WIR VOR GLÜCKSELIGKEIT, VOR UNSERER LIEBE, OH HERR, UND FROHLOCKEN ANGESICHTS DEINES GESCHENKS DES IMMERWÄHRENDEN LEBENS IM PARADIES.«

Einige der altgedienten Kirchenmitglieder bewegen sich langsam vorwärts, die Hände in der universellen Geste eines wahren Gläubigen, der den Geist Gottes in sich spürt, gen Himmel gestreckt und das Haupt vor Frohlocken und Ekstase geneigt. Andere schließen sich ihnen an, im Gänsemarsch, die Hände vor dem Schoß verschränkt, um die Gnade Gottes zu empfangen.

»LASST UNS ZUM HIMMEL HOCH JAUCHZEN, BRÜDER UND SCHWESTERN. WIR NEHMEN DIE OPFERGABE ENTGEGEN, IM NAMEN DES VATERS, DES SOHNES UND DES HEILIGEN GEISTES …«

Jeremiah steigt die Tribüne hinab zum Rand der Arena,

und die beiden Oblatenträger folgen ihm und zeigen ihm das Gebrachte zur Begutachtung vor.

»WIR LEGEN JETZT UNSERE LEBEN IN DEINE HAND, OH HERR«, singt Jeremiah mit seinem musikalischen Bariton, als er sich über das erste Tablett beugt und eine Oblate ungesäuerten Brotes nimmt. »ZU EHREN ALL DERER, DIE GEFALLEN SIND, AKZEPTIEREN WIR DIESE OPFERGABE.«

Der erste Abendmahlsempfänger tritt auf die unterste Stufe der Tribüne.

Der alte Joe Bressler, der dreiundsiebzigjährige Pensionär, der den Frauen der Kirchengemeinde bei den Vorbereitungen mit den Opfergaben in der Küche des Dew Drop Inns geholfen hat, steht nun mit seinen vor Arthritis wackelnden Knien vor dem Priester. Er neigt das von tiefen Furchen durchzogene Gesicht gen Himmel, schließt die Augen und öffnet seinen zahnlosen Mund. Sein Gebiss ist völlig verdreckt und verströmt einen widerlichen Gestank. Jeremiah platziert die Oblate auf seiner Zunge, und Joe schließt den Mund und kaut ein wenig darauf herum, ehe er sie herunterschluckt.

Das Lächeln, das auf seinem Gesicht erscheint, spricht Bände. Hier steht ein Mann, der in Tallahassees rauer französischer Nachbarschaft dreiundvierzig Jahre lang Krämer war, der sich stets weggedreht hat, wenn die armen Kinder aus der Gegend in seinen Laden geströmt sind und sich das Nötigste geklaut haben, der gefälschte Lebensmittelmarken an Mütter verteilt hat. Der Mann, der fünfzig Jahre lang mit derselben Frau verheiratet war. Und obwohl sie keine Kinder hatten, hat er seine Ida stets vergöttert. Seine Liebe für sie hat bis zum letzten Tag gehalten, bis zum letzten Moment, in dem sie sich verwandelte und er ihr den Kopf mit einer alten Kreuzhacke hat einschlagen müssen. Das Lächeln, das jetzt dieses wettergegerbte, pergamentartige Gesicht erhellt, ist ein Lächeln der Erlösung, der Schwanengesang eines Mannes, der mehr erlebt hat, als er sich je selbst zugetraut hätte.

Jeremiah erwidert sein Lächeln. Er ist sich gewiss, dass das starke Barbiturat den alten Kauz von den Beinen hauen wird, ehe das Zyanid übernimmt, und ihm somit die Schmerzen erspart bleiben.

»Halleluja, Bruder!«, verkündet Joe. Auf seiner lederfarbenen Lippe klebt noch ein Stückchen Oblate. »Lobet den Herrn!«

Jeremiah drückt den alten Mann warmherzig an sich und flüstert ihm zu: »Du wirst der Erste sein, der den Saum Seiner Robe berühren darf, Bruder.« Dann nimmt Jeremiah sich einen Pappbecher von dem anderen Tablett und reicht ihn dem Mann. »Immer runter damit, Joseph.«

Joe hebt den Becher an seine Lippen und kippt den Inhalt in der Hoffnung hinunter, sein langes, erfülltes Leben endlich zu Ende zu bringen. Er übergibt das leere Gefäß dem Priester und sagt: »Gott segne Sie, Bruder.« Seine Augen füllen sich mit Tränen.

Er tritt beiseite und geht zurück in die Mitte der Arena.

Der nächste Kirchgänger tritt auf den Priester zu.

Die Dupree-Kinder – Lucas und Bethany – sind an Stelle sechs und sieben an der Reihe.

Lilly soll das Signal geben. Sie versteckt sich hinter einem der riesigen tragenden Pfeiler in den oberen Rängen der Tribüne auf der gegenüberliegenden Seite der Arena. Zum abgesprochenen Zeitpunkt muss sie ein Handzeichen geben, welches den anderen Mitgliedern der kleinen Rebellentruppe den Moment zum Angriff signalisieren soll. In Schweiß gebadet und mit einem Puls, der ihre Ohren klingeln lässt, versucht sie, Ruhe zu bewahren, und beobachtet das Geschehen in der Arena. Sie kann den Prediger auf der anderen Seite der Arena sehen, wie er am Rand der Tribüne sein Ritual in der Dämmerung feiert und an jeden seiner Jünger Oblaten und Pappbecher aushändigt. Bei jedem neuen Abendmahlsempfänger dröhnen die Beistehenden laut *Amen* und *Halleluja*. Lilly hat früher einmal eine Dokumentation über den Massensuizid von Jonestown gesehen, hat über Massenmordkulte gelesen, aber sie hat nie erwartet, dass alles so ... so *still*, so *friedlich* ablaufen würde. Selbst die Kinder scheinen inmitten dieser fürchterlichen Seuche überglücklich das symbolische Abendmahl zu empfangen. Vielleicht ist es das Resultat einer verdrehten Massenpsychologie oder das, was mit Menschen passiert, die zu lange unter dem Joch einer solch grässlichen Plage leben müssen. Lilly ist sich nicht einmal sicher, wie viele von den Untenstehenden überhaupt von dem Selbstmordpakt wissen.

Ihr Griff um die alte halbautomatische Pistole Kaliber .45 in ihrer Hand wird immer fester. Ihre Fingerknöchel sind ganz weiß vor nervöser Anspannung, und sie kocht förmlich vor Wut. Die miserable Qualität ihrer Waffe ist ihrer Laune kaum zuträglich. Nur die noch nicht verarbeitete Trauer über Calvins Tod zügelt sie. Die Pistolen haben sie an jenem Nachmittag bei einer verzweifelten Durchsuchung des National Guard Depot gefunden. Bob hat sie in einem zuvor nicht entdeckten unterirdischen

Bunker zusammen mit einigen Gewehren und dazu passender Munition aufgelesen. Aber Lilly hat keine Ahnung, wie lange die Waffen schon dort unten lagen und ob das Stück Müll, das sie in der Hand hat, überhaupt vernünftig funktioniert. In der Pistole stecken acht Kugeln, und sie hat ein weiteres Magazin mit zehn Schüssen dabei – mehr nicht.

Der Rest der Aufständischen hat sich an strategisch wichtigen Orten aufgestellt, aber auch sie sind nur spärlich bewaffnet. David Stern und Speed Wilkins haben die einzigen Maschinengewehre abbekommen, während Gloria Pyne und Barbara Stern ihre vertraute Glock beziehungsweise ihre gewohnte .38er Police Special zur Verfügung haben – aber weder der eine noch der andere Revolver ist auf große Entfernung besonders effektiv. Matthew und Bob sind beide mit Gewehren ausgestattet – Bob hat eines mit zwölf Kaliber und Matthew eine Schrotflinte mit zwanzig Kaliber. Auch in ihrem Fall gilt, dass die Waffen nicht für lange Entfernungen konzipiert sind. Insgesamt steht ihr dürftiges Arsenal in keinerlei Vergleich zu dem, was die Kirchengemeinde sich unter den Nagel gerissen hat.

Das sind trotz ihrer unbändigen Wut genug Gründe für Lilly, ihr Team davon zu überzeugen, nur abzudrücken, wenn es keinen anderen Ausweg mehr gibt. Der Plan sieht vor zu warten, bis Jeremiah und die anderen endlich merken, dass niemand wie beabsichtigt der Mühsal des irdischen Lebens entschwindet und sowohl das Barbiturat als auch das Gift neutralisiert oder wirkungslos sind. *Das* ist der optimale Zeitpunkt, um einzuschreiten. Vielleicht versteht Jeremiah ja, dass es ein Zeichen Gottes ist, eine Vorsehung. Auf jeden Fall wird er in seiner völligen Verwirrung einfacher zu handhaben sein und der Stimme der Vernunft folgen.

Lilly sinniert über all das nach, als sie plötzlich merkt, dass einige Mitglieder der Kirchengemeinde fehlen. Der Polizist – wie hieß er doch gleich? Wade? Und der Typ aus Panama City, Arbogast, Mark Arbogast. Lilly hat die beiden auf den vielen Fahrten zwecks Proviantsuche kennen und schätzen gelernt. Aus irgendeinem Grund macht ihre Abwesenheit Lilly nervös. Sie sucht die Tribünen nach ihnen ab, als plötzlich ein Tumult in der Arena ihre Aufmerksamkeit auf sich zieht.

Lauter werdende Stimmen dringen getragen vom Wind an ihre Ohren. Die Kirchenmitglieder streiten untereinander. Lilly richtet den Blick auf den Geistlichen.

In der Ferne tritt Jeremiah von der Tribüne hinab in die Arena und drängt sich empört, ja wütend durch die Menge, legt den Menschen die Hand auf die Stirn und schaut ihnen mit dem hektischen Eifer einer überforderten Krankenschwester in die Augen. Seine Miene ist aus dieser Entfernung schwer zu deuten, aber es scheint, als ob er bleich vor Schock ist. Die Leute brüllen ihn an. Es ist schwer, genau auszumachen, was sie ihm an den Kopf werfen, aber es sieht so aus, als ob er seine ganze Kraft aufbringen muss, um sie zu übertönen: *»Das ist nicht Sein Wille! Gewiss nicht! Irgendetwas stimmt hier nicht! Ihr solltet alle einschlafen! Ihr solltet alle einschlafen!«*

Lilly gibt das Signal – eine erhobene Hand, die sie zu einer Faust ballt und dann ruckartig nach unten zieht.

Beinahe zeitgleich regt sich etwas unter den Säulen auf der einen Seite der Arena in gut dreißig Meter Entfernung vom Pfarrer, der sich noch immer durch seine Gemeinde drängt und herauszufinden versucht, was mit seinem Gift passiert sein könnte.

Speed Wilkins stürzt hinter einer der Säulen hervor, hebt den Lauf seiner AR-15 und schickt eine kurze, kontrollierte Salve in die Luft.

Fünfundzwanzig

Einen surrealen Augenblick lang starren die meisten Gemeindemitglieder völlig perplex und regungslos vor sich hin. Einige heben die Hände, als ob man sie überfallen würde. Der eine oder andere Mann greift nach seiner Pistole, aber die anderen Rebellen – Bob, David, Barbara und Matthew – stürzen jetzt mit erhobenen Waffen aus ihren Verstecken hervor und senden jeweils eine einzige Kugel als Warnschuss in die Luft, um etwaige Möchtegernhelden wieder auf den Boden der Tatsachen zurückzuholen. Die Echos der Schüsse schallen in den dunklen Himmel hinauf.

Ruhig und gefasst tritt Lilly an den Rand der Tribüne weit über dem Geschehen. Sie ist ungefähr fünfzig Meter von dem Geistlichen entfernt. Jeremiah steht jetzt wie angewurzelt in der Arena und blickt zu ihr auf, als ob ihm ein Geist erscheint. Lilly hält ihre Waffe in die Höhe und erhebt die Stimme, die jetzt wie die eines klassisch trainierten Schauspielers in der Arena widerhallt: »Jeremiah, es tut mir leid … aber das hier darf nicht passieren!«

»Was haben Sie getan?« In seinen Augen spiegelt sich pures, unverfälschtes Grauen. »Oh Herr, was in Gottes Namen haben Sie *getan*?«

»Wir haben das Gift mit Wasser vertauscht!« Sie holt tief Luft. »Und jetzt ist es für Sie an der Zeit …«

»SIE HABEN JA KEINE AHNUNG, WAS SIE DA ANGE-

RICHTET HABEN!«, brüllt er sie an, das Gesicht zu einer erbärmlichen Grimasse der Angst verzogen. »SIE HABEN NICHT DEN GERINGSTEN SCHIMMER!«

»Beruhigen Sie sich«, ruft Lilly in einem Tonfall zurück, als ob sie ein ungehorsames Haustier ermahnen würde. »Halten Sie endlich den Mund, und sperren Sie Ihre Ohren auf, damit ich Ihnen sagen kann, wie das hier abläuft!«

»WIE DAS HIER ABLÄUFT? WIE DAS HIER ABLAUFEN SOLL?« Er blickt um sich, als ob er sich gleich die Haare vom Schädel reißen will. Die gesamte Arena ist still. Er schaut auf seine Armbanduhr, hebt dann den Kopf, um Lilly mit vor Entsetzen weit aufgerissenen Augen zu mustern. »SIE HABEN ES GESCHAFFT, DASS WIR ALLE EINEN GRÄSSLICHEN, SCHMERZVOLLEN, HÖLLISCHEN TOD ERLEIDEN WERDEN … !«

»Jetzt kriegen Sie sich mal wieder ein!« Lilly zieht den Hahn ihrer .45er zurück und richtet die Waffe auf den Pfarrer. »Sie haben diese Leute lange genug manipuliert. Das hier ist unsere Stadt, und wir dulden es nicht …«

Die erste Explosion unterbricht sie mitten im Satz, lässt die Tribüne erbeben, und der Donner wird von dem Dach zurückgeworfen. Lilly duckt sich instinktiv. Was zum Teufel? Ein Blitz blendet sie, und eine heiße Druckwelle versengt ihr beinahe die linke Körperhälfte. Rasch wirbelt sie nach Osten herum.

Die zweite Explosion kommt aus der nordöstlichen Ecke des Verteidigungswalls – sie blitzt wie ein Stroboskop auf, und kurz darauf lässt ein dröhnendes Donnern ihre Ohren vibrieren. Holzsplitter fliegen durch die Luft, und eine Pilzwolke steigt in den Abendhimmel auf.

Lillys Herz setzt kurz aus. Sie ringt nach Luft, als sie

realisiert, was gerade geschehen ist. Aber *warum?* Wieso sollte jemand den Verteidigungswall zerstören wollen? Vor allem, da sie sich so oder so vergiften? Das ergibt alles keinen Sinn. Aber Lilly begreift rasch, dass sie keine Zeit hat, um darüber nachzudenken, denn Bob eilt mit erhobenem Lauf auf den behelfsmäßigen Altar zu, während die Menschen in der Arena in alle Himmelsrichtungen flüchten.

Dann sieht sie, wie der Priester sich auf einen seiner Lakaien stürzt – auf den Mann namens Anthony –, der eine der gestohlenen AK-47 in der Hand hält. Innerhalb des Bruchteils einer Sekunde verändert sich die Miene des Geistlichen. Es ist klar, dass er jetzt nur noch an sich denkt und ganz dem Prinzip folgt: Jeder ist sich selbst der Nächste. Kaum hat er seinem Jünger die Waffe entrissen, spannt er sie schon in einer geschmeidigen Bewegung.

»LILLY, RUNTER MIT DIR!«

Die Stimme David Sterns hinter ihr lässt Lilly zusammenfahren, und sie wirft sich in dem Augenblick zu Boden, als der Himmel von einem Trommelfeuer voller Hochgeschwindigkeitsgeschosse aufleuchtet, das auf die oberen Galerien der Tribünen herabregnet und Staub, Funken und Metallsplitter aufwirft.

Nach und nach setzt Lilly die einzelnen Puzzleteile zusammen: Die zweite große und laut Bob mit lauter Sprengstoff gefüllte Reisetasche, die Stephen getragen hat, sollte den Weg für die Beißer ebnen – jetzt zerstört das Dynamit den Verteidigungswall in Woodbury. Die Horde von Untoten sollte hineinströmen, *nachdem* die Kirchengemeindemitglieder sich das Leben genommen hatten und die Opferstätte mit zahllosen frisch gestorbenen Leichen übersät war. Der Massenansturm von Beißern sollte dann über die Pfingstkirche Gottes herfallen und ihre Mitglieder in einer perversen Umkehrung des Abendmahls fressen. In Jeremiahs verschobenem Weltbild glich der Verzehr durch die Horde einer Segnung der sich freiwillig Opfernden. Vielleicht, so geht es Lilly durch den Kopf, ist der Priester sogar davon überzeugt, das Abendmahl würde, gefolgt von der Opfergabe, dieser fürchterlichen Apokalypse ein Ende bereiten.

Wenn nur ... Wenn nur ... Wenn nur, wiederholt Lilly stumm und unaufhörlich, als sie sich hinter den Wandpfeiler gerettet hat und die Hochgeschwindigkeitsgeschosse ihr um die Ohren fliegen.

Immer mehr bewaffnete Gemeindemitglieder folgen dem Beispiel ihres Anführers und schießen auf die Aufständischen. Der Rest der Menschen flieht in alle Richtungen, trampelt Setzlinge und ganze Reihen von Gemüse nieder, um ein Versteck zu finden und dem Chaos zu entkommen. Jetzt blitzt es in der Arena auf, und Schüsse aller möglichen Kaliber fliegen durch die Luft. Einige der Erwachsenen eilen zu den Kindern und reißen sie aus dem Feuerreigen, aber das Schießpulver und der Rauch steigen rasch auf und tauchen die gesamte Arena in eine undurchsichtige Nebelbank.

In dem Kugelhagel, der auf die oberen Ränge der Tribüne herabprasselt, rollt Lilly sich auf dem Boden hinter ihrem Pfeiler zusammen und vergisst völlig, dass sie in ihrer rechten Hand eine Pistole hält. Zu ihrer Linken und Rechten erkennt sie aus den Augenwinkeln, wie Bob, Speed, Matthew, Gloria und David und Barbara Stern sich hinter Querbalken, leeren Tribünen und Stützpfeilern in

Sicherheit bringen. Inmitten des ganzen Chaos verkrampft sich ihr Magen vor Wut, und sie richtet sich auf, spannt den Hahn ihrer .45er und lugt um den Pfeiler.

Sie erkennt den undeutlichen Schatten einer Gestalt in einem Jackett, die in der Nähe des behelfsmäßigen Altars steht und mit einer AK-47 unaufhörlich Kugeln in Richtung der billigen Plätze abgibt. *Jetzt hat er völlig den Verstand verloren*, denkt sie. *Dem ist auch noch die letzte Sicherung durchgebrannt, und wir haben es mit einem vollkommenen Psychopathen zu tun.*

»WÜRDE JESUS DAS TUN?!«, schreit Lilly ihm zu und schickt drei Kugeln schnell hintereinander in seine Richtung, wobei sie die antike Smith & Wesson mit beiden Händen hält. Die Schüsse sind so laut, dass ihre Ohren klingeln, und die heiße Luft der Explosion im Lauf trifft auf ihre Wange. Sie verfehlt den Priester um Längen.

Als Antwort ertönt erneut eine Salve von Hochgeschwindigkeitsgeschossen, die von den Trägern um sie herum abprallen, sodass es Metallsplitter regnet.

Sie verschwindet wieder hinter dem Pfeiler, zieht instinktiv den Hahn zurück, rechnet sich rasch ihre Chancen aus und muss vor lauter Schießpulver und Staub husten. Sie ist sich relativ sicher, dass dort unten mindestens drei, vielleicht vier Männer mit Maschinengewehren auf sie warten. Wenn sie sich mit den anderen Rebellen verständigen und den Gegenangriff vernünftig koordinieren kann, wären sie vielleicht in der Lage, einen nach dem anderen auszuschalten. Aber wie sieht es mit Kollateralschäden aus? Wo befinden sich die Kinder? Lilly wirft einen Blick um den Pfeiler und sieht den Nebel, der sich wie Erbsensuppe über die Arena gelegt hat. Auch schwirrt jetzt so viel Staub und

Schmutz in der Luft herum, dass sie lediglich undeutliche Silhouetten ausmachen kann, die heillos durcheinander zu flüchten versuchen. Alle paar Sekunden ertönt eine neue Salve und schlägt in die Tribünen ein.

»IHR SCHEISSARROGANTEN SCHEINHEILIGEN HEUCHLER!«, kreischt Lilly über dem Lärm der unregelmäßig knallenden Schüsse. »IST DAS WIRKLICH DAS, WAS JESUS TUN WÜRDE?« Eine Kugel schlägt direkt neben ihr ein und lässt sie zurückspringen. »FUCK! FUCK! FUCK! FUCK!«

Matthew Hennesey steht knappe zehn Meter zu ihrer Rechten in einem Staubwirbel und lädt hastig den Lauf seiner Schrotflinte, um sogleich wieder loszufeuern. Er tut dies, ohne großartig zu zielen oder darüber nachzudenken, richtet die Waffe einfach in die ungefähre Richtung des Altars, während er bei jedem Schuss, so laut seine Stimme es zulässt, Tiraden von Kraftausdrücken von sich gibt – im Gangster-Stil. Lilly kann sein Gebrüll nicht richtig verstehen. Sie will mit einem Schrei seine Aufmerksamkeit auf sich ziehen, als sich eine Salve in seine Bauchgegend bohrt. Die Wucht der Einschläge wirft ihn zurück und lässt ihn rücklings über die leere Tribüne stolpern. Die Schrotflinte fliegt aus seiner Hand, eine Ladung blutroten Gewebes schießt aus den Austrittswunden in seinem Rücken, und er landet in sich zusammengesackt auf einer Sitzbank.

»MATTHEW!«, brüllt Lilly und krabbelt auf Händen und Füßen die zehn Meter zu dem getroffenen Mann. »ACH DU SCHEISSE! UM GOTTES WILLEN! MATTHEW, HALTE DURCH!«

Der ehemalige Maurer aus Valdosta liegt mit dem Gesicht nach oben über den metallenen Sitzen. Das Blut läuft ihm aus dem Mund. Er hustet, versucht zu reden, aber sein Bauch ist voller Einschusslöcher, und seine Organe stehen kurz vor dem Kollaps. Er ist ein Riese, scheint aber vor Lillys Augen zu schrumpfen, als er seine letzten Atemzüge aushaucht. Sie erreicht ihn, kurz bevor er stirbt, und hält seinen Kopf in ihren Armen.

»Es tut mir leid, dass ich keine große Hilfe war …«, stammelt er, hustet Blut, verschluckt sich und versucht seine letzten Gedanken in Worte zu fassen. »Ich will, dass du … Ich will, dass du … Ich will, dass du, sodass ich nicht …«

»Psssst«, beruhigt Lilly ihn. Ohne darüber nachzudenken, rät sie ihm: »Schließ die Augen, Matthew. Mach einfach die Augen zu, und schlaf ein.«

Er schließt die Augen.

Sie hält ihre .45er gegen seine Schläfe und wendet ihr Gesicht ab.

David und Barbara Stern haben seit dem Ausbruch der Seuche so einiges erlebt … Aber noch nie *so* etwas. Jetzt zerrt David seine Frau die Gliederkette am südlichen Ende der Arena entlang. Er hustet und keucht vor lauter Rauch, hält sich gebückt, um dem Kugelhagel so wenig Angriffsfläche wie möglich zu bieten. Das Einzige, was jetzt für ihn spricht, ist die Tatsache, dass er einer der wenigen Leute in der Nebelbank ist, die ein Maschinengewehr in der Hand tragen. Der große Nachteil allerdings besteht darin, dass er den Kontakt zu seinen Mitstreitern verloren und keine Ahnung hat, auf wen er schießen soll. David kann bereits den verräterischen Gestank der stetig näher kommenden Horde riechen, aber seine verdammte Frau will einfach nicht fort von hier.

»Wir können sie doch nicht einfach zurücklassen!«, schimpft sie und wehrt sich gegen sein Zerren, versucht, sich von ihm loszureißen. Ihre grauen Locken hängen ihr in das schweißgebadete Gesicht. »David! Halt! Wir müssen zurück!«

»Gloria hat die Kinder, Babs! Und falls es dir noch nicht aufgefallen ist: Der Verteidigungswall ist verloren! Wir müssen nach Hause … Oder wir enden als Abendessen für eines dieser Monster!«

»Verdammt nochmal! Ich überlasse ihr doch nicht die Kinder!«, fährt sie ihn an und reißt sich los, dreht sich in ihren Tennisschuhen um und läuft zurück in Richtung Rauchwolke.

»Warum habe ich diese Frau nur geheiratet?«, fragt David sich entnervt und macht sich dann auf, ihr zu folgen. Er betätigt den Verschlussmechanismus seiner AR-15 und hat sie in Sekundenschnelle eingeholt. »Barbara, immer schön gebückt bleiben! Komm, lass mich zuerst!« Er drängt sie hinter sich. »Den Kopf unten halten und …«

Eine kurze Salve von der anderen Seite der Arena unterbricht ihn.

Die Sterns ducken sich, als Querschläger von den Gerüstteilen der Tribüne über ihnen abprallen, aber sie schleichen sich weiterhin an der Gliederkette entlang hin zur südöstlichen Ecke der Arena, bis sie in circa fünfzehn Meter Entfernung eine kleine Gruppe Kinder vor einem Tunnel sehen, die von einer untersetzten Frau mit einer Sonnenblende angeführt werden.

»Gloria!«, ruft Barbara ihr zu.

Die Frau mit der Sonnenblende hält inne, dreht sich um und lugt aus dem Tunnel. »Kommt rasch in Sicherheit!«, ruft sie zurück. »Was zum Teufel macht ihr denn da?«

Die Sterns schleichen im Gänsemarsch die restlichen zehn Meter entlang der Kette und retten sich dann in den Tunneleingang. Die Finsternis und der modrige Geruch des feuchten Zements zusammen mit dem Körpergeruch der Dutzend Kinder umgeben sie von einem Moment auf den anderen. Kondenswasser tropft von der hohen Decke, und sie sehen ein einzelnes, mit Spinnweben verdrecktes Ausgangsschild, das düster und schief von der Decke hängt. Die Kinder – zwischen fünf und zehn Jahre alt – kauern vor der pockigen Wand. Einige von ihnen jammern leise, versuchen aber, sich mutig zu geben und kämpfen gegen die Tränen an.

Der Tunnel führt durch fünfzig Meter uralten Gemäuers, ehe er einem dunklen, menschenleeren Kiesparkplatz südlich der Arena Platz macht.

»Wir müssen die Kleinen unbedingt in Sicherheit bringen, und zwar SOFORT«, verkündet Gloria Pyne den Sterns. Es scheint sie nicht zu stören, das Offenkundige auszusprechen. Die Erwachsenen können den unheilvollen Gestank riechen, der von der Nachtluft zum Tunneleingang herangetragen wird. Der vormals eher schwache Geruch vergammelten Fleisches, verwesenden Gewebes und schwarzen Schimmels ist jetzt so schlimm, dass ihnen die Augen tränen und ihre Mägen sich verkrampfen. Das entfernte Grollen wilden Knurrens hallt bereits über die Wipfel der umliegenden Bäume.

»Nun gut. Wir führen sie über …«, fängt David Stern an, als plötzlich ein gewaltiger Donner von außen an ihre Ohren dringt. Das Geräusch erinnert an einen riesigen gefällten Mammutbaum, der so hart auf dem Waldboden aufschlägt, dass die Erde zu beben scheint. Alle Köpfe drehen sich gen Norden in die Richtung des verwüsteten, noch immer brennenden Verteidigungswalls.

Die Luft füllt sich mit einer Woge knurrender, fauchender, fletschender Geräusche.

Sechsundzwanzig

Die Horde bewegt sich aus drei verschiedenen Richtungen – Norden, Osten und Süden – langsam auf die Stadt zu. Würde man das Ganze aus der Vogelperspektive betrachten, gliche es dem Angriff einer ganzen Armee von Krebszellen auf einen riesigen Organismus. Sie strömen durch die noch rauchenden Überreste des Verteidigungswalls in der Nähe der Folk Avenue, verteilen sich dann über das gesamte Bahnbetriebswerk und tauchen die Gegend in ihren grässlichen Gestank, infizieren alles mit ihren gelben Augen, die jedes Haus heißhungrig inspizieren, die Arme in der Finsternis wie die einer tödlichen, psychotischen Tanzgruppe ausgestreckt. Sie fluten aus den Wäldern und fallen über die gesprengten Teile des Walls in der Nähe der Kreuzung der Pecan Street und Dogwood Lane. Sie begehren warmes Fleisch, stoßen in ihrem Hungertrieb gegeneinander, knurren im Einklang und klingen dabei wie ein riesiger Turbinenantrieb, der langsam immer mehr an Fahrt gewinnt. Sie zertrampeln die noch immer brennenden, kaputten Ruinen des ehemaligen Schutzwalls und schwärmen über die Durand Street, um sich dann wie eine Sturmflut über die unbebauten Grundstücke auszubreiten, die Bürgersteige zu bevölkern und auf den Marktplatz zuzusteuern. Der unglaubliche Gestank verbreitet sich wie ein Lauffeuer in der Finsternis, dringt durch offene Fenster in die Gebäude, befällt Seitenstraßen, Alkoven und Sackgassen und ist derart penetrant, dass er sich in die Haut der wenigen Menschen frisst, die jetzt nach Deckung suchen, vor Angst aufschreien und sich panisch in Sicherheit bringen wollen.

An der nördlichen Seite des Marktplatzes versucht Speed Wilkins einer Gruppe von Beißern, die seine Spur aufgenommen haben, davonzulaufen, aber es ist unvermeidlich, dass er umzingelt wird, als er bei einer alten Virginia-Eiche falsch abbiegt, die in der Mitte der Grasfläche steht. Drei Gruppen bewegen sich jetzt aus verschiedenen Richtungen auf ihn zu, und er hat nur noch zehn Patronen in seiner AK-47 übrig. Trotzdem, er muss versuchen, sich freizuschießen. Es stellt sich als katastrophaler Fehler heraus, denn obwohl er imstande ist, die ersten Beißer zu seiner Rechten umzumähen – ihre Schädel zerplatzen wie überreife Melonen, und die dazugehörenden Gestalten tanzen im Fackelschein einen bizarren Todestanz –, verbraucht er seine letzte Munition und ermöglicht es gleichzeitig der Reihe von Beißern hinter sich, ihn unbehelligt zu erreichen.

Er drückt erneut ab, aber nichts geschieht. Genau in diesem Augenblick stürzt sich ein riesiger männlicher Beißer in einem vom Feuer zerfressenen Krankenhauskittel von hinten auf ihn und versenkt seine schwarzen Zähne in seinen muskulösen Nacken. Speed schreit auf, lässt die nutzlose Waffe fallen und dreht sich in Windeseile um, aber es ist bereits zu spät. Es sind so viele, dass allein die Anstrengung, den Riesen abzuschütteln, eine Legion anderer Beißer anlockt, die wie Blutegel ihre Mäuler in seine Arme, Beine und Schulterblätter schlagen. Er kämpft tapfer gegen sie an, aber allein ihre Anzahl, die Trägheit ihres Gewichts und ihrer Masse reichen aus, ihn zu Boden gehen zu lassen.

Drei Gruppen von Menschen kommen in Schussweite an Speed vorbei, rennen über den Marktplatz, versuchen händeringend, sich in Sicherheit zu bringen, und feuern planlos auf die immer näher kommende Horde. Jeremiah und zwei seiner Lakaien – Reese und Stephen – rennen um ihr Leben und schießen mit kleinen Handfeuerwaffen auf alles, was sich bewegt. Erst dann bemerken sie das traurige Schauspiel, wie Speed unter dem Baum gefressen wird. Der ehemalige American-Football-Spieler schlägt blindlings um sich, während die Beißer sich an seinen Beinen laben. An seinem Hals klafft bereits eine offene Wunde, aus der das Blut sprudelt. In fünfzig Metern Entfernung hält Reese für einen kurzen, von Grauen gepackten Moment inne. Er überlegt, ob er eingreifen soll – das wäre vielleicht *wirklich* christlich –, als er mit eisernem Griff am Arm gepackt wird. »Mach schon, Bruder! Der ist bereits hinüber!«, ruft Jeremiah ihm zu und zerrt ihn weg. »Wir haben keine Zeit mehr! Beweg dich!«

Als der Geistliche und seine Jünger in der Finsternis verschwinden, drängen die Beißer sich um Speed, zerfetzen ihn, reißen ihm die Eingeweide aus der Bauchhöhle und rupfen Fleischbrocken aus seinem Körper. Seine Sehnen geben wie zu weit gedehntes Paketband nach. Speed ist noch bei Bewusstsein, als die zweite Menschengruppe in Hörweite an ihm vorbeieilt.

David Stern führt die sechs Kinder an und lässt immer wieder seine AR-15 sprechen. Gloria und Barbara bilden die Nachhut. Sie rennen auf das Gerichtsgebäude zu. Als

David die fürchterliche Orgie bemerkt, dreht er sich zu den Kindern um und schreit ihnen zu: »Alle Augen auf mich, schaut mich an! Wendet euch nicht ab, immer mir hinterher!« Er eilt, so schnell es seine von Arthrose geplagten Gelenke zulassen, auf den Bau zu. »So ist es gut! Haltet nicht an, immer weiter, und lasst eure Augen nicht von mir ab!« Als sie um die Ecke des Gerichtsgebäudes verschwinden und nach einem Seiteneingang suchen – der Haupteingang wimmelt bereits von Beißern –, kommt die dritte Gruppe an Speed vorbei.

Mittlerweile klammert er sich nur noch mit letzter Willenskraft ans Leben, ist kaum noch bei Bewusstsein. Die Monster kauen sich durch seine Bauchgegend, schlürfen seine Eingeweide wie wilde Hunde, die sich durch einen Haufen Trockenfutter fressen. Seine Stimmbänder funktionieren noch, und er stößt einen letzten, trotzigen Wutschrei aus, ein unverständliches, grölendes Jammern. Sein Körper zuckt im Todeskampf mit der Wucht eines Spitzensportlers, dessen Stolz noch nicht gebrochen ist. Die drei Menschen am südlichen Rand des Marktplatzes hören ihn. Lilly dreht sich zuerst um und sieht das grässliche Schauspiel, aber weder Bob noch Tommy Dupree bemerken es, bis Lilly anhält. Bob dreht sich zu ihr um und will wissen, was zum Teufel sie da treibt, ob sie ihren Verstand verloren hat, aber Lilly ist zu nichts anderem fähig, als auf die Fressorgie zu starren. Sie hebt den Lauf ihrer .45er und zielt auf ihren Freund, während sie atemlos flüstert: »Schön ruhig, Speed … Ruhe in Frieden.«

Die Kugel schlägt in seinen Schädel ein, sodass dessen obere Hälfte sich in Luft auflöst. Der Schuss bringt einem weiteren von Lillys treuen Freunden erlösende Finsternis.

Es dauert nicht einmal eine Stunde, bis die Superhorde Woodbury überrannt hat. Später, als alles vorüber ist, versuchen die Überlebenden, das Phänomen zu verstehen, und spekulieren darüber, warum sich so viele Beißer an einem Ort versammeln. Natürlich wurden sie anfangs von der elektrisch verstärkten Stimme des Priesters angelockt, wobei sich die Horde aber aufgrund des Lärms und der Blitze der Explosionen – man konnte sie selbst aus einer Entfernung von eineinhalb Kilometern sehen – in Größe und Umfang gut und gern verdoppelt hat, denn dadurch wurden noch mehr Kreaturen aus den umliegenden Bauernhöfen und Scheunen angelockt. Aber ungeachtet der Gründe: In jener Nacht besetzte die umherstolpernde Armee der Untoten bereits um zehn Uhr sämtliche Bürgersteige, Seitenstraßen, Ladenfronten, leerstehende Grundstücke, Hauseingänge und jeden weiteren Quadratzentimeter, den Woodbury zur Verfügung hat.

Die meisten Gemeindemitglieder der Pfingstkirche Gottes bekommen ihren Todeswunsch erfüllt – wenn auch unter weitaus weniger menschlichen Umständen. Drei Frauen – Colby, Rose und Cailinn – werden in einem Haus angegriffen, im Dew Drop Inn, wo sie einst die Oblaten für das Ritual vorbereitet hatten. Anscheinend ist eine Gruppe Beißer durch einen Zuliefereingang eingebrochen und hat die Frauen auf dem Küchenboden verspeist.

Joe und Anthony schaffen es nicht einmal aus der Arena. Die erste Welle von Beißern strömt durch die Tunnel und überrascht die beiden, als sie versuchen, sich in Sicherheit zu bringen.

Wade und Mark dagegen erreichen nicht einmal Woodbury. Eine der Sprengstoffladungen explodiert frühzeitig und verletzt die beiden, sodass sie leichte Beute für die ersten Beißer werden, die auf die Stadt zustolpern. Andere Kirchengemeindemitglieder sowie eine beachtliche Anzahl von Bewohnern Woodburys werden auf der Flucht von der zweiten Welle von Monstern in Stücke gerissen, die in die Stadt hineinströmen, nachdem sie Wade und Mark gefressen haben.

Jetzt befinden sich nur noch Bob, Lilly und Tommy im Freien. Sie sind umzingelt, haben keine Munition mehr und kauern im Schatten eines übergroßen Abwasserrohrs.

Sie hocken bereits eine halbe Stunde in der Kanalisation, seit die Scharen von Beißern zu dicht geworden sind, ihnen den Fluchtweg abgeschnitten und sie hierhergedrängt haben. Das Rohr hat einen Durchmesser von knapp zwei Metern, und das Gemäuer aus Backstein ist mit Moos überzogen. In der Mitte steht das Brackwasser knapp zehn Zentimeter hoch, und es stinkt nach Jauche. Bob glaubt, dass das Rohr mit den Tunneln der Underground Railroad verbunden ist, aber leider ist es weiter hinten mit einem Gitter verriegelt, das Waschbären und größere Tiere davon abhalten soll, in die Kanalisation einzudringen. Die Öffnung ist halb im Lehmboden Georgias versunken und überblickt das verlassene Bahnbetriebswerk, in dem es derzeit vor Beißern aller Größen und Verwesungsstadien nur so wimmelt.

»Bob, komm schon«, flüstert Lilly dem alten Mann ins Ohr, der in der Öffnung kauert und mit seinem alten Schweizer Offiziersmesser auf dem Boden herumkratzt. »Wenn du so weitermachst, hat Tommy die Pubertät hinter sich, ehe du da durchkommst.«

»Sehr witzig«, hört sie Tommy hinter sich spotten.

Der Junge hat sich mit dem Rücken gegen das metallene Absperrgitter gelehnt, und sein Pokemon-T-Shirt sieht so aus, als ob es durch einen Häcksler gejagt worden wäre. Der Kleine ist Lilly ein Rätsel – er ist der widerstandsfähigste, frechste Junge, der Lilly je untergekommen ist. Nicht nur der Mord an seinem Vater muss ihn schwer traumatisiert haben, sondern auch der Selbstmord seiner Mutter davor, und doch kämpft er um sein Leben. Sein kleines hervorstehendes Kinn ragt trotzig in die Luft, und sein verschwitztes Gesicht voller Sommersprossen ist vor Entschlossenheit verzerrt. Sie könnte locker drei weitere Dutzend dieser Tommy Duprees gebrauchen. »Was soll es da unten schon geben?«, fragt er Bob.

»Einen Ausweg aus dieser Scheiße«, murmelt Bob und fuchtelt weiter mit der stumpfen Klinge in einer Fuge des Rohrs mit der Beharrlichkeit eines Knastbruders herum, der aus Sing Sing ausbrechen will. »Die meisten städtischen Abwasserkanäle bestehen aus PVC-Rohren«, erklärt er und grunzt vor Anstrengung und Sorge, während er weitermacht. »Nur dieses alte Schlachtschiff muss gemauert sein.«

»Bob …«, will Lilly ihn unterbrechen, und auf ihrem Rücken bildet sich Gänsehaut. Ein Hauch Beißer-Gestank steigt ihr von der Öffnung des Rohrs in die Nase – eine Mischung aus verwesenden Fischeingeweiden und gärendem Kot. Jetzt sieht sie Schatten, die sich auf sie zubewegen.

Bob scheint es überhaupt nicht zu bemerken und ist noch immer darauf konzentriert, durch den Boden zu brechen. »Wenn ich erst mal durch die erste Schicht bin, ist das die halbe Miete!«, murmelt er.

»Bob, ich glaube, wir sollten …«

Eine Gestalt erscheint vor der Röhre. Es ist ein gigantischer, männlicher, völlig verkohlter Beißer. Sein Unterleib ist aufgerissen, und die Hälfte seiner Gedärme schleift hinter ihm her.

Tommy ruft: »AUFPASSEN!«

Bob wirbelt herum und hebt das Messer. Der Beißer verdreht die Augen wie ein Hai, stürzt sich auf Bob und versucht, sich an dessen Doppelkinn heranzumachen. Der alte Sanitäter ist trotz seiner fortgeschrittenen Jahre schnell wie ein Blitz, zuckt zurück und rammt gleichzeitig die kurze Klinge in die Stirn seines Angreifers.

Das Messer versinkt bis zum Anschlag im Schädel des Beißers, und das schwarze Blut sprudelt hervor, als das Monster zu Boden geht.

Bob dreht sich zu den anderen um. »Der Lärm wird noch mehr von denen anziehen.« Tommy und Lilly tauschen einen panischen Blick aus. Bob wischt die Klinge an seiner Hose ab und nickt ins Innere der Röhre. »Versucht, am Metallgitter zu rütteln, oder besser noch, tretet dagegen! Gebt alles, was ihr habt …«

Dann ist da eine Bewegung hinter Bob. Er bricht mitten im Satz ab und wirbelt herum, als eine dunkle, zerlumpte Gestalt auf die Röhre zukommt. Tommy stößt einen verschreckten Schrei aus. Drei Beißer werfen sich auf Bob – zwei Frauen und ein Mann. Ihre Kiefer arbeiten unentwegt und pusten mit jedem Knurren giftige Gase in die Luft. Einer stürzt sich auf Bobs Gesicht, aber Bob tritt ihn mit aller Wucht gegen die Öffnung des Abwasserkanals. Am anderen Ende des riesigen Rohrs sucht Lilly panisch nach irgendetwas, das sie als Werkzeug benutzen kann, während Tommy wie wild gegen die Eisenstäbe des Absperrgitters tritt.

Auf einmal ertönt ein lautes Krachen. Es stammt offensichtlich aus der Röhre selbst und erinnert an einen Eisberg, der sich von einem Gletscher löst. Die Beißer scharen sich jetzt um Bob, der mit seinem jämmerlichen Messer verzweifelt um sich schlägt. Sie werfen sich auf ihn und drücken mit ihrem gemeinsamen Gewicht auf die Stelle, die Bob mit seinem unaufhörlichen Kratzen bereits geschwächt hat. Lilly schreit auf, als der Boden nachgibt. Sie streckt den Arm nach Bob aus, bekommt seinen Hemdsärmel zu packen, versucht, seine Hand zu ergreifen, aber es ist bereits zu spät.

In einer riesigen Eruption aus aufgewirbeltem Staub bricht der Boden mit einem lauten Krachen unter Bob und den Beißern zusammen.

Das fürchterliche Getöse übertönt Bobs Schrei, als er in die Finsternis stürzt. Die Monster klammern sich an ihm fest, und die Menge aus Fleisch und Blut und Zähnen verschwindet in der Dunkelheit unter dem Bahnbetriebswerk. Ein unglaublich lauter Aufprall lässt die Unterkonstruktion erbeben, als Lilly zum Rand des Lochs kriecht. Sie versucht, nach ihrem Freund zu rufen, kann aber vor lauter Staub kaum atmen. Die Luft ist so verdreckt, dass sie ihr den Hals zuschnürt und ihre Augen brennen lässt. Dann hört sie erneut ein Brechen und Knarzen aus der Finsternis unter sich, als ob uralte Holzbalken eines Schiffes nachgeben. Dann beginnt Wasser zu rauschen, das wie ein Düsentriebwerk klingt.

»Lilly!«

Tommys Stimme reißt sie in die Gegenwart des Abwasserkanals zurück.

Lilly schreckt zurück und fällt auf den Hintern. Sie blinzelt und blickt panisch auf. Erst dann sieht sie den Blick in Tommys Augen.

»Lilly, hör mir zu«, sagt er, und seine Augen leuchten vor Adrenalin und Panik. »Wir müssen hier raus – und zwar *jetzt*. JETZT SOFORT!«

Lilly schaut zur Öffnung der Röhre. Der Weg scheint einigermaßen frei. Der nächste Beißer schlurft in fünfzig Metern Entfernung in der Dunkelheit die Gleise entlang. Andere folgen ihm in Scharen, als ob sie einem Zug hinterherlaufen, der nie kommen wird. Lilly wischt sich die Tränen aus dem Gesicht und findet neue Kraft, neue Reserven. Sie muss es tun, für den Jungen, für die Stadt, für all die, die ihr Leben gelassen haben … Aber hauptsächlich … für *Bob*.

Sie richtet sich auf, schluckt den Schmerz und den Schock hinunter und nimmt Tommys Hand in ihre. Dann springen sie beide mit einem riesigen Satz über das Loch im Boden und verschwinden in der Nacht.

Siebenundzwanzig

Am anderen Ende der Stadt, noch vor dem Verteidigungswall, hängen drei Männer kopfüber in einem auf dem Dach liegenden SUV am Rand eines mit Autowracks übersäten Parkplatzes in den Gurten. Der Motor läuft im Leerlauf vor sich hin, und die Reifen drehen sich in der Luft.

Der Fahrer ist hinter dem Steuerrad eingeklemmt, nur halb bei Bewusstsein und blutet stark. Er trägt sein für ihn so typisches Sakko und nimmt die anderen beiden im Auto kaum wahr. Hinten im Auto liegt Reese Lee Hawthorne verdreht und bewusstlos auf dem Autohimmel. Er atmet flach, und sein Kapuzenpullover ist voller Blut von den tiefen Schnitten an seinem Hinterkopf. Auf dem Beifahrersitz baumelt Stephen Pembry. Auch er hat das Bewusstsein verloren, ist in seinem Sicherheitsgurt verheddert und hält die noch immer rauchende, warme Waffe in den Händen. Als die Woge von Beißern von allen Seiten auf das Auto zukam und es letztendlich umkippte, feuerte Stephen Pembry wild durch die kaputte Scheibe.

Jetzt kämpft der Mann hinter dem Steuer darum, bei Bewusstsein zu bleiben. Das Blut strömt seinen Körper herab, tropft wie ein undichter Wasserhahn von seinem Kopf auf den Autohimmel des SUV.

Jeremiah Garlitz hätte sich nie träumen lassen, so zu sterben – in einem umgestürzten gestohlenen Auto, umgeben von Hunderten, vielleicht sogar Tausenden von wandelnden Toten, langsam verblutend, während die Scharen von Beißern den Wagen weiterhin hin und her schaukeln und Schlieren aus Blut und Gallenflüssigkeit auf den Scheiben hinterlassen. Der Geistliche hat sich immer vorgestellt, sein Tod würde wesentlich weniger schmachvoll sein – vielleicht sogar glorreich und edel. Jetzt aber muss er mit der Tatsache fertigwerden, dass es Gottes Wille ist, dass er derart zugrunde geht: ein verwundetes Tier in einem umgestürzten SUV.

»Warum, Herr? Wie hat es so weit kommen können?«, stößt er durch seine geplatzten, blutigen Lippen hervor.

Draußen scharen sich die unzähligen schlurfenden Untoten – die meisten sind barfuß und haben aufgrund von Verwesung und Leichenflecken schwarze Füße – um den SUV. Die gedämpfte Stimme des Pfarrers lockt sie an, und sie stoßen gegen die Seitenwände und verbreiten einen Todesgestank, der durch die zerborstenen Autoscheiben ins Autoinnere strömt und kaum auszuhalten ist – der Geruch von Zerfall, Sünde, Schwäche, Fäulnis und Unheil. Der Priester muss nach Luft schnappen; eine Stichwunde in einem seiner Lungenflügel macht das Atmen zu einer lästigen Arbeit, und er starrt mit unscharfem Blick auf die zerlumpten, triefenden Gestalten, die draußen das Auto in Bewegung versetzen.

Er schließt die Augen und versucht, all die Liebe für seinen gütigen Gott herbeizurufen, seinen Heiland, seinen Erlöser, und er bittet um Vergebung für seine vielen Sünden und betet, dass sein Tod ein rascher sein wird. Er versucht ruhig und gefasst den letzten Schritt zu gehen, gebettet in den gebenedeiten Schoß des Heiligen Geistes, aber irgendetwas drängt sich dazwischen. Der Lärm der Horde, das Jaulen und Stöhnen der Biester und ein Geräusch wie reißendes Metall erfüllen den umgestürzten Wagen und gehen dem Pfarrer durch Mark und Bein, pochen in seinem Schädel und seinen Stirn- und Nebenhöhlen, lassen seine Augen weiß aufflammen und quälen, peinigen, foltern ihn.

»WARUM? WWWWAAAAAAAARRRRRRUUUUUUMMMMMMM?«

In den Tiefen seines Hirns, ganz weit unten in den Kammern, an die sein Bewusstsein kaum herankommt, dort, wo seine dunkelsten Geheimnisse aufbewahrt werden, wo seine Kellerleichen vergraben liegen, bildet sich ein Schmerz in Form einer kleinen Box, wie ein kleiner Metallcontainer mit einer noch kleineren Tür in der Oberseite. Jetzt sieht er ihn vor seinem inneren Auge, während draußen der Lärm an Lautstärke zunimmt und immer mehr Beißer kommen. An der einen Seite des Containers sieht er eine winzige Kurbel. Der SUV schwankt immer stärker hin und her. Die Kurbel dreht sich und wird immer schneller, und die kleine Box spielt jetzt ein schräges Wiegenlied. Die Horde drängt sich immer dichter um das Auto, die meisten der Untoten zu Jeremiahs rechter Seite. Jeremiah erkennt die Melodie des Wiegenlieds, das aus der unsichtbaren Spieldose ertönt. Die Woge aus Monstern rammt plötzlich von der anderen Seite gegen den SUV, und die ungeheure Wucht wirft den Wagen um, sodass dieser in einer einzigen Bewegung zurück auf die Räder fällt.

Der imaginäre Springteufel schnellt aus der Schachtel heraus.

Die Hinterreifen finden Halt.

Die kleine Marionette des Springteufels hat die Form Satans, der jetzt in Jeremiahs Kopf wütet.

Der SUV hüpft vorwärts durch eine Wand aus wandelnden Untoten und wirft Hunderte und Aberhunderte sich bewegender Leichname um. Der Pfarrer ergreift das Steuer mit seinen vor Blut glitschigen Händen und tritt aufs Gaspedal. Die Hinterreifen schleudern den Wagen auf der von Gewebe und Blut besudelten Straße von einer Seite auf die andere, und der Geistliche fängt zusammen mit dem Springteufel in seinem Kopf zu lachen an. Die anderen beiden Männer werden schlaff hin und her geworfen, als der SUV sich durch ein Meer aus Eingeweiden kämpft. Jeremiah brüllt jetzt förmlich vor Lachen, und seine Wunden werden taub und kalt. Der rabenschwarze Cadillac Escalade mäht durch die Menge von Beißern und schleudert Gewebe, Gallenflüssigkeit und Gehirnmasse in die Luft. Die Stoßdämpfer und die Kühlerhaube sind rot und schwarz vor lauter geronnenem Blut. Die Windschutzscheibe ist voller Innereien, Organfetzen und Knochensplitter, die mit schlammigem Blut vermischt sind, und der Geistliche kann kaum noch an sich halten, als er durch die letzten Reihen heranstürmender Untoter prescht und über die Straße nördlich von Woodbury schlittert. Selbst als er in die Dunkelheit rast, endlich frei von der Herde, frei von den Fesseln der Religion, kann er nicht anders, als über die Sinnlosigkeit und Absurdität des Erlebten zu lachen.

Er lacht und lacht den ganzen Weg bis zur Gemeindegrenze, biegt in die Nacht Richtung Süden ab und denkt über das Überleben, die Sünden und das Begleichen offener Rechnungen nach.

Sie hören die Stimmen nicht, bis sie um die Ecke der Main Street biegen und durch die finstere Nacht nach Norden Richtung Marktplatz rennen. Lilly hat sich ein Stück abgesplittertes Kantholz von dem explodierten Verteidigungswall genommen und benutzt es, um ihnen einen Weg durch den Mob zu bahnen. Sie prügelt wie wild um sich, lässt den Knüppel auf Hinterköpfe krachen, schlägt auf Beine ein. Tommy schafft es kaum, mit ihr mitzuhalten. Auch er hat ein Stück Holz in der Hand und schwingt es mit Hingabe in Richtung der hungrigen Herde. Immer wieder stürzt sich einer der größeren Beißer auf den Jungen, und Lilly muss innehalten, herumwirbeln und das spitze Ende ihres Kantholzes im Schädel des Angreifers vergraben. So brauchen sie fünf Minuten, um den Weg zwischen Abwasserrohr und Marktplatz zurückzulegen.

Als sie das Stück Gras erreichen, das um die alte Virginia-Eiche wächst, scheinen sich mindestens doppelt, wenn nicht dreimal so viele Beißer in der ehemals sicheren Zone zu tummeln. Es sind jetzt so viele, dass sie teilweise Ellbogen an Ellbogen auf den Bürgersteigen umhertorkeln und auf dem von Bäumen gesäumten Platz stehen. Kaum hat Lilly Tommy die Stufen zum Haupteingang des Gerichtsgebäudes hochgezerrt, sieht sie, dass die riesigen Türen sperrangelweit offen stehen und im Wind hin und her schwingen.

Im düsteren Foyer weht Müll über den Parkettboden, und die Silhouetten wandelnder Untoter stolpern wie sturzbetrunken hin und her. Alle paar Sekunden wird eine ihrer kreidebleichen marmorierten Grimassen vom Mondlicht erhellt, um den Blick auf ein weit aufgerissenes, hungriges Maul freizugeben. »Super. SUPER! SUPER!«, faucht

Lilly und zieht Tommy zurück zur Treppe Richtung Marktplatz. »FUCK! FUCK! VERFICKTE SCHEISSE!«

Sie wendet sich Richtung Osten und reißt den Jungen mit sich, als sie gedämpfte Stimmen hört, die nach ihr rufen. Sie sind über dem Lärm der Horde kaum wahrzunehmen, aber Lilly hält kurz inne, um hinter sich zu schauen, sieht aber niemanden – weder hinter den Fenstern noch auf der Straße. Nichts außer Beißern. Auf den Bürgersteigern wimmelt es nur so von Monstern. Woodbury ist den Scharen völlig ausgeliefert, und Lillys Magen verkrampft sich vor Furcht und Verzweiflung. Sie hört den schlanken weiblichen Beißer nicht, der sich von hinten an sie heranschleicht, bis Tommy aufschreit.

»PASS AUF!«

Lilly will sich gerade umdrehen, als das Monster sich auf sie stürzt. Lilly fällt auf den Bürgersteig, kommt hart mit der Wirbelsäule auf und haut sich den Schädel auf dem Asphalt an. Sie sieht Sternchen. Der Beißer wirft sich auf sie. Das tote Fleisch hängt in Streifen von ihrem mumifizierten Gesicht, und ihre Zähne sind von den zurückgezogenen schwarzen Lippen entblößt. Das Mondlicht spiegelt sich in den milchig weißen Augen der Kreatur wider, und ihr Kiefer klappert wie Kastagnetten, als die Nacht plötzlich vom Blitz einer automatischen Waffe erhellt wird.

Die Kugel lässt den Hinterkopf der Frau explodieren und schickt eine tellerförmige Scheibe Schädelknochen gen Himmel. Lilly zuckt zusammen und hält sich die Arme schützend über das Gesicht. Der Beißer bricht leblos auf dem Bürgersteig zusammen, als Tommy zu Lilly eilt und ihr aufhilft. Dann erhebt sich erneut eine Stimme über das Knurren und das Grunzen: »Hier oben! LILLY! HIER OBEN, VERDAMMT NOCHMAL!«

Sowohl Tommy als auch Lilly starren in den Nachthimmel hinauf und sehen die Umrisse einer Gestalt mit dem Mond im Hintergrund.

Eine Gruppe von zehn oder zwölf Überlebenden kauert auf dem Dach des Gerichtsgebäudes. Sie stehen auf dem schmalen Fundament einer dekorativen Rotunde am Fuß der Kuppel und erinnern an verwirrte Tauben. David Stern hat die AR-15 noch immer im Anschlag. Der Lauf raucht von dem direkten Treffer. Barbara Stern und Gloria Pyne halten ein halbes Dutzend Kinder fest, darunter auch Lucas und Bethany Dupree. Hinter ihnen hockt Harold Stauback, die Stimme Valdostas, auf einem Giebel. Sein elegantes, seidenes Hemd hängt in Fetzen von seinem Körper.

»GEHT UM DAS GEBÄUDE ZUM DIENSTBOTENEINGANG!«, ruft David und gestikuliert wild. »DANEBEN IST EINE FEUERLEITER!«

Lilly schnappt sich Tommy und eilt hinter das Gerichtsgebäude, ehe eine Gruppe anmarschierender Beißer ihnen etwas anhaben kann. Sie sehen die verrosteten Stufen der alten Eisenleiter in den Schatten. Lilly hilft dem Jungen hinauf, ehe auch sie sich rasch in Sicherheit bringt.

Kaum hat Lilly den Rand der Rotunde erreicht, helfen Tommy und David ihr, die Leiter wieder hochzuziehen – und so überlassen sie die Straßen Woodburys den Untoten.

Achtundzwanzig

Die Morgendämmerung erhellt langsam die Stadt und gibt den Blick auf die Belagerung nach und nach, in schmerz- und qualvollen Etappen, frei. Anfangs erwärmt sich der Horizont über dem Bahnbetriebswerk mit schwachem grauem Glühen, sodass gerade genug benachbarte unbebaute Grundstücke und brachliegende Felder zu erkennen sind, um zu wissen, dass es vor Gestalten nur so wimmelt. Noch sieht es wie eine sich bewegende Schicht aus Schatten aus, aber das zunehmende Licht entblößt unzählige, wie Korken auf Wasser tanzende Köpfe, die sich entlang der Main Street, vor den Ladenfronten und Apartments an der Pecan und Durand Street drängen. Es gleicht einer Versammlung direkt aus der Hölle, einem Mardi Gras der Toten, und die Horde aus Beißern besetzt jeden Winkel, ist in jeder Seitenstraße, lauert in jedem Hauseingang. Die sonnenverbrannten Rasenflächen entlang der Flat Shoals Road, ehemals aufgeräumte und umzäunte Flurstücke, beherbergen jetzt wandelnde Kadaver. Selbst der Arena-Garten bietet nur noch Stehplätze – die hierhin verirrten Leichen trampeln auf dem neu angelegten und sprießenden Gemüse herum, ziehen endlose Kreise und bevölkern die Ausgangstunnel. Einige von ihnen haben es sogar auf die Tribünen geschafft und wandeln dort auf und ab, als ob sie nur noch von Muskelgedächtnis angetrieben werden und nach verlorenen Kindern oder Geldbeuteln suchen. Hier und da stolpern brüchige, verkohlte Exemplare, Opfer des großen Feuers, das vor wenigen Wochen gewütet hat, durch die Gegend und hinterlassen Asche in ihrem Kielwasser. Das kollektive dröhnende Gejammer und Grunzen baut sich in Wogen auf, und der Gestank der Meute hängt wie ein unsichtbarer Nebel in der Luft – ein Meer aus Fäkalien, Eiter und Teer.

Der Geruch ist derart überwältigend, dass die meisten Überlebenden, die sich auf der Rotunde um die Kuppel auf dem Gerichtsgebäude versammelt haben, sich in der schwülen Hitze Georgias ihrer Kleidungsstücke entledigt und sie sich über Nasen und Münder gewickelt haben – quasi behelfsmäßige Atemmasken.

»Ich muss pinkeln!«, informiert Lucas Dupree Gloria Pyne. Der Junge hat sich einen Hemdzipfel um die untere Gesichtshälfte gebunden, sodass seine schwache Stimme über dem Wind kaum hörbar ist und nur gedämpft ertönt. Der Gang der Rotunde ist nicht einmal einen Meter breit, aber glücklicherweise hat der Architekt daran gedacht, ein dekoratives Geländer zu verbauen, welches den einen oder anderen Unfall der Kinder bereits verhindert hat, als sie versucht haben, die Kuppel zu erklimmen, um über die Wipfel der umliegenden Wälder schauen und vielleicht ein SOS-Signal geben zu können.

»Lass ihn auf die andere Seite gehen«, rät Barbara, die zwischen Bethany Dupree und einem der Slocum-Mädchen auf dem Sims sitzt. Sie hält einen feuchten Lumpen in ihrer knochigen Hand, und ihre grauen Locken wehen im Wind. Sie dreht sich zu Bethany und meint: »Mach den Mund schön weit auf, Kleines.«

Bethany lehnt sich zurück, und Barbara wringt ein wenig Wasser aus ihrem Kopftuch – aufgesaugtes Tauwasser von den Dachschindeln – und lässt es in den vertrockneten Mund des kleinen Mädchens tropfen. Ihre Lippen sind so spröde und aufgeplatzt, dass sie bereits zu bluten anfangen. Die Kleine schluckt das wertvolle Nass herunter und wirft Barbara einen vorwurfsvollen Blick zu. »Und mehr kriege ich nicht?«

»Es gibt nicht mehr. Tut mir leid«, antwortet Barbara und wirft einen besorgten Blick über das Dach auf ihren Mann, der mit bloßem Oberkörper im Schneidersitz auf dem Sims sitzt. Um den Kopf hat er einen behelfsmäßigen Turban aus dem Material seines zerfetzten Hemdes gewickelt. Er hat die Waffe auf seinen Schoß gelegt und starrt sehnsüchtig auf die entfernten Hügel.

David Stern ist sich darüber im Klaren, dass sie ganz gewaltig in der Patsche sitzen. Lilly sitzt neben ihm. Er dreht sich zu ihr um und kann die Anspannung und Furcht in ihrem Gesicht lesen.

»Uns fällt schon irgendetwas ein«, murmelt sie mehr zu sich selbst als zu David. Ihre blasse Haut beginnt nach einem Tag und einer Nacht auf dem Dach bereits zu brennen, und ihr Nacken und die Wangen sind so rosa wie frischgekochter Hummer. Sie starrt Richtung Norden auf die Main Street und sieht die Hundertschaften von Monstern, die das schöne Blumenbeet zertrampeln, das Lilly extra vor ihrer Wohnung angelegt hat. Der Anblick lässt ihr das Herz in die Hose sinken und raubt ihr beinahe den Atem. Aus einem ihr unergründlichen Grund ist die Zerstörung dieser Blumen schlimmer als alles, was sie bisher von hier oben miterlebt hat.

Tommy sitzt neben ihr und schnitzt mit Harold Staubacks Taschenmesser beinahe zwanghaft an einem Stock. Auch er hat sich ein Kopftuch um Mund und Nase gebunden. Der Junge hat, seit sie sich auf das Dach gerettet haben, nicht viel geredet, aber Lilly kann von seinen glänzenden Augen ablesen, dass er einiges zu verarbeiten hat.

Harold hat sich hinter den Jungen gestellt und hält sich an der mit Patina und Vogelmist überzogenen Kupferrinne fest. Obwohl er sich ein Taschentuch über den Mund hält und sein Bauch über den Gürtel quillt, strahlt Harold noch immer eine elegante, saloppe Aura aus. Er hat mehr als alle anderen getan, um sie bei Laune zu halten, indem er ab und an ein Lied oder eine Hymne anstimmt, Geschichten und Anekdoten seiner Jugend als Sohn eines Tagelöhners in Florida erzählt und die Kinder mit seinen Zauberkünsten unterhält. Aber jetzt zeigt selbst Harold die ersten Anzeichen der Erschöpfung.

Gloria führt Lucas um die Rotunde.

Der kleine Junge steht oben auf der Feuerleiter, öffnet den Hosenstall und schaut hinunter auf den Kadavermob, der sich in der Nähe der Verladerampe aufhält. Der Wind bläst Müll durch die Straßen und über die Bürgersteige, während die Kreaturen unbeholfen umherstolpern. Sie sind so eng aneinandergedrängt, dass sie wie ein Schwarm scheußlicher Monsterfische aussehen. Einige von ihnen hören Geräusche vom Dach und blicken Tommy mit milchigen Augen an.

Der Junge uriniert auf die Kreaturen.

Gloria beobachtet das Geschehen, ihre Grimasse ist finster, und sie scheint abgelenkt. Der Strahl des Jungen ist aufgrund der Dehydration ganz dünn, aber er hat genügend

Flüssigkeit übrig, um die Aufmerksamkeit der Beißer auf sich zu lenken. Die Monster heben die Köpfe gen Himmel, als ob sie den Grund des plötzlichen Regengusses suchen. Ohne ein Lächeln schaut Tommy zu, wie sein Urin auf den Schädeln der Untoten landet und ihre entstellten Körper hinunterläuft. Anscheinend findet der Junge es nicht lustig.

Er verspürt lediglich morbide Faszination.

Es beginnt am späten Nachmittag. Harold ist der Erste, der die Geräusche wahrnimmt, und er wirbelt zu der Luke herum, die sich in der Kuppel befindet. Instinktiv zieht er seinen .45-Kaliber-Smith-&-Wesson-Revolver hervor und richtet ihn auf sie. »Was verflixt nochmal war das?«, will er wissen, und der Lauf seiner Waffe zittert kaum merklich.

Lilly springt auf die Beine, und David neben ihr rafft sich ebenfalls auf und hebt den Lauf seiner AR-15. Die anderen drängen sich gegen das Geländer und starren auf die alte Luke. Die Kinder haben die größte Angst vor dem merkwürdigen Klopfen und Quietschen, das die Treppe hinter der Luke heraufhallt und von innerhalb des Gebäudes an ihre Ohren dringt. Seit wann können Beißer Treppen hinaufsteigen? Niemand ist sich sicher, ob sie es überhaupt können. Nur einer Sache sind sie sich absolut sicher: In den meisten Gebäuden Woodburys wimmelt es nur so von Untoten.

»Jetzt bleibt alle mal ganz ruhig!« Lillys Stimme ist laut genug, um über den Wind gehört zu werden. »Es ist wahrscheinlich nichts Schlimmes.«

»Hört sich aber nicht so an«, murmelt Gloria und drückt eines der jüngeren Kinder an ihre Brust. Die Augen der Kleinen sind vor Angst weit aufgerissen.

»Diese Viecher können doch keine Treppen steigen, oder?« Harolds rhetorische Frage bleibt eine Weile wie Giftgas in der Luft hängen.

»Einige von ihnen haben es geschafft, die Tribüne hinaufzuklettern«, entgegnet Gloria.

»Jetzt bleibt mal ruhig«, ermahnt David sie, richtet seine Waffe auf die Luke und nickt in Richtung des verrosteten alten Messinggriffs. »Selbst wenn sie es bis oben schaffen, werden sie nie die Luke öffnen können.«

Die gedämpften Geräusche werden deutlicher, kommen immer näher: Schlurfen, Knarzen, Schritte, die sich auf die Luke zubewegen. Es ist unmöglich zu sagen, ob es sich um einen einzelnen Beißer oder um Dutzende von ihnen handelt, die die eiserne Treppe hochklettern. Lilly starrt auf den Messinggriff. Diese Luke ist schon seit Generationen nicht mehr benutzt worden. Eingebettet in die Seite der Kuppel und verdreckt von Vogelkot und dem Schmutz der Jahre, hat sie früher Hausmeistern und Arbeitern gedient. Aber das war zu Zeiten, als das Gerichtsgebäude noch in Betrieb war. »Barbara, nur für den Fall des Falles«, sagt Lilly und wirft der grauhaarigen älteren Frau einen Blick zu. »Willst du mit den Kindern nach hinten gehen?«

Barbara und Gloria geleiten das halbe Dutzend Sprösslinge um die Kuppel. Tommy reicht Lilly kleinlaut das Taschenmesser und gesellt sich zu ihnen. Er scheint froh darüber zu sein, es den Erwachsenen zu überlassen, mit den Angreifern fertigzuwerden.

In der Zwischenzeit sind die Geräusche so laut geworden, dass sie nicht mehr als wenige Meter weit entfernt sein können. Das Kratzen und Schlurfen hört sich unbeholfen an und hört plötzlich auf. Dann ertönt ein lautes Klopfen, und jeder auf der Rotunde zuckt erschrocken zusammen. »David, ich will, dass du im Notfall kurze Salven abfeuerst«, weist Lilly ihn mit tonloser Stimme an.

»Verstanden.« Er geht zur Luke und hält nur wenige Zentimeter davor inne.

Dann ein weiteres Klopfen. Die Luke bewegt sich, und Staub und Putz rieseln von einem der Scharniere herab.

»Ich will, dass jede Kugel sitzt«, sagt Lilly, die jetzt neben Harold steht. Sie selbst hat keine Schusswaffe, hält aber Harolds Taschenmesser in die Höhe und bereitet sich auf das Schlimmste vor.

Harold umklammert seine .45er mit beiden Händen und richtet sie auf die Luke.

Wieder ein Klopfen.

»Macht euch bereit …«

Die Luke ächzt und kracht und öffnet sich, um den Blick auf ein zerfurchtes, ausgezehrtes Gesicht freizugeben, das sie anstarrt. »Was zum Teufel treibt ihr hier oben? Euch bräunen?«

»Um Gottes willen«, entweicht es Lilly atemlos, und sie starrt in die funkelnden Augen, die sie jetzt von oben bis unten mustern.

Bob Stookeys Haar ist fettiger als je zuvor und seine Jeans so dreckig, als hätte er die letzte Woche in einer Teergrube verbracht. Er grinst die anderen an, und seine Augen leuchten vor Freude auf. »Wollt ihr jetzt endlich runterkommen, oder soll ich mir Sonnenmilch holen und es mir mit euch bequem machen?«

Neunundzwanzig

Sie fragen ihn Löcher in den Bauch, aber er versichert ihnen, dass er jede einzelne Frage später beantworten wird. Jetzt aber gilt es, die zwölf Überlebenden sicher an den Beißern im Erdgeschoss vorbeizulotsen und zum Liftschacht vorzustoßen. Von dort aus müssen sie die heimtückischen Treppenstufen zum Keller bewältigen und dann durch eine Geheimtür in einen Gang und schließlich in den Haupttunnel der Underground Railroad gelangen.

Barbara und Gloria schaffen es, die Kinder beschäftigt und vor allem ruhig zu halten, indem sie ein Spiel spielen: Wer am längsten still sein kann, gewinnt ein Jahr lang Kool-Aid mit Kirschgeschmack. Bob wendet währenddessen einen uralten Trick an und wirft eine ausgebrannte Glühbirne auf den Boden des Foyers. Das Geräusch des berstenden Glases ist laut genug, um die Beißer für eine Minute oder zwei anzulocken und somit den Weg zu den Aufzügen freizumachen.

Kaum hat die letzte Person die Treppe zum Keller hinter sich gebracht, wittern die Kreaturen sie und schlurfen hinterher. Bob rammt ein Brecheisen in die Augenhöhle eines Beißers, wirft die Tür ins Schloss und bringt alle vor dem Dutzend hungriger Untoter, die auf der anderen Seite auf sie lauern, in Sicherheit. Er eilt hinter Harold die Treppenstufen in den dunklen Keller hinunter, und es dauert weitere zehn Minuten, ehe sie den kleinen Nebengang passiert haben und auf den Haupttunnel stoßen.

Auf dem Weg führt Bob sie durch fünfzehn Zentimeter hohes Brackwasser, das voller Müll und schleimiger Dinge ist. Alle paar Minuten stoßen die Kinder, wenn die Wasserwanzen oder sonstige Viecher ihre entblößten Fersen berühren, einen kleinen Angstschrei aus.

»So wahr ich hier stehe«, verkündet Bob Lilly, als er die Gruppe um eine Ecke einer der vielen sich kreuzenden Tunnel führt. Die schleimigen, schimmligen Wände schimmern orange vom Licht entfernter Fackeln. »Als ich durch den Boden des Abwasserkanals gefallen bin, habe ich den größten Dusel meines unglücklichen Daseins gehabt.«

»Wieso? Was ist passiert?«, will Lilly wissen und kann sich ein Lächeln nicht verkneifen. Ihr ist noch immer ganz schwindlig von der Achterbahn der Gefühle, die sie aufgrund von Bobs plötzlichem Verschwinden und Wiederauftauchen durchlebt hat. Ihr zerfetztes T-Shirt ist jetzt so dreckig und verschwitzt, dass das ehemalige Hellblau einem Toilettenwassergrau gewichen ist, und sie verspürt die Klaustrophobie, die an jedem ihrer Nervenenden zu zerren scheint und ihr Gänsehaut über den ganzen Körper jagt. Andererseits aber ist sie so froh, so erleichtert und so dankbar, dass sie endlich mal etwas Glück haben, dass es ihr gar nicht so viel ausmacht. Sie weiß zwar, dass Woodbury als Gemeinde – und mehr noch, als ihre Traumheimat – vielleicht für immer verloren ist, aber das Wichtigste in einer Gemeinde sind die Menschen, und sie ist von einer ganzen Reihe guter Seelen umgeben. Die anderen folgen Bob und Lilly. Die Kinder sind erschöpft, werden aber durch Vorfreude und Angst angetrieben. David bildet die Nachhut, die AR-15 wie immer in den Armen haltend.

»Ich bin genau auf diese Hurensöhne gefallen und habe ihnen dabei die Schädel gebrochen.«

»Vergiss es! So einfach kannst du mich nicht auf den Arm nehmen.«

»Lilly, das ist die Wahrheit! So wahr ich hier stehe«, gibt er zurück und grinst sie an. »Ausgerechnet *dich* soll ich verarschen, wo du doch mein Liebstes bist.«

Sie verpasst ihm einen freundlichen Schlag auf den Arm. »Pass auf, was du sagst, Bob. Es hören außerdem Kinder zu.«

Bob zuckt mit den Achseln. »Okay, ich werde mir künftig Mühe geben.« Dann lacht er leise auf und geht weiter. »Wie auch immer … Dem einen Schwein unter mir habe ich den Schädel zertrümmert, und den beiden Frauen habe ich im Handumdrehen mit dem Taschenmesser das Licht ausgeblasen.« Dann wird seine Miene wieder ernst. »Ich weiß gar nicht, ob ich das alles bewusst getan habe … Ich glaube, mein Gehirn hat auf Autopilot umgeschaltet.«

»Das kann ich mir gut vorstellen.« Sie bemerkt ein Leuchten hinter der nächsten Kurve. Ein Feuer? Fackeln? Merkwürdigerweise scheint es strahlend hell. »Und wie genau bist du von dort hierher zurückgekommen?«

Erneut zuckt er mit der Schulter. »Ich weiß es nicht genau. Wahrscheinlich habe ich mir die Karte während des letzten Monats so oft angeschaut, dass ich sie mir eingeprägt habe. Ich bin einfach losgerannt, und die Tatsache, dass ich mich verlaufen habe, hat sich letztendlich doch noch als Segen erwiesen.«

»Was soll das heißen?«

»Auf einmal sind mir Sachen aufgefallen, die mir bekannt vorkamen. Nebenflüsse des Abwasserkanals, die kreuz und quer durch den Haupttunnel verlaufen, an dem ich so lange gearbeitet habe. Aber egal, irgendwann bin ich dann auf ihn gestoßen.« Er zeigt nach vorne. »Wir sind gleich da. Es ist nicht mehr weit.«

Er führt die Gruppe um die Kurve, und in fünfzig Metern Entfernung sieht Lilly ein verstaubtes Grubenlicht an einem schweren Kabel hängen. Das Licht brennt. »Einen Augenblick«, fängt sie an und hält dann inne. »Wie hast du das hingekriegt?«

Bob antwortet mit einem erneuten Schulterzucken und meint: »Guter alter Einfallsreichtum.«

Das Stück Tunnel, das Bob mit eigenen Händen und besagtem Einfallsreichtum während der letzten fünf Wochen bearbeitet hat, ist ungefähr so lang wie ein Fußballfeld, knappe drei Meter breit und gute zwei Meter hoch – eine lange, schmale Kammer voller Kisten, Propangasflaschen und lauter kleinerer Gerätschaften, sodass das Ganze eher an die vollgepackte Kombüse eines gigantischen U-Boots erinnert. An den Wänden hängen Karten, Kunstdrucke und Korkbretter, die als Pinnwand dienen. Eine Reihe von Flickenteppichen und gebrauchten Vorlegern und Läufern schmückt den Boden, um dem Ganzen einen komfortableren Anstrich zu verleihen. An den Wänden stehen in regelmäßigen Abständen Tische und Podeste, auf denen aufgestapelte Bücher und Magazine liegen, die Bob aus der Bibliothek hat mitgehen lassen. Darüber hängen Lampen und tauchen alles in ein angenehmes Licht. Der Gesamteindruck hat etwas Gemütliches, Einladendes, wenn auch komplett Surreales.

Bei genauerem Betrachten ist es jedoch die Technik, die Lilly und die anderen Erwachsenen, die jetzt staunend Bobs Zufluchtsort betreten, am meisten imponiert. Sie starren auf die metallenen Kisten an den Wänden, in denen die Generatoren untergebracht sind und leise vor sich hin rattern. Die Abgasrohre, aus alten Kaminrohren gefertigt, führen zu Ventilationsschächten in der Tropfsteindecke. Hier und da hängen Kabel wie Lianen von oben herab, an die Doppelsteckdosen angeschlossen sind, und ungefähr alle dreißig Meter sorgen Ventilatoren für angenehm frische Luft. Lilly ist sprachlos. Als die anderen sich auf Betten und Stühlen niederlassen, ergreift sie Bobs Arm, und die Kinder untersuchen die fein säuberlich eingeräumten Regale voller Dosen mit Lebensmitteln, Müsli und sonstigen nicht verderblichen Sachen wie getrocknetem Fleisch und Wasser.

Lilly führt Bob weg von den anderen an das eine Ende des Tunnels, das mit einem mit Oleum frisch gestrichenen Maschendrahtzaun abgesichert ist, und fragt ihn leise, sodass niemand sie hören kann: »Wann hast du das alles bloß hergerichtet?«

Bob antwortet ihr mit einem für ihn charakteristischen Schulterzucken und meint dann: »Ach, das hab ich gemacht, als diese Bibelfritzen drauf und dran waren, Woodbury für sich zu gewinnen. Aber ich habe tatkräftige Unterstützung erhalten.« Er deutet mit dem Daumen auf die anderen. »Dave und Barb haben mir mit den Maschinen und der Verkabelung geholfen. Außerdem haben wir zusammen die Ventilation und die Abgasanlage konzipiert, und Gloria war so etwas wie meine Innenausstatterin.«

»Das ist ja der reine Wahnsinn, Bob.« Lilly blickt in die Schatten der angrenzenden Tunnel jenseits des Maschendrahtzauns. »Hier können wir lange genug ausharren, bis die Beißer Woodbury wieder freigegeben haben.«

Bob schaut peinlich berührt zu Boden, fährt sich mit der Zunge über die Lippen und sucht nach den richtigen Worten. »Nun ja … Darüber sollten wir reden.«

Lilly blickt ihn an. »Wieso? Was ist denn los?«

Bob holt tief Luft. »Es gibt kein Woodbury mehr, Kleines.«

»Wie bitte?«

»Es ist fort, kaputt, wie ein Schiffswrack auf dem Meeresgrund.«

»Was zum Henker faselst du da?«

Er klopft ihr väterlich auf den Rücken. »So läuft es eben heutzutage, Lilly. Wenn man erst einmal seinen Wohnort an diese Hurensöhne abgetreten hat, ist es an der Zeit weiterzuziehen.«

»So ein Schwachsinn.« Sie lässt den Blick über die angrenzenden Tunnel schweifen. »Wir können Woodbury wieder aufbauen, alles aufräumen, wieder von vorne anfangen. Die Kinder brauchen einen Ort, den sie ihre Heimat nennen können.«

Er ergreift sie an den Schultern und schaut ihr in die Augen. »Das hier ist unser neues Zuhause.« Er hat noch nie zuvor eine so ernste Miene wie in diesem Augenblick aufgesetzt. »Woodbury hat sich verwandelt, Lilly.«

»Bob …«

»Jetzt lass mich doch mal ausreden. Es hat sich genauso

verwandelt wie die Beißer über unseren Köpfen, die einmal normale Menschen waren … Die Stadt ist nicht mehr dieselbe. Diese Viecher sind in den *Gebäuden*. Sie sind einfach überall. Das ist ein beschissenes Tschernobyl da oben. Da gibt es nichts mehr zu retten, Lilly, und auch nichts aufzuräumen. Es ist vorbei … aus und vorbei.«

Sie starrt ihn eine Weile lang fassungslos an. »Ich … Ich kann hier unten nicht einmal richtig Luft holen.« Erneut blickt sie in die Schatten jenseits des Zauns. »Wie soll ich denn nur in dieser Sardinenbüchse leben, Bob? Du kennst doch mein Problem.«

Er legt einen Arm um sie. »Lilly, wir haben einen so gut wie unerschöpflichen Vorrat an Medikamenten – Alprazolam, Zolpidem … sogar Valium. Und wenn es tatsächlich so weit kommen sollte, dass es knapp wird, können wir den gesamten Landkreis von unter Tage aus abklappern, ohne dort oben Kopf und Kragen zu riskieren, und *noch mehr* Medikamente holen. Und wenn wir schon dabei sind, auch noch Lebensmittel, Wasser und was wir sonst noch so brauchen.«

»Bob, ich kann nicht …«

»Doch, du kannst.« Er drückt sie wohlwollend und klopft ihr beruhigend auf die Schulter. »Du bist Lilly Caul, und du kannst so ziemlich alles schaffen, wenn du es nur willst.«

Sie bleibt ihm eine Antwort schuldig und starrt ihn an.

Dann dreht sie sich um und blickt erneut in die Finsternis der angrenzenden Tunnel.

Hinter dem Maschendrahtzaun, fern in den Tiefen des Haupttunnels liegen die anderen Nebentunnel in der unscharfen Finsternis wie Geister und biegen in andere Richtungen ab. Sie sind das Vermächtnis fliehender Sklaven. Jetzt ruft das dunkle Erbe aus Schmerz und Leiden und Einsamkeit und Verzweiflung mit einem tiefen Brummen nach Lilly. Es sind Stimmen jenseits dieser Welt: *Lauf … Lauf fort … Lauf um dein Leben!*

Lilly spürt, wie sich tief in ihrem Inneren eine Antwort formt, eine geheime Stimme, mehr *fühl-* als hörbar, ausgelöst von ihrem Kampf-oder-Flucht-Instinkt.

Sie wird bleiben.

Und kämpfen.

DANKSAGUNG

Ich bin dem Mann, dem Mythos, dem Menschen Mr. Robert Kirkman für all das hier zu großem Dank verpflichtet, denn er hat mir die Schlüssel zum Familiensportwagen übergeben; besonderen Dank auch an David Alpert für sein fantastisches Makro-Management, an Andy Cohen für seine Lebensweisheiten und flotten Sprüche, an Brendan Deneen für sein spektakuläres Redigieren und seine Erklärung des Unterschieds zwischen »anscheinend« und »scheinbar«, an Nicole Sohl für ihre »Verkehrsüberwachung«, an Justin Velella für seine fabelhafte PR-Arbeit, an Lee Ann Wyatt von The Walker Stalkers für die Rockstar-Behandlung und an Kemper Donovan des Circle of Confusion für sein feinfühliges Redaktionsgenie. Weitere muchas gracias an Jim Mortenson und Joe Chouinard von Comix Revolution Evanston, an Charles Robinson von Eagle Eye Books Atlanta, an Eric und James von Walker Stalkers, an Stephanie Hargadon, Courtney Sanks, Bryan Kett, Mort Castle, Jeff Siegel und Shawn Kirkham, an all die netten Leute von Skybound und an meine beiden Hipster-Söhne Joey und Bill Bonansinga (ich liebe euch, Gentlemen). Zu guter Letzt möchte ich auch noch einen Urschrei an die Liebe meines Lebens, die begnadete Künstlerin, Freundin und Komplizin Jill M. Norton (lo to amero' per sempre), loswerden.